新潮文庫

リヴァイアサン

ポール・オースター
柴田元幸訳

新潮社版

7037

リヴァイアサン

ドン・デリーロに

事実と虚構を混ぜ合わせることを
許可してくれたソフィ・カルに感謝する。
——作者

すべての現実の国家は腐敗している。

——ラルフ・ウォルドー・エマソン

1

六日前、一人の男がウィスコンシン州北部の道端で爆死した。目撃者はいなかったが、どうやら、車を駐《と》めてそばの芝生に座っていたところ、自作中だった爆弾が暴発したらしい。公表されたばかりの検死報告によれば、即死だったという。体がばらばらに吹っ飛び、爆発地点から十五メートル離れた場所でも死体の一部が見つかった。今日（一九九〇年七月四日）現在、死んだ男が何者だったのか、まだ誰も見当がついていないようである。捜査にはＦＢＩに地元警察、アルコール煙草《たばこ》火器局も加わり、まず車を調べてみたが（八三年型の青いダッジで、ナンバープレートはイリノイ州）、盗難車であることがただちに判明した。六月十二日、白昼堂々イリノイ州ジョリエットの駐車場で盗まれた車だった。奇跡的にほぼ無傷で残った財布の中味を調べても、結果は同じだった。運転免許証、社会保障番号証、クレジットカード数枚、と手がかりの宝庫が出てきたと思いきや、データをコンピュータに入れてみると、どれも偽造品か盗品であることが明らかになったのである。普通なら次は指紋採取ということになろうが、この場合それもままならない。爆発によって、両手とも消滅してしまったのだから。車もまるで役に立たなかった。焦《こ》げた鋼鉄と、溶けたプラスチックの塊に変わりはて、捜査陣の努力も空《むな》しく指紋はひとつも見つからなかった。ひょっとすると歯の方はもう少しうまく行くかもしれないが、それも調べられるくらい歯が残っていればの話だし、とにかくすぐというわけには行くまい。ことによると何か月もかかるかもしれない。いずれは警察も何か妙案を思いつくだろうが、爆破犠牲者の身元をまず明らかにしないことには、捜査の進展は望めない。

私にとっては、捜査が長引けば長引くほどありがたい。私が語るべき物語は相当複雑だし、警察が答えにたどり着く前に語り終えないことには、これから書こうとしている言葉も意味がなくなってしまう。いったん秘密が外に出てしまえば、さまざまな嘘《うそ》が誠しやかに口にされるだろう。醜い歪曲《わいきょく》が新聞や雑誌にばらまかれ、数日のうちに一人の人間の名誉が台なしにされてしまうだろう。彼がやったことを弁護しようというのではない。だが、本人はもう自分を弁護できる立場にないのだから、私としてはせめて、彼がいかなる人物だったのかを説明し、どういう経緯でウィスコンシン北部のあの道路に行きついたのか、その真相を語ってやりたいと思うのだ。急がねばならないのもそのためである。その時が来たときに備えて、連中に対し態勢を整えておかねばならない。もし運よく謎《なぞ》が解明されぬまま終わったら、書いたものはそのまま持っていようと思う。

誰にも、何ひとつ知らせる必要はない。それが一番望ましい結末だろう——完全な静止状態、どちらの陣営も一言も語らぬまま。だがそういう結末を当てにするわけには行かない。ことを進める上では、向こうがすでに彼の身元を嗅《か》ぎつけつつあると仮定しなくてはならない。遅かれ早かれ、彼が何者だったのか、連中にも知られるだろうと考えねばならないのだ。それも、私がこの物語を語り終えるころまでは大丈夫だろう、などと高をくくってはいられない。いまこの瞬間以降、いついかなるときにも答えは見つかりうるのだ。

爆発があった翌日、事件に関する短い記事がもろもろの通信社によって流された。簡単に事実だけを述べた、紙面の真ん中あたりに埋もれてしまいそうな二段落の記事だった。私はその日の午後、昼食を食べながら『ニューヨーク・タイムズ』を読んでいる最中に、たまたまその記事が目に入ったのだった。ほとんど必然的に、私はベンジャミン・サックスのことを考えはじめた。彼だとはっきり特定できる記述は何もなかったが、その反面、何もかもがぴったり当てはまるように思えた。サックスとはもう一年近く話をしていなかったが、最後に交わした会話から考えて、彼がひどく厄介な事態に陥っていることは私も十分承知していた。何か暗い、名づけようもない破局へ彼はまっしぐらに向かっているように思えた。そういう言い方では曖昧《あいまい》すぎるなら、サックスはその最後の会話で、爆弾のことも打ちあけたと言い添えておくべきだろう。実のところ、訪れていたあいだ、爆弾について際限なく語りつづけたと言ってもいい。その後十一か月、私はまさに、彼がみずから命を落としてしまうのではないか、ある日私が新聞を開いたらわが友の爆死を告げる記事が目に飛び込んでくるのではないか、そういう恐怖を胸に抱いて暮らしていた。その時点では単に無根拠な直感、虚空《こくう》へ向かっての狂おしい跳躍にすぎなかったわけだが、いったんその思いが頭に入り込んでしまうと、もう追い払うことはできなかった。そして、記事に行きあたった二日後、FBIの捜査官が二人、私の目下の仕事場のドアをノックしたのである。彼らが自分の身分を明かした瞬間、やはりそうだったかと私は思った。自爆した男はサックスだったのだ。疑いの余地はない。サックスは死んだのであり、いまここで彼を助けてやれる道が私にあるとすれば、彼の死をこの二人から隠しておくことだけだ、そう思った。

記事を読んだときには、こんなもの見なければよかったのにと思ったが、あらかじめ知っておいたのはたぶん幸いだったのだろう。何はともあれ、ショックを吸収するのに二日の余裕が持てたのだ。FBIが聞き込みにやって来ても、すでに覚悟はできていたから、いちおうの落着きは保つことができた。それにまた、連中が私の居所を嗅ぎつけるのに四十八時間余計にかかったこともありがたかった。サックスの財布から出てきた物のなかに、どうやら私のイニシャルと電話番号を書いた紙切れが入っていたらしく、それで向こうも私を探しはじめたのだが、幸いその番号はニューヨークの自宅のものだった。私は十日前から家族と一緒にバーモントに来ている。夏の終わりまでこの貸家に滞在するつもりだ。私がここにいるとわかるまで、彼らはいったい何人の人間と話をしただろう。ちなみにこの家の持ち主は、サックスのかつての妻である。そのことをわざわざ言うのも、この物語がどれだけややこしくこんがらがっているかの一端を示したいからにすぎない。

彼らを前にして、私は知らんぷりを決め込み、何も漏らさぬよう努めた。いいえ、新聞の記事は読んでいません。爆弾のことは何も知りません。盗難車のことも、ウィスコンシンの田舎道のことも何ひとつ知りません。私ですか？　作家です。小説を書いて生計を立てているんです。身元をお調べになりたければどうぞご自由に、でも捜査の足しにはなりませんよ、時間を無駄にするだけです。まあそうでしょうが――と彼らは言った――死んだ男の財布に入っていた紙切れはどうなんです？　べつにあなたが何か罪を犯したなんて言うつもりはありませんがね、向こうがあなたの電話番号を持ち歩いてたからには、あなたとあの男とのあいだに何か関係があると考える方が自然じゃありませんか。それはお認めにならざるをえないでしょう？　ええ、もちろんそれは認めますが――と私は言った――そう考えるのが自然だからといって、それが真実だということにはなりませんよ。その男が私の電話番号を手に入れた経緯はいくらでも考えられます。私の知りあいは世界中に散らばっていますからね、そのなかの誰かが赤の他人に私の番号を教えたとしても不思議はない。ひょっとしてその人間がまた別の赤の他人にそれを教えて、その人間が今度はまたさらに別の赤の他人に教えたのかもしれません。まあそうとも考えられますが——と彼らは言った——でも何だって、知らない人間の電話番号を持ち歩いたりします？　それは私が作家だからです、と私は言った。ほう？　と彼らは言った。作家だからどうだっておっしゃるんです？　私の書いた本が世に出ているからですよ、と私は言った。いろんな人が私の本を読んでいるわけで、それがどういう人たちなのか、私には見当もつきません。自分では何の自覚もなしに、見ず知らずの他人の生活のなかに入り込んでいるわけです。読者が私の本を手にとっている限り、私の書いた言葉だけが彼らにとって唯一《ゆいいつ》の現実なんです。それは普通のことでしょう、本てのはそういうものだ、と捜査官たちは言った。ええ、そういうものです、と私は言った。でも時として、その読者というのが、頭のおかしい人であったりするわけです。そういう人がこっちの書いた本を読んで、その本の何かが、彼らの心の奥底に強く訴える。するとすると彼らはいっぺんに、著者のことを自分の所有物みたいに思い込むわけです。この人こそ世界でただ一人の友だ、とね。私はその例証として、いくつかの実例を話して聞かせた。どれも実話の、私自身が直接経験した話である。およそ精神の均衡を欠いた手紙、午前三時の電話。匿名《とくめい》の脅迫。つい昨年もですね——と私はつづけた——誰かが私の名を騙《かた》っていたことが判明したんですよ。私の名前で手紙に返事を書いたり、本屋へ行って私の本にサインしたりして、悪意ある影みたいに私の人生の周囲に漂っていたんです。書物というのは神秘的な物です、と私はさらに言った。ひとたび世に流れ出てしまえば、何だって起こりうるんです。あらゆるたぐいの危害が生じうるのであって、こっちにはどうしようもありません。よかれあしかれ、作者の手を完全に離れてしまうのです。

私のそうした否認の文句に、彼らが納得したかどうかはわからない。たぶんしなかったのではないかと思う。だが、かりに一言も信じてもらえなかったとしても、ひとまずの時間稼ぎにはなったのではあるまいか。FBIの捜査官などと一度も口をきいたことがなかったことを思えば、まあ自分でもうまくやれたと思う。落着いていたし、礼も失しなかったし、協力的姿勢と当惑の念とをしかるべく組み合わせて演じることができた。それだけでも私にしては上出来だ。概して私は、人をだます才に長《た》けていない。いままでいろいろやってみたものの、人をうまく欺《あざむ》けたことはほとんどない。三日前に自分がまずまずのパフォーマンスをやり通せたとすれば、ひとつにはそれは、相手のFBI捜査官たちのおかげである。彼らが口にした言葉よりも、むしろ外見がポイントだ。なにしろあまりにぴったり役割どおりの格好をしていて、私がかねがね抱いてきた、FBIの人間というのはきっとこんな感じだろうというイメージを、あらゆる細部に至るまでそのまま具現していたのである。軽めのサマースーツ、頑丈そうなブーツ、ノーアイロンのシャツ、飛行士風のサングラス。このサングラスという、いわば必須《ひっす》アイテムによって、どことなく人工的な雰囲気が場面に加わった。それをかけている男たちが、あたかも単なる役者、そこらへんの低予算映画の端役《はやく》であるかのような気にさせられたのだ。こうした要素が、私の気持ちを不思議と穏やかにしてくれた。いまふり返って考えても、この非現実感が私に有利な方向に働いたことがよくわかる。それに助けられて、私も自分のことを一人の役者と考えることができたのであり、そうやって他人になったおかげで、人をだます権利、何ら良心の呵責《かしやく》なしに嘘をつく権利を私はにわかに獲得したのだ。

だが相手も馬鹿《ばか》ではなかった。一人は四十代はじめ、もう一人はだいぶ若くて、ことによると二十五、六というところだったが、二人とも目から同じある種の光を放っていた。それで私も、彼らがここにいたあいだずっと警戒心が解けなかった。二人の目つきの何がそんなに脅威だったのか、はっきり特定するのは難しいが、たぶんその空っぽさが鍵《かぎ》だったのだと思う。視線が何かにみずからを委《ゆだ》ねることをあくまで拒んでいて、すべてを見ているのと同時に、何も見ていないような印象を与えるのだ。ほとんど何も明かしていないその目つきのせいで、この連中がそれぞれ何を考えているのか、私には知りようがなかった。何というか、あまりに忍耐強い、無関心を示すことにあまりに長けている目なのに、と同時に、刺すような鋭さもそこにはある。まるで、相手を不安にするよう訓練されているかのような、相手の欠陥や罪を思い知らせ、相手をやましさで身《み》悶《もだ》えさせるよう鍛えられているかのような、容赦ない鋭さがみなぎっているのだ。彼らは名をワージーとハリスといったが、どっちがどっちだかは忘れてしまった。肉体的にはたがいに怖いくらい似ていて、同一人物の若いバージョンと年長バージョンといった感があった。背は高いが、高すぎるというほどではない。体格はがっちりしているが、がっちりしすぎというふうには見えない。薄茶色の髪、青い目、清潔そのものの爪《つめ》をしたごつい手。たしかに喋《しゃべ》り方は違っていたが、その第一印象とてあまり重く見るべきではあるまい。ひょっとしたら二つの役割を代わりばんこに演じていて、気分に合わせて役を交換しているだけかもしれない。三日前ここに訪ねてきたときには、若い方がシリアスな役を演じた。質問もきわめて無遠慮で、自分の仕事を大真面目《おおまじめ》に捉《とら》えている感じで、たとえば笑顔もめったに見せなかったし、私に接するその改まった態度たるや、ほとんど嫌みと苛立《いらだ》ちの一歩手前まで達しているように思えた。年上の方はもう少しリラックスしていて、態度も穏やかで、会話を自然の流れに任せる姿勢も強かった。したがって明らかに年上の方が危険であるわけだが、この男と話すのがまんざら不快でもなかったことは、私も認めざるをえない。本に対する狂気じみた反応の例を私が話し出すと、彼は見るからに興味を示し、話が脱線したことにも構わず私が喋るのを聞いていた。たぶんそうやって探りを入れていたのだろう。こっちに好きに喋らせて、私という人間、私の心の動き方を探ろうとしていたのだ。ところが、例の偽者《にせもの》の話を私がはじめると、何なら我々が捜査してあげましょうかとまで言い出したのである。もちろんこれも罠《わな》だったかもしれないが、なぜかそうではない気がする。言い足すまでもなく、その申し出は断ったが、かりに違う状況だったら、たぶんそうあっさり断りはしなかったと思う。この問題については私もだいぶ前から気にしてきたのであり、できることなら真相を解明したいと思っているのだ。

「小説はあまり読まんのです」と年上の男は言った。「なかなか時間がなくて」

「ええ、そういう人が多いですね」と私は言った。

「でもあなたの小説は相当よくできてらっしゃるんでしょうな。でなけりゃそんなにたくさんちょっかいを出されるはずがない」

「ちょっかいを出されるのは出来が悪いからじゃないかな。今日では誰もが文芸評論家ですからね。本が気に入らなけりゃ、作者をいじめろ、です。それにも一理あります。こっちだってひどい目に遭わされたんだ、これでおあいこだぜってわけです」

「私もひとつ、あなたの小説を読んでみますかな」と彼は言った。「それだけ騒がれる理由を見てみるのも悪くない。読んでも構わんでしょう？」

「もちろん構いません。本はそのために本屋にあるんです。人々が読めるように」

訪問の結末としてはずいぶん奇妙だ。何しろFBI捜査官に、私の著書の題名を書いてやったのだから。相手が何を狙《ねら》っていたのか、いまだに首をひねってしまう。本のなかに何か手がかりが見つかると思ったのか、それとも単に、また来るからな、お前とはまだこれで終わりじゃないんだぞと遠回しに伝えたかったのか。何といっても、彼らにとって、とっかかりは依然私一人しかいない。私が嘘《うそ》をついているという前提に立ってことを進める限り、そう簡単に忘れてはくれまい。そこから先は、連中が何を考えているのか、私には見当もつかない。私をテロリストと思っているわけではどうやらなさそうだが、そう言えるのもあくまで、自分がテロリストでないことを私が知っているからにすぎない。向こうはとにかく何も知らないのだ。だから、ひょっとしてそういう前提で捜査を進めていて、先週ウィスコンシンで破裂した爆弾と私とを結びつける手がかりを必死に探している最中ということだってありうる。たとえそうでないとしても、当分はあれこれ探りを入れられることを覚悟せねばなるまい。いろいろ訊《き》いてくるだろうし、私の人生を徹底的に調べ上げ、交友関係なども洗い出すだろう。遅かれ早かれ、サックスの名前も出てくるはずだ。要するに、私がここバーモントでこの物語を書いているあいだ、向こうもせっせと向こうの物語を書いているのだ。それは私をめぐる物語だろう。それが書き上がったころには、彼らは私について、私自身と同じくらい詳しく知るようになっているだろう。

ＦＢＩの連中が帰ってから二時間ばかり経《た》ったところで、朝早くから知りあいの家へ遊びにいっていた妻と娘が戻ってきた。ハリスとワージーが来たときに二人がいなくてよかった、と私は思った。妻のアイリスとはたがいにほとんど何の隠しごともない間柄だが、今回に限っては話さずにいるべきだと思っている。サックスのことはアイリスも前々からとても好いていたが、彼女にとって一番大事なのはやはり私であって、サックスのせいでFBIと面倒なことになりそうだと知ったら、何としてでもやめさせようとするだろう。そうした事態は避けねばならない。たとえ最終的に妻を説得できて、私が正しいことをやっているのだと納得してもらったとしても、説明には相当時間がかかるだろう。その余裕はない。持てる時間はすべて、みずから買って出たこの仕事に注がなくてはならない。それにアイリスは、たとえ折れて出るとしても、きっとひどく心配して、自分の方が参ってしまうだろう。そんな事態を招いても意味はない。やがては彼女も真実を知るだろう。時が来れば、すべてが明るみに出されるのだから。べつに妻をだまそうというのではない。ただ単に、心配をかけずに済むうちは、できるだけ長くそうしておきたいのだ。実のところ、そんなに難しいことではないと思う。何といっても私は執筆のためにここへ来ているのであり、私が小屋に毎日こもっていても、いつもと同じことをやっているとしかアイリスは思うまい。それでいい。新しい小説に没頭しているのだと彼女は思うことだろう。朝から晩まで机にへばりついているのを見ても、あれだけ頑張っているんだからきっとずいぶんはかどっているのだと考えて、喜んでくれるだろう。アイリスの気持ちも忘れてはならない要素だ。彼女が安心してくれていないことには、私にはとりかかる勇気も出ないのだ。

　ここで夏を過ごすのは、昨年につづいて二度目である。かつて、サックス夫妻が毎年七、八月をここで過ごしていたころ、時おり私も招待してもらったものだが、それはいつもごく短期間の訪問であり、三、四晩以上泊まることはまずなかった。九年前にアイリスと結婚してからは何度か二人で遊びにきたし、ファニーとベンが家の外壁にペンキを塗るのを手伝ったこともある。この家はもともと、大恐慌《だいきょうこう》のさなか、この手の農家がただ同然で買えたころにファニーの両親が別荘として買ったものである。百エーカー以上の地所と、個人所有の池がついて来て、家はぼろぼろだったがなかは広々として風通しもよかったし、若干手直しすれば十分住めるようにできた。が、ファニーの両親グッドマン夫妻は二人ともニューヨーク・シティで教師をしていて、買ったあとはなかなか手を加える余裕もなく、家は長年原始的で貧乏臭い姿のまま今日に至っている。鉄のベッド枠、台所に置かれただるまストーブ、ひびの入った天井や壁、灰色のペンキを塗った床。けれどそうやってくたびれてはいても、どっしりした雰囲気もこの家には備わっている。ここに来れば誰でも、くつろいだ気分を覚えずにいるのは難しいだろう。私にとってこの家の大きな魅力は、人里離れた場所に建っていることだ。小さな山のてっぺんに位置し、一番近い村でも、舗装していない細い道を通って六キロはある。山だから冬はさぞ厳しいだろうが、夏のあいだは何もかもが緑色で、鳥たちがまわりじゅうで歌い、野原には無数の野生の花が咲いている。タンポポ、ムラサキツメクサ、ヒメナデシコ、キンポウゲ。母屋《おもや》から三十メートルばかり離れたあたりに簡単な別棟があって、サックスはここに来るといつもそこを仕事場に使っていた。別棟といってもまあキャビンという程度で、小さな部屋が三つに、簡易キッチンとトイレがついていて、十二、三年前に何者かに荒らされて以来、修理もされないままになっている。配管にはひびが入り、電気も切られ、床のリノリウムははがれてめくれ上がっている。わざわざこうしたことを書くのは、いま私がいるのがまさにその別棟だからである。私はここの一番大きな部屋で、真ん中に置かれた緑色の机に向かって座り、手にはペンを持っている。私が彼と知りあいだったあいだずっと、サックスは毎年夏、まさにこの机でものを書いていた。私が最後に彼と会ったのもこの部屋だった。サックスは私にすべてを打ちあけ、恐ろしい秘密を告げたのだ。その夜の記憶に気持ちを集中すれば、サックスがまだここにいる気になれる。何だかいまも、彼の言葉が私のまわりを漂っていて、手をのばせば彼に触れられそうな気がする。それは長い、ひどく疲れる会話だった。やっとのことで話が済むと（朝の五時か六時だった）、いま聞いた秘密をこの部屋の外に出さないと私は約束させられた。まさに彼はそう言ったのだ——僕が話したことが一言でもこの部屋の外に出てはならない、と。当面のところは、私もまだその約束を守れるだろう。ここで書いたものを世に示すときが来るまでは、まだ約束を破っていない、そう考えてひとまず自分を慰めることができるのだ。

我々がはじめて会ったのは雪の日だった。あれ以来、十五年以上が過ぎたが、その気になればいつでも私はあの日の記憶を呼び戻すことができる。多くのものが失われてしまったいまも、サックスとの出会いは、ほかのどの出来事にも増してはっきり覚えている。

それは二月か三月の、ある土曜日の午後で、私たち二人はウェストビレッジのバーで開かれる予定の合同朗読会に出演を依頼されたのだった。サックスなんて名前も聞いたことがなかったが、私に電話してきた女性はひどく急いでいて、こっちの質問にはろくに答えてくれなかった。「小説家です」と彼女は言った。「第一作が二年ほど前に出ました」。その電話がかかってきたのが水曜の夜、朗読会当日のわずか三日前で、彼女の声にはパニックに近いものが聞きとれた。たったいま、出演予定だった詩人のマイケル・パーマーからニューヨークに行くのをやめにしたという連絡が入ったので、代わりに出てもらえないだろうか、と持ちかけてきたのである。誠意ある要請とは言いがたいが、ええ、いいですよと私は答えた。その時点では、私の作品はまだそれほど世に出ていなかった。小さな文芸誌に短篇が六、七本、エッセイや書評が一握り。私の朗読を聞く特権を求めて人々が争っているなどという状態には程遠い。それで私としても、神経の参りかけた女性の誘いに乗ったわけだが、その後の二日間、今度はこっちがパニックに陥る番だった。人前で恥さらしにならないもの、部屋に集まった赤の他人にさらけ出せるだけのものが一かけらでもないかと、数本の短篇から成るわがちっぽけな世界をひっかき回した。金曜の午後、本屋をいくつか回って、サックスの小説がないか訊いてみた。本人に会う前に、作品について何か知っておくべきだと思ったのだが、何しろもう二年前に出た本であり、どの本屋にも置いていなかった。

あいにく、金曜の夜に中西部からすさまじい吹雪が襲ってきて、土曜の朝には街に五十センチの雪が積もっていた。普通なら依頼してきた女性に電話するところだろうが、私は愚かにも相手の番号を聞くのを忘れていた。一時になっても向こうから何も言ってこないので、ここはさっさとダウンタウンまで行ってしまうしかないと判断した。コートとオーバーシューズで武装し、一番新しい短篇の原稿をコートのポケットにつっ込んで、リバーサイド・ドライブまで出て、一一六丁目とブロードウェイの交差点にある地下鉄の駅へ向かった。そのころには空は晴れかけていたが、車道も歩道もまだ一面雪に覆《おお》われ、走っている車もほとんどなかった。車やトラックが何台か道ばたに乗り捨てられ、吹きだまりの雪をうずたかく積もらせていた。時おり車がひどくのろのろとやって来て、赤信号で止まろうとするたびにずるずる横滑りしていた。ふだんだったら私もこうした光景を楽しんだところだろうが、その日の吹雪はさすがにあまりにひどく、マフラーから鼻を出すこともできなかった。日がのぼって以来、温度は着々と下がってきていて、いまや空気は刺すように冷たかった。ハドソン川から時おり突風が吹きよせてきて、その激しさに、体が文字どおり宙に押し上げられるほどだった。駅にたどり着いたころには、全身がなかば麻痺《まひ》していた。それでも地下鉄はいちおう動いているらしかった。これには驚いたが、とにかく階段を下りて入場コイン《トークン》を買いながら、まあ地下鉄が動いているのなら朗読会も中止ではなかろうと考えた。

二時十分すぎに、ナッシュズ・タバーンにたどり着いた。店は開いていたが、なかの暗闇《くらやみ》に目が慣れてみると、客は一人もいないことが見てとれた。白いエプロンをつけたバーテンがカウンターのなかに立って、赤いタオルでショットグラスを一つずつ几帳面《きちょうめん》に拭《ふ》いている。四十がらみのがっしりした男で、近づいてくる私をじっと観察しているその顔は、独りきりの時間を中断されたことをほとんど残念がっているように見えた。

「あと二十分ばかりで朗読会がはじまる予定じゃありませんか？」と私は訊《たず》ねた。言葉が口から離れたとたん、そう言った自分が何とも間抜けに思えた。

「中止です」とバーテンは言った。「こんなに積もっちゃ、やってもあまり意味はないからね。詩はいいもんだが、わざわざケツを凍らすほどの値打ちはないわな」

私はカウンターのスツールに座って、バーボンを注文した。雪のなかを歩いてきてまだ体が震えていたし、もう一度外に出る前に五臓六腑《ごぞうろっぷ》を暖めておきたかったのだ。私は酒を二口で飲み干し、あまりに美味《うま》かったのでお代わりを頼んだ。二杯目のバーボンを半分飲んだあたりで、もう一人客が店に入ってきた。背の高い、ひょろひょろに痩《や》せた若い男で、顔も面長、茶色いあごひげをたっぷり生やしている。男がブーツで床を二度ばかり踏み鳴らして、手袋をはめた手をぽんぽん叩《たた》き、寒さにふうっと大きく息を吐くのを私は見守った。何とも奇妙な風采《ふうさい》であることは間違いない。のっぽの体を虫喰いだらけのコートにくるみ、ニューヨーク・ニックスの野球帽を頭にちょこんと載せて、ネイビーブルーのマフラーを帽子に巻きつけて耳を護《まも》っている。何だかひどい歯痛を抱えている人間みたいだ。あるいは、スターリングラード郊外に一人取り残された餓死寸前のソ連兵。これら二つの、一つ目はコミカルで二つ目は侘《わび》しいイメージが、つづけざまに私の胸に浮かんだ。その滑稽《こっけい》な見かけとは裏腹に、目にはひどく荒々しいところがあって、そのあまりの烈《はげ》しさに、この男を笑いたくなる気持ちも失《う》せてしまうのだった。ワシントン・アーヴィングの「スリーピー・ホローの伝説」にイカボッド・クレーンというぱっとしない小学校教師が出てくるが、ちょうどあんな感じでもあり、同時に奴隷《どれい》制《せい》反対運動の闘士ジョン・ブラウンでもある。ひとたびその衣裳《いしょう》と、バスケットのフォワードにふさわしいひょろ長の体の奥まで目が行くと、そこにはまったく別の人物が見えてくるのだ——何ひとつ見逃さない男、頭のなかで無数の歯車が回転している人間。

男は入口に立って、がらんとした店内をしばし見渡してから、バーテンの前まで歩いてきて、私が十分前に訊《き》いたのとおおむね同じことを訊いた。バーテンも私に答えたのとおおむね同じことを答えたが、今回はそれに加えて、親指を横に向け私の座っている、カウンターの端の方を指した。「あの人も朗読会に来たんだ」とバーテンは言った。「きっとニューヨークじゅうで、今日わざわざ外に出てくるほどいかれてるのはあんた方二人だけだと思うね」

「それはちょっと違うな」と頭にマフラーを巻いた男は言った。「あんた、自分を忘れてる」

「忘れちゃいないさ」とバーテンは言った。「俺は勘定に入らないだけさ。だって俺はここにいなくちゃならん、ところがあんたらはそうじゃない。そこだよ。俺は来なかったら、職をなくしちまう」

「でも僕だって仕事をしに来たんだぜ」ともう一人の男は言った。「五十ドルの稼ぎになるって言われたんだ。そしたら朗読会は中止、地下鉄代も無駄にした」

「なんだ、そんなら話は別だ」とバーテンは言った。「朗読をしに来たんだったら、あんたも勘定に入らんだろうな」

「ということは、この街じゅうで、出かけなくてもいいのにわざわざ出てきたのはただ一人ってことになる」

「僕のことを言ってるんだったら」と私はようやく会話に入って言った。「それならリストはゼロだよ」

頭にマフラーを巻いた男は私の方を向いて、にっこり笑った。「ふむ、とすると、君がピーター・エアロンだってことになるのかな?」

「そうなるんでしょうね」と私は言った。「でも僕がピーター・エアロンなら、あんたはベンジャミン・サックスにちがいない」

「いかにも」とサックスは答えて、短い、自嘲《じちょう》気味の笑い声を上げた。そしてこっちへ歩いてきて、右手を差し出した。「実に嬉《うれ》しいね」と彼は言った。「最近、君の書いたものをいくつか読んで、会えるのを楽しみにしていたんだ」

こうして我々の交友ははじまったのだった。十五年前、あのがらんとした酒場で、二人とも文なしになるまで酒をおごりあいながら。我々は三、四時間あの店で粘っていたにちがいない。さんざん飲んだ末に千鳥足でふたたび寒さのなかへ出たときには、もう日も暮れていたことをはっきり覚えている。サックスが死んでしまったいま、あのころの彼がどんなだったかを思い起こすのは辛《つら》い。はじめて会ったあのときに彼のなかからあふれ出ていた寛容さ、ユーモア、知性を思い出すのは辛い。あの日あの店で私と一緒に座っていた人物が、先週わが身を吹き飛ばしてしまった人物と同じなのだと思っても、私にはその事実がうまくつかめない。彼にとってそれはきっと、ひどく長い、壮絶な、苦しみにみちた旅路だったにちがいない。そのことを想《おも》うと、私は泣きたくなる。十五年のあいだにサックスは、自分という人間の一方の端からもう一方の端まで旅したのであり、その最後の地点にたどり着いたころには、おそらくもう、自分が誰なのかもよくわからなくなっていたのではないか。あまりに長大な距離が踏破され、どこから出発したのか、もはや覚えていようもなかっただろう。

「世の流れはだいたい追っているつもりなんだ」と彼は、あごの下からマフラーをほどき、野球帽と長い茶のコートを一緒に脱ぎながら言った。そして脱いだものをまとめて隣のスツールにどさっと放り投げ、座った。「二週間前までは君の名前を聞いたこともなかった。それが突然、いたるところでお目にかかるようになった。まず第一に、フーゴー・バルの日記に関するエッセイを読んだ。素晴らしいと思った。文章が達者だし、論じ方も巧《うま》い。挙げられた問題に対して誠実に応《こた》えている。意見全部に賛成したとは言いかねるが、議論に説得力はあるし、真剣さにも敬意が持てた。この男は芸術というものを信じすぎている、だが少なくとも自分の立場が絶対でないことは心得ていて、ほかのいろんな見方も可能だと自覚するだけの洒落《しゃれ》っ気も持ちあわせている、そう思った。次に、その三日か四日あと、郵便で雑誌が届いて、開けたら真っ先に、君の名前が載った短篇が目に飛び込んできた。『秘密のアルファベット』、あちこちのビルの壁にメッセージを見てしまう学生の話だ。あれはよかった。すごくいいと思って、三べん読んだ。誰なんだ、このピーター・エアロンってのは？　いままでどこに隠れてたんだ？　そう思っていた矢先に、キャシー・何とかが電話してきてパーマーが朗読会から降りたって言うから、君に交渉してみたらどうかって勧めてみたのさ」

「じゃあ僕をここに引きずり出した張本人は、あなたなんですか」あまりの賛辞に呆然《ぼうぜん》となった私は、そんな月並みな返答を返すのが精一杯だった。

「ま、どうやら、ことは思ったとおりには運んでくれなかったわけだが」

「そう悪いことじゃないかも」と私は言った。「少なくとも僕は、闇のなかでつっ立って自分の膝《ひざ》ががくがくぶつかるのを聞かずに済みました。それだけでも意義はある」

「母なる自然が救いの手をさしのべた」

「そのとおり。幸運の女神、わが窮地を救う」

「君が拷問《ごうもん》を受けずに済んで僕も嬉しいね。良心の痛みを抱えて生きる破目になるところだった」

「でも呼んでくださってありがとう。僕にとってはすごく意味があることです。実際、ものすごく感謝しています」

「べつに感謝されたくてやったわけじゃないさ。興味があったし、いずれ何らかの形で君に連絡をとっていたと思う。でもまあたまたまいい機会だったし、こうやった方が洒落てるかなと」

「かくして僕はここに、ピアリー提督その人とともに北極に赴いたわけだ。せめて一杯おごらせてほしいですね」

「その申し出はお受けしよう、ただし条件がひとつ。まず僕の言った問いに答えてほしい」

「喜んでお答えしますよ、問いが何なのかさえ教えてくれればね。たしかまだ何も訊かれていないと思いますが」

「もちろん訊いたさ。いままでどこに隠れてたんだって訊いたのさ。たぶん君、ニューヨークにはまだそんなに長くないんじゃないのか」

「前はここに住んでいたけど、しばらくよそで暮らしてたんです。戻ってきたのはつい五、六か月前です」

「で、どこにいた？」

「フランス。五年近くいました」

「なるほどそれでわかった。でもどうしてフランスなんかに住もうと思ったのかな？」

「特に理由はありません。とにかく、ここじゃないどこかで暮らしたかったんです」

「留学じゃないのかい？　ユネスコとか、どっかの一流国際法律事務所の海外勤務とかでもなく？」

「いえいえ、そんなのじゃありません。ほとんど食うや食わずのその日暮らしでした」

「昔ながらの海外放浪か？　若きアメリカ人作家、パリに赴き、文化と美女に出会い、カフェに座って強い煙草《たばこ》を味わう快楽を知る」

「それとも違うと思いますね。僕の場合、ただ単に、一息つける場所が必要だったんです。フランスを選んだのはフランス語が喋《しゃべ》れたからです。セルビア゠クロアチア語が喋れたら、きっとユーゴスラビアに行ったでしょうね」

「で、フランスへ行ったと。特に理由はなし、と。帰ってきたのには特に理由があるのかな？」

「去年の夏のある朝、目がさめて、もう帰る時期だって思ったんです。あっさり決心がつきました。ここにはもう長くいすぎた、ふっとそう感じたんです。きっと、野球なしで長く暮らしすぎたんだと思う。人間、ダブルプレーとホームランを一定量摂取しないと精神が枯渇《こかつ》してくるから」

「それで、また出ていく気は？」

「いえ、ないですね。ここを離れることで僕が何かを証明しようとしていたにせよ、もうその何かが大事とは思えないし」

「ひょっとしてもう証明したんじゃないのかな」

「それはありえますね。あるいは、そもそもの問題を別の言葉で問い直さなくちゃならないのかも。もしかしたら、はじめからずっと間違った言葉を使ってたのかもしれない」

「結構」とサックスは言って、出し抜けにばんと片手でカウンターを叩いた。「それじゃ一杯御馳走《ごちそう》になるか。だいぶ納得が行ったし、納得すると僕はいつも喉《のど》が渇くんでね」

「何を飲みます?」

「君が飲んでるのと同じでいい」と彼は、私が何を飲んでいるのか訊きもせずに言った。「で、どっちみちバーテン氏にはここまで来てもらわなくちゃならんわけだから、君もお代わりを頼みたまえ。ここはひとつ乾杯しなくちゃ。何といっても君は帰還を果したのであって、となればきちんと歓迎の意を表さなくてはね。お帰りなさいアメリカへ、と」

あの日の午後のサックスほど、とことん私の警戒心を解いてしまった人間はほかにいない。最初の瞬間から、ギャングの巣窟《そうくつ》に飛び込んでいく警官のように華々しく突入してきて、私のなかの一番奥深い土牢《つちろう》や隠れ穴に入り込み、鍵《かぎ》のかかったドアを次々と開けていったのだ。あとでわかったのだが、これが彼の典型的なパフォーマンスであり、彼が世界を突き進んでいく上での典型的な実例だった。遠回しにものを言ったり、形式にこだわったりはしない。ただちに腕まくりして、喋り出す。まったく面識のない人間と会話をはじめることも彼にはまるで苦にならなかった。単刀直入に踏み込んでいき、他の人間ならためらってしまうような質問をずばり口にして、それでたいていは、べつに反感を買ったりもしない。この男は社交のルールというものをまったく知らないんじゃないか、見ていてそう思わずにはいられなかった。自分に余計な気取りが全然ないものだから、ほかの人間も自分と同じくらい率直に己を明かして当然と思っているように見えるのだ。だがそれでも、そうやって相手を探るやり方には、いわばどこか個人を超越したようなところがあった。相手と人間同士のつながりを持とうとしているというよりは、何か自分一人で知的な問題を解こうとしているように思えたのである。そのせいで、ものの言い方にある種の抽象的な色合いが加わり、それがこっちに信頼感を植えつけて、時には自分に向かってでも言葉にしたことのないことを打ちあけてしまうのだった。誰に会っても、彼は決して価値判断を下さなかった。誰かを見下したり、社会的地位で人を区別したりもしなかった。バーテンでも作家でも彼にとっては等しく興味の対象であり、もしあの日私が現われなかったら、おそらくあの、私が十語と言葉を交わしていなかった男と二時間喋っていたにちがいない。サックスはつねに、話している相手が非常な知性の持ち主だという前提から出発し、それが相手に、自分は威厳と重みのある人間なのだという思いを吹き込んだ。そういう、他人の最良の部分を引き出す持ち前の才が、私にとっても、彼という人間のなかで一番素晴らしく思えたところだと思う。彼はしばしば、変人という印象を与えた。雲のなかに頭をつっ込んだ、ガリガリに痩《や》せたのっぽが、難解なる思想やら問題やらに終始心を奪われている感じ。にもかかわらず、彼は何度も何度も、周囲に鋭く目を向けていることをごくさりげない形で明かして相手を驚かせた。誰でもそういうところはあるが、彼はたぶんほかの誰にも増して、ひとつの途切れなしの存在のなかに無数の矛盾を詰め込んでいた。どこにいても、その環境になじんでいるように見える一方、あれほど不器用で、物に対してぎこちなく、ごく単純な状況に対処するにもあれほど無力な人間はめったにいない。その日の午後、二人で話している最中にも、コートを何度もスツールから叩《たた》き落としてしまった。六回か七回はやったにちがいない。一度などは、拾おうとしてかがみ込んで頭をカウンターにしこたまぶつけた。ところが、これもあとでわかったのだが、サックスはスポーツも大の得意だった。高校のバスケットチームでは得点王だったし、その後何年にもわたり私と二人でやった一騎打ちのゲームでも私が勝ったことは一度か二度しかなかったと思う。会話では口数の多い、しばしば話し方もぞんざいな男だったが、書くものはその正確さと無駄のなさにおいて、ぴったり適切なフレーズを考え出す才においてきわ立っていた。だがそもそも、彼がものを書くということ自体、やや不可解な事実のように私には思えることもあった。そんな孤独な稼業《かぎょう》に携わるには、あまりに外の世界に浸った、他人にあまりに魅せられた、人々と交わるのをあまりに楽しむ人間ではないかと思えたのだ。だが孤独も彼は苦にしなかった。つねにすさまじいほどの規律と熱意をもって執筆に励み、時には何週間もどこかにこもって一気に仕事を完成させた。そういう人間であることを思い、自分のさまざまな側面をつねに同時に動かしているその精悍《せいかん》さを思うと、この男が結婚しているというのはいかにも意外な気がしたものだ。家庭生活を営むにはあまりに足が地についていない人物ではないか、特定の一人と親密な関係を保つにはその情愛においてあまりに民主的なのではないかと思えたのだ。ところがサックスは若くして結婚した。私の知るたいていの人間よりずっと早く結婚し、その結婚生活を二十年にわたって維持しつづけた。それにまたファニーも、特に彼に向いたタイプの妻には思えなかった。しいて彼向きの妻を想像するなら、大人しい、母親タイプの女性を私は思い描いただろう。夫の陰に立つことで満足している、子供のような夫を厳しい日常の現実から護《まも》ってやることに身を捧《ささ》げている女性を。ところがファニーは全然そういう女性ではなかった。あらゆる面でサックスと対等の、自分自身の生活を持った、複雑できわめて知的な人物だった。長年のあいだ、サックスが彼女を逃がさずにいられたのは、あくまでそのためにしかるべく努力したからであり、彼女を理解し彼女自身のバランスを保つのを助けてやる才にも恵まれていたからである。彼の優しい気質が、結婚生活にプラスに働いたことは間違いない。が、この側面についてはあまり強調しすぎない方がいい気もする。優しい人柄とはいえ、サックスの考え方は時としておそろしく硬い独善に陥ることがあったし、たまに荒々しい怒りを爆発させたときなど、その激怒の噴出ぶりたるや、実に恐ろしいものがあった。その怒りは、まわりの人々に対してというより、むしろ世界全体に向けられていた。世界のさまざまな愚かしさは彼をうんざりさせた。彼の陽気さ、上機嫌さの奥に、時たま、不寛容と軽蔑《けいべつ》の深い池が広がっているのを私は感じた。彼の書くもののほとんどすべてに、苦々しい、敵意のような響きがひそんでいた。年月が経《た》つにつれて、あの男は厄介者だという評判が立つようになった。まあたぶんそれも自業自得《ごうじとく》だったのだろうが、結局のところそうした面も、彼という人間のごく一部にすぎない。彼を一点に押さえつけようとするから、話が厄介になる。そうするにはあまりに予測不可能な人間だったのだ。あまりに精神のスケールが大きく、頭の回転が速く、新しいアイデアをあまりにたくさん抱えていて、一か所に長くとどまりはしなかった。私も彼と一緒にいて、時に疲れることはあっても、退屈することは絶対になかった。十五年間、サックスの前で私は一瞬たりとも気を緩められなかった。彼はつねに私を挑発し、刺激した。こうやって、彼がいかなる人物だったのかを考えようとしているいまも、彼のいなかった人生というものを私はほとんど想像できない。

「これじゃ不公平だ」と私は、ふたたびなみなみ注がれたグラスからバーボンをちびちび飲みながら言った。「あなたは僕の書いたものをほとんど全部読んでいて、こっちはあなたの書いたものを一行も読んでいない。フランスに住む利点はいろいろあるけど、新しいアメリカの本をフォローできるってことはないからね」

「大したものを逃しちゃいないさ」とサックスは言った。「保証する」

「でもやっぱり、少し気まずいな。あなたの本のことだって、タイトルしか知らないし」

「一冊あげよう。そうすればもう、読んでいない口実はなくなる」

「昨日二、三軒本屋を覗《のぞ》いてみたんですが……」

「いいんだよ、貯金でもしたまえ。手元に百冊くらいあってね、減ってくれるのはありがたい」

「酔いがあんまりひどくなかったら、さっそく今夜読みはじめますよ」

「あわてることはない。しょせんただの小説なんだから、そんなに真面目《まじめ》に考えることはない」

「僕はいつも小説というものを真面目に考えますよ。特に著者からもらったときはね」

「ま、この著者は、これを書いたときまだすごく若かった。ひょっとして若すぎたと言ってもいい。あんなもの出版するんじゃなかった、と思うときもある」

「でも今日はその本から朗読するつもりだったんでしょう。ということは、そこまでひどくはないと思ってるわけだ」

「ひどいとは言ってないさ。若書きだっていうだけさ。衒学《げんがく》的すぎるし、技巧に走りすぎている。いまああいうものを書こうとは思わないね。あの本にいまでも少しは惹《ひ》かれるのは、あくまであれが書かれた場所のせいだ。本自体に大して意味はないが、本が生まれた場所にはいまも愛着があるらしい」

「で、その場所とは？」

「刑務所だよ。あの本は刑務所で書きはじめたんだ」

「刑務所って、本物の？　独房とか鉄格子《てつごうし》とかのある？　シャツの胸に番号が刷り込んであったりするところ？」

「そう、現実の刑務所。コネチカット州ダンベリーの連邦刑務所だ。僕は十七か月、あのホテルの滞在客だったんだ」

「驚いたな。どうしてそんなところへ行く破目になったんです？」

「すごく簡単な話さ。徴兵拒否だよ」

「良心的兵役拒否ですか？」

「そうしたかったんだが、申請は却下された。よくある話さ、わかるだろう。平和主義を唱えてあらゆる戦争に反対している宗派に属していれば、申請が検討される見込みもある。でも僕はクエーカー教徒でも安息日再臨派でもないし、それに実際、あらゆる戦争に反対しているわけじゃない。あの戦争に反対だっただけだ。あいにくまさにその戦争で戦ってくれと言われたわけで」

「でもどうして刑務所に入ったんです？　ほかにも手はあったでしょう。カナダ、スウェーデン、それこそフランスだって。何千人と行ったじゃないですか」

「要するに頑固だっただけだよ。逃げたくはなかった。面と向かって、自分の思ってることをきちんと伝える責任があると思ったんだ。それをやろうと思ったら、体を張るしかない」

「で、あちらはあなたの気高い宣言に耳を傾け、それから牢屋に閉じ込めたと」

「もちろん。だがそれだけの値打ちはあった」

「でしょうね。でもその十七か月間、辛《つら》かったでしょう」

「それが、案外悪くなかったよ。あそこに入ったら、何ひとつ心配事もない。三度の食事は黙っていても出てくるし、洗濯もしなくていいし、人生まるごと、前もって向こうが予定を組んでくれる。おかげで、びっくりするくらいの自由が手に入る」

「この話、あなたが冗談にしてしまえてよかったですよ」

「冗談なんかにしてないさ。ま、少しはしてるかな。でもとにかく、君がきっといろいろ想像しているような、その手の辛いことはいっさいなかった。ダンベリーはアッティカやサン・クエンティンみたいな悪夢の監獄とは違う。囚人も大半はホワイトカラー犯罪者だし――横領、脱税、不渡り小切手、そのたぐいさ。あそこに入ったのは運がよかったけど、一番大きかったのは、僕自身に覚悟ができていたことだった。審査は何か月もだらだらつづいて、どのみち負けることははじめからわかっていたから、刑務所というものに気持ちを適応させる時間はたっぷりあった。入ってからも、あと何日ってことばかりくよくよ考えて、ベッドに入るたびカレンダーにまたひとつ×をつける、なんて情けない真似《まね》はしなかった。いよいよ刑務所に入れられて、これが現実なんだ、お前はこれからここで暮らすんだ、そう自分に言い聞かせた。僕の世界の境界線は縮んでしまった、でも僕はまだ生きている。とにかく息ができて、屁《へ》がこけて、好きなことを考えていられる。それができる限り、どこにいようと同じじゃないか？」

「不思議だなあ」

「いいや、不思議じゃないさ。ヘニー・ヤングマンのギャグにあっただろう、亭主が帰ってきて、居間に入ると、火のついた葉巻が灰皿に載っている。どういうわけだ、と亭主は女房に訊《き》くが、女房は知らんぷり。不審に思って、亭主は家のなかを見てまわる。寝室に行って、クローゼットを開けると、知らない男がそこにいる。『うちのクローゼットで何やってるんだ？』と亭主は訊く。『わ、わかりません』と男はぶるぶる震え、汗をかきながらしどろもどろに答える。『誰だってどこかにいなくちゃなりませんからね』」

「ふん、わかりましたよ。でもやっぱり、そのクローゼットには、ごろつきみたいなのが一緒にいたわけでしょう？　いつも快適ってわけには行かないんじゃないのかな」

「まあたしかに、何度か危ない場面はあった。でもそういうのも、僕なりにけっこう上手《うま》く対応できるようになったんだ。人生、変てこな風貌《ふうぼう》で得したのはあのときだけだね。僕が何者なのか、みんな見当がつかなかったんだ。しばらくすると、たいていの連中は、こいつは気狂いだって信じ込んでくれた。そりゃもう大した違いだぜ——いったん気狂いだと思うと、とことん放っておいてもらえるのさ。目にそれっぽい表情さえ浮かべていれば、トラブルの予防接種になる」

「それもみんな、自分の信念を表明したがったため」

「そんなに大変じゃなかったさ。少なくとも、自分がなぜそこにいるかははっきりわかっていた。うじうじ後悔したりする必要もなかった」

「僕の場合はラッキーだったな。喘息《ぜんそく》のせいで身体検査で落ちて、それっきりもう何も考えなくてよかった」

「で、君はフランスに行き、僕は刑務所に行った。我々は二人ともどこかへ行って、二人とも帰ってきた。僕が見る限り、二人ともいまは同じ場所に座っている」

「そういう見方もありますね」

「これこそ唯一《ゆいいつ》の見方さ。我々の方法はそれぞれ違っていたが、結果はまったく同じだったんだ」

私たちはもう一杯お代わりを頼んだ。それがさらにもう一杯につながり、また一杯、さらにもう一杯へとつながった。その間、バーテンも二杯くらいおごってくれて、我々もただちにこの親切に応《こた》え、自分にも一杯注ぐよう彼に勧めた。やがて酒場は客で埋まり出し、我々は奥の隅のテーブルに席を移した。何を話したか、全部は思い出せないが、会話のはじまりの方が終わりの方より記憶はずっと定かだ。最後の三十分か四十五分くらいになると、私の体はすっかりバーボン浸《づ》けになっていて、ものが文字どおり二重に見えていた。そんな体験は前代未聞《ぜんだいみもん》だった。世界の焦点をどうやって取り戻せばいいのか、さっぱりわからなかった。サックスを見るたびに、彼が二人いた。まばたきをしても役には立たず、首を揺さぶってもめまいがしてくるばかり。サックスは頭と口を二つずつ持つ人間に変容していた。いい加減帰ろうということになり、立ち上がったとき、倒れる寸前の私を、彼が四本の腕でつかまえてくれたことを覚えている。あの午後、彼が複数いたのはたぶん幸いだった。もうそのころ、私はひどく重くなっていたから、一人の人間で運べたかは疑わしいと思う。

&

私に話せるのは、自分にわかっていることだけだ。自分の目で見て、自分の耳で聞いたことだけだ。ファニーを別とすれば、私は誰よりもサックスと近しい人間だったかもしれないが、だからといって彼の人生のもろもろの細部に関するエキスパートになれるわけではない。知りあったとき、彼はすでに三十歳になろうとしていた。私たちは二人とも、自分の過去についてはあまり語らなかった。彼の少年時代は私にとっておおむね未知であり、両親や姉妹について時おり何げなく漏らした言葉を別にすれば、彼の家族について私はほとんど何も知らない。こういう差し迫った状況でなければ、家族とも接触を試みて、空白を最大限埋める努力をするかもしれない。だが目下の私は、サックスの小学校の先生やら高校の同級生やらを探し出せる立場にはない。従兄弟《いとこ》たち、大学のクラスメート、刑務所で一緒だった連中にインタビューを申し込んでいるような場合ではないのだ。とにかく時間がないのだし、迅速にことを進めねばならないから、自分の記憶以外に頼れるものはない。その記憶が疑わしいとか、サックスについて私が事実知っていることに虚偽や欠陥があるとか言っているわけではない。ただとにかく、この本を、看板に偽りあるものにしたくはないのだ。これは断じて、決定的な叙述ではない。伝記でもないし、網羅的な内面像でもない。長年の交友のなかで、たしかにサックスは私に多くを打ちあけてくれたが、彼という人間を自分が全面的に理解しているなどと主張する気は私にはない。私は彼に関して真実を述べたいと思ってはいるし、彼をめぐる記憶をできる限り正直に記述したいと思っている。それでもやはり、自分が間違っているという可能性、真相は私の想像とはまるで違っているという可能性を排除することはできないのだ。

サックスは一九四五年八月六日に生まれた。日にちまで覚えているのは、彼がことあるごとにそれを口にし、よく会話のなかで自分を「アメリカ初のヒロシマ・ベイビー」「ボム・チャイルド第一号」「核の時代に産声《うぶごえ》を上げた最初の白人」等々と形容したからだ。エノラ・ゲイの腹からリトルボーイが投下されたまさにその瞬間、自分も医者の手によって分娩《ぶんべん》されたのだと彼はしばしば主張したが、これはいつ聞いてもさすがに眉唾《まゆつば》に思えた。サックスの母親に一度だけ会ったときに訊いてみたが、生まれた時間までは覚えていなかった（四人産んだからねえ、ごっちゃになっちまってるんだよ、と言っていた）。が、少なくとも日にちについてはそのとおりだと母親も言った。息子が生まれたあとにヒロシマのニュースを聞かされたこともはっきり覚えている、とも言っていた。かりに残りはサックスの捏造《ねつぞう》だとしても、まあ無邪気な神話作りにすぎない。事実をメタファーに変容させるのは得意な人間だったし、いろんな事実をとにかくよく知っていたから、奇妙な歴史的つながりをつぎつぎ並べてみせるのもお手のものだった。およそ関係のなさそうな人物や事件をあざやかに結びつけて、聞き手を圧倒するのだ。たとえば、一八九〇年代にクロポトキンがはじめてアメリカを訪れた際の逸話。この有名な無政府主義者の公爵《こうしゃく》に、南北戦争期の南部連合国側の大統領ジェファソン・デイヴィスの未亡人が会見を申し込んだというのだ。これだけでも十分奇怪な話だが、サックスによれば、クロポトキンがデイヴィス夫人の屋敷に着いてまもなく、誰あろう、有名な黒人指導者ブッカー・T・ワシントンがひょっこり現われた。ワシントンの用件は、クロポトキンに同行してきた男というのが彼の友人で、この人物に会いにきたのだという。ワシントンが玄関広間に立っていることを知ったデイヴィス夫人は、彼のもとに人を送って、こちらにいらして仲間にお入りくださいと伝えた。こうして、その後一時間、何とも奇妙な組合わせの三人組が、一緒にお茶を飲みながら上品な会話を交わすことになった。組織化されたあらゆる政府を打倒せんとしているロシア人貴族、文筆家にして教育家となった元奴隷《どれい》、奴隷制を護《まも》ろうとして建国以来もっとも血にまみれた戦争へアメリカを導いた男の妻。こんな話を知っているのはサックスくらいなものである。あるいはこんな話――今世紀初頭、映画女優のルイーズ・ブルックスがまだ幼いころカンザスの小さな町に暮らしていたとき、隣の家に住む遊び友だちは、のちに『ルーシー・ショー』のレギュラーを務めたヴィヴィアン・ヴァンスであった。これはサックスにとっても胸躍る発見だった。アメリカ人女性の二つの側面――妖婦《ヴァンプ》と地味な女、煽情《せんじよう》的な悪魔と野暮ったい主婦――とが実は、ともにアメリカの真ん中に位置する同じ町の、同じ埃《ほこり》っぽい通りの隣り同士として出発したとは！　サックスはこういうアイロニーを好んだ。歴史のくり出す巨大な愚行や撞着《どうちゃく》を愛し、事実がたえず自己矛盾をきたすさまを楽しんだ。こうしたさまざまな事実を貪《むさぼ》り食うことによって、彼は世界を、あたかも想像の産物のように読むことができた。言葉として残された出来事を文学的シンボルやレトリックに読みかえ、そこから何か、現実世界に埋め込まれた暗く複雑なパターンを見てとったのだ。こうしたゲームを彼がどこまで本気に考えているのか、私には最後までよくわからなかったが、しじゅうこのゲームに興じていたことは間違いないし、時にはほとんどやめたくてもやめられないように見えた。自分の出生をめぐる話も、こうした抑えがたい欲求の一環だったのだ。一面、それはある種のブラックユーモアだったが、同時にまた、自分という人間を規定しようとする試み、自分が生きる時代の惨事のなかに自分を加害者の一員として位置づける手立てでもあった。サックスはよく原爆《ザ・ボム》の話をした。それは彼にとって世界の中心的事実のひとつであり、精神の究極的な境界線だった。彼から見れば、それこそが現代を、歴史上のほか全時代と隔てるものにほかならなかった。自分を破壊しつくす力を獲得したことによって、人間の生という観念そのものが変わったというのだ。我々の呼吸する空気自体が、いまや死の匂《にお》いに汚染されている。もちろんこういう考えを思いついたのはサックスがはじめてではないが、九日前に彼の身に起きたことを思えば、この強迫観念もいささか不気味な色合いを帯びてくる。何だかそれが、命のかかった駄洒落《だじゃれ》であるような気がしてくる。ひとつの場違いな言葉が彼のなかに紛れ込んできて、根を下ろし、抑えようもないほど繁殖していったような気にさせられるのだ。

彼の父親は東欧系のユダヤ人で、母親はアイルランド系カトリック教徒だった。大方のアメリカ人家族と同じく、彼らの先祖も惨事によってこの地に導かれたが（一八四〇年代のジャガイモ飢饉《ききん》、一八八〇年代のユダヤ人大量虐殺《ぎやくさつ》）、祖先についてそれ以上のことはわからない。僕の母方の先祖をボストンに行かせた責任は一人の詩人にある、と彼は好んで言っていたが、これは単に、サー・ウォルター・ローリーが十六世紀にジャガイモをアイルランドに導入し、結果として三百年後に飢饉を招いたことになるという事実に触れているにすぎない。父方の家系については、あの人たちがニューヨークへ来たのは神が死んだせいだ、とサックスはあるとき私に言ったことがある。これまたいかにも彼らしい謎《なぞ》めいた言い方であり、その童謡的とも言うべき論理が見えてくるまでは、まったくのナンセンスに思える。要するにこういうことだ。一八八〇年代のユダヤ人大虐殺は、皇帝アレクサンドル二世の暗殺が引き金となってはじまった。皇帝を暗殺したのはロシアの虚無主義者たちである。そして虚無主義者たちが虚無主義を奉じたのは、神は存在しないと信じるに至ったからである。考えてみれば単純な等式だが、あいだの連鎖が見えてくるまでは訳がわからない。釘《くぎ》一本足りなかったせいで王国が失われた、といった言い方があるが、サックスの物言いもそれに似ている。その詩を知っていればわかる。知らなければ、わからない。

サックスの両親がいつどこで出会ったか、結婚前の二人が何をしていて、異宗教結婚が生じそうだとなってそれぞれの家族がどういう反応を示したか、コネチカットに移ってきたのはいつか、こうした点はどれも私の手に余る問題である。私の知る限り、サックスは特に宗教的な教育を受けていない。彼はユダヤ人でありかつカトリックであった。ということはつまり、どちらでもなかったというに等しい。宗教学校に行ったというような話はいっさいしていなかったと思うし、カトリックの堅信礼もユダヤ教の成人式《バルミツバー》も受けていない。ユダヤ式に割礼は受けているという事実も、単なる医学上のディテールにすぎず、深い意味はない。十代なかばに生じた宗教的危機に話が及んだことは何度かあるが、どうやらこれも、いくらも経《た》たないうちに自然消滅したらしい。聖書に関する博識（旧約、新約とも）には私も感銘を受けたが、聖書を読み出したのもたぶんそうした内的葛藤《かっとう》を経験していた時期だろう。精神的な問題よりは政治や歴史に関心のある人間だったが、逆にその政治観はどこか、宗教的と言ってもいいような響きを伴っていた。まるで政治的な営みというものが、単に〈いま・ここ〉の問題に対処するひとつの手段というにとどまらず、己の救済につながる道でもあるような趣《おもむき》なのだ。これは重要な点だと思う。サックスの政治的思想は、出来あいのどの範疇《はんちゅう》にも当てはまらなかった。組織やイデオロギーを彼はつねに疑いの目で見ていた。それらについて、相当の理解と洞察をもって語ることはできたものの、彼にとって政治的活動とは、つまるところ良心の問題だった。一九六八年に彼を刑務所に入らせたのもそれだった。べつに刑務所で何かをなしとげられると思ったからではない。そうしなければ今後、自分自身とまともに向きあって生きていけないと確信したからだ。己の信念に対するサックスの態度を要約しようとするなら、十九世紀のいわゆる超絶論者たちの名をまず挙げるべきだろう。ソローこそ彼の範であった。ソローの「市民的不服従」がお手本としてなかったら、サックスがああいう人間になっていたかどうかも疑わしいと思う。これは単に刑務所の件に限った話ではない。生に対する接し方全体の話、厳格な内なる自警ともいうべき姿勢の話だ。あるとき、『森の生活』が話題にのぼったとき、サックスは私に、あごひげを生やしているのは「ヘンリー・デイヴィッドも生やしていたから」だと白状した。それを聞いて、ソローに対する彼の敬意がいかに深いかを垣間見《かいまみ》た思いがしたものだ。いまこうしてこれを書いている最中、二人がちょうど同じ年数を生きたことに私は思い至る。ソローは四十四歳で死んだ。サックスも来月まで生きなければ彼を追い越したことにならない。この偶然に見出すべき意味などないのだろうが、こういった、記録に留めておくべきささやかな細部こそ、まさにサックスが好んだものだった。

彼の父親はノーウォークで病院の運営の仕事をしていて、私の印象としては一家は特に裕福でもなく、特に困窮してもいなかった。まず娘が二人生まれ、次にベン、それから三番目の娘、と、四人の子供が六年か七年のうちに生まれた。サックスは父親より母親に近しかったようだが(母はまだ存命、父はすでに他界)、父と息子のあいだに何か大きな葛藤があったというようなこともなさそうだった。子供のころ自分がどれだけ愚かだったかを示す例として、父親が第二次大戦に参加しなかったと知ってひどいショックを受けたという話を聞かされたことがある。サックスがのち取るに至る立場を考えればほとんど笑ってしまうが、当時の彼にとってその失望はおそろしく大きかった。友だちはみんな、兵士だった自分の父親の武勇を自慢したし、郊外の町の裏庭で戦争ごっこをやるときも、それぞれ戦場の記念の品を持ち出してきた——ヘルメット、弾薬帯、ホルスター、水筒、認識票、帽子、メダル。サックスにはそれが羨《うらや》ましくてならなかった。だが、なぜ父親が兵隊に行かなかったかについては、サックスは一度も説明してくれなかった。その反面、父親が三〇年代に携わった、社会主義者としての政治活動に関しては、いつも誇らしげに語ったものだった。労働運動に関係した、組合のオルグ活動か何かに従事していたらしい。父親より母親に傾いたのは、たぶん母と性格が似ていたからだと思う。二人ともよく喋《しゃべ》り、率直にものを言う人間だったし、二人とも他人に打ちあけ話をさせる不思議な才能に恵まれていた。ファニーによれば（この手の話題についてはベン同様ファニーもいろいろ聞かせてくれた）、サックスの父親は母親よりも物静かで捉《とら》えがたい人物で、自分の内にこもっていて、何を考えているのかをあまり他人に明かさない性格だった。それでもなお、サックスと父とのあいだには強い絆《きずな》があったと私は思う。思いつく一番確かな証拠は、あるときファニーが聞かせてくれた話だ。ベンが逮捕されてまもなく、裁判について父親にインタビューしようと、地元の新聞記者が家にやって来たことがあった。記者の方は明らかに、世代間の対立（当時それはいたるところで語られていた話題だった）のストーリーを書こうという腹づもりだった。ところがサックス氏は、いったん相手の魂胆を嗅《か》ぎとると、いつもは物静かで寡黙《かもく》な性格なのが、このときばかりはどんと椅子《いす》の肱掛《ひじか》けを叩《たた》き、新聞記者をまっすぐ見据えてこう言った。「ベンは素晴らしい子です。私たちはずっと、自分の信念を守りとおす人間になるようあの子を育ててきました。いまあの子がやっていることを、私が誇りに思わないとしたらどうかしています。私の息子のような人間がもっとたくさんいたら、この国はもっとずっとましな所になっているはずです」

私は父親には会わずじまいだったが、ある年の感謝祭をサックスの母親の家で過ごしたときのことは大変よく覚えている。ちょうどロナルド・レーガンが大統領に選ばれて二、三週間後だったから、一九八〇年の十一月、もうほぼ十年前ということになる。当時、私の人生はどん底状態にあった。最初の結婚生活は二年前に崩壊していたし、アイリスに出会うのは二月末だから、まだ三か月先の話である。息子のデイヴィッドは三歳になったばかりで、私は元の妻と交渉して、感謝祭の休暇を息子と過ごせるよう話をまとめていた。私はしかるべく計画を立てたが、最後の最後でその計画がおじゃんになってしまい、息子を連れてどこか開いているレストランに行くか、私の狭いブルックリンのアパートで冷凍七面鳥のディナーを食べるか、どちらにしろ何とも気の滅入《めい》る選択肢しかなくなってしまった。自分が哀れに思えてきたまさにそのとき（木曜日の感謝祭を控えた直前の月曜か火曜だったと思う）、ファニーが助け船を出してくれた――私と息子を、コネチカットにあるベンの母親の家に招待してくれたのだ。甥《おい》っ子とか姪《めい》っ子とかみんな来てるから、デイヴィッドもきっと楽しめるわよ、とファニーは言ってくれた。その後サックス夫人は老人ホームに移ったが、当時はまだニュー・ケーナンの自宅に住んでいた。ベンとその姉妹もここで育ったのである。町のすぐはずれにある、十九世紀の後半に建てられたらしい切妻《きりづま》造りの大きな屋敷だった。食料貯蔵用クローゼットや裏階段があったり、奇妙な通路が二階の片隅に設けられていたりする、まさに迷路のような、いかにもビクトリア朝風の家である。家のなかは暗く、居間にはそこらじゅう本、新聞、雑誌が積まれていた。サックス夫人は当時六十代なかばか後半だったはずだが、老《ふ》けたところ、年寄りじみたところは少しもなかった。長年ソーシャルワーカーとしてブリッジポートの貧しい地域を担当していたという話で、見ているとじきに、きっと仕事でもさぞ有能だったろうと思えた。はっきりものを言い、何についてもきちんと意見を持ち、荒っぽい、ひねくれたユーモアのセンスも備えている。いろんなことを面白がれる女性と見え、感傷に酔ったりむすっと不機嫌になったりはしなかったが、ひとたび話題が政治に転じると（そしてその日、政治の話題は何べんも持ち上がった）、実に辛辣《しんらつ》な文句を次々言い放つのだった。下品としか言いようのない発言もけっこうあって、あるときなど、有罪判決を受けたニクソンの側近たちを、夜寝る前にパンツをきちんとたたむタイプの連中と呼び、娘の一人が気まずそうにチラッと私の方を見て、母親の淑女らしからざる言動を詫《わ》びるような顔をした。だがそんな心配は無用だった。私はその日、サックス夫人のことをものすごく気に入ったのだ。反抗精神あふれる、いまだ世界に向けてパンチをくり出すことに倦《う》んでいない女家長。しかも、他人だろうが自分だろうが（他人のなかには子や孫も含まれる）誰彼構わず笑いの種にしてしまう。私がそこに着いてまもなく、自分は料理がおそろしく下手なのだと彼女は打ちあけた。ディナーの準備を娘たちに任せたのもそのためだという。だけど――と彼女は、私をそばに引き寄せこっそり耳元で言い足した――あの三人だってそう自慢できたものじゃないよ。何しろあの子たちに料理を一から教えたのはこのあたしなんだからね、師匠がぼんくらじゃあ、弟子にどれだけ期待できる？

たしかに食事はおそろしくまずかったが、そんなことを気にしている暇などなかった。とにかく屋敷には人が大勢いたし、十歳以下の子供も五人いてたえず駆けまわっていたから、我々の口は食べるより喋ることで忙しかったのだ。サックス一家は騒々しい人々だった。三姉妹夫妻はそれぞれ違った地方から飛行機でやって来ていて、姉妹で顔を合わせるのも久しぶりだったから、ディナーの会話はたちまち、みんながいっぺんに喋りまくる言葉の乱闘状態と化した。どの瞬間にも四つか五つの対話が食卓で同時進行していたが、みんなかならずしも隣の人間と話すわけではなかったから、対話同士がしじゅう交錯しあい、話し手の組み合わせも目まぐるしく変わるため、誰もがみないっせいに会話に参加しているような感じで、自分の生活についてぺちゃくちゃ喋りまくるのと同時にほかの人間の現況報告にも耳をそばだてているのだった。これに加えて、子供たちからひんぱんに邪魔が入り、料理のコースが順番に出されては下げられ、ワインが注がれ、皿が落とされグラスがひっくり返され調味料がこぼされたと思っていただきたい。ディナーはやがて、手の込んだ、しかし大急ぎで仕立てたボードビル・ショーのごとき様相を呈していった。

たくましい家族だ、と私は思った。からかいあい、けなしあいながらも、実は一人ひとりがたがいのことを大切に思っていて、さりとて共通の過去にしがみついているわけでもない。彼らのあいだに敵意のたぐいがほとんど感じられないのは、見ていて気持ちがよかった。昔の対抗意識や恨みが浮かび上がってきたりすることもまずない。だが同時に、そこには親密さのようなものもあまり見てとれなかった。うまく行っている家族によくあるような、たがいがしっかり結びついている感覚は希薄だった。サックスが姉や妹を好いていたのは私も承知しているが、その愛情にしてもどこか機械的な、いくぶん他人行儀の感があったし、大人になってから三姉妹の誰かと深く接したということもなかったと思う。彼一人だけ男だという点も一因だったかもしれないが、いずれにせよ、その長い午後と夕べのあいだ、気がつくといつも彼は母親かファニーと話しているように見えたし、自分の甥や姪よりもむしろ私の息子のデイヴィッドに興味を示していたと思う。私としても、この点について何か具体的な意味づけをしようというつもりはない。

こうした部分的な観察というのは、誤解や間違いの余地がいくらでもあるものなのだから。だが、サックスがある種、家族のなかのはぐれ者のように、ほかのみんなからわずかに離れて立っている人物のようにふるまっていたことは間違いない。誰かを露骨に避けたとかいうわけではもちろんないが、どうもいまひとつくつろげずにいるような、そこにいなくてはならないことにほとんど退屈しているような感じがする瞬間も何度となくあったのだ。

私の乏しい知識に基づく限り、彼の幼年時代はごく平凡なものだったようだ。学校の成績も格別よくはなかったし、何か秀《ひい》でたところがあったとすれば、それはいたずらや悪ふざけの才能だった。権威に刃向かうことをまるで恐れない子供だったらしく、本人の話を聞いていると、六歳から十二歳までは、日々創造的な反逆行為に没頭していたように思えた。手の込んだ落とし穴を設計したり、先生の背中に〈Kick Me〉という札を貼《は》りつけたり、学校の食堂のゴミバケツで爆竹を鳴らしたり。こうした年月、校長室で説教を喰らった時間は何百時間にものぼったが、これら輝かしい行為がもたらした満足感を思えば、それもささいな代償だった。クラスの仲間たちは彼の大胆さと独創性を崇《あが》めた。そもそも彼としてもそういう敬意に刺激されて、もろもろの蛮行に走る気になったのだろう。小さいころのサックスの写真は何枚か見たが、恐ろしく不細工な子供だったことは疑いない。豆の茎みたいにひょろひょろに痩《や》せた体に、大きな耳、出っ歯、間《ま》の抜けた左右不釣り合いのニタニタ笑い、目ざわりとしか言いようのない風采《ふうさい》である。クラスじゅうの笑い物になる可能性はさぞ大きかっただろう。あらゆるジョークや残酷な悪口の、絶好のターゲットだったはずだ。そういう運命を避けることができたのは、誰よりもわずかに粗暴にふるまうよう自分に強《し》いたからだ。それは決して、演じるに楽しい役割ではなかっただろう。だが彼はそれをマスターすべく努力した。しばらくすると、挑む者もない覇権を獲得していた。

やがて、矯正のおかげでひどい歯並びも直った。少しずつ肉もついてきて、手足はだんだんと彼の言うことをきくようになってきた。思春期に達するころにはもう、大人になってからの彼とさほど変わらぬ姿になっていた。スポーツでは背丈が有利に働き、十三か十四歳でバスケットをはじめるとたちまち有望選手になった。たちの悪いいたずらや反逆的な奇行はそのころから影をひそめ、高校での成績も抜群とは言いかねたが（勉強に関してはやる気があったためしがなく、よい成績をとろうという気は全然なかった、と本人もよく言っていた）、本は年中読んでいて、このころからすでに自分のことを作家の卵と考えるようになっていた。みずから認めたところでは、はじめのころ書いた作品はどれも救いがたくひどかった。「ロマン主義的－不条理主義的魂の探求」と彼自身あるとき形容した、悲惨な出来映えの短篇や詩を、サックスは誰にも見せなかった。だが彼はあきらめなかった。ますます真剣になってきたしるしに、十七のときにわざわざパイプまで買った。パイプこそすべての真の作家の記章と思っていたのだ。高校の最終学年、毎晩机に向かって、片手にペン、片手にパイプを持って、部屋を煙で満たしていた。

これはみなサックスから直接聞いた話である。これを聞かせてもらったおかげで、私が出会う前の彼がどんな人間だったか、ある程度つかめた気になったものだが、いまこうして彼に言われた話を反復してみると、ひょっとしたら全部嘘《うそ》だった可能性もあることに私は思いあたる。自己卑下は彼の性格のなかの重要な要素であり、自分を笑いの種にすることも多い人間だったのだ。とりわけ、過去を語るときには、自分をひどく滑稽《こっけい》に描くことをサックスは好んだ。何も知らない子供、偉ぶった阿呆《あほう》、いたずらだけが取り柄の悪ガキ、無器用なとんま。たぶん彼は、私にも過去の自分をそう見てほしかったのだろう。あるいはひょっとすると、私をかつぐことで、何か倒錯した快感を得ていたのか。とにかく、相当の自信がなければ、なかなかあそこまで自分をコケにできるものではない。そして、それだけ自信がある人間だったら、阿呆やとんまではまずありえない。

こうした少年時代のエピソードのうち、これだけは事実だろうと確信できるものがひとつだけある。一九八〇年にコネチカットを訪れたとき、帰り際《ぎわ》に聞いた話で、本人のみならず母親からも聞かされたという点で、ほかの一連のエピソードとはおのずから違った範疇《はんちゅう》に属する。それ自体では劇的とは言いがたい話であり、サックスから聞かされたなかにはこれよりもっとドラマチックな話がいくらでもあったが、彼の全生涯という視点からいまふり返ってみると、ひときわあざやかに浮かび上がってくる話であるように思える。言ってみれば、音楽における主題の告知、この後サックスという人間に死ぬまでつきまとうことになるフレーズの最初の提示のように。

テーブルが片付けられると、食事の準備に加わらなかった連中は台所で洗い物をするよう言い渡された。全部で四人――サックスと母親、ファニーと私である。仕事はどっさりあった。どのカウンターにも食べ残しや食器がぎっしり載っていた。食べ物をこそげ落とす、洗剤で洗う、すすぐ、拭《ふ》く、を交代でやりながら、私たちはあれこれお喋りに興じ、いろんな話題をとりとめもなく喋っていた。しばらくして、感謝祭の慣習が話題にのぼり、それがアメリカにおけるほかの一連の祝日の話につながって、それから今度は、国の象徴というものが漠然とトピックになった。誰かが自由の女神に言及し、と、まるで二人とも同時に記憶が戻ってきたかのように、サックスと母親が、五〇年代はじめにベドロー島へ行ったときのことを回想しはじめた。ファニーもはじめて聞く話だったので、彼女と私が聞き手となって、手に食器拭きを持ってそこに立ち、二人がささやかな芸をくり広げるのを見物することになった。

「あの日のこと覚えてるかい、ベンジー？」とサックス夫人が切り出した。

「そりゃ覚えてるさ」とサックスは言った。「僕にとって、幼年期の大きな転換点だったからね」

「お前はまだちっちゃな子供だったんだよ。せいぜい六つか七つの」

「六つになった年の夏だよ。一九五一年」

「あたしはそれより少しは年上だったけどね、自由の女神に行ったことはなかった。で、そろそろ行ってもいいかなと思って、あんたを車に押し込んで、ニューヨークへ出かけたんだ。娘連中はあの朝どこにいたか覚えてないけど、行ったのはたしか、あたしたち二人だけだった」

「僕たち二人だけだった。それと、ミセス・何とかスタインと、その息子二人だよ。向こうで待ちあわせたんだ」

「ドリス・セイパースタインだね、あたしの昔なじみだよ、ブロンクスのころからの。あんたくらいの年ごろの男の子が二人いたね。どっちもむちゃくちゃな暴れん坊でね、野生のインディアン顔負けだった」

「ごく普通の子供だよ。でもまあ、言いあいの元になったのはあの二人だった」

「言いあいって？」

「じゃあ、覚えてないんだね？」

「うん、あたしが覚えてるのはあとの方であったことだけだよ。ほかのことはみんなあれに消されちゃったんだ」

「あの日僕は母さんに言われて、みっともない半ズボンと白いハイソックスをはかされたんだ。出かけるときはいつもよそ行きの服を着せるんだよな、ほんとに嫌だったよ。あんなの着てると小公子か何か、女々しい弱虫になった気がして。家族で出かけるだけでも十分嫌だったけど、ミセス・セイパースタインの子供たちの前にこんな格好で出ると思うと、もう耐えられなくってさ。向こうはきっとTシャツにデニムにスニーカーだろ、どの面《つら》下げて出たらいいんだって思ったよ」

「でもお前、ああいう服着てると天使みたいに見えたんだよ」と母親は言った。

「かもしれないけど、僕は天使みたいに見えたくなんかなかったわけでさ。まっとうなアメリカの男の子に見えたかったんだよ。お願いだからほかの服にしてよって頼んだのに、全然聞いてもらえなかった。『自由の女神に行くのは裏庭で遊ぶのとはわけが違うんですよ。この国の象徴なんですからね、ちゃんと敬意を示さなくちゃいけないのよ』。まだ子供だったけど、ここに隠れた皮肉は僕にもわかったよ。自由という概念に敬意を表しにいこうっていうのに、僕はがんじがらめに束縛されてるんだからね。僕は絶対的独裁制の下で生きていたんだ。物心ついてからずっと、僕の権利は踏みにじられっ放しだった。セイパースタインさんの子供たちのことも言ったのに、聞いてもらえなかった。何言ってるの、あの子たちだってよそ行きを着てくるに決まってるでしょって。母さんがあんまり決めつけるもんだから、僕もとうとう、思いきって条件を持ち出したんだ。わかったよ、今日はこれを着る。でももしあの子たちがデニムとスニーカーだったら、もう二度とこんなものは着ない。これから先は、僕が好きなものを着ていいことにしてもらうよって」

「で、あたしはそれでいいって言ったの？　六つの子供相手に、取引きに応じたのかい？」

「口先で話を合わせてただけさ。賭《か》けに負けるなんて、母さんは考えてもいなかったんだ。ところが、あにはからんや、ミセス・セイパースタインが二人の息子を連れて自由の女神に到着すると、二人ともまさに僕が予言したとおりの格好をしていたのでありました。こうして僕は一気に自分の衣裳《いしょう》の主人となったわけさ。わが人生初の大きな勝利だったね、あれは。自分が民主主義のために一発パンチを決めたような、世界中の抑圧された人々の名において立ち上がったような気分だった」

「あなたがどうしてそんなにブルージーンズが好きなのか、やっとわかったわ」とファニーが言った。「自決権の原理を発見したと同時に、生涯ひどい服を着る人間たらんと自決したわけね」

「そのとおり」とサックスは言った。「僕は薄汚い風体の人間になる権利を獲得したのであり、以後ずっとその旗を誇らしく掲げてきた」

「で、それから」とサックス夫人が先へ進みたがって言った。「あたしたちはのぼりはじめた」

「螺旋《らせん》階段をね」と息子が言い足した。「歩いていたら階段に出たんで、のぼっていったんだ」

「はじめはそんなに悪くなかった」とサックス夫人は言った。「子供たちは先に行かせて、ドリスとあたしとで、手すりにしっかりつかまりながらのんびりのぼっていった。これで王冠のところまで来て、窓から港をしばらく眺めて、万事まあうまく行ってた。これでおしまい、降りてどこかでアイスクリームでも食べようって思ったら、あのころはまだ松明《たいまつ》のところまで入れてくれたんだよ。ということは階段をもうひとつづき、ミス戦斧《バトルアックス》の腕をつき抜けてのぼるわけだ。子供たちはすごく行きたがった。上を見たいってわめくもんだから、ドリスもあたしも結局折れてね。行ってみたら、今度の階段は、さっきのと違って手すりがないんだよ。あんなに狭くて、くるくる回る鉄階段なんて見たことない。消防士の出動柱に出っぱりがついたって程度だね。女神の腕のすきまから試しに下を見ると、空中五百キロくらい上がった気分なんだ。まわりには何もなくて、まるっきりの虚空《こくう》。子供連中は自分たちだけで松明までよじのぼっていったけど、あたしは三分の二くらい進んだあたりで、これは駄目だと思った。自分ではそれまで、けっこう度胸のある人間だと思ってたし、ネズミを見ただけでぎゃあぎゃあヒステリー起こすそこらの女とは違うつもりだった。それなりに世の中も見てきた、どっしり腰の座った女だってね。ところが、あの日あの階段に立ってると、もう体じゅうから力が抜けちゃって、冷や汗は出てくるし、このままじゃ吐いちまうんじゃないかと思った。そのころにはもうドリスもずいぶん危なっかしい具合になってたから、二人とも気を落着けようと、それぞれ階段に座り込んだ。それで少しはましになったけど、大した足しにはならなかったし、背中を固い物にぴっちりくっつけていても、いまにも落ちそうな気分が抜けなかった。あっと思ったらまっさかさまに墜落してるんじゃないか、そんな気がしてならなかったんだ。あんなひどいパニックになったのははじめてだね。体がまるっきり別人のものみたいになって。心臓は喉《のど》のあたりまで上がってきて、頭は両手に下りてきて、胃袋は脚まで下がってきた。で、ベンジャミンのことを考えるとすっかり怖くなって、お前、降りといで、って金切り声を上げはじめたんだ。ひどいもんだったよ。あたしの声が自由の女神じゅう、亡霊が苦しんで吠《ほ》えてるみたいに響きわたってね。子供たちもやっと松明から降りてきて、それから五人で、尻《しり》をついたまま一段ずつ降りていったんだ。子供たちの手前、ドリスもあたしもふざけてそうしてるふりをして、こうやって降りる方が面白いんだっていう顔をしてみせたけど、あの階段をまた立って下りるなんて冗談じゃなかった。そんなことするくらいなら、あっさり飛び降りちまう方がましっていうくらいだったよ。一番下まで下りていくのに三十分はかかったと思うね。

たどり着いたころには、あたしはもうボロボロ、ただの骨と肉の塊だった。その夜はセイパースタイン親子と一緒にグランド・コンコースに泊まったけど、あれ以来あたしは高い所が死ぬほど怖くなった。飛行機に乗るくらいなら死んだ方がいいし、ビルでも三階か四階を越えるともう、体のなかがゼリーになっちまう。どうだい？　それがみんな、ベンジャミンがまだちっちゃな子どもだった日に、自由の女神の松明にのぼろうとしたときにはじまったんだ」

「それは僕にとって、政治理論に関するはじめての教訓だった」とサックスは母親から目を離し、ファニーと私を見ながら言った。「自由というものが時に危険であることを僕は学んだ。気をつけないと、命を落とすことになりかねない」

この物語にあまり大きな意味を見出そうとは思わないが、かといってまったく無視すべきでもない気がする。それ自体はささやかなエピソードであり、家族内の語り草にすぎないし、サックス夫人の語り口にも、ユーモアと自分を茶化すトーンとが十分備わっていて、実はかなり恐ろしい言外の意味もそのときは見えないままだった。彼女が話し終えるとみんなで笑って、会話は別の話題に移っていった。もしもサックスの小説を読んでいなかったら（一九七五年、中止になった朗読会の日に彼が雪のなかを運んできたあの本である）、私としてもすっかり忘れてしまったかもしれない。が、あの本には自由の女神に言及した箇所がたくさんあるわけだし、このエピソードとつながりがある可能性を無視するのは難しい。母親のパニックを子供のころ目撃した経験が、二十年後、大人になってから書いた本の核心にあると考えることもできるのではないか。その夜、車でニューヨークへ帰る途中サックスにもそう訊《き》いてみたが、彼は笑うだけだった。あんな出来事は自分でもすっかり忘れていたよ、と彼は言った。それから、もうこの話は打ち切りだと言わんばかりに、精神分析の落とし穴をめぐるふざけ半分の糾弾をやり出した。結局のところ、これはどちらとも決められない問題である。サックスがつながりを否定したからといって、つながりが存在しないことにはならない。一冊の本がどこから生まれてくるのか、誰にも言えはしない——とりわけ、それを書いた人間には。書物は無知から生まれる。本というものが、書かれたあとも生きつづけるとすれば、それはあくまで、その本が理解されえない限りにおいてなのだ。

&

『新コロッサス』はサックスが出版した唯一《ゆいいつ》の長篇小説である。それは私が最初に読んだ彼の作品でもあり、私たちの交友に弾みをつける上で大きな役割を果たしてくれたことは間違いない。生身のサックスを気に入った上に、作品にも敬意を持てるとわかると、ますます彼のことを知りたくなったし、また会って話をしたいという気持ちも強まった。この本を読んだことで、彼は私にとって、アメリカに戻って以来知りあったほかの人々とはまったく別格の存在になった。これはただの飲み友だち候補ではない。単なる知りあいの一人というにはとどまらない。十五年前、サックスの本を開いて一時間後、我々が真の友となりうることを私は悟ったのだった。

今朝もう一度ざっと読み直してみて（このキャビンには『新コロッサス』が何冊も置いてある）、この小説に対する自分の気持ちがほとんど変わっていないことに我ながら驚いてしまう。それ以上のことは、あまり言う必要もない気がする。この本はいまも存在していて、本屋や図書館で手にとることができる。読みたいと思った人は簡単に読めるはずだ。ちょうど私がはじめてサックスと会った二か月ばかりあとにペーパーバックも出て、それ以後ずっと絶版にもならず、現代文学の片隅でひっそり元気に生きつづけ、混沌《こんとん》に満ちた怪著として本棚の一角に小さな場所を得ている。だが、はじめて読んだとき、私には何の予備知識もなかった。酒場で本人から話を聞いたときは、きっとごくありきたりの小説なのだろう、処女作にありがちな、自伝を申し訳程度に虚構化したたぐいの本なのだろうくらいにしか思わなかった。かりにそういう本だとしても彼に対する評価を下げるつもりはなかったが、何しろ本人があまり悪く言うものだから、私としても失望を覚悟していささか身構えたのである。あの日、彼はバーで自著にサインして私にプレゼントしてくれたが、そのとき私の目にとまったのは、それが厚い本だということ（四百ページを優に越えている）だけだった。次の日の午後、前日の二日酔いを消すためにコーヒーを六杯飲んでから、ベッドに寝そべって読みはじめた。サックスが警告していたとおり、たしかにそれは若書きの本だった――が、こっちが予想していたような形での若書きではまったくなかった。『新コロッサス』は六〇年代とはまるで無関係な本だったし、ベトナムとも反戦運動とも、あるいは彼が刑務所で過ごした十七か月とも無関係だった。そういったもろもろのことを予想していたのは、私の想像力の貧しさを露呈している。刑務所、と考えただけで私にはひどく恐ろしいことに思えたから、そこに入っていた人間が、それについて書かずにいられるとは思えなかったのだ。

読んだ人はみな知っているように、『新コロッサス』は歴史小説である。一八七六年から九〇年までのアメリカを舞台とする、入念な資料調査に支えられ、文書化された確認可能な事実に基づいて書かれた作品である。登場人物の大半は当時実際に生きていた人々である。架空の人物たちにしても、作者の創造物ではなく、他の小説から盗んできた借用物であり、それをのぞけば書かれている出来事はすべて事実――歴史的記録に従っているという意味で――である。記録があやふやな点についても、確率の法則を無視するようなことはしていない。すべてが、いかにもありそうなことのように、きわめて即物的に描かれ、その厳密さを期す姿勢においてほとんど愚鈍な感じすら与える。とはいえ、読み進むなかで、読者は何度も不意打ちを喰うことになる。多くのジャンルや文体がつぎつぎに混ぜあわされ、作品はやがて、ピンボールマシンのような趣を帯びてくる。ライトがちかちか点滅し、九十八種の効果音が鳴り響く、途方もないゲーム機のように思えてくるのだ。章から章へと、伝統的な三人称の語りから日記や手紙の一人称に飛ぶかと思えば、年代記的に時間軸に沿った記述からささやかな逸話へ移行し、新聞記事からエッセイ、エッセイから戯曲的なダイアローグに変わる。それは龍巻《たつまき》のように目まぐるしいパフォーマンスであり、一行目から最終行に至るまでペースの緩まぬ長距離疾走である。本全体をどう思うかは別として、作者のエネルギー、その志の勢いには敬意を持たずにいられない。

登場する歴史上の人物を挙げれば、エマ・ラザルス、シッティング・ブル、ラルフ・ウォルドー・エマソン、ジョゼフ・ピュリツァー、バッファロー・ビル、オーギュスト・バルトルディ、キャサリン・ウェルドン、ローズ・ホーソーン（ナサニエル・ホーソーンの娘）、エラリー・チャニング、ウォルト・ホイットマン、シャーマン将軍等々である。ところがそのなかにラスコーリニコフも混じっているし（『罪と罰』のエピローグそのままに、釈放されてアメリカに移住してきたばかりで、名も英語化されてラスキンに変わる）、ハックルベリー・フィンもいれば（ラスキンを助けてやる中年の浮浪者）、『白鯨』のイシュメールも出てくる（ニューヨークの酒場のバーテンとして端役《はやく》で登場）。物語はアメリカ建国百年祭の年からはじまり、その後十五年に起きた主要な事件を一つひとつたどっていく。リトル・ビッグホーンでのカスター将軍の敗北、自由の女神建造、一八七七年のゼネスト、一八八一年のロシア系ユダヤ人のアメリカへの大量移民、電話の発明、シカゴのヘイマーケット事件、スー族のなかでのゴーストダンスの流行、ウーンデッド・ニーでの虐殺《ぎゃくさつ》。だがもっと小さな出来事も数多く記されていて、作品に独自の手ざわりを最終的に与えているのはまさにそうしたささやかな出来事である。それらこそが、この小説を単なる史実のジグソーパズル以上のものにしているのだ。第一章にその好例が見られる。エマ・ラザルスがマサチューセッツ州コンコードに赴いて、エマソンの邸宅に滞在し、エラリー・チャニングに引きあわされる。チャニングはラザルスをソローゆかりのウォールデン池に案内し、ソローとのかつての交友（ソローは亡《な》くなって十四年になる）について語る。ラザルスとチャニングはたがいに惹《ひ》かれ、友人となる。これもまた、サックスの愛好する奇妙な結びつきの一例である。ニューヨークの億万長者通りで育った若きユダヤ系女性詩人と、白髪のニューイングランド紳士との出会い。最後に会ったとき、チャニングはラザルスに贈り物を渡し、帰途の列車に乗るまで開けてはならないと告げる。列車に乗って、彼女が包みを開けてみると、ソローを論じたチャニングの著書と一緒に、友ソローが死んで以来老チャニングがずっと大切にしてきた形見の品のひとつが入っている――ソローのポケットコンパス。それは美しい場面であり、サックスの描き方もきわめて丹念で、その後作品中さまざまに形を変えて読者の頭のなかに生じることになる重要なイメージがまずここで埋め込まれる。はっきりそう言ってはいないが、メッセージは明らかだ。アメリカは道に迷ってしまったのだ。唯一コンパスを読むことができたソローもいまや亡く、我々にはもう自分を取り戻す望みはない。

キャサリン・ウェルドンをめぐる数奇な物語も出てくる。ブルックリンに住む中流階級の女性が西部に行って、スー族の戦士シッティング・ブルの妻の一人になるのだ。ロシアのアレクセイ皇子のアメリカ旅行をめぐるドタバタもある（バッファロー・ビルと狩猟に興じ、カスター将軍夫妻とミシシッピ川を下る）。シャーマン将軍も出てくる。ウィリアム・ティカムサ・シャーマン、かのインディアンの勇士に敬意を表した名をミドルネームに持つこの人物は、一八七六年、カスター将軍最後の戦闘のわずか一か月後、「スー族の支配下にある全インディアン居留地を武力で掌握し、そこに住むインディアン全員を捕虜として扱う」任務を与えられ、その一年後にはさらに、全米自由の女神準備委員会から、「女神像の設置場所はガヴァナーズ島、ベドロー島のいずれが適切かを決定する」よう要請される。エマ・ラザルスが三十七歳にして癌《がん》で死の床に就いた際には、友人のローズ・ホーソーンが看病する（ローズはこの経験で人間がすっかり変わってカトリックに改宗し、ドミニコ修道会に入ってシスター・アルフォンサを名のり、人生最後の三十年を臨終まぎわの病人の世話に捧《ささ》げることになる）。こうした逸話が、『新コロッサス』には何十と出てくる。どの逸話も真実であり、現実に根ざしているが、それでも、その組み合わせ方のせいで、それらはじわじわと幻想的な色合いを帯びていき、ほとんど悪夢か幻覚が綴《つづ》られているような雰囲気が生じてくる。読み進むにつれて、作品全体からどんどん安定感が抜けていき、意表をつく結合や飛躍がつぎつぎと現われ、トーンの転換もますますめまぐるしくなっていく。そしてしまいには、作品全体が空中に浮遊しはじめるような印象を受ける。巨大な観測気球が、地面から重々しく浮かび上がるような感じなのだ。最終章に至るころには、もはや空中あまりに高く上昇していて、ここから降りるとすればもう墜落するしかない、地面に叩《たた》きつけられるしかない、読み手はそんな気になっている。

だが、明らかな欠陥も確かにある。それらが目立たぬようサックスもいろいろ工夫してはいるが、時として、作品全体があまりにも作りものめいた感じ、無数の出来事を編成するその仕方においてあまりにも機械的な感じがすることは否《いな》めない。それにまた、登場人物に生き生きと血が通っているように思える瞬間は決して多くない。はじめて読んだとき、真ん中あたりで、この男は芸術家というより思索者なのだと思ったことを私は記憶している。書きぶりの無骨さも何度か気になった。言いたいことを執拗《しつよう》にくり返すし、登場人物の扱い方にしても、彼ら自身に物語を創《つく》らせるというよりは、自分の考えを裏書きさせるために操っている感がある。自分について書いたわけではなくても、この作品が彼にとってどれだけ深く個人的なものだったかは私にも理解できた。全体を貫いている感情は怒りである。目いっぱい放たれた、すべてに切りつける激しい怒りが、ほとんど全ページから湧《わ》き上がってくる。アメリカに対する怒り、政治の欺瞞《ぎまん》に対する怒り、アメリカの神話を破壊するための武器としての怒り。だが、当時ベトナムでいまだ戦われていた戦争を思い、その戦争ゆえにサックスが刑務所に入ったことを思えば、そうした怒りがどこから生じていたか見てとるのは難しくない。それが作品に、いささか耳ざわりな、論争的なトーンをもたらしているわけだが、それがまたこの作品の力強さの秘密でもあると思う。それこそが物語を前へ前へと推し進め、読者にも読み進めたくさせるエンジンなのだ。『新コロッサス』を書きはじめたときサックスはまだ二十三歳で、その後五年間この本と取り組み、七回か八回書き直しを経ている。出版されたバージョンは四三六ページに及んだ。火曜の晩に寝床につくまでに、私はそれを読み終えていた。途中で何か留保を感じたとしても、もうそれも、彼がなしとげたことへの讃嘆《さんたん》の念にかき消されていた。水曜の午後、仕事から帰宅するとすぐ、私は彼に手紙を書きはじめた。すごい小説を書いたんですね、と私は書いた。またバーボンを飲みたくなったら、いつでも喜んでご一緒しますよ、一杯一杯対抗しますよ、と。

&

それ以来、私たちは定期的に顔を合わせるようになった。サックスには定職がなかったから、たいていの知りあいより時間がとれたし、融通もきいた。ニューヨークの社交生活は概してかなり厳密である。簡単なディナーを開くにも何週間も前から計画を練るし、親友同士でも何か月も連絡をとらずに過ぎてしまうことは珍しくない。だがサックスとは、ふと思いついたら即座に会うのがむしろ基本形だった。彼は気が向けば執筆に励み（たいていは夜更《よふ》け）、あとは自由にぶらぶらしていた。十九世紀パリの遊歩者のごとく街なかをうろついて、気の向くままに好きなところへ出かけた。散歩をし、美術館やギャラリーに行き、昼間から映画を見て、公園のベンチで本を読んだ。他人と違って時計に縛られていないから、時間を無駄にしているという気になったりもしなかった。だからといって、大して仕事をしなかったわけではない。ただ単に、仕事と怠惰とを隔てる壁が彼の場合ほとんど崩れていて、そこに壁があることさえほとんど目に入らなかったのだ。これは書き手としてプラスに働いたと思う。彼の最良のアイデアはつねに、机を離れているときに湧いてくるように思えたからだ。したがってその意味では、彼にとってはすべてが仕事の枠内に入っていたとも言える。食べることも仕事なら、バスケット観戦も仕事、真夜中に友と酒場で過ごすのも仕事。見かけとは裏腹に、仕事に携わっていない時間はほとんどなかったのだ。

私の昼間の時間は、彼ほど自由ではなかった。前年の夏にパリから帰ってきたときポケットには九ドルしか入っていなかったし、父親に借金を申し込むよりはと（どのみち申し込んでもたぶん断られただろう)、目の前に現われた最初の職に飛びついたのだ。サックスに会ったころは、アッパー・イーストサイドの稀覯本《きこうぼん》業者の店に勤めていて、たいていは店の奥でカタログを作ったり、問い合わせの手紙に返事を書いたりしていた。毎朝九時に出勤し、午後一時に帰る。午後は家で翻訳をした。当時訳していたのは、かつて北京《ペキン》に在留していたフランス人ジャーナリストによる現代中国史で、ぞんざいな、中身のない割に訳すのは苦労が多い本だった。私の願望としては、稀覯本商の仕事を辞めて翻訳で生計を立てたかったが、それでやって行ける自信はまだなかった。その合間に短篇を書いたり、時たま書評の仕事も入ってきたりで、眠る時間も足りないほどだった。それでもサックスとは、いまから思うと信じられないくらい頻繁に会った。ひとつ有利だったのは、我々がたまたま近所に住んでいたことだ。たがいのアパートまで楽に歩いていける近さだったから、おかげでずいぶん、夜遅くブロードウェイぞいの酒場で一緒に一杯やることになった。二人とも大のスポーツファンだとわかってからは、週末の午後にも飲み屋に通うようになった。どの店でもいつも野球の放送をつけていて、我々は二人ともテレビを持っていなかったのだ。たちまちのうちに、私は平均週二度のペースでサックスと会うようになっていた。ほかのどの知りあいに会うよりもずっと多い。

そうやってしじゅう会う習慣になってまもなく、サックスから妻を紹介された。ファニーは当時コロンビア大学美術史学科の大学院生で、美術史概説の授業を受け持ちながら、十九世紀アメリカ風景画に関する博士論文の仕上げにかかっていた。二人は十年前にウィスコンシン大学で知りあった。キャンパスで組織された反戦デモで、文字どおり鉢合わせになったのがきっかけだった。一九六七年春にサックスが逮捕されたころには、二人が結婚してすでに一年近く経《た》っていた。裁判の進行中はニュー・ケーナンにあるベンの両親宅に二人で居候《いそうろう》していたが、判決が下ってベンが刑務所に入ると(一九六八年初頭)、ファニーは両親の住むブルックリンのアパートメントに戻った。そういったなかで、彼女はコロンビアの大学院を受験し、合格して奨学金ももらえることになった。学部の授業を二クラス受け持つ代わりに授業料は免除、生活費も数千ドル支給された。その年の夏はマンハッタンの企業でアルバイトし、八月末には西一一二丁目に小さなアパートを見つけて、九月に授業がはじまった。その間ずっと、日曜はかならず、ベンに面会しに電車でダンベリーまで通った。こうしたことを述べるのは、その年に私が彼女を何度も目にしていたからでもある——もちろんそのころは、彼女が誰なのかまったく知らなかったのだが。当時私はまだコロンビアの学部生で、住んでいたアパートは西一〇七丁目、ファニーのアパートからほんの五ブロックのところにあった。親しい友人が二人、たまたま彼女と同じアパートに住んでいたので、訪ねていった折に、エレベーターやロビーで何度か彼女を見かけていた。それ以外にも、彼女がブロードウェイを歩いているのを見たこともあれば、安売り煙草《たばこ》店のカウンターで彼女が私の前に立っているのに出くわしたことや、キャンパスの建物に彼女が入っていくところを目にしたこともあった。春になると、授業まで一緒になった。哲学科の教授が教えている、美学史の大人数講義だった。そうやっていちいち彼女が目にとまったのは、素敵な女性だと思ったからだ。が、思いきって話しかける度胸は私にはなかった。彼女の優美さには、どこか人を寄せつけないところがあった。他人が近づいてくるのを禁じるような、壁で仕切ったような雰囲気があった。左手にはめた結婚指輪も一因だったが、かりに彼女が結婚していなかったとしても、結果が違っていたかどうかは怪しいと思う。それでも私は、毎週一時間、目の隅で彼女を見つめていたいばかりに、その哲学科の授業ではかならず彼女のうしろに座るよう努めた。講義室を出るときにたまたま目が合って一度か二度笑みを交わしもしたが、それ以上ことを進めるには私は臆病《おくびょう》すぎた。一九七五年に至り、サックスから彼女を紹介されると、私も彼女も、即座に相手を認識した。それは心乱される体験だった。数分かかって、私は何とか落着きを取り戻した。過去の謎《なぞ》が、突如解明されたのだ。サックスこそ、六、七年前に私があれほど目を奪われていた女性の未知なる夫だったのだ。もし私があのままあの近所に住んでいたら、釈放後の彼をきっと見かけていたにちがいない。だが私は六月に大学を卒業し、サックスは八月までニューヨークに戻ってこなかった。八月にはもう私はアパートを出て、ヨーロッパに向かっている最中だった。

彼らが奇妙な夫婦であったことは間違いない。思いつく限り、ほとんどすべての面で、ベンとファニーはたがいに相容《あいい》れぬ領域に属しているように思えた。ベンは手足がひょろ長く痩《や》せっぽちで、もろもろの鋭角や骨ばった突起から成る組み立てセットといった感がある一方、ファニーは小柄で丸っこく、顔は滑らかで肌はオリーブ色。ベンはそれに較《くら》べて赤味がさしていて、縮れっ毛はろくに手入れもせず、肌は日に焼けるとすぐ赤く腫《は》れた。ベンは空間をやたらと多く占有するタイプで、つねに体を動かしているように見え、顔の表情も五秒か六秒ごとに変わった。ファニーはもっと落着いていて、じっと動かず、おのれの体のなかにしっくり収まっている様子は猫を思わせた。私にとって、彼女は美しいというよりもエキゾチックな人だった。エキゾチックというのは少し言葉が強すぎるかもしれない。人を魅了する天賦《てんぷ》の才がある、とでも言う方がたぶん近い。ただ座って何もしていないときでも、なぜか見つめたくなってしまう、ある種自己完結したような雰囲気があった。ベンのように人を笑わせたりすることはない。頭の回転も特に速い方ではないし、威勢よく喋《しゃべ》りまくったりもしない。それでも私はつねづね、明確にものを言う力があるのはむしろ彼女の方だと思っていた。彼女の方が知力も分析力も上だと思っていた。ベンの頭は直観がすべてである。大胆だが、とりたてて繊細ではない。危険を冒すことを愛し、闇《やみ》に飛び込み、ありそうもないつながりを作り出すことを愛する精神だ。一方ファニーは、何ごともじっくり冷静に考え抜き、とことん根気強く、早急に決めつけたり根拠のない発言をしたりはしない。ファニーは学者であり、ベンは切れ者だった。彼女はスフィンクス、彼は開いた傷口だった。彼女は貴族で彼は平民だった。二人と一緒にいると、豹《ひょう》とカンガルーの結婚を見ているような気にさせられた。いつもお洒落《しゃれ》上手で、スタイリッシュな服装で決めたファニーが、自分より三十センチ背の高い、黒いコンバースのバスケットシューズにブルージーンズ、グレーのフード付きトレーナーを着た、大きくなりすぎた子供と並んで歩いている。一見したところまるで筋が通らない。彼らを見て人がまず感じるのは、この二人は赤の他人にちがいない、という思いだった。

だがそれは表面にすぎない。見た目はいかにも不器用でも、ベンは女性の気持ちを理解することに驚くほど長《た》けていた。単にファニーの気持ちだけでなく、出会うほとんどすべての女性の気持ちを的確に見抜くことができた。女たちがごく自然に彼に惹《ひ》かれていくのを見て、私は何度も驚かされたものだ。三人の姉妹と育ったことも一因だったかもしれない。子供のころ体験した親密さのおかげで、何か超自然的な知識を会得《えとく》していて、ほかの男が一生を費やして知ろうとする女性の秘密にすんなり入り込んでいくことができたのだろうか。ファニーは気難しくなることがよくあったし、一緒に暮らすのが楽な人間だったとは思えない。外から見たその穏やかさは、実はしばしば、内なる怒濤《どとう》を隠した仮面だった。私も何度か、彼女があっという間に暗い、鬱々《うつうつ》とした気分に陥って、何か言い表わしようのない苦悶《くもん》に駆られて涙ぐむのを目《ま》のあたりにしたことがある。そんなときサックスは彼女を護《まも》ってやり、見ていて心を打たれる優しさと慎重さをもって彼女に接した。たぶんファニーの方も、そういう彼に頼るようになったのだと思う。彼ほど自分のことをわかってくれる人間はほかにいない、そう悟ったのだろう。しばしばその優しさは、ごく間接的に、他人にはうかがい知れない形で表現された。たとえば、私がはじめて彼らのアパートに行ったとき、子供を持つということがディナーの話題にのぼった。子を持つべきか否か、持つならいつごろがベストか、持つと生活はどれくらい変わるか等々。子供はぜひ持つべきだと自分が強く主張したことを私は覚えている。一方サックスはこれに反対し、なぜ反対かをえんえんとまくし立てた。彼が挙げた理由自体はごくありふれたものだったが(世界はあまりにひどい場である、人口が多すぎる、自由を奪われすぎる)、その言い方があまりに熱烈で確信がこもっているものだから、私はてっきり、彼がファニーの意見も代弁しているのだと思い込んだ。きっと二人とも、親になる気がまったくないのだろうと思った。何年もあとに、事実はその正反対だったことを私は知った。実は二人とも子供が欲しくてたまらなかったのだが、ファニーは妊娠のできない体だったのである。妊娠に向けてさんざん努力した末に、医者に診てもらい、排卵促進剤を試し、薬草療法も無数に試みたが、何ひとつ功を奏さなかった。一九七五年のそのディナーのわずか数日前、二人は医者から、何をやっても無駄だと最後通《つう》牒《ちょう》を言い渡されたばかりだったのだ。それはファニーにとってきわめて大きな打撃だった。のちに本人も、あんなに悲しい気持ちになったのは生まれてはじめてだった、あの悲しさを自分は死ぬまでずっと抱えて生きることになると思う、と私に打ちあけた。だからあの晩、私の前で彼女にその話をさせるよりはと、サックスは思いつくままに嘘《うそ》を並べ立て、その湯気と熱気で問題の本質をうやむやにしてしまおうと図ったのである。彼が本当に語っていたことの一部しか、私には聞きとれなかった。それは私が、彼の言葉が自分に向けられていると思い込んだせいだ。あとでわかったように、彼は終始、ファニーに語りかけていたのだ。君が子供を産めなくても僕はこれからも君を愛する、そう彼女に伝えていたのである。

私はファニーには、ベンに会うほど頻繁に会わなかったし、会うときはベンがいつも一緒だったが、それでも少しずつ、ファニーと私も、私たちなりの友情を育《はぐく》んでいった。ある面では、私のかつての恋心からしてこうした親交も自然なものに思えたが、別の面ではそれが私たちのあいだの障壁となったのも事実だ。私が彼女のことをどぎまぎせずに見られるようになるだけでも、数か月を要したのである。ファニーは私にとって大昔の白昼夢であり、過去に埋もれた秘密の欲望の亡霊だった。それが突然、出し抜けに新たな役割を担《にな》って現われたのだ――血の通った生身の女性として、友人の妻として。私としてはとまどわざるをえない。勢い、再会したばかりのころは、何かと間の抜けた科白《せりふ》を口走ってしまい、それでますます疚《やま》しさやとまどいが募ってくるのだった。知りあってまもなく、彼らのアパートで過ごしたある晩など、私は彼女に、一緒にとったあの授業では教師の言葉なんか一言も聞いていなかった、と告白してしまった。「毎週一時間ずっと、君を見つめていたんだ」と私は言った。「何と言ったって理論より実践の方が大事だからね。美がすぐ目の前にあるのに、美学の講義なんか聞いたって仕方ないと思ったのさ」

自分としては、過去のふるまいを詫びようというつもりだったのだと思う。だが言葉にしてみると、最低な感じに聞こえた。どんな状況であれ、こういう科白は絶対口にすべきではない。特に、軽薄な調子を装って言うのは最悪である。言われた方には大きな重荷になるばかりだし、よい結果が生じる可能性はまったくない。私がこうした言葉を発したとたん、ファニーがその露骨な物言いに仰天しているのがわかった。「ええ」と彼女はかすかな笑みを無理に浮かべて言った。「あの授業は私も覚えてるわ。かなり退屈だったわね」

「男は怪物なんだ」と私は自分を止めることもできずに言った。「パンツのなかにアリが巣食っていて、頭には不潔な思いがぎっしり詰まってる。若いころは特にね」

「べつに不潔じゃないわ」とファニーは言った。「単なるホルモンよ」

「それもある。でも時には、どっちなんだか見分けがつかないんだ」

「あなたいつも、真面目《まじめ》そうな顔していたわ」と彼女は言った。「この人はきっとすごく真面目な人なんだなって思ったのを覚えてるわ。いずれ自殺するか、世界を変えるか、そのどっちかの若者っていう感じ」

「いままでのところ、どっちもやっていない。ということはたぶん、昔の心意気をなくしちゃったんだろうね」

「いいことよ。過去に囚《とら》われる必要はないわ。人生ってそうするには面白すぎるもの」

彼女なりの謎めいたやり方で、ファニーは私を苦境から救ってくれていたのであり、と同時に、私に警告を発してもいた。私がまっとうにふるまうなら、彼女としても過去の罪を言い立てるつもりはない、というわけだ。何だかテストを受けているような気にさせられたが、彼女の方からすれば、夫の新しい友を疑ってかかるのも無理のない話だ。私から距離を置いたことで、彼女を責めようなどとは思わない。いずれにせよ、たがいをもっと知るようになるにつれて、ぎこちなさも薄らいでいった。自分たちの誕生日が同じだと知ったことも大きかった。二人とも星占いになど興味はないが、この偶然が私たちのあいだに絆《きずな》を作るのに一役買ってくれたことは確かだ。ファニーの方が一つ年上ということで、誕生日の話題が持ち上がるたび、私は冗談めかした敬意を装って彼女に接することができた。このギャグはかならず、彼女から笑いを引き出すことができた。

ファニーは決してよく笑う人間ではなかったから、これは大きな進歩だと思えた。もっと大事な要素として、ファニーの仕事が挙げられる。アメリカの古典絵画について彼女から話を聞いたのがきっかけで、私もライダー、チャーチ、ブレイクロック、コールといった、それまではろくに名前も知らなかった画家たちに、その後ずっとつづく情熱を抱くことになった。ファニーは一九七五年秋にコロンビアで博士論文の口頭試問を受け（それはアルバート・ピンカム・ライダーを論じた先駆的な研究論文だった）、まもなくブルックリン美術館でアメリカ美術補助キュレーターの職を得て、以来いまもそこに勤めている。私がこれらの言葉を書きつけている現在（七月十一日）も、ベンの身に何があったのか彼女はまだ何も知らない。先月ヨーロッパ旅行に出かけて、九月初旬の労働祭が過ぎるまで帰ってこない予定だ。その気になれば彼女と連絡をとるのも可能なのだろうが、それが何かの役に立つかは疑わしい。この時点で、彼女がベンのためにしてやれることは何もない。彼女が戻ってくる前にＦＢＩが答えを見つけてしまいでもしない限り、私一人の胸にとどめておくのが最善だと思う。はじめは、電話するのが自分の義務かとも思ったが、じっくり考えた末、彼女の休暇を台なしにしないことに決めた。もうこれまでもずいぶん辛《つら》い思いをしてきたのだし、これほどの知らせを伝えるのに電話というのはあんまりだという気がする。戻ってくるまで待って、それから本人に直接会い、じかに伝えようと思う。

知りあったばかりのころをいま思い起こしてみると、何より鮮明に浮かび上がってくるのは、私が彼ら二人をどれほど素晴らしいと思ったか――それぞれ個人として、かつカップルとして――ということだ。サックスの小説に深い感銘を受け、そもそも彼という人間が気に入ったことに加えて、彼が私の書くものに興味を寄せてくれたのも嬉《うれ》しかった。私より二つ年上であるだけなのに、彼がこれまでなしとげたことを見ると、自分はまだほんの駆け出しに思えた。『新コロッサス』刊行時に出た書評を私は見逃したわけだが、相当の反響を呼んだことは間違いなさそうだった。酷評した書評者も何人かいたが（基本的にそれは政治的な批判で、彼らから見るとはなはだしい「反米主義」だということらしい）、絶賛した評者も一人にとどまらず、近年稀《まれ》な大型若手作家の登場、などともてはやされたという。商業面では大した動きはなかったが（売れ行きはささやかなものだったし、ペーパーバックになるにも二年かかった）、文壇の地図上にはサックスの名がしっかりと記されることになった。本人もさぞ嬉しかっただろうと思うところだが、すぐわかったのは、この手の話題に関してサックスはこっちが苛々《いらいら》するくらい無関心だということだった。ほかの作家たちのように己を語ることもめったになかったし、いわゆる純文学作家としてのキャリアを築くことにもどうやらほとんど興味がなさそうだった。競争心もなく、自分の評判を気に病んだりもしないし、才能にうぬぼれたりもしない。彼という人間に私が惹かれた点のひとつがそれだ。動機の純粋さ、自作と接する際のこの上なくすっきりした姿勢。そのせいでときに頑迷で御《ぎょ》しがたくなりはしたが、やりたいことをやりたいとおりにやる勇気もそこから出ていたのだ。処女長篇の成功後、サックスはただちに第二作に取りかかったが、百ページ書いたあたりで原稿をびりびりに破り、燃やしてしまった。物語をでっち上げるなんてごまかしだ、そう決めてあっさり創作をやめてしまったのである。これが一九七三年末か七四年はじめ、私が彼に出会う一年ほど前のことである。それ以後はエッセイを書くようになった。あらゆるたぐいのエッセイや論説文を、種々雑多なテーマについて（政治、文学、スポーツ、歴史、大衆文化、食べ物等々、その週その日に気が向いたことを何でも）書いた。作品に対する需要はあったから、発表の場を見つけるのは苦労しなかったが、その見つけ方には計算というものがおよそ欠けていた。全米規模の雑誌に書くにも、誰も知らないような文芸誌に書くにも等しく情熱を注ぎ、莫大《ばくだい》な原稿料を払うところもあればまったくゼロのところもあるという事実に気づいてもいないようだった。ほかの作家ならエージェントを使うところだが、不純な要素を入れたくないと言ってそれもしなかったから、本当ならもっと収入を得ていいはずなのに、金銭的にはいつもだいぶ損をしていた。この点について私は長年サックスと議論したが、ついに彼が折れて、交渉を代行してくれる人間を雇うに至ったのは、ようやく八〇年代に入ってからのことである。

彼の仕事の速さにはいつも驚かされた。つねに〆切《しめきり》のプレッシャーの下で文章をひねり出し、あれだけたくさん書いているのに、自分を枯渇《こかつ》させている感じが少しもしないのもすごいと思った。一気に十ページあまり書いたり、タイプライターの前から一度も立ち上がらずにまるひとつエッセイを書き上げたりするのも、サックスにとっては何でもなかった。仕事は彼にとってスポーツのようなものだった。それは彼の精神と肉体とのあいだで戦われる耐久レースだった。思考する際の集中力は抜群だったし、目的をきっちりひとつに絞って思考する力もあったから、言葉はつねに彼のために待ち構えているように思えた。それはまるで、頭から指先に直結した秘密の通路を発見したかのように見えた。「ドル稼ぎのタイプ打ち」と本人はときおり言ったが、それは自分を冗談の種にせずにいられなかったからにすぎない。彼の書く文章で、一定の水準に達していないものはひとつもないと私は思った。素晴らしいと思えるものもたくさんあった。彼をよく知れば知るほど、その多産ぶりに私は恐れ入った。私自身は昔から、少しずつしか書けない。一センテンスごとに悶《もだ》え苦しみ、どんなに好調な日でも、じわじわ進むという程度の感触しか持てない。砂漠で道に迷った男が、のろのろ腹ばいで進んでいるような具合なのだ。どんなに小さな言葉も、私にとっては何エーカーもの沈黙に囲まれている。その言葉をページに書きつけたあとでも、何だかそれが蜃気楼《しんきろう》か、砂に埋もれたひとかけらの疑念のように思える。サックスにとって、言語は容易に手の届くところにあった。私の場合そうであったためしはない。私は自分自身の思考から閉め出されている。

感じることと言葉にすることとのあいだの真空地帯に閉じ込められているのだ。どれほど懸命に自分を表現しようとしても、たいていは混乱気味のどもりしか出てこない。サックスはそういう困難を経験したことは一度もなかった。言葉と物は、彼にとってぴったり調和していた。私にあってはそれらはしじゅうばらばらに分かれてしまい、百もの違った方向に飛び散ってしまう。執筆時間の大半、私はそれらの断片を拾い上げ、くっつけて元に戻す作業に明け暮れる。サックスはそういうぶざまな仕事とは無縁だ。ゴミ捨て場やゴミバケツを漁《あさ》ったりすることもなく、このくっつけ方はひょっとしたら違っているんじゃなかろうかなどと思い悩む必要もなかった。彼の迷いはもっと別次元のものだった。人生が他の面においていかに困難になろうとも、言葉は彼にとって決して問題にならなかった。書くことはサックスにとって、驚くほど痛みのない作業だった。調子がよいときには、喋《しゃべ》るのと同じ速度で言葉を紙に書きつけることができた。それは奇妙な才能だった。本人はそれをほとんど自覚していないせいで、あたかも完全なる無垢《むく》のなかで生きているように見えた。ほとんど子供みたいだ、と私はときおり思ったものだ。お気に入りのおもちゃで遊んでいる、天才的な子供みたいだ、と。

2

私たちの交友の第一期は、およそ一年半つづいた。それから、数か月の間隔を置いて、双方ともアッパー・ウェストサイドを離れ、第二章がはじまった。まずファニーとベンが、ブルックリンのパーク・スロープ地域のアパートメントに移った。元はファニー一人で住んでいたコロンビア近辺の学生用アパートに較《くら》べて、今度はもっと広く、住み心地もよかったし、彼女の勤める美術館にも歩いて通えた。これが一九七六年秋のことである。彼らがそのアパートメントを見つけてそこへ移るまでのあいだに、私の妻ディーリアが妊娠したことが判明した。ほとんど時を移さず、我々も引越しの計画を立てはじめた。そのころ住んでいたリバーサイド・ドライブのアパートは子供が仲間入りするには狭すぎたし、すでに私たち夫婦の関係はだいぶ危なっかしくなってきていたから、ここは思いきって都会を離れてしまう方がいいと二人で判断したのだ。私はそのころにはもうフルタイムで翻訳をしていたから、仕事については、どこに住んでも同じことだった。

いまここで、私の最初の結婚について積極的に語りたい気持ちがあるとは言いがたい。

とはいえ、それがサックスの物語と関連している限りにおいて、まったく避けて通るわけにも行かない。いろんなことがつながっていって、好むと好まざるとにかかわらず、私もほかの人々同様、起きたことの一端を担《にな》うに至ったのだ。ディーリア・ボンドとの結婚が崩壊しなかったら、私がマリア・ターナーに出会うこともなかったろうし、マリア・ターナーに出会っていなかったらリリアン・スターンについて知ることもなかったろうし、リリアン・スターンについて知ることがなかったら、いまこうしてこの本を書いてはいないだろう。我々一人ひとりが、何らかの形でサックスの死とつながっているのであり、我々一人ひとりの物語も同時に語らないことには、サックスの物語を語ることにもならない。何もかもがほかの何もかもとつながっていて、すべての物語はほかのすべての物語とオーバーラップする。口にするのも恐ろしいが、我々みんなを引きあわせた張本人はほかならぬ自分だということが、いまの私にはわかる。サックス本人に劣らず、私もまた、すべてがはじまる場なのだ。

大まかな年譜はこうなる。私は七年間にわたって途切れ途切れにディーリアを追いかけまわし（一九六七―七四）、何とか結婚までこぎつけて（一九七五）、田舎に引越し（七七年三月）、息子のデイヴィッドが生まれ（七七年六月）、結局離婚した（七九年十一月）。ニューヨークを離れていた一年半のあいだ、サックスとはまめに連絡をとったが、前ほど頻繁には会わなくなった。夜更《よふ》けの酒場での語りあいに代わって、葉書や手紙が中心となり、交友はどうしても前より窮屈で改まったものになった。ファニーとペンがときおり車でこっちまでやって来て週末を過ごしていくこともあったし、夏にディーリアと私がバーモントの彼らの別荘にしばらく滞在したこともあったが、こうした集《つど》いにしても、かつて会っていたときのような、何が起きるかわからない野放図な雰囲気はなくなっていた。それでも、友情が薄れた気はしなかった。私は仕事でよくニューヨークに出た。原稿を届ける、契約を交わす、新しい原書を受けとる、編集者と今後の仕事について話しあう、といった用事が月に二、三度あって、そのたびにブルックリンのベンとファニーのアパートメントに泊めてもらった。彼らの結婚生活の安定ぶりを見ると、私の心は和んだ。この時期、まがりなりにも私が正気を保てたのは、ひとつには彼らのおかげだと思う。だが、翌朝ディーリアの元へ戻っていくのは、ときとして辛《つら》い試練だった。ついいままで家庭の幸福というものを目《ま》のあたりにしていただけに、自分の生活をどれだけ破壊してしまったかを私は痛感させられた。生活を包む騒乱に帰っていくこと、自分のまわりを取り囲むに至った混沌《こんとん》の深い茂みに戻っていくことを、私は恐れるようになった。

何が私たちを駄目にしたのか、ここで推量するつもりはない。最後の二年くらいは金銭的にも苦しかったが、それを直接の原因として挙げる気はない。夫婦の仲がうまく行っていれば、どれだけ外的な圧力があっても耐えられる。うまく行っていなければ、結婚は裂けて壊れてしまう。私たちの場合、都会を離れて数時間と経《た》たないうちに悪夢ははじまった。それまで我々をかろうじてつなぎ止めていたものが何であったにせよ、それはいまやあっさり、取り返しようもなく損なわれてしまったのだ。

とにかく金が乏しかったから、我々の当初の計画はきわめて用心深いものだった。まず、どこかに一軒家を借りて、田舎暮らしが自分たちに合うかどうか見てみる。もし合うようだったら、田舎に腰を落着ける。合わなかったら、契約期限が切れたところでニューヨークに帰る。そういう計画だった。ところがそこに、ディーリアの父親が首をつっ込んできて、家を買う頭金に一万ドル出そうと言ってきたのだ。当時は田舎の一軒家といえば三、四万ドル程度で買えたから、いまの一万ドルよりはるかに意味は大きい。ボンド氏の申し出自体は寛大なものだったが、二人のどちらにも対処できない状況に我々を追い込むことで、結局はマイナスに作用した。二か月ばかり探した末に、ダッチェス郡に安い物件が見つかった。古い、いくぶん傾きかけた家で、なかはだだっ広く、庭にはライラックの花が見事に咲いていた。我々が越していった次の日、すさまじい雷雨が一帯を襲った。稲妻が家のすぐそばの木の枝に落ち、枝に火がついて、木のなかを通っていた電線にその火が広がって、家は停電した。とたんに排水ポンプが止まり、一時間と経たないうちに地下室は水びたしになった。その夜の大半、私は冷たい雨水に膝《ひざ》まで浸《つ》かって、懐中電灯の光を頼りに、バケツでえんえん水をくみ出しつづけた。翌日の午後、電気屋が被害を見にくると、配電設備をまるごと取り換えねばならないことが判明した。これに数百ドルかかり、翌月に浄化槽が壊れたときには、裏庭から汚物の悪臭を取り除くのに千ドル以上かかった。どちらも我々には本来とうてい出せない額だった。予算に大幅な狂いが生じたことで、我々は不安のあまり半狂乱になった。私は翻訳のピッチを上げ、声がかかった仕事は片っ端から引き受けた。春もなかばになるころには、それまで三年間取り組んでいた長篇小説もほぼ放棄していた。この時点ではディーリアのお腹《なか》もすっかり大きくなっていたが、彼女も仕事(フリーの校正)はこつこつづけ、分娩《ぶんべん》に入るすぐ前の週にも、朝から晩まで机に向かって、九百ページ以上もある原稿に鉛筆を入れた。

デイヴィッドが生まれても、状況は悪化する一方だった。金は私にとって唯一《ゆいいつ》の、すべてに優先する関心事となった。その後の一年を、私はたえざるパニック状態のなかで過ごした。仕事面でディーリアの大きな貢献はもはや望めず、出費が増えたのと軌を一にして我々の収入は減少した。私は父親としての責任を真剣に考えていたから、妻と子を養えないと思うとひどく情けない気持ちにさせられた。そのうちに、ある出版社の払いが遅れたとき、私は車でニューヨークに行ってオフィスに押しかけ、その場で小切手を書かないと暴力をふるうと経営者を脅《おど》した。経営者の襟をつかんで、彼を壁に押しつけさえした。それはふだんの私からは考えられない暴挙だった。自分が信じているものすべてを裏切る行為だった。私は大人になってから、誰かと喧嘩《けんか》したことなど一度もなかった。あのオフィスでの激昂《げっこう》ぶりは、当時の私がいかに自分を見失っていたかを如実《にょじつ》に示している。私は書ける限りの原稿を書いた。回ってきた翻訳の仕事はひとつ残らず請け負った。だがそれでもまだ十分ではなかった。もう小説も挫折《ざせつ》した、作家として身を立てる夢もおしまいだ、そう思って、私は定職を探しはじめた。だが折しも世は不景気で、田舎には職などろくになかった。地元のコミュニティ・カレッジで、一年生の作文をフルタイムでびっしり教え、それで年俸わずか八千ドル、という募集にも三百人以上の応募者が集まった。教職経験もない私など、書類選考であっさり落とされた。次に、いままで寄稿していたいくつかの雑誌の編集スタッフにしてもらおうと――必要とあらばニューヨークまで通勤するのも何とかなると思ったのだ――手紙を出してみたが、編集長たちに冗談と思われて笑われただけだった。こんなのは作家のやることじゃありませんよ、時間を無駄にするだけです、と彼らは返事をよこした。だが私はもう作家ではなかった。私は溺《おぼ》れかけている男だった。万策尽きた男だった。

ディーリアも私も、もはや疲れはてていた。そのうちに、私たちはもう、気がつけば口喧嘩するようになっていた。それはどちらにも制御できない、反射的な行為だった。彼女ががみがみどなり、私はむすっと黙り込む。彼女が長広舌《ちょうこうぜつ》をふるい、私は鬱々《うつうつ》と考え込む。たがいに声をかけあう気力も出ないまま、何日も過ぎてしまうこともあった。

いまや私たちに楽しみを与えてくれるのはデイヴィッドだけだった。ほかには話題など何ひとつ存在しないかのように、私たちはもっぱら彼のことを話しあい、その中立地帯の境界線を踏み越えぬよう二人とも細心の注意を払った。踏み越えたとたん、狙撃兵《そげきへい》たちは塹壕《ざんごう》に舞い戻り、弾丸が飛び交い、また一から消耗戦がはじまる。きわめて微妙な、何ら明確な目標を持たない戦闘がはてしなくくり広げられるのだ。それは沈黙と、誤解と、痛みと、呆然《ぼうぜん》とした表情とをもって行なわれる戦いだった。それでもなお、私たちのどちらも白旗を揚げる気はなかったと思う。二人とも長期戦を覚悟して態勢を整え、降伏など考えもしなかった。

そうした事態が、一九七八年の秋に一変することになった。ある晩、デイヴィッドも一緒に三人で居間にいたとき、ディーリアが私に、二階の彼女の書斎の棚に置いた眼鏡を取ってきてくれと頼んだのがはじまりだった。私が部屋に入っていくと、机の上に彼女の日記が拡《ひろ》げてあった。ディーリアは十三か十四のころからずっと日記をつけていて、いまはもうそれが何十冊にも及んでいた。どのノートブックにも、彼女の内的生活のはてしないサーガがびっしり書き込まれていて、ディーリアはよくその一部を読んで聞かせてくれた。その晩まで私は、断りなしにそのなかを覗《のぞ》いてみようなどと考えたこともなかったが、その瞬間、そこに立っていると、読んでみたいという、途方もなく激しい気持ちに襲われた。いまの私には、これこそ我々二人の暮らしがもはや終わっていたことの証《あか》しだとわかる。暗黙の信頼を裏切ろうかと考えたということは、自分たちの結婚生活に対する望みを私がすっかり捨てていたということだ。だがそのときの私にはそんな自覚はなかった。そのとき感じたのは好奇心だけだった。日記は机の上に拡げてあり、ディーリアはたったいま私に、彼女に代わって部屋に入る用事を頼んだ。日記が私の目にとまることを、きっと承知していたにちがいない。だとすれば、書いたものを私が読むよう、ほとんど彼女の方から仕向けているようなものではないか。真偽はどうあれ、それがあの晩私の考えた口実だったたし、いまでもそれが間違いだったという確信はない。そうやって遠回しに行動するのはいかにもディーリアらしい。危機を誘発しておいて、自分はその責任を取らずに済むような手に出る。それが彼女一流の手口だった。こうすれば、事態を思うように動かしながらも、自分の手は汚れていないと信じていられるのだ。

こうして私は、開かれた日記に目を落とした。ひとたびその一線を越えてしまうと、もはやあと戻りはできなかった。その日のテーマが自分であることを私は見てとった。そこにあったのは、不満と愚痴の網羅的カタログ、科学実験の報告書の文体で書かれた陰々滅々たる文書だった。ディーリアは何から何までカバーしていた。私の服装にはじまり、私の食べる物を経て、私の度しがたい思いやりの欠如に至るまで。私は病的であり自己中心的であり、軽薄で横暴で、執念深くて怠惰で落着きがなかった。たとえこれらがすべて本当だったとしても、彼女の描き方はあまりに寛大さに欠けていた。その口調はあまりに意地悪だった。私は怒る気にもならなかった。ただ悲しく、うつろな、愕《がく》然《ぜん》とした思いを感じただけだった。最後の段落にたどり着くころには、結論はもはや自明だった。いまさら言葉にするまでもない。「私ははじめからピーターを愛してなんかいなかった」と彼女は書いていた。「愛せると思ったのがそもそも間違いだったのだ。私たち二人の暮らしはごまかしだ。こんな生活をつづけたところで、ますますたがいを駄目にしてしまうだけだ。私たちは結婚などすべきではなかったのだ。ピーターに乗せられてしてしまったけれど、以来私はずっとその代償を払っている。あのとき彼を愛してはいなかったし、いまも愛していない。どれだけ長く一緒に暮らしても、決して愛せないだろう」

何もかもがあまりに断定的で、直截《ちょくせつ》で、私はほとんどほっとしたくらいだった。ここまで蔑《さげす》まれているとわかると、自分を哀れむ口実もなくなってしまう。もはや状況に関して疑う余地はなかった。読み出した瞬間にはいくらか動揺したものの、じきに、こうした惨事をわが身にもたらしたのは自分自身なのだと思い知った。私は絵空事を求めて、人生の十一年を無駄にしてしまったのだ。若き日々すべてをひとつの幻影の犠牲にしてしまったのだ。だが、たったいま失われたものを悼《いた》んで意気消沈してもよさそうなものなのに、私はなぜか元気が湧《わ》いてきた。ディーリアの言葉の容赦なさ、粗暴さによって、解放された気分だった。いまでは説明不可能な話のように思える。だがとにかく、私は躊躇《ちゅうちょ》しなかった。ディーリアの眼鏡を持って一階に下りていき、日記を読んだと彼女に告げ、翌朝家から出ていった。私の決断の早さに、彼女は仰天した様子だった。それまで二人ともとことん相手の気持ちを読み違えつづけてきたことを思えば、それも驚くにはあたらなかったかもしれない。私にしてみれば、語りあうべきことなど何もなかった。行為はすでになされてしまったのであり、考え直す余地などなかった。

&

私はファニーに助けてもらってマンハッタンの南にまた貸しの部屋《サブレット》を確保し、クリスマスにはふたたびニューヨークに戻っていた。絵描きをしているファニーの友人が一年イタリアへ行くことになって、彼女が話をつけてくれたおかげで、その絵描きのアパートメントの予備の部屋を月わずか五十ドル（私にはそれが精一杯だった）で借りることができたのだ。そこは絵描きのロフト（こっちにも別の住人が入っていた）から廊下をはさんだ向かいにあって、私が移ってくるまでは巨大な物入れとして使われていた。ありとあらゆるたぐいのガラクタや残骸《ざんがい》がそこには放り込まれていた。壊れた自転車、途中で放棄した絵、古い洗濯機、テレビン油の空缶、新聞、雑誌、無数の銅線の切れ端。全部を部屋の隅に押しやっても、住めるスペースは半分にしかならなかったが、若干の適応期間を過ぎると、それだけあれば十分だということが判明した。そのときの私には、家具といってもマットレスひとつ、小さなテーブルひとつ、椅子《いす》二脚、電熱器ひとつ、台所用品少々、それに本が段ボール一箱あるだけだったのだ。それはごく基本的な、余計な物のいっさいない生活だった。だがその部屋で暮らしていて、私は幸福だった。サックスがはじめて訪ねてきたとき彼がいみじくも言ったように、そこは内省の聖域だった。そこにおいて唯一可能な行為は思考である、そういう部屋だった。流しとトイレはあるが、風呂《ふろ》はない。木の床はひどく傷《いた》んでいて、裸足《はだし》で歩くたびにささくれが刺さった。だが私はその部屋で、中断していた小説をまた書きはじめた。運も少しずつ変わっていった。越してきて一か月後に、一万ドルの助成金がもらえることになった。願書を出したのはもうずっと前のことで、申請したことさえすっかり忘れていた。それから、ちょうど二週間後、もうひとつ別の助成金がもらえることになった。今度は七千ドル。ひとつ目のと同じく、金集めに狂奔していた時期に応募したものだ。突然、奇跡が日常的に起きるようになったのだ。手に入った金の半分はディーリアに渡した。それでもまだ、私にしては豪勢な暮らしをするに十分な額が残った。毎週田舎まで出かけていってデイヴィッドと一日、二日過ごし、夜は同じ道路に面した近所の家に泊めてもらった。そのパターンがだいたい九か月つづいてから、その年の九月にようやく田舎の家が売れ、ディーリアがブルックリン南のアパートに越してきて、私もデイヴィッドと毎回もっと長く過ごせるようになった。そのころにはディーリアも私もそれぞれ弁護士をつけて、離婚手続きを進めていた。

独身者としての私の新しいキャリアに、ファニーとベンは積極的関心を示してくれた。自分の現況を私が他人に打ちあけることがあるとすれば、その打ちあけ相手は彼ら二人だった。ディーリアとの仲が破綻《はたん》したこともまず彼らに知らせると、二人ともひどく心配してくれたが、たぶんファニーの方が心配した度合は少なかったと思う。ただしデイヴィッドのことを一番気づかってくれたのもファニーであり、ディーリアと私の仲が戻る見込みがないと見たとたん、デイヴィッドの問題に神経を集中してくれた。一方サックスは、もう一度試してみたらどうだ、とあれこれ説得を試みた。それが何週間かつづいたが、ひとたび私がニューヨークに戻って新しい生活に落着いてからは、さすがにもうやかましくは言わなくなった。ディーリアと私は、自分たちの不和を人前ではまったく見せていなかったので、我々の別居は大半の知りあいにとって寝耳に水だったし、特にサックスのような親しい友人には大きな衝撃だった。だがファニーははじめからうすうす察していたように思える。ディーリアを家に置き去りにしてきた最初の夜、彼らのアパートメントでそのことを告げると、私の話が終わった時点で、ファニーは一瞬間《ま》を置いてからこう言った。「ねえピーター、いまは辛《つら》いでしょうけど、ある意味ではこうなるのが一番いいんじゃないかしら。いずれはあなた、いままでよりずっと楽しく生きられると思うわ」

二人はその年じゅうディナーパーティーを開いていて、ほとんど毎回私を呼んでくれた。ファニーとベンには驚くほどたくさん知りあいがいて、ニューヨーカーの半分くらいが、一度は彼らのダイニングルームの大きな楕円形《だえんけい》のテーブルに座ったことがあるんじゃないかと思えた。画家、作家、学者、批評家、編集者、画廊経営者、みんながブルックリンに足を運び、ファニーの料理に舌つづみを打ち、酒を飲み、夜遅くまで語りあった。サックスはつねに司会者役だった。タイミング絶妙のジョークや挑発的な発言で会話の活気を保つ、元気一杯の浮かれ者だった。私は彼らの開くディナーを、主たる娯楽源として頼るようになった。わが二人の友人は私に目を配ってくれていて、私がまた独り身になったことを世界に伝えるべく手を尽くしてくれた。お見合い、などとあからさまに言ったわけではないが、ディナーの席上には実に多くの未婚女性が現われたから、二人が私のことを思ってくれているのはよくわかった。

一九七九年のはじめ、ニューヨークに戻ってきて三、四か月後に、サックスの死にひとつの中心的役割を演じることになる人物に私は出会った。当時マリア・ターナーは二十七か二十八の、背の高い、落着いた感じの女性だった。短く刈り込んだ金髪に、痩《や》せて骨張った顔をしていた。美人とは言いがたかったが、グレーの瞳《ひとみ》に浮かぶ烈《はげ》しさに私は惹《ひ》かれたし、服の着こなし方なども気に入った。いくぶん取り澄ました、どこか官能的な優美さがあって、その控え目な感じが、ちょっと一瞬気の抜ける瞬間などに――足を組んだり外したりするときにスカートがずり上がるとか、煙草《たばこ》に火をつけてやるときに手がかならずこっちの手に触れるとか――その奥の姿がエロチックに垣間《かいま》見《み》えた。べつに、コケティッシュな女だったとか、露骨に男の気を惹こうとしたとかいうわけではない。基本的には、社交のルールをきちんと身につけたまっとうなブルジョワ娘という趣だったが、それでいて、そうしたルールをもはや信じていないようにも見えた。何か胸に秘密を抱えて生きていて、それをこっちに打ちあけてくれるかどうかはそのときの気分次第、そんな感じなのだ。

彼女はドウェイン・ストリートのロフトに住んでいて、バリック・ストリートにある私の部屋からも近かったから、その夜パーティーが終わったあと、二人でタクシーを呼んで一緒にマンハッタンに帰った。それが、結果的には二年近くつづくことになった性的同盟関係のはじまりだった。この言葉を、私は厳密かつ客観的な描写として使っている。といって私たちの交友が肉体的なものに限られていたわけではないし、ベッドでたがいから得る快楽以外の関心を相手に抱かなかったわけでもない。それでも、私たちのあいだに起きた出来事には、ロマンチックな装飾も感傷的な思い込みもなかったし、その夜以降もずっと、我々の関係が本質的に大きく変わることはなかった。たいていの人間が求めるようなたぐいの結びつきを、マリアは望んでいないように見えた。伝統的な意味での愛などというものは彼女には無縁であり、自分が感じうる感情の領域外にあるものだった。当時の私の心情からいって、彼女が課してきた条件はこちらとしてもまさに望むところだった。我々は相手に対し何ら権利を主張せず、ときどきしか会わず、それぞれ完全に独立した生活を営んだ。それでもなお、私たちのあいだには確かな情愛があった。それは私にとって、いままで誰とも結んだことのないたぐいの親密さだった。ただ、そうした事実を私が呑《の》み込めるようになるには少し時間がかかった。はじめのうちは彼女のことを、いささか不気味な、ほとんど変質者めいた人間だと思ったが（だからこそ当初の接触には、ある種のスリルも加わることになったのだが）、時が経《た》つにつれて、要するに変わり者というだけの話だとわかってきた。自分独自の、いささか奇怪なもろもろの儀式を入念に組み合わせて生きている異端者なのだ。彼女にとってすべての経験は体系化されていた。経験の一つひとつが、それ特有のリスクと限界を生成する、自己完結した冒険だった。彼女の実践する計画一つひとつが、それぞれ個別の範疇《はんちゅう》に収まっていた。そして私の場合、そのなかのセックスという範疇に属していたのだ。あのはじめての晩、彼女は私をベッドパートナーに任命し、その任務を私は最後まで務め上げた。マリアのさまざまな欲望が作り出す宇宙のなかで、私は数多くの儀式のなかのひとつにすぎなかった。だが私は彼女が選んでくれた役割が気に入っていた。それで何の不満もなかった。

マリアは芸術家だったが、彼女が行なう作業は、ふつうに芸術作品と定義されるような物を作る仕事とはおよそかけ離れていた。ある人は彼女を写真家と呼び、ある人はコンセプチュアル・アーティストと呼び、またある人は作家と考えたが、どの描写も正確ではない。結局のところ、こういう芸術家だ、とひとつにくくることのできない存在なのだと思う。そうしてしまうには彼女の作品はあまりに狂気じみていたし、特定のメディアなり分野なりに属していると考えるには、あまりに特異、あまりに個人的だった。何かアイデアに取り憑《つ》かれれば、その制作に取り組み、結果として、ギャラリーで展示できるような具体的成果が生じはする。だがその営みは、芸術作品を作ろうという気持ちからというより、自分の妄執を解放したい、自分の生きたいとおりに人生を生きたいという欲求から生じていた。生きること、それがつねに最優先されていた。彼女のプロジェクトのなかでもとりわけ時間のかかったものには、純粋に自分一人のためになされた、他人にはいっさい見せていないものもある。

十四歳になって以降、彼女は人からもらった誕生日のプレゼントを全部取っておいていた。包装されたままのプレゼントを、年別にきちんと棚に並べておくのだ。大人になってからは毎年みずから誕生日ディナーを開いて、いつも自分の年齢と同じ数の客を招いた。何週間かのあいだ、「色彩ダイエット」なるものを実践し、それぞれの日、決まったひとつの色の食物だけを食べた。月曜はオレンジ（人参、カンタロープメロン、茹《ゆ》でた小海老）。火曜は赤（トマト、柿、タルタルステーキ）。水曜は白（ヒラメ、ジャガイモ、カッテージチーズ)。木曜は緑(キュウリ、ブロッコリー、ホウレン草)――といった具合に日曜の最後の食事までつづくのだ。またあるときには、アルファベットに基づいて同様の区分を行なった。今日はbだけ、cだけ、wだけ、というふうにして何日も過ごし、やがて、はじめたときと同様の唐突さであっさりゲームを放棄し、また別の作業に移っていく。どれも単なる気まぐれと言えようし、分類や習慣の理念をめぐるささやかな実験といったところだろうが、時にはこれと同じようなゲームが何年もつづくこともあった。たとえば、L氏の服を選ぶ長期プロジェクト。L氏とはマリアがあるパーティーで見かけた人物で、これほどハンサムな男性はめったにいないと彼女は思った。ところが服装は最低としか言いようがない。そこでマリアは、誰にもその意図を明かさずに、L氏の衣裳《いしょう》を向上させる任を買って出た。毎年クリスマスに、差出人の名を書かずにプレゼントを送るのだ。ネクタイ、セーター、洒落《しゃれ》たシャツ。L氏は彼女とだいたい同じ人脈のなかで生きていたから、彼女はその後もときどきL氏に出くわし、そのたびに、彼の服装に劇的な変化が生じているのを満足感とともに眺めた。L氏はいつもかならず、マリアが送った服を着ていたのだ。人が集まっている場でL氏を見かけると、彼女は近よっていってその服装をほめまでしたが、それ以上は踏み込まなかった。彼女こそクリスマスの小包の送り主であることを、L氏は最後まで気づかなかった。

マリアはマサチューセッツ州ホールヨークで育った。一人っ子で、両親は彼女が六歳のときに離婚した。一九七〇年に高校を卒業すると、美術学校に入って画家になろうとニューヨークへやって来たが、一学期通っただけで興味を失い、学校をやめた。そして中古のダッジのバンを買って、アメリカ全土を回る旅に出た。それぞれの州にきっちり二週間ずつ滞在して、行く先々でアルバイトにありつくたびに働き（ウェートレス、季節労働者たちに混じっての農作業、工場勤務）、旅をつづけるのに必要最低限の金を稼いだ。これが一連の狂気じみた、衝動に従って行なわれることになるもろもろのプロジェクトの第一弾だった。ある意味では、これこそ彼女のなしとげたもっとも非凡な営みだとも言える。まったく無意味な、何の根拠もない行為に、ほぼ二年の時間を捧《ささ》げたのだから。すべての州で十四日ずつ過ごすこと、それが唯一《ゆいいつ》の目的だった。それを別とすれば、あとは好きなことをやっていてよかった。執拗《しつよう》に、冷静に、みずからに与えた課題の意義を決して疑ったりはせず、マリアは最後までやり通した。はじめたときはまだ十九歳、若い娘の一人身だったわけだが、何とか独力でやって行き、大きな災難の危険もかわして、同年代の男たちが夢想するだけの冒険を身をもって生きた。旅をしている最中、仕事仲間の一人が彼女に古い三十五ミリカメラをくれた。それまで写真など教わったこともなかったし撮った経験もなかったが、これを機に彼女は写真を撮りはじめた。その二、三か月後にシカゴで父親に会って、やっと自分の好きなことが見つかったと父に告げた。撮った写真の一部を娘から見せられると、父はそれらの習作を判断材料にして、娘に取引きを持ちかけた。すなわち、もし今後も写真をつづけるなら、自活できるようになるまで生活費は自分が持つ。どれだけ長くかかっても構わない。ただし、絶対にやめてはならない——そう父は言った。少なくとも彼女が私に語ったのはそういう話だし、それを疑う根拠は私にはなかった。私たちの関係がつづいたあいだずっと、毎月一日に、千ドルの金がシカゴの某銀行からマリアの口座に電信で振り込まれた。

ニューヨークに戻ってきた彼女は、バンを売り、ドウェイン・ストリートのロフトに移った。そこは卵とバターの卸売り業者が使っているビルの最上階の、がらんとしただだっ広い部屋だった。はじめ何か月かは、孤独で迷い多き日々がつづいた。彼女には友だちもなく、生活らしい生活もなかった。ニューヨークははじめて来た街のように見慣れぬ恐ろしげな場所に思えた。何ら意識的な動機もなく、彼女は街なかで、知らない人間のあとをつけるようになった。朝、家を出たところで無作為に誰かを選び、その選択で一日の行き場が決まるのだ。それはやがて、新しい思考を獲得するための方法、自分を包んでしまったように思える空虚を埋める手段となった。まもなく、カメラを持っていって、つけている人々の写真を撮るようになった。晩にロフトに帰ってくると、机に向かって、一日どこへ行って何をしたかを書きとめ、あとをつけた人間のたどったルートに基づいて彼らの生活を想像し、時には簡単な架空の伝記まで作った。芸術家としてのキャリアがはじまったのもおおむねこれがきっかけだった。この後、いろいろなプロジェクトが出現することになるが、どれも同じ探求の精神につき動かされた、危険を冒すことへの情熱に支えられたものばかりだった。彼女の主題は眼だった。見ること、見られることのドラマだった。作品はどれも、人がマリア自身に見出《みいだ》したのと同じ特質をあらわにしていた。細部に厳密な注意を払う姿勢、無根拠な構造に身を任せる態度、はた目には耐えがたいほどの辛抱強さ。あるプロジェクトでは、私立探偵を雇って自分を尾行させた。何日かのあいだ、探偵は都市をさまよう彼女の姿を写真に撮り、小さなノートブックに彼女の移動ルートを記録した。何ひとつ、どんなに陳腐でつかのまの出来事も省かずに、通りを渡った、新聞を買った、コーヒーを飲みに店に入った、と探偵は書き連ねた。それはまったく人工的な営みだった。だがマリアは、他人がそうやって自分に積極的な関心を寄せていることに大きなスリルを感じた。ごくささいな行為にも新しい意味が満ちるようになり、この上なく無味乾燥な決まりきった行為にも並外れた情感がみなぎった。開始して数時間も経つと、探偵に対してすっかり愛着を抱くようになっていた。金を払って雇っていることもほとんど忘れてしまうほどだった。週の終わりに探偵から報告書を受けとって、自分の写真を仔細《しさい》に眺め、自分の移動をめぐる分刻みの記録を読むと、見知らぬ他人になったような気がした。自分が架空の存在に変わったような思いだった。

次のプロジェクトのために、マリアはマンハッタン中央部の大きなホテルでメイドの仕事についた。宿泊客に関する情報を集めるのが目的だったが、強引に覗《のぞ》くとか、発覚して問題になるような真似《まね》はしない。むしろ、客と顔を合わせるのを意図的に避け、部屋に散らばった物から知りうることに情報を限定した。今回も写真は撮ったし、手に入れた証拠を元に彼らの人生の物語を捏造《ねつぞう》したりもした。それはいわば、現在の考古学だった。ごくわずかな断片（切符の半券、破れたストッキング、シャツの襟についた血のしみ）から何かのエッセンスを再構築しようとする営みだった。その後しばらくして、ある男が街なかでマリアを引っかけようとした。およそ魅力のない男に思えたので相手にしなかったが、その日の晩、まったく偶然に、ソーホーのギャラリーで開かれたオープニングパーティーでもう一度その男に出くわした。ふたたび言葉を交わしてみると、男が翌朝恋人と一緒にニューオリンズへ旅行に出かけることが判明した。マリアは自分も行くことに決めた。男の旅行中ずっと、カメラを持って彼をつけ回すことにしたのだ。男本人にはまったく興味がなかったし、恋の冒険などまるで求めていなかった。あくまで自分の姿は隠しつづけ、相手との接触をいっさい避けて、外から見える男の行動を探るにとどめ、見たものに解釈を加えたりはしない。これが方針だった。翌朝、ラガーディア空港からニューオリンズに飛んで、ホテルにチェックインし、黒いかつらを買った。三日のあいだ、男の行方をつきとめるために、何十軒ものホテルで訊《き》いてまわった。やっと見つかって、その週の残りずっと、男のうしろに影のようにつきまとい、何百枚と写真を撮り、男が行った場所をすべて記録した。自分の日記もつけた。男がニューヨークに帰る日が来ると、一足早い便で帰った——締めくくりの写真として飛行機から降りてきた彼を撮るべく、空港で待ち構えているために。それは彼女にとって複雑な、不安をかき立てられる体験だった。終わってからも、何だかまるで、ある種の無のために自分の人生を捨ててしまったような気分だった。ありもしないものを写真に撮っていたような気がした。カメラはもはや、存在するものを記録する道具ではなかった。いまやそれは世界を消滅させる手段であり、見えないものと出会う技法だった。みずから始動させてしまった流れを何とか食い止めようと、ニューヨークへ戻ってから数日後にマリアは新しいプロジェクトに乗り出した。ある日の午後タイムズ・スクエアを歩いていたときに、ふとしたきっかけから、トップレスのディスコバーのドアマンと話をはじめた。その日は暖かく、マリアは短パンにTシャツという、彼女にしてはいつになく肌をさらした服装をしていた。そもそもその日は、人目を惹《ひ》くことを目的に外出したのだった。人々が彼女を目にとめてふり返ることで、自分の体の現実性を確かめ、他人の目に自分がまだ存在していることを自分自身に証明したかったのである。マリアは均整のとれた体で、脚も長く、胸の形も魅力的だった。その日、口笛や卑猥《ひわい》な言葉を浴びることで、いくらか元気が戻ってきた。ドアマンにも、あんた美人だよ、うちの店の子たちに負けないよと言われた。会話がつづくなかで、ふと気がつくと、彼女は仕事にスカウトされていた。ダンサーの一人が病気で休むって連絡してきたから、あんた、もしやりたけりゃ俺からボスに話してやるぜとドアマンは言ってきた。ほとんど考えもせずに、マリアは引き受けていた。こうして次の作品が生まれた。のちに「裸のレディ」の名で知られることになる作品である。マリアはその夜、友人の一人に来てもらって、自分が舞台に立っているところを写真に撮ってもらった。べつに人に見せようというつもりはなく、単に自分がどう見えるのか、みずからの好奇心を満たしたかったのだ。意識的に自分をひとつの物に、名もない欲望の表象に変えようとしているのだから、その物というのがいかなる姿をしているのか、ぜひともはっきり知っておきたかったのである。舞台に立ったのは午後八時から二十分交代で午前二時まで、その一晩だけのことだったが、ひるんだりはしなかった。ステージに上がって、色つきのストロボライトがむき出しの肌に当たってはね返るのを感じながら、彼女は思いきり踊りまくった。ラインストーンのバタフライと、五センチのヒール以外は何も身につけず、大音量のロックンロールに合わせて踊り、カウンターの向こうから彼女に見入っている男たちをじっと見返した。男たちに向かって尻《しり》を振り、舌を唇に這《は》わせ、一ドル札を置いて彼女を煽《あお》る連中に誘惑的なウィンクを送った。ほかのことをやるときと同じように、彼女は上手《うま》かった。いったん勢いがつくと、もう何ものも彼女を止められなかった。

私の知る限り、彼女が度を超してしまったのは一度だけである。それは一九七六年の春のことだ。そしてこのときの見込み違いが、最終的には大きな惨事をもたらすことになる。少なくとも二つの生命が失われることになるのだ。それが起こるまでに何年もかかったとはいえ、過去と現在の結びつきは否定できない。マリアこそサックスとリリアン・スターンを結ぶ環《わ》だったわけだし、マリア特有の、ことあるごとにトラブルを招いてしまう性癖がなかったら、リリアン・スターンが舞台に登場することもなかっただろう。一九七九年にマリアがサックスのアパートメントに現われたことで、サックスがリリアン・スターンと出会う可能性も生じたのだ。その可能性が現実になるには、まだいくつか意外なよじれを経ねばならなかったが、そのよじれのどれもが、元をたどればマリアに行きつくのである。まだ私たちの誰一人彼女を知らなかったころ、マリアはある朝カメラのフィルムを買いに出かけて、路上に小さな黒いアドレス帳が落ちているのを目にとめ、拾い上げた。この行為が、悲惨な物語を始動させたのだった。彼女がアドレス帳を開いたことによって、悪魔が飛び出し、暴力、騒乱、死が群れをなして飛び出してきたのだ。

それはごくありふれた、シェーファー・イートン社製のポケットアドレス帳で、縦およそ十五センチ、横十センチ程度で、柔らかい合成革の表紙に背はスパイラルで、アルファベット別に半月形のインデックスがついていた。だいぶ使い込んであり、二百以上の名前、住所、電話番号が書き込んであった。線を引いて書き直してある項目もたくさんあったし、ほとんどのページでも複数の筆記用具（青いボールペン、黒のサインペン、緑の鉛筆）が使われていることから見ても、だいぶ年季が入っているらしい。持ち主に返してあげよう、とマリアはとっさに思ったが、個人の持ち物によくあるように、所有者は自分の名前を書くことを怠っていた。書いてありそうな場所を一通り見てみたが——表紙の裏、一ページ目、裏表紙など——どこにも名はなかった。さしあたりどうしたらいいかもわからず、彼女はアドレス帳をバッグに入れて、家に持ち帰った。

たいていの人ならそれっきり忘れてしまうところだろうが、マリアは降ってわいたチャンスを逃す人間ではない。偶然の誘いを見送ったりはしない。その夜ベッドに入るころには、もう次のプロジェクトの計画が出来上がっていた。それは込み入ったプランであり、いままで彼女が試みたどの企てよりずっと困難で複雑だった。だがその壮大さに、彼女の胸はときめいた。アドレス帳の持ち主は男だ、と彼女はほぼ確信していた。筆跡が男っぽいし、載っている人間も女より男の方が多い。扱いもぞんざいなのか、かなり傷《いた》んでいる。そしてマリアは、誰もがときに襲われる、一瞬の馬鹿《ばか》げたひらめきに貫かれて、自分はこのアドレス帳の持ち主と恋に落ちる運命にあるのだと想像した。想像はほんの一、二秒しかつづかなかったが、そのわずかな時間のあいだ、彼女は相手を夢の男として見た。美男で、知的で、心温かい、いままで恋したどの男よりも素晴らしい男。

幻影はすぐ消え去ったが、そのときにはもう手遅れだった。アドレス帳は彼女にとって魔法の物体に変容していた。それはいまや、さまざまな謎《なぞ》めいた情熱と、言葉にならない欲望とを収めた貯蔵庫だった。それに導かれたのは偶然のおかげだが、自分のものになったいま、マリアにはそれが運命の手先に見えた。

その最初の晩、彼女はアドレス帳に並ぶ名前を見てみたが、見覚えのある名はひとつもなかった。出発点としては完璧《かんぺき》に思えた。何ひとつわからぬまま闇《やみ》のなかに出ていき、ここに載っている一人ひとりから話を聞くのだ。彼らが何者かを知ることによって、これを失《な》くした男のこともだんだんわかってくるだろう。それは不在者の肖像画、何もない空間になぞった輪郭となるだろう。じわじわと、背景から一人の男の姿が、彼でないすべてのものがつなぎ合わされることによって現われ出てくるだろう。そうしていくうちにいずれ男の居所をつきとめられれば、と思ったが、たとえつきとめられなくても、そうやって追い求めること自体を愉《たの》しむだけでも十分だ。手帳に載っている人々に会ったら、相手が心を開いてくれるように努めよう、とマリアは思った。魔法と、情欲と、恋をめぐる物語を語り出すよう仕向け、彼らのもっとも奥深い秘密を打ちあけるよう誘うのだ。こうした面談には何か月もかかるだろう。それは覚悟していた。ひょっとしたら何年もかかるかもしれない。何千枚もの写真を撮り、何百という陳述を書きとめる必要があるだろう。ひとつの宇宙をまるごと探索しなければならないのだ。少なくとも彼女はそう思った。実際には、プロジェクトはわずか一日で脱線した。

　アドレス帳に載っている人々は名字に従って分類されていた。ところが、唯一《ゆいいつ》の例外として、Lのページにリリ（Lilli）という名が載っていた。これは女性のファーストネームだろう。だとすれば、住所録のスタイルからここだけ逸脱していることにも、何か意味があるのではないか。何か特別な関係が、ここに表われているのではないか。もしかしてリリとは、アドレス帳を失くした男の恋人か？　あるいは姉か妹、ひょっとして母親？　当初考えたようにアルファベット順に当たっていくのはやめて、ここは一気にLまで飛んで、まず謎の女リリについて探ってみようと決めた。もしこの勘が正しければ、男が何者か、一気にわからないとも限らない。

　リリに直接アプローチするわけには行かない。とにかく重大な出会いなのだ。性急に動いてへまをやったりすればチャンスは消えてしまう。会って話をする前に、まず相手がどんな女性か感じをつかんでおかねばならない。外見を見てみて、しばらく尾行して、行動パターンなどもある程度探っておいた方がいい。第一日目の朝、彼女はリリのアパートメントに張り込みに東八十七丁目まで出かけていった。呼び鈴と郵便箱を見てみようと、小さなビルの入口に入って、壁に並んだ名前に目を走らせはじめたそのとたん、一人の女がエレベーターから出てきて、内側の扉を開けた。マリアは女の方を向いたが、彼女がその顔を認知する間もなく、相手が彼女の名前を口にするのが聞こえた。「マリア?」と女は言った。その名は問いとして発された。一瞬間《ま》を置いて、自分がリリアン・スターンと向きあっていることをマリアは悟った。昔、マサチューセッツにいたころの友だちだ。「嘘《うそ》みたい」とリリアンは言った。「ほんとにあんたなのね?」

最後に会ったのはもう五年以上前だった。マリアがあの奇妙な全米の旅に出て以来、二人の連絡はとだえていたが、それ以前は小さいころからずっと大の仲よしだった。高校のころなどは、ほとんどいつも一緒だった。変わり者の少女二人が、ともに苦しみながら思春期をくぐり抜け、この田舎町からいつか逃げ出すんだと念じながら生きていたのだ。真面目《まじめ》なのはマリアの方だった。物静かなインテリ、友だちを作るのに苦労する少女。リリアンは噂《うわさ》が立つタイプで、何人もの男と寝て、ドラッグをやって、学校をさぼる。にもかかわらず、二人は揺るがぬ仲の同志だった。違いはいろいろあっても、二人を引き離すものより引き寄せるものの方がずっと大きかった。マリアがあるとき私に打ちあけたのだが、リリアンは彼女にとって大きな模範だったのであり、リリアンを知ることを通してはじめて、マリアも自分を見出すすべを学んだという。だがそうした影響関係は、決して一方的なものではなかったようだ。高校を卒業したあと、ニューヨークに移ってくるようリリアンを説き伏せたのはマリアの方だった。その後の数か月、二人は一緒にロウアー・イーストサイドの、ゴキブリだらけの狭苦しいアパートに住んだ。マリアが美術学校に通う一方、リリアンはウェートレスをしながら女優めざして勉強した。そしてリリアンは、トムという名のロックバンドのドラマーと恋仲になり、マリアがバンに乗ってニューヨークを去るころには、トムはすっかりアパートに居座っていた。旅をつづけた二年間、マリアは何度かリリアンに葉書を出したけれども、居所は書かなかったからリリアンには返事の書きようがなかった。ニューヨークに戻ったマリアは、さんざん手を尽くしてリリアンを探したが、かつてのアパートには別人が住んでいたし、リリアンの名は電話帳にも載っていなかった。ホールヨークの両親の番号にも電話をかけてみたが、彼らもよそへ引っ越してしまったらしかった。突然、もはや打つ手は絶えてしまった。その日ビルの入口でリリアンにばったり出くわした時点では、もう二度と友には会えぬものとあきらめていた。

それは二人にとって、驚くほかない遭遇だった。マリアが私に言うには、二人とも大声を上げ、それからたがいに抱きあい、感きわまって泣き出したという。ようやくまた口がきけるようになると、一緒にエレベーターを上がって、リリアンの部屋で一日じゅう過ごした。おたがい報告することはたくさんあったし、とにかく話が次から次へとあふれ出てきた。二人で昼食を食べ、夕食も食べ、マリアがロフトに戻ってベッドにもぐり込んだころにはもう午前三時近かった。

それまでの年月、リリアンの身には奇妙な、マリアには想像もつかないようなことがいくつも起きていた。それらに関して私の知るところはすべてまた聞きでしかないわけだが、去年の夏にサックスから聞いた話を重ね合わせて考えると、マリアが私に語った話は基本的に事実のとおりだと思う。細部はいくつか間違っていたかもしれないが（それはサックスの話も同じだ）、最終的には大したことではない。リリアンがつねに信用できる人間ではないにせよ、そして、彼女の誇張癖がマリアとサックスの言うとおりはなはだしいものであったにせよ、根本的な事実は揺るがない。一九七六年にマリアと出くわすまでの三年間、リリアンは売春をして生計を立てていた。東八十七丁目にある自分のアパートメントで客をとり、まったく一人で仕事していた。景気のいい自由業を営む、パートタイムの娼婦《しょうふ》。そこまではすべて確かだ。いまひとつ定かでないのは、それがどうやってはじまったかである。ボーイフレンドのトムも一枚加わっていたらしいのだが、どこまで絡《から》んでいたかははっきりしない。二つあるバージョンのどちらでも、トムは深刻なドラッグ問題を抱えていて、ヘロイン中毒のためにバンドもクビになった。マリアが聞いた方の話では、リリアンはそれでもトムを絶望的に愛していた。娼婦をするというアイデアも彼女の方から言い出した。トムに金を作ってやるために、ほかの男と寝ることも辞さなかったのである。やってみたら手っ取り早いし、痛みもなしに金が稼げたし、とにかくドラッグの売人への払いさえきちんとやっておけば、トムが自分を捨てて出ていきはしないとわかっていた。あのころはとにかく、トムを離さないためだったら、自分はボロボロになってもいいから何だってやる気だった、と彼女はマリアに言った。十一年後、サックスを聞き手に、リリアンはまったく別の物語を語る。トムに説き伏せられてはじめたのだ、と彼女はサックスに言った。トムに何をされるか怖かったし、言うことを聞かないと殺すと言われたので、従うしかなかったというのだ。この第二バージョンによれば、客との交渉はトムの仕事だった。自分の中毒の費用をカバーすべく、ガールフレンドのポン引き役を演じたわけである。結局のところ、どちらのバージョンが真実かは問題でないと思う。どちらも陰惨な話であり、結末も変わらない。半年あまり経《た》って、トムがいなくなった。マリアの物語では、よその女と一緒に出ていった。サックスの物語では麻薬のやり過ぎで死んだ。どちらにせよ、リリアンは一人になった。どちらにせよ、生活費を捻出《ねんしゅつ》するために彼女は男たちと寝つづけた。マリアが度肝を抜かれたのは、それを語るリリアンの何とも事務的な口調だった。恥じてもいないし、気まずそうな様子もまったくない。ほかの仕事とおんなじよ、とリリアンは言った。実際、酒場の給仕やウェートレスよりずっといい。どこへ行ったって男たちはよだれを垂らすのだし、止めようとして止められるものではない。だったら、無理して追い払うより、それで金をもらう方がずっと理にかなっている。だいいち、少しくらいファックしたって減るもんじゃなし。リリアンとしてはむしろ、一人で立派にやって来たことを誇らしく思っていた。客をとるのは週に三日だけだし、銀行には預金があり、悪くない地域で住み心地のいいアパートメントにも住める。二年前からまた演劇学校にも通い出した。だんだん上達してきていると思うし、この何週間かオーディションもいくつか受けていて（たいていはダウンタウンの小さなシアター）、そのうち何か役が回ってくると思うと彼女はマリアに言った。あと一万ドルか、一万五千ドル貯《た》まったら、もう商売はやめて、フルタイムで女優業をめざす。まだ二十四歳なんだし、人生はまだこれからだ。

マリアはその日カメラを持ってきていたから、一緒に過ごしている最中にリリアンの写真をたくさん撮った。三年後に私にこの物語を語ったときも、話しながらそれらの写真を広げてみせてくれた。全部で三十枚か四十枚あったにちがいない。フルサイズの白黒写真が、さまざまなアングルと距離からリリアンを捉《とら》えている。ポーズをとった写真もあれば、とっていないのもある。私にとっては、これらのポートレートがリリアン・スターンとの唯一の出会いである。あの日以来、十年以上の年月が過ぎたが、あの一連の写真を見た体験を忘れたことはない。それほど強い、時を経ても衰えない衝撃を私は受けたのだ。

「きれいでしょ、彼女？」とマリアは言った。

「うん、ものすごくきれいだ」と私は言った。

「食べ物を買いに出ようとしてあたしと鉢合わせになったのよ。着ているもの、見えるでしょう。トレーナー、ブルージーンズ、はき古しのスニーカー。ちょっと角の店まで行って戻ってくる、五分の外出のための格好よね。メークアップなし、アクセサリーなし、何の小道具もなし。それでもきれいよ。息を呑《の》むくらい」

「黒さだな」と私は説明をつけようとして言った。「髪や目が黒い女性は、あまりメークアップする必要がない。目もすごく丸いよね。長いまつげがそれを目立たせている。骨の形もいい。それを忘れちゃいけない。骨でずいぶん違うからね」

「それだけじゃないわ、ピーター。リリアンは内側に何かを抱えていて、それがいつも表面に出てきてるのよ。それを何と言ったらいいかはわからない。幸福。優美さ。動物のような活気。とにかくそれのせいで、ほかの人よりずっと生き生きして見えるのよ。いったん目を奪われたら、目を離すのは難しい」

「カメラの前でもくつろいでる感じだね」

「リリアンはいつだってくつろいでるのよ。自分がいまここにいることに、何の違和感もない」

私はさらに写真をパラパラめくってみた。と、開いたクローゼットの前にリリアンが立っているひとつづきの写真が現われた。だんだんと服を脱いでいっている。ある写真では、ブルージーンズを脱いでいる。別の写真では、トレーナーを脱ぐところ。次の写真では、ものすごく小さなパンティと、白いノースリーブのアンダーシャツだけになっている。その次はパンティがなくなっている。それから次は、アンダーシャツもなくなっている。ヌードのショットが何枚かこれにつづいた。一枚目ではカメラの方を向いて、首をうしろにそらして笑っている。小さな乳房がほとんど胸に押しつけられたように平たくなって、ぴんと硬くなった乳首がその地平線から突き出ている。骨盤は前に押し出され、両手が太腿《ふともも》の内側の肉をぎゅっとつかんでいる。黒い陰毛の茂みを、丸まった指の白さが縁どっている。次の写真では、うしろを向いて、こっちに尻《しり》を向けている。腰を横に突き出して、それと反対側の肩ごしにカメラを見て、依然笑いながら、古典的なピンナップのポーズを決めている。明らかに、楽しくて仕方ない様子。明らかに、自分を見せびらかす機会を喜んでいる。

「けっこうきわどいなぁ」と私は言った。「君がアダルト写真も撮るとは知らなかったね」

「晩ごはんを食べにいく支度をしていて、着替えてくるわってリリアンが言ったの。それで、話がつづけられるようにあたしもベッドルームについて行ったのよ。カメラは持ったままだったから、彼女が服を脱ぎ出したときに、また撮り出した。単に成り行きでそうなったの。彼女が服を脱ぐのを見るまでは、そんなことする気もなかった」

「で、彼女も嫌がらなかった？」

「嫌がってるように見えないでしょ？」

「君、興奮した？」

「当たり前でしょ。あたしだって木でできてるわけじゃないのよ」

「それからどうなったの？　二人で寝たんじゃないよね？」

「それはないわ。あたし、それには淑女すぎるから」

「べつに無理に告白させようってわけじゃないんだけどさ。ただ君の友だちが、あんまり魅力的に見えるから。男にとってだけじゃなく、女にとっても同じじゃないかな」

「そそられたことは認めるわ。もしあそこでリリアンの方から何かしてきたら、どうにかなっていたかもしれない。女と寝たことはあたし一度もないけど、あの日彼女とだったらしていたかもしれない。とにかくそういうことがあたしの頭にも浮かんだし、そんな気持ちになったのは生まれてこの方あのときだけだわ。でもリリアンはただカメラのためにふざけてるだけだった。結局ストリップショーより先へは進まなかったわ。だけどものすごく愉快だったし、あたしたち、はじめから終わりまで笑いっぱなしだった」

「リリアンにアドレス帳は見せたの？」

「あとでね。たぶん、レストランから帰ってきたあとだと思う。リリアンは長いことなかを見てたけど、誰のだかはわからなかった。客の男だってことは間違いないわよね。リリっていうのは彼女が仕事に使ってた名前だから。でもそれ以上のことはわからなかった」

「でも可能性の幅は狭まった」

「そうだけど、実は彼女が会ったことのある人間かどうかもわからないわけよね。誰かから彼女のことを教わった人かもしれない。気に入った客が、友だちか職場の仲間に名前を教えたとかね。リリアンはそうやって口コミで新しい客を増やしていたわけだし。その男がアドレス帳に彼女の名前を書いたからといって、彼女に電話したことがあるとは限らないわよね。ひょっとしたら、その男に彼女の名前を教えた男だって、実はまだ電話したことがないかもしれない。娼婦ってそういうふうに名前が広がるのよ、同心円的に。奇妙な情報網よね。男によっては、名前が一つ二つメモしてあるだけで十分なのよ。いわば将来に備えてね。奥さんに逃げられたときとか、急にやりたくなったり欲求不満がたまったりしたときに備えて」

「あるいは単に近所に寄ったときとか」

「そのとおり」

「それでもやっぱり、とっかかりにはなったじゃないか。リリアンが現われるまでは、持ち主は誰でもありえた。これでとにかく、勝負になる可能性も少しは出てきた」

「まあそうなんでしょうね。でも結果としてはそうならなかった。リリアンと話をしたことで、プロジェクトが全然別のものに変わったのよ」

「というと、彼女が客のリストを見せてくれなかったってこと？」

「いいえ、そんなことじゃないわ。リリアンは頼めば何だってしてくれたと思う」

「じゃあ何だったの？」

「どういうふうにそうなったのかよくわからないんだけど、話しているうちにどんどん二人でプランが固まっていったのよ。二人のうちどちらから出たのでもなかった。気がつくとそのプランがぽっかり宙に浮かんでいたのよ、はじめからそこにあったみたいに。あたしたちが偶然鉢合わせしたことも大きかったと思う。ほんとにすごくびっくりしたし、嬉《うれ》しかったし、二人とも我を忘れたみたいだった。何しろあたしたち昔はすごく仲よしだったから。心の友、姉妹同様、生涯の同志。おたがいのことを心から大切に思っていたし、あたし、リリアンのことなら自分のことと同じくらいよくわかってるつもりだった。それが、これよ。五年経ってみたら、無二の親友は娼婦になってるじゃないの。そりゃうろたえるわよ。何てことかしらって、ほとんど裏切られたみたいな気持ちだった。でも同時に――このへんからよくわからなくなってくるんだけど――自分がリリアンを妬《ねた》んでいることも意識していた。彼女は変わっていなかった。昔からずっと知ってた、最高の女の子そのままだった。クレイジーで、悪たれで、一緒にいるとわくわくする。自分のことをふしだらな人間だとか堕落した人間だとか、そんなこと全然考えてなかった。疚《やま》しい気持ちなんか全然なかったのよ。そこがすごいなって思ったの。心のなかがとことん自由で、自分のルールに従って生きていて、他人にどう思われようと全然気にしない。あたしもそれまで、けっこう過激なことをやってきたつもりだった。ニューオリンズとか、『裸のレディ』とか、新しいことをやるたびに少しずつ自分を前に押し出して、自分にできることの限界を試していた。でもリリアンの前に出ると、私なんてオールドミスの図書館員みたいなものだって思えてきたのよ。大して何もせずに生きてきたバージンみたいなものだってね。それで、あたしは思ったの——彼女にできるんだったら、あたしにだってできるんじゃないかって」

「冗談だろ?」

「待ってよ、終わりまで聞いてよ。話はもっと複雑なのよ。リリアンにアドレス帳のことを話して、ここに載ってる人たちに会うつもりだって言ったら、すごいわ、そんなすごい話聞いたことないって言うのよ。で、手伝うって言い出して。あたしがやるつもりだったことを、自分がやるって言うの——自分がアドレス帳に載ってる人に会ってまわるって。何しろ女優志願なんだしね。あたしを演じると思っただけで、すごく興奮しちゃって。すっかりその気になってたわ」

「で、役割を交換した、と。そういうことなんだね? リリアンに口説《くど》かれて、彼女と立場を取り替えたと」

「誰も口説きも口説かれもしてないわ。二人で一緒に決めたのよ」

「それでもさ……」

「それでもも何もないわよ。あたしたちは終始、対等のパートナーだったのよ。そして結果的には、リリアンの人生はこれがきっかけで変わった。アドレス帳に載っていた人の一人に恋をして、その人と結婚したのよ」

「どんどん奇妙になってきたな」

「まったくよ。リリアンがあたしの予備のカメラとアドレス帳を持って出ていって、会った五人目か六人目の人間が、やがて彼女の夫になる人だったんだから。わかってたのよ、あのアドレス帳には物語が隠れてるってことが――でもそれはリリアンの物語だった。あたしのじゃなかった」

「君もその人を自分の目で見たの？　リリアンの作り話じゃないの？」

「市庁舎で二人が結婚したときもあたしが立会人だったのよ。いままでどうやって暮らしを立てていたか、どうやらリリアンは相手に話してないみたい。だけどわざわざ知らせる必要なんかないでしょ？　いまは二人でカリフォルニアに住んでるわ。バークリー。その人、大学の先生でね、すごくいい人よ」

「それで、君の方はどうだったの？」

「それほどうまくは行かなかったわ。というか、全然うまく行かなかった。リリアンがカメラを持って出かけた当日、彼女は午後に常連客の一人と会う約束になっていた。それで、朝に相手が確認の電話を入れてきたときに、母親が病気で実家に帰らなくちゃならないって言ったの。で、友だちに代役を頼んであるから、そちらさえ今回だけ別の女でよければ、後悔はしないって保証するわよとか言ってるのよね。一語一句覚えてるわけじゃないけど、だいたいそんなようなことを言ったと思う。あたしのこと派手に売り込んでね、それで相手もやんわりなだめすかされた末に、結局折れたの。というわけで、その日の午後、あたしは一人リリアンのアパートで、ドアベルが鳴るのを待って、会ったこともない男とファックしようとしていたわけ。相手はジェロームっていう名前で、四十代のずんぐりした小男で、指の関節にも毛が生えていて、歯は黄色かった。何かのセールスマンだったわ。たしか酒類の卸しだったと思うけど、鉛筆かコンピュータだったかもしれない。まあ何だって同じことよね。三時きっかりにジェロームは呼び鈴を鳴らした。で、彼が部屋に入ってきたとたん、駄目だ、できないってあたしは悟ったの。向こうがちょっとでも魅力的だったら、ひょっとしたら勇気を奮い起こせたかもしれない。けどこの人が相手じゃ絶対無理だった。急いでるみたいで、何度も腕時計を見て、早くはじめたそうな様子だったわ。さっさとやってさっさと帰りたいっていう感じ。どうしたらいいかわからないから、あたしもとりあえず調子を合わせて、何か考えつかなきゃと思いながら、一緒にベッドルームに入って服を脱いだ。トップレスバーで踊ったことはあっても、太った毛むくじゃらのセールスマンと向きあって立つのって、全然違うのよね。すごく生々しい感じで。あたしは相手の目もまともに見られなかった。カメラはバスルームに隠してあったから、この大ドジを写真に残すならいましかないって思った。それで、ちょっと失礼と言ってトイレに入って、ドアを閉めたふりしてほんの少し開けておいた。洗面台のお湯と水を両方とも流して、フィルムを入れたカメラを出して、ベッドルームのスナップを撮りはじめた。完璧《かんぺき》なアングルだったわ。ジェロームがベッドの上に大の字になってるのが見えた。天井を見ながら片手でペニスをいじって勃《ぼっ》起《き》させようとしているの。見ていて胸が悪くなるけど、ちょっとコミカルな感じもあって、撮れてよかったと思ったわ。十枚くらい撮る時間はあるだろうと思ってたんだけど、六枚か七枚撮ったところで、ジェロームがいきなりがばっと起き上がってバスルームに飛んできて、こっちが閉める間もなく、ドアを思いきり開けたの。あたしが両手でカメラを持ってそこに立ってるのを見て、向こうは怒り狂ったわ。ほんとに文字どおり、怒りで気が狂ったのよ。ぎゃあぎゃあわめき出して、俺をゆするつもりか、結婚を台なしにする気かって罵《ののし》って、あっと思ったらあたしからカメラをもぎ取って、バスタブに叩《たた》きつけた。逃げようとしたけど、あと少しのところで腕をつかまれた。で、げんこつであたしをボカスカ殴り出したの。悪夢だったわよ。赤の他人二人が、ピンクのタイルのバスルームで死闘をくり広げてるんだものね。あたしにパンチを浴びせながら、向こうはうーうー唸《うな》ったりどなったり、肺も破れそうな大声でわめいたりで、それから、これであたしも完全にノックアウトっていう一発が来た。その一発であごの骨が折れたのよ、すごいでしょ。でもそれはほんの一部。手首も片方折れたし、肋骨《ろっこつ》は二本ひびが入ったし、体じゅう打ち傷だらけだった。十日間入院して、そのあとも六週間、あごは針金で固定されたままだった。ジェロームの奴《やつ》、とことんやってくれたわよ。まさに完膚《かんぷ》なきまでにやってくれたわよ」

&

サックスのアパートメントで私がマリアに出会った時点では、マリアは三年近く男性と寝ていなかった。叩きのめされたショックから立ち直るのに、それだけ長くかかったわけだ。節制は選択というより、むしろ必要であり、唯一《ゆいいつ》の療法だった。彼女にとってジェロームとの一件は、肉体面で屈辱的な目に遭ったというだけでなく、精神的な敗北でもあった。生まれてはじめて、マリアは受けるべくして罰を受けた気がした。今度ばかりは自分自身の境界線を踏み越えたのであり、その経験があまりに残忍だったせいで、自分がどういう人間なのかをめぐる感覚にも変化が生じることになった。それまでは、あたしには何でもできるんだという気がしていた。どんな冒険だって平気だし、どんな侵犯行為にもひるまないし、どんな挑戦も受けて立つ。自分は他人より強いと思っていて、人類を苛《さいな》む荒廃や挫《ざ》折感《せつかん》に対して自分だけは免疫《めんえき》があると思っていた。リリアンと役割を交換してみて、どれだけ甚だしく自分を欺《あざむ》いていたかを彼女は思い知った。あたしは弱いのだ、そう彼女は悟った。恐怖心や、内なる抑制に囲い込まれた人間なのだ。

しょせんいつかは死すべき、迷妄に囚《とら》われた人間。ほかの人たちと変わらない。受けた痛手を修復するには（こういうものが修復できる限りにおいての話だが）三年かかり、その夜サックスのアパートメントで我々が出会ったころには、もうそろそろ殻から出ようかというところまで回復していた。彼女が自分の肉体を差し出した相手が私だったのも、実は単に、絶好のタイミングで私が現われたからにすぎないと思う。この解釈をマリアはいつもあざ笑い、あなた以外の男とこうしたなんて考えられないと言ったが、私だって、自分に何か超自然的な魅力があるのだと考えるほど阿呆《あほう》ではない。私は単に数多い候補者の一人にすぎなかったのであり、私も私で傷を負っていた。彼女が当時求めていたものに私がうまく当てはまったのは、要するに運がよかっただけのことだ。我々の交友のルールを定めたのは彼女の方である。私はできる限りそれに従い、彼女の衝動や切実な欲求に進んで応《こた》える共犯者としてふるまった。マリアに要求されて、我々が絶対に二晩つづけて寝ないことに私は同意した。ほかの女性の話を彼女の前で絶対しないことに同意した。君の友だちに紹介してくれと絶対頼まないことに同意した。我々の関係を秘密に保ち、世界から隠しておくべき内密なドラマであるかのようにふるまうことに私は同意した。こうしたどの制限も、私には気にならなかった。私はマリアが望む服を着て、妙な場所で待ち合わせたがる好みにも応じ（地下鉄の入場コイン売り場、場外馬券売り場、レストランのトイレ）、彼女と同じに色を統一した食事を食べた。

マリアにとってはすべてが遊びであり、すべてがたえざる創造への呼びかけだった。どんなアイデアも奇怪すぎるということはなく、一度は試してみるに値した。我々は服を脱いで／着たまま愛しあい、明かりを点《つ》けて／消して愛しあい、屋内で／屋外で愛しあい、ベッドの上で／下で愛しあった。我々は古代ローマのトーガを着たし、穴居人の衣を着たし、レンタルのタキシードを着た。我々は赤の他人のふりをし、夫婦のふりをした。医者と看護婦ごっこも、ウェートレスと客ごっこも、教師と学生ごっこもやった。何から何まで、ずいぶん子供じみていたとも思うが、マリアは大真面目《おおまじめ》だった。それは遊びではなく実験であり、自己というものの流動性に関する研究だった。向こうがあそこまで真剣でなかったら、私としてもあんなふうに彼女とやって行けたかどうか怪しいと思う。その期間、何人かほかの女性ともつき合いはしたが、本当に意味があるのはマリア一人だったし、今日なお私の人生の一部でありつづけているのも彼女だけだ。

その年（一九七九年）の秋、例のダッチェス郡の家にようやく買い手がつき、ディーリアはデイヴィッドを連れてニューヨークに戻ってきて、ブルックリンのコブル・ヒルにブラウンストーン造りのアパートを見つけた。これは私にとって良い変化でもあり悪い変化でもあった。息子には前より頻繁に会えるようになったが、ということはすなわち、じきに元妻となる人物とも前より多く顔を合わせねばならない。離婚手続きはそのころにはもうだいぶ進んでいたが、ディーリアはここに至って確信が揺らぎはじめていた。申請が承認されるまでの最後の何か月か、私とのよりを戻そうと、彼女は回りくどい、生半可な企てを展開した。デイヴィッドがいなかったなら、私としてもそんな攻撃には難なく耐えただろう。だが息子は明らかに、私がいないせいで辛《つら》い思いをしていた。夜に怖い夢を見るのも、しじゅう喘息《ぜんそく》の発作を起こすのも、泣き虫なのも、みんな自分の責任だと私は思った。罪悪感とは雄弁な説得者である。私が訪ねていくといつも、ディーリアは本能的に、こっちの弱味を残らずついてくるのだった。たとえば、知りあいの男をディナーに招いたあと、彼女は私に、デイヴィッドったらその人の膝《ひざ》によじのぼって、おじさんが僕の新しいパパになるのって訊《き》くのよ、と報告した。べつに私を責めるような口調で言うのではない。あくまで彼女自身の関心事を私と分かちあおうとしたにすぎない。が、こっちはその手の話を聞かされるたびに、良心の呵責《かしやく》という流砂《るさ》にずるずると沈んでいった。もう一度ディーリアと暮らしたくなったというのではない。そうではなく、ここは観念してそうすべきではないかと思ったのだ。結局のところ、私は彼女と夫婦でいる運命にあるのではないか。私にとってデイヴィッドの幸福は自分の幸福よりも大切だった。なのに私はマリア・ターナーやら誰やらと一年近く遊び呆《ほう》けていて、未来のことなどいっさい考えずに過ごしてしまったのだ。弁明のしようもない。楽しいってことがすべてじゃないんだぞ、と私はおのれを叱咤《しつた》した。人間、親になったら避けられない義務があるんだ。どれだけ犠牲を払っても果たすべき責任があるんだ。

決断していたら、きっと悲惨な結果に終わっていただろう。それを救ってくれたのはファニーだ。その後に起きたことを思えばいまはそんなふうに言えるわけだが、当時の私には何も見えていなかった。バリック・ストリートのまた貸《サブレット》しの期限が切れると、私はブルックリンの、ディーリアの住居から六、七ブロックしか離れていないところにアパートを借りた。そんなに近くへ移るつもりはなかったのだが、何しろマンハッタンでは家賃が高くて手が出ず、ひとたび川の向こう側で探しはじめると、案内されるアパートがなぜかみな彼女の近所だったのだ。結局、キャロル・ガーデンズにある、ひとつの階を丸ごと借りるアパートに決めた。むさ苦しい建物だったが、家賃はまあ手ごろだったし、寝室はベッドが二つ入れられる広さであることが大きかった――ひとつは私の、ひとつはデイヴィッドのベッドだ。デイヴィッドは毎週二晩か三晩私のところに泊まっていくようになった。それ自体はむろん良い変化だったが、勢い私とディーリアの関係はますますのっぴきならぬものになっていった。私はずるずると彼女の軌道に引き戻されつつあった。気持ちが揺らぎかけているのが自分でもわかった。折悪《おりあ》しく、私がブルックリンに越したのと同時にマリアが二か月の予定でニューヨークを離れ、サックスも『新コロッサス』映画版のシナリオを書きにカリフォルニアに出かけていた。あるインディペンデント系のプロデューサーがあの小説の映画化権を買ってくれて、サックスは彼に雇われ、ハリウッドに住んでいるプロのシナリオ作家と共同で台本を書くことになったのである。その話にはまたあとで触れるが、ここでのポイントは、いつもの仲間がいなくなったニューヨークに私が一人取り残されていたという点だ。そんなとき、私の将来像にふたたび疑問が呈されていたのであり、私には誰か話し相手が必要だった。自分の考えを耳で聞いてみることが必要だった。

ある晩、新しいアパートにファニーが電話してきて、私を夕食に招待してくれた。例によってほかにも五、六人客の来るパーティーだろうと思っていたら、翌日の晩に行ってみると呼ばれたのは私一人だった。これは驚きだ。長いつき合いのあいだずっと、ファニーと私が二人きりで過ごしたことは一度もなかった。ベンがいつも一緒だったし、つかのま彼が部屋を出ていったり電話に呼ばれたりしたときを除けば、ほかの誰にも聞かれず私とファニーが話をするという事態はまずなかった。私もこうした取決めに慣れっこになっていたから、いまではそれを疑問に思ったりもしなかった。はじめからずっと、ファニーは私にとって、どこか遠い、一種理想化された存在だった。だから、我々の関係がそのように間接的な、つねに誰かがあいだに入ったものであるのも、いかにも相応《ふさわ》しいことに思えた。二人のあいだで親愛の情が育《はぐく》まれていったとはいえ、彼女と一緒にいると、私はいまでもどこか落着かなかった。そのせいで、彼女の前だと妙に軽薄にふるまい、彼女を笑わせようと、しばしば柄《がら》にもなく下手なジョークを飛ばしたりひどい駄洒落《だじゃれ》を口にしたりして、自分のぎこちなさを脳天気で子供っぽい悪ふざけにすり替えていた。私にとっては心穏やかでない事態である。ほかの人間の前では、絶対そんなふうにふるまったりはしないのだから。私は剽軽《ひようきん》な人間ではないのだ。自分という人間をファニーに間違って伝えていることは自覚していたが、その夜までは、そうやってずっと自分自身を彼女から隠してきた理由に思い当たったことはなかった。ある種の思いはあまりに危険であり、軽々しく近づくわけには行かないのだ。

その晩ファニーが着ていた白い絹のブラウスと、日焼けした首につけた白い真珠を私は思い出す。一人だけの招待ということに私がひどくとまどっているのは、ファニーも気づいていたと思う。でも彼女はそんなそぶりも見せず、友人同士がこうやってディナーを食べるのはごく当たり前のことなんだというふうにふるまった。たぶん本当に当たり前なのだろう。が、私から見ればそうではない。私とファニーとのあいだには、いわば回避の積み重ねの歴史があるのだ。何か特別な話でもあるのかな、と私はファニーに訊《たず》ねた。いいえ、ただ会いたかっただけ、と彼女は答えた。ベンがカリフォルニアに行ってからずっと仕事に精を出していて、昨日の朝、目がさめたらふっとあなたにもしばらく会ってないなって思ったの。それだけ。しばらく会ってないから、どうしてるかなと思って。

私たちはリビングルームでまず一杯やることにし、最初の何分かは主にベンのことを話した。私は先週彼からもらった手紙について語り、ファニーはその日の昼間に彼と電話で話した内容を語った。あの映画は実現しないと思うわ、と彼女は言った。でもお金はいいから、まあ助かるわね。バーモントの家の屋根を新しくしなくちゃいけないんだけど、これで古いのが崩れ落ちる前に取りかかれるかも。この話題のあと、バーモントの話をしたかもしれないし、美術館での彼女の仕事の話をしたかもしれないが、よく覚えていない。ディナーの席に座ったころには、なぜか話題は私が書いている本に移っていた。私はファニーに、相変わらず進んではいるけど前よりペースは落ちてきたね、週の何日かはもっぱらデイヴィッドと一緒だから、と言った。年寄りの独身男二人組みたいに過ごしてるんだよ、スリッパはいてアパートのなかをうろうろして、晩にはパイプをくゆらせ、ブランデーを飲みながら哲学を語り、暖炉の残り火を見つめているのさ。

「ちょっとホームズとワトソンみたいね」

「だんだん近づいてきているよ。いまのところまだ、活気ある話題は排便にとどまっているけど、わが同朋《どうほう》がオムツを卒業したら、きっとほかのテーマにも取り組めると思う」

「もっとひどいことになってたかもしれないわよね」

「もちろんそうさ。僕、愚痴ってるようには聞こえないだろ？」

「お友だちのご婦人方には紹介したの？」

「たとえばマリアとか？」

「たとえばね」

「考えてはみたんだけど、どうもタイミングがつかめなくてね。たぶんそうしたがっていないんだね、僕自身が。心配なんだよ、デイヴィッドがまごついちゃうんじゃないかって」

「それで、ディーリアは？　ほかの人とつき合ってるの？」

「と思うんだけど、プライベートなことはあまり聞かせてもらえなくてね」

「まあそれで文句はないわよね」

「よくわからないな。どうやら目下のところは、僕が近くに越してきてけっこう喜んでるみたいだね」

「ちょっと待ってよ。まさかあなたの方も積極的だったりしないでしょうね？」

「よくわからない。とりあえず、ほかの人間と結婚するってのは頭にないね」

「デイヴィッドだけじゃ理由にならないわよ、ピーター。もしいまディーリアの元に戻ったら、あなた自分を憎むようになるわよ。恨みがましいお爺《じい》さんになるわよ」

「ひょっとしてもうなってるかも」

「何言ってるのよ」

「そうならないようにはしてるんだけど、自分で招いた悲惨な状況を思うとね、何て馬《ば》鹿《か》なんだって思わずにいられないんだ。そんな気持ちが、ますます強くなってきてる」

「責任を感じてるだけよ。それで左右両方から引っぱられてる気がするのよ」

「帰るといつも、もっといるべきだったって自分を責めるんだ。いるといつも、帰るべきだったたって責める」

「それって両面感情《アンビヴァレンス》っていうのよ」

「それもひとつの呼び名だね。君がその呼び名を使いたいんだったら、僕もそれで構わない」

「あるいは、あたしのお祖母《ばあ》ちゃんが、あるときあたしの母親に言ったように――『お前のお父さんは素晴らしい人だろうよ、あれで別の人だったらね』」

「ふむ」

「そう、ふむ、よ。まる一時代の痛みと苦しみが、ひとつのセンテンスに還元されている」

「沼地としての結婚、生涯にわたる自己欺瞞《ぎまん》の練習」

「あなたはまだしかるべき人にめぐり遭ってないだけよ、ピーター。もう少し待ってみないと」

「ということはつまり、僕は本当の愛を知らないってことだね。ひとたび知れば、考え方も変わるってわけだ。そう思ってくれるのは嬉《うれ》しいけど、もしいつまでもそうならなかったら？　まるっきりそういう運命になっていないとしたら？」

「なってるわよ、あたしが保証する」

「で、どうして君がそんなに確信できるのかな？」

ファニーは一呼吸置いて、ナイフとフォークを下ろした。そしてテーブルの向こうから片手をのばし、私の手を握った。「あなた、あたしのこと愛してるでしょう？」

「もちろん愛してるさ」と私は言った。

「昔からずっと、愛してたでしょう？　はじめてあたしのこと見てからずっと。そうでしょう？　何年もずっとあたしのことを愛してきたし、いまもまだ愛してる」

私は手を引いて離し、テーブルを見下ろした。ひどく気まずい気分だった。「どういうことかな、これ？」と私は言った。「告白の強制かい？」

「いいえ、あなたが間違った女性と結婚したことを証明しようとしてるだけ」

「君は別の男と結婚してるんだぜ、覚えてるかい？　だから僕としても、君ははじめっから候補者リストから外れてると思ってたんだがね」

「あたしと結婚すればよかったって言ってるんじゃないわ。だけどあの人としたのは間違いだった」

「君、同じところをぐるぐる回ってるぜ、ファニー」

「誰が見たって明らかよ。あなたがあたしの言ってることをわかろうとしないだけよ」

「いや、君の議論には欠陥がある。ディーリアと結婚したのが間違いだったのは認めよう。だけど、君を愛してるってことが、ほかの人間を愛せることの証明にはならないさ。もし僕に愛せるのが君一人だとしたら？　もちろんひとつの仮定として言ってるだけだぜ。でもここは重大なポイントだよ。もしそうだとしたら、君の論は意味をなさない」

「愛情ってそういうものじゃないのよ、ピーター」

「君とベンにとってはそういうものじゃないか。どうして自分だけ例外にできるんだ？」

「例外じゃないわ」

「それってどういう意味かな？」

「何から何まで言葉にしてあげなくてもいいでしょう？」

「失礼だがね、だんだん訳がわからなくなってきたよ。相手が君だと知らなかったら、これは僕に迫ってるんだと思ってしまうところだね」

「それって迷惑？」

「よせよファニー、君は僕の一番の親友と結婚してるんだぜ」

「ベンは関係ないわ。これはあたしたち二人だけの話よ」

「それは違う。ベンだって関係大ありさ」

「で、あなた、ベンがカリフォルニアで何してると思うわけ？」

「映画のシナリオを書いてるさ」

「そう、映画のシナリオを書いてる。そして、シンシアって女とファックしてるのよ」

「信じられないね」

「電話して本人に訊《き》いてみたら？　ずばり訊けばいいのよ。きっと本当のこと言うわよ。君がシンシアって女とファックしてるってファニーが言うんだけどさ、よう、どうなんだ？　そう言ってみなさいよ。あの人、はっきり答えるわよ。あたしにはわかる」

「こんな会話、やめといた方がいいんじゃないかな」

「ついでにシンシアより前の女の子たちのことも訊いてごらんなさいよ。たとえばグレースとか。それにノラ、マーティーン、ヴァル。すぐ思いつく名前はそのへんだけど、少し時間くれればもっと思い出すわよ。あなたのお友だちはおまんこ狂いなのよ、ピーター。知らなかったでしょ？」

「よせよ、そんな言い方。胸が悪くなる」

「事実を伝えてるだけよ。ベンだってあたしに隠してるわけじゃないし。あたしの許可を得てるのよ。だからベンは何だって好きなことができる。そしてあたしも何だって好きなことができるのよ」

「じゃあどうして結婚したままでいるんだい？　もしそれがみんなほんとだったら、二人一緒にいる理由なんてないじゃないか」

「愛しあってるからよ、それが理由よ」

「全然そんなふうには聞こえないぜ」

「だけどそうなのよ。二人でこういうふうに決めたの。自由を認めなかったら、ベンはあたしから離れていってしまうわ」

「ではつまり、ベンが遊びまわるあいだ君は家にいて、放蕩《ほうとう》亭主の帰還を待ってるわけか。僕には正当な取決めとは思えないね」

「正当よ。あたしが受け入れるから正当なのよ。あたしはそれで満足してるのよ。たとえあたしの方の自由はたまにしか使わなくても、自由は自由よ、しっかりあたしのものよ。いつでも好きに行使できる権利なのよ」

「たとえばいまとか」

「いまがそうよ、ピーター。あなたがずっと欲しかったものが手に入るのよ。ベンを裏切ってるなんて思う必要はないわ。今夜起きることは、あなたと二人だけのことよ」

「それはさっきも聞いた」

「さっきより少しはわかってきたでしょう。板ばさみなんて感じることないのよ。あたしが欲しいんなら、あたしはいいのよ」

「ずいぶん簡単な話だ」

「そう、簡単な話よ」

ファニーの断定的な口調に、私は圧倒されてしまった。訳がわからなかった。あれでもう少し落着いていたら、たぶん席を立って帰ってしまっただろう。だが私は、椅子《いす》に座ったまま、何も言わなかった。もちろん私は彼女と寝たかった。そのことを彼女ははじめから見抜いていた。いまそれをこうして暴露され、私の秘密が彼女によって下品で露骨な誘いに変えられてしまうと、もはや彼女が何者なのかもよくわからなくなってきた。ファニーはいまや別人になっていた。ベンも別人になっていた。一回の短い会話のうちに、世界に関する私の確信があっけなく崩壊してしまった。

ファニーはもう一度私の手を握った。やめさせようと説得する代わりに、私は力なく、きまり悪い思いで微笑《ほほえ》んだ。彼女はそれを降伏のしるしと受けとったにちがいない。一瞬あとに椅子から立ち上がり、テーブルを回って私の前にやって来たからだ。私は彼女に向けて両手を広げた。彼女は何も言わずに私の膝《ひざ》の上にのぼってきて、尻《しり》を私の太腿《ふともも》にぴったりつけて、両手で私の顔を抱えた。私たちはキスをしはじめた。口が開き、舌が踊り、たがいのあごに唾液《だえき》が流れ、車の後部席に座った二人のティーンエイジャーのように私たちはキスしはじめた。

&

そんな関係が、その後三週間つづいた。いくらも経《た》たないうちに、ファニーはふたたび私にとって認知可能な存在に戻った。なじみ深い、しかし謎《なぞ》めいたひとつの静止点。

むろん前とまったく同じではない。が、最初の夜のように唖然《あぜん》とさせられることはもうなかったし、あのとき彼女が見せたような攻撃的な姿勢もその後二度と顔を出さなかった。私もそれを徐々に忘れていった。私たちの新しい関係に、ほとばしり出つづける欲望の勢いに、私はだんだんなじんでいった。ベンはまだニューヨークを離れていて、デイヴィッドが泊まりにくる夜以外は毎晩私は彼の家で過ごし、彼のベッドで眠り、彼の妻と愛しあった。私としては、やがては当然ファニーと結婚するものと思っていた。たとえサックスとの友情が壊れてしまうとしても、その修羅場をくぐり抜ける覚悟はできていた。だが当面、そのことは自分一人の胸にとどめておいた。私はまだ、自分自身の感情の烈《はげ》しさに呆然《ぼうぜん》としていたのであり、あまりに早く話を持ち出しすぎてファニーを混乱させたくなかったのだ。とにかく自分ではそういうふうに、己の沈黙を正当化していた。一方ファニーは、その日その日のこと、次はいつどうやって会うかということ以外、ほとんど何も話したそうなそぶりを見せなかった。我々の愛しあい方は、言葉のない、真剣な、何ひとつ動かぬ世界の深みにそのまま沈み込んでいく営みだった。ファニーは私の動きに、いつも気だるげに、しかしどこまでも応じてくれた。私は彼女の肌の滑らかさに恋をし、私がうしろからこっそり寄っていってうなじにキスするときに目を閉じるその姿に恋をした。はじめの二週間くらい、私はそれ以上何も望まなかった。彼女に触れられるだけで十分だった。彼女の喉《のど》からかすかに漏れてくる、ゴロゴロという猫のような声のために私は生きていた。私が手のひらを当てたときの、彼女の背中がゆっくりと反りかえっていく感触のために生きていた。

ファニーがデイヴィッドの母親になった姿を私は思い描いた。私とファニーが、どこか別の地域に住んで、生涯をそこで過ごすさまを思い描いた。それが可能になる前に生じるであろう嵐《あらし》を、劇的なシーンを、サックスとのすさまじいどなり合いを私は思い描いた。ひょっとしたら最後は殴りあいかもしれない。何でも来いという気に私はなっていた。友と喧嘩《けんか》することになると考えても、ショックはなかった。私はファニーがサックスのことを話すように仕向けた。自分を擁護できるよう、彼女の愚痴や不満が聞きたかった。ベンがいままで夫として失格だったと確証できれば、彼からファニーを盗むというこっちの目論見《もくろみ》にも、道徳的な目的の持つ重みと尊厳が加わる。彼女を盗むのではない、救うのだ、そう思うことができて、良心の呵責《かしやく》も感じずに済む。私が無知ゆえに把握できなかったのは、恨みも愛の一要素になりうるということだ。ベンの性的放埒《ほうらつ》にファニーは苦しんだ。彼があちこちふらつき、ささいな罪を重ねることは、彼女にとってたえざる痛みの源だった。ところが、そういったことをいったん私に打ちあけてからは、当然彼女からあふれ出てくるものと思っていた苦々しい感情は、穏やかな叱責《しっせき》の域を越えることはなくなってしまった。私に胸を開いたことで、彼女のなかにあったプレッシャーがある程度抜けたようだった。そしてまた、彼女自身こうして罪を犯したことで、ベンが彼女に対して働いた罪も許せる気になったのかもしれない。正義の理法である。報復行為によって、被害者が加害者に転じる。天秤《てんびん》の釣りあいが取り戻されるのだ。最終的に、ファニーを通して私はサックスについて多くを知ったが、私が求めていたような援護射撃はついに得られなかった。むしろ逆効果だった。たとえばある夜、ベンが刑務所で過ごした時期の話がはじまると、実はその十七か月が彼にとって、本人が匂《にお》わせていたよりもはるかに過酷なものだったことがわかった。ファニーとしてもべつに、彼を弁護しようという気だったわけではないと思うが、彼が耐え忍んだもろもろの経験を聞かされると（理由もない無作為の殴打《おうだ》、たえまない嫌がらせや脅迫、同性愛レイプも一件あったかもしれない）、彼に対する憤《いきどお》りの念をかき立てようという気も失《う》せてしまった。ファニーの目を通して見たサックスは、私が知っているつもりだった人物よりもはるかに複雑で悩み多き人間だった。私の友となった、活気あふれる才能豊かな外向的人物というにとどまらず、同時に、他人から自分を隠す男、誰とも分かちあえない秘密を背負い込んだ男でもあるのだ。彼を嫌悪《けんお》する口実がこっちは欲しいのに、ファニーと過ごしたその数週間のあいだ、いままでにも増して彼が近しく感じられた。不思議なことに、だからといってそれがファニーに対する私の気持ちを妨げることはまったくなかった。彼女を愛するのは単純なことだった――たとえその愛を囲む何もかもが曖昧《あいまい》さに満ちていても。結局のところ、わが身を投げ出してきたのは彼女の方なのだ。とはいえ、彼女をしっかり抱きとめれば抱きとめるほど、自分が何を抱いているのか、私にはよくわからなくなってきた。

私たちの関係は、ベンの不在の終わりと同時に終わった。ベンが帰ってくる予定の日の二日ばかり前、私はやっと、彼が戻ってきたらどうするかという話を持ち出した。いままでと同じにやりましょう、会いたくなったらいつでも会いましょうとファニーは言った。それは無理だ、と私は言った。もし僕たちの関係をつづけるんだったら君はベンと別れて僕と一緒に暮らしてくれなくちゃ駄目だ。ごまかすわけには行かない。起きたことをベンに話して、できるだけ早く物事を解決して、それから結婚の準備にかかろう、と私は言った。これがファニーの望みではないとは、私は夢にも思っていなかった。だがそれも、私がいかに何も知らない人間だったか、そもそものはじめからいかに彼女の気持ちを読み違えていたかを露呈しているにすぎない。ベンと別れる気はないわ、と彼女は言った。そんなこと考えたこともなかった、と言うのだ。いくらあなたを愛していても、そういうことをする気はないわ。

苦悩に満ちた話しあいが数時間つづいた。議論は渦巻のように同じところをぐるぐる回り、どこへもたどり着かなかった。二人ともわあわあ泣いて、たがいに懇願しあった――道理に耳を貸すよう訴え、譲歩を求め、状況を新しい視座から見るよう促した。だがうまく行かなかった。たぶん、絶対にうまく行きようがなかったのだろう。だがその最中には、それはわが生涯最悪の会話に思えた。何もかも破滅だと思った。ファニーはベンと別れる気がなく、私は彼女がベンと別れなければ関係をつづける気はない。全部かゼロかだ、と私は何度も彼女に言った。彼女という人間の一部分を得るだけに甘んじるには、私はあまりにファニーを愛していた。私にとっては全部未満はすべてゼロであり、そんな悲惨に耐える気はなかった。かくして私は悲惨を、ゼロを手にした。その夜の会話とともに、私たちの情事は終わった。その後の数か月、そのことを悔やまない瞬間、自分の頑迷さを恨めしく思わない瞬間はほとんどなかった。だが、きっぱり言いきってしまった言葉を撤回するチャンスは一度も訪れなかった。

いまでも、ファニーのああしたふるまいが私にはどうしても理解できない。見ようによっては、要するに亭主が留守のあいだつかのまの楽しみに浸りたかっただけだ、と言うこともできるだろう。だが、もし彼女の目当てがセックスだけだったとしたら、相手として私を選ぶのは不可解と言うしかない。私とベンとの交友を思えば、むしろ一番不都合な選択肢であるはずだ。もちろん、復讐心《ふくしゅうしん》からやったということはありうる。私をダシにしてベンに仕返ししようというわけだ。だがこの解釈も、やはり突き詰め方が足りないと思う。そう考えるためには、仕返しという手段に訴えるようなある種の冷たさがファニーに備わっていることが前提になるが、ファニーはそういう冷たさとは無縁の人間なのだ。それにこの解釈では、説明のつかない点が多すぎる。もしかしたら、自分がやっていることをしっかりわきまえていたつもりが、そのうちに度胸が失せてしまったということだってありうるのではないか。逃げ腰になったというやつだ。だがその場合、彼女が一度もためらいを見せなかったという事実はどう考えるのか？　後悔、躊躇《ちゆうちよ》といった気持ちを、彼女は終始少しも示さなかったのだ。最後の瞬間までずっと、私という相手に迷いを感じているような印象はまったく受けなかった。あのように関係が唐突に終わったのは、彼女がそれを予想していたからと考えるべきではないか。あのような展開になることを、はじめから承知していたのではないか。筋は完璧《かんぺき》に通る。唯一《ゆいいつ》の問題は、この解釈が、二人で過ごした三週間のあいだに彼女が言ったことやしたことすべてと矛盾するという点だ。明快な思考と思えるものも、結局はもうひとつの落とし穴にすぎない。これでわかったと思った瞬間、また一から謎がはじまる。

とはいえ、私にとって一から十まで悪い結果に終わったわけではない。結末はともかく、この体験からはいくつかの肯定的な成果も生じたし、いまふり返ってみると、私個人の物語における決定的な分岐点がここにあったように思える。まず、私は結婚生活に復帰するという考えを捨てた。ファニーを愛することを通して、そんなことをしても益はないと悟ったのであり、そうした考えはきれいさっぱり葬《ほうむ》り去った。ファニーがこうした気持ちの変化の直接の原因だったことは間違いない。それに、もし彼女がいなかったら、私はアイリスと出会う立場にも至らなかっただろうし、それ以降の私の人生はまったく違ったふうに展開していただろう。違った、とは、より悪い、ということだと私は確信している。ファニーと二人で過ごした最初の晩、恨みがましい人間にならぬよう私は彼女に警告されたが、まさにそうした恨みがましい人間になる方向に向かっていったと思う。アイリスと恋に落ちることによって、あの晩ファニーが口にした予言を私は実現したことになる。だが、その予言を私が信じられるようになるには、まずはファニーと恋に落ちる必要があったのだ。彼女もまさにそのことを証明しようとしていたのだろうか？　それこそが、私たちの狂気じみた情事の背後に隠れていた動機なのか？　考えただけでも無茶という気がするが、実はほかのどの解釈よりもつじつまは合う。要するに、ファニーは私を私自身から救うためにわが身を投げ出してくれたのではないか、ということだ。あんな真似《まね》をしたのも、私がディーリアの元に戻るのを妨げるためだったということだ。そんな話がありうるだろうか？　誰か他人のために、人はそこまで尽くせるだろうか？　もしそうだとしたら、ファニーのしてくれたことは素晴らしいと言うほかない。純粋な、神々《こうごう》しい自己犠牲の行為にほかならない。何年ものあいだに私はさまざまな説を検討してきたが、この説が一番好きだ。だからといってそれが真実だということにはならないが、真実でありうる限り、これが真実なのだと考えることで私の気持ちは和む。十一年経ったいまも、唯一これだけが、納得の行く解答なのだ。

サックスがニューヨークに戻ってきたら、私は彼に会うのを避けるつもりでいた。私たちがやったことをファニーが彼に話すつもりかどうか私にはわからなかったし、かりにファニーは黙っていたとしても、私自身それを彼から隠さねばならないと思うと耐えがたかった。そんなことをするには、それまでの我々の関係はあまりに正直で、あまりに率直だった。いまさら彼に向かって作り話をはじめる気にはなれない。どのみち見抜かれてしまうだろうし、もしファニーが話してしまえば、下手に作り話などしたら、おそろしく厄介なことになりかねない。どっちに転ぶにしても、彼と顔を合わせる気にはなれなかった。もし彼が知っているなら、知らないようにふるまうのは彼を侮辱することになる。もし知らなければ、彼と過ごす一分一分が拷問《ごうもん》に等しいだろう。

私は小説に取り組み、デイヴィッドの相手をし、マリアがニューヨークに戻ってくるのを待った。いつもだったら、サックスの方から二、三日のうちに電話してくるところだろう。それ以上たがいに何の連絡も取らないことはめったになかったし、ハリウッドでの冒険から戻ってきたとなれば、当然向こうから連絡してくるものと思っていた。ところが三日が経ち、さらに三日が経ち、私は徐々に、ファニーが彼に打ちあけたのだという確信を深めていった。ほかに理由は考えられない。これで我々の友情は終わりだ、もう二度と彼には会わないのだと私は思った。この考え方がだいぶなじんできたあたりで（七日目か八日目だ）電話が鳴り、向こう側からサックスの声がした。いかにも元気一杯、相変わらずの威勢のよさで次々に冗談を飛ばす。こっちも同じく陽気に受け返さねばと思っても、何しろ不意をつかれたせいで、しどろもどろになってしまった。声は震え、口にする科白《せりふ》もすべて的外れだった。その晩夕食に来いよと彼が誘うので、私は口実をでっち上げ、明日こっちから電話するよ、明日何か別の案を考えよう、と答えた。私は電話しなかった。さらに一日か二日が過ぎ、サックスがまた電話してきた。依然として快活そのもので、私たちの仲が少しも変わっていないような調子だ。私は何とかかわそうとしたが、今回は向こうもノーという答えに耳を貸さなかった。今日の午後昼飯をおごるぜ、と言われて、うまく逃げ出す道も思いつかぬまま、私は彼の誘いを受け入れていた。結局、あと二時間足らずのうちにコステロ・レストランで落ちあうことになった。コステロはコート・ストリートにある小さな食堂で、私のアパートからほんの二、三ブロックの距離だ。もし私が現われなかったら、サックスはあっさりここまで来てドアをノックするだろう。とっさに逃げそこなったいま、もう覚悟を決めるしかない。

レストランに着くと、サックスはもう来ていて、奥のブースに座っていた。合成樹脂のテーブルには『ニューヨーク・タイムズ』が広げてある。彼は新聞に没頭しているように見えた。煙草《たばこ》を一服するたびに、うわの空の様子で灰を床に落としている。これは一九八〇年はじめのことだ。イランの人質事件、カンボジアのポル・ポト派の残虐《ざんぎやく》行為、アフガニスタンの戦争等々の日々である。カリフォルニアの陽を浴びて、サックスの髪は色が薄くなったように見えた。ブロンズ色に焼けた肌にはそばかすが浮き出ていた。

元気そうだ。休養したおかげで、このあいだ会ったときよりリラックスして見える。テーブルに向かって歩いていきながら、どのくらい近づいたら向こうは気づくだろうか、と考えた。彼が気づくのが早ければ早いほど、会話は気まずいものになるだろう。もし彼が顔を上げたら、それは落着いていないということだ。そして落着いていないとすれば、それはファニーが話した証拠だ。逆に新聞と鼻をつき合わせたままでいたら、それは心穏やかでいるということであり、ということは、ファニーが話していないのかもしれない。混んでいるレストランを進む一歩一歩が、私にとっては吉兆だ。彼がまだ闇《やみ》のなかにいること、私に裏切られたのを知らずにいることのささやかな証拠なのだ。結果的には、彼から一瞥《いちべつ》も向けられることなく、私はブースまでたどり着いた。

「見事に焼けたな、ミスター・ハリウッド」と私は言った。

私が向かいの長椅子《ながいす》に身を滑り込ませると、サックスははっと顔を上げ、しばしぽかんと無表情で私を見て、それからにっこり笑った。まるで、私と会うのを予期していなかったような、私がひょっこり偶然このブースに現われたような顔だ。いくらなんでもやり過ぎだ、と私は思った。彼の返答に先立つしばしの沈黙のなか、これはみんな芝居ではないかという思いが私の胸をよぎった。だとすれば、新聞も単なる小道具だったのだ。私が来るのを待ってここに座っているあいだずっと、彼は単にページをめくって、見ることもなく言葉を目で追うだけで、何も読んではいなかったのだ。

「君も悪くないみたいじゃないか」と彼は言った。「寒い気候が合ってるんだな」

「まあ嫌ではないね。去年の冬を田舎で過ごしたあとじゃ、こんなのは熱帯みたいなもんだ」

「で、僕があっちへわが著書を虐殺《ぎゃくさつ》しに出かけて以来、何をしてた？」

「僕も僕の著書を虐殺してた」と私は言った。「毎日、大惨事にさらに数段落を加えている」

「もうずいぶん進んだろうな」

「十三章中の十一章。終わりが見えてきたってところかな」

「いつごろ書き上がるか、見当は？」

「まだよくわからない。三、四か月かな。下手をすれば一年。逆に二か月で出来ちまうかも。ますます予測がつけにくくなってきた」

「出来上がったら読ませてほしいね」

「もちろん読ませるさ。まず君に読んでもらう」

その時点で、ウェートレスが注文を取りにきた。少なくとも私はそう記憶している。会話がはじまってまもなく邪魔が入り、流れがつかのま断ち切られたのだ。私はこの近所に越してきて以来、コステロには週二回くらいの割合で通っていたから、ウェートレスとは顔見知りだった。ものすごく太った気の好《い》い女性で、薄緑の制服を着て、テーブルとテーブルのあいだをのそのそと回り、縮れっ毛の銀髪にいつも黄色い鉛筆を刺していた。その鉛筆を使うことは絶対になく、もっぱらエプロンのポケットに入れた方を使うのだが、何かあったときに安心だからと本人は言っていた。女性の名は忘れてしまったが、向こうは私のことをいつも「ハニー」と呼んで、注文を取りにくるたびにしばらくお喋《しゃべ》りをしていった。特に何の話をするというのでもないが、そうやって喋っているといつも、自分がいかにも歓迎されている気になれた。その日はサックスも一緒だったわけだが、それでもいつもと同じ息の長いやりとりを我々はやり出した。何を話したかは問題ではないが、その日のサックスの様子を伝えるためにも、そうしたお喋りがあいだに入ったことには触れておく。サックスはウェートレスに一言も話しかけなかったばかりか(彼にしてはひどく珍しいことだ)、彼女が注文を取って立ち去ったとたん、さっきの会話を、中断した地点からそのまま、まるで何の邪魔も入らなかったかのように再開したのである。それで私にもようやく、彼の気持ちがどれだけ高ぶっているかが見えてきた。やがて食べ物が来たときも、彼は二、三口しか食べなかったと思う。ひたすら煙草を喫い、コーヒーを飲み、コーヒーのこぼれたソーサーで煙草を消していた。

「大事なのは仕事だ」と彼は言って新聞を閉じ、長椅子の上に放り投げた。「そのことは知っていてほしい」

「わからないな、何の話か」と私は言いながら、何の話かわかりすぎるくらいわかっていることを自覚していた。

「気にするなってことさ、それだけだよ」

「気にする？　何で僕が気にするんだ？」

「しなくていいのさ」とサックスは言って、にっと、温かい、驚くほど晴れやかな笑みを浮かべた。一瞬のあいだ、彼はほとんど至福に浸っているように見えた。「でも長いつき合いだからな、君が気にするだろうってことはほぼ確信できる」

「僕は何か見落としてるのかな、それとも今日我々は堂々めぐりの言語を話すことに決めたのか？」

「いいんだよ、ピーター。僕が言いたいのはそれだけさ。ファニーから聞いたよ。そのことで君が疚《やま》しい思いを抱える必要はない」

「聞いたって、何を？」。馬鹿《ばか》げた質問だが、彼の落着きぶりに呆然《ぼうぜん》として、ほかに言うことが思いつかなかったのだ。

「僕がいないあいだに起きたことさ。電光石火の出来事だよ。性交《ファッキング》と吸いあい《サッキング》だよ。それやこれやみんなさ」

「なるほど。想像の余地はほとんど残っていない、と」

「ああ、大して残ってないね」

「で、これからどうなるのかな？　ことここに及び、君は僕に名刺を渡し、介添人と連絡を取るよう告げるのかな？　もちろん待ち合わせ時間は夜明けだよな。場所はどこか素敵な、いかにも絵になるところに願いたいね。ブルックリン・ブリッジの歩道なんかどうかな？　あるいは、グランドアーミー・プラザの南北戦争記念碑とか。壮大なところがいい。空の大きさが人を圧倒し、構えたピストルに陽光がきらっと反射するようなところがね。どうだい、ベン？　君の望みもだいたいそんな感じかな？　それとも、いまここでさっさと済ませるか？　アメリカ式にさ。君がテーブルごしに腕をつき出して、僕の鼻にパンチを一発お見舞いし、悠然と立ち去る。僕はどっちでもいいぜ。君に任せる」

「三つ目の選択肢もあるんだぜ」

「ほう、第三の道、と」と私は言った。怒りと、悪ふざけのかたまりに私は化していた。「そんなにたくさんオプションがあるとは知らなんだ」

「もちろんあるとも。数えきれないくらいいね。僕が考えてるやつはごく単純だ。我々は食事が来るのを待ち、食べ、僕が勘定を払って、帰るんだ」

「それじゃ不十分だ。ドラマがない、対決の瞬間がない。物事を明るみに引っぱり出さなくちゃ。ここで日和《ひよ》ったら、僕の気が済まんね」

「争うべきことなんか何もないんだよ、ピーター」

「いやいや大ありさ。争うべきことはゴマンとある。僕は君の奥さんに、結婚してくれと言ったんだぞ。それが争いの十分な理由じゃないとしたら、我々はどちらも彼女と一緒に暮らす資格はない」

「胸の重荷を下ろしたいんだったら、遠慮は要らん。僕だって聞く耳はちゃんと持ってる。だけど話したくないんだったら無理に話すことはない」

「自分の人生をそこまでどうでもいいと思う奴《やつ》ってちょっといないぜ。ほとんど犯罪だぜ、そこまで無関心だなんて」

「無関心なんじゃないさ。遅かれ早かれ、こうなるしかなかったってだけのことだ。僕だって馬鹿じゃない。君がファニーをどう思ってるかぐらいはわかる。昔から君はずっと思ってた。彼女のそばに寄るたびに、顔にはっきり書いてある」

「最初に動いたのはファニーの方だぜ。彼女が望まなかったら、何も起こらなかったんだ」

「べつに君を責めてるんじゃない。僕も君の立場にいたら同じことをしただろうよ」

「だからといって、それが正しい行為だってことにはならない」

「正しい正しくないの問題じゃないさ。世界はそういうふうになってるってことだよ。男はみんなペニスの囚人だ。それについてはどうしようもない。時には抵抗を試みたりもするが、いつだって負けいくさだ」

「これは罪の告白か、それとも自分は無実だと言おうってのか？」

「君の課外活動だよ」

「何についての無実だ?」

「ファニーから聞いたことさ。君のお遊び。君の課外活動だよ」

「彼女が君に話したのか?」

「きわめて詳細にね。ずいぶん聞かされたよ。名前も、日時も、犠牲者の人相その他、何もかも。なかなかの衝撃だったぜ。あれ以来、君の人間像は僕のなかで一変した」

「聞いた話を全部鵜呑《うの》みにしない方がいいんじゃないかな」

「ファニーが嘘《うそ》つきだっていうのか?」

「もちろんそうじゃない。ただ彼女が、つねに真実をしっかり把握してるとは限らないってことさ」

「同じことに聞こえるね。言い方を変えてるだけだ」

「いいや。ファニーはこうだと思ったことを思わずにはいられないっていうだけさ。僕が不貞を働いていると彼女は信じきっている。どれだけ言っても、その考えを変えることはできない」

「君は不貞を働いてないいってことか?」

「いっときのつまずきは何度かあった。でもとうてい、彼女が想像しているような規模じゃない。我々が何年一緒に暮らしてきたかを思えば、そう悪い記録じゃないと思うね。僕らのあいだにも波はあったが、彼女と結婚していたくないと僕が思ったことは一度もない」

「じゃあファニーは、どこであれだけたくさん女の名前を仕入れてくるんだ？」

「僕が作り話を聞かせるのさ。それが我々のやってるゲームの一環なんだよ。僕が架空の征服について物語をでっち上げ、ファニーがそれを聞く。それによって彼女は刺激されるのさ。何といっても言葉には力が備わっている。女性によっては、それ以上強い媚《び》薬《やく》はない。君だってもう、ファニーのそういうところはわかってるだろう。彼女は汚い話が好きなのさ。生々しければ生々しいほどそそられる」

「僕にはそんなふうには聞こえなかった。君の話をするたび、ファニーは大真面目《おおまじめ》だった。『架空の征服』なんて一言も出てこなかった。何もかも彼女にとってはリアルだった」

「それは彼女が嫉妬《しっと》してるからさ。心のどこかで、最悪の事態を信じたがっているんだ。いままで何度もあったことだよ。だいたいいつも、僕が誰かと熱烈に浮気をしている物語をファニーは作り上げている。もうそれが何年もつづいていて、僕が寝た女のリストは長くなる一方だ。ある程度経《た》った時点で、否定しても得るところはないと僕は悟ったんだ。否定したところで、余計疑われるだけだ。だから、真実を伝える代わりに、彼女が聞きたがってる話を僕は聞かせる。彼女を喜ばせるために嘘をつくのさ」

「僕なら喜ばせるって言葉をそういうときに使う気はしないね」

「じゃあ、僕たち二人を一緒に保つため、でもいい。僕たち二人を何らかの平衡状態に保つため。物語がその役に立つのさ。なぜと訊《き》かれても困るが、僕が彼女に物語を語り出すと、僕たちのあいだの問題は解消するんだ。君は僕がフィクションを書くのをやめたと思ってただろう、でも実はまだやってるのさ。読者はわずか一人に減ったが、それは僕にとって唯一《ゆいいつ》大切な読者だ」

「で、僕にこの話を信じろっていうのか？」

「僕が楽しんでるなんて思うなよ。こんなこと、話すのだって楽じゃないんだぜ。でも君には知る権利があると思ったから、僕もベストを尽くしている」

「じゃあ、ヴァレリー・マースは？　彼女とも何もなかったっていうのか？」

「それもよく出てきた名前だね。僕の文章が何回か載った雑誌の編集者だ。一年か二年前、何べんか一緒に昼食を食べたことがある。百パーセントのビジネスランチだ。僕の書いたものについて話しあい、今後のことを相談する、とかね。ところが、そのうちにファニーが、僕がヴァルと不倫をしていると決め込んだ。僕としても彼女に惹《ひ》かれなかったとは言えない。もし状況が違っていれば、何か馬鹿な真似《まね》をしでかしていたかもしれない。ファニーはそれをしっかり感じとったんだ。たぶん僕が、彼女の前でヴァルの名前をほんの少し頻繁に出しすぎたか、あれは素晴らしい編集者だよ、とかいったほめ言葉を言いすぎたんだと思う。でも実は、ヴァルは男には興味がないのさ。五、六年前から一人の女性と一緒に住んでいる。かりに僕が挑戦してみたとしても、成果はゼロだったろうよ」

「そのこと、ファニーには言わなかったのか？」

「言ったって仕方ないのさ。いったんこうと思い込んだら、もう何を言っても無駄なんだ」

「君の言い方だと、ファニーがすごく不安定な人間みたいに聞こえるぜ。だけど彼女はそんなじゃない。すごくしっかりした人間さ。僕の知るなかで、あれだけ思い込みに囚《とら》われていない人物も珍しい」

「そのとおり。いくつもの面で、あんなに強い人間はいない。だけど、ずいぶん苦しい思いもしてきたのさ。特にここ数年は彼女には辛《つら》かった。いいかい、彼女だっていつもこんなだったわけじゃないんだ。四年か五年前までは、あの体に嫉妬のしの字もなかった」

「僕が彼女に会ったのが五年前だ——つまり、知りあったのが」

「そして、絶対に子供はできないと医者に言われたのも同じ時期だ。それを境にして、彼女にとっていろんなことが変わったのさ。ここ二年ばかりセラピーにも通ってるけど、あまり足しになっているとは思えない。いま彼女は、自分が誰からも求められない人間だと思っている。自分を愛してくれるような男は一人もいないと思ってる。だから僕がよその女と遊びまわってると思いたがるのさ。自分が僕を失望させたと思ってるんだ。失望させられた仕返しに、僕が彼女を罰していると思ってるのさ。いったん自分を悪く見はじめたら、他人からも悪く見られていると思わずにいるのは難しいものだよ」

「だけど、外から見ていても全然わからないぜ」

「そこもまた問題なんだ。ファニーはいろんなことを言葉に出さなすぎるんだ。内に貯《た》め込んで、たまに出すにしたって斜《はす》にしか出さない。それで事態はますます悪くなる。たいていは自分で自覚もせずに苦しんでるんだ」

「つい先月まで、君たちは完璧《かんぺき》な夫婦だと思ってたのに」

「他人のことはわからんものさ。僕にしたって君の結婚生活について同じように思ってたんだぜ。それが君とディーリアだってあの結果だろう。人間、自分のことを追ってるだけで精一杯なんだ。他人のこととなると、鍵《かぎ》ひとつない」

「でも僕がファニーを愛してることは彼女だって知ってるんだ。もう千回は言ったと思うし、彼女も信じてくれてると思う。信じてないとは思えないよ」

「信じてるよ。だからこそ、こうなってよかったと僕は思ってるのさ。君は彼女を助けてくれたんだよ、ピーター。君ほど彼女を助けてくれた人はいない」

「じゃあ何かい、君の奥さんとベッドに入ったことで君は僕に礼を言ってるのか？」

「何が悪い？　君のおかげで、ファニーがまた自分に自信を取り戻すチャンスが見えてきたんだよ」

「困ったときはドクター・便利屋《フィックスイット》にお電話を、か？　壊れた結婚生活、傷ついた魂、悩み多きカップル、何でも修理いたします。予約不要、二十四時間いつでもお伺いします。無料ダイヤルをご利用ください。ドクター・便利屋。あなたに心を捧《ささ》げ、何ひとつ見返りは要求いたしません」

「君が憤慨する気持ちはわかる。いまは君にとって決して楽な時間じゃないと思う。だけどとにかく、ファニーは君ほど偉い人間はいないと思ってるんだ。彼女は君を愛している。これからもずっと、愛しつづけると思う」

「だけどそれでも、君との結婚生活をつづけたがっていることに変わりはない」

「これはもうずっと前からのことなんだよ、ピーター。僕たち二人は、あまりに多くを一緒に切り抜けてきたんだ。僕らの人生が丸ごとそのなかに入ってるんだ」

「では、僕はどうなる？」

「いままで通りさ。僕の友人。ファニーの友人。僕たちが世界中で一番大切に思っている人物さ」

「じゃあまた一からはじまるわけか」

「君がそう望めば、イエス。君さえ耐えられるなら、何も変わっていないと思ってくれていい」

私は突然、涙が出そうになった。「しくじるなよ」と私は言った。「それだけは言っておく。とにかくしくじるなよ。ちゃんと彼女を見ていてやれよ。約束してくれ。約束を守れなかったら、君を殺すからな。どこまでも探し出して、両手で絞め殺してやるからな」

私は呆然《ぼうぜん》と自分の皿を見下ろし、自分を抑えようと必死になっていた。やっと顔を上げると、サックスはじっとこっちを見ていた。その目は厳《おごそ》かで、表情は痛みのそれに固まっていた。帰ろうと私がテーブルから立ち上がる間《ま》もなく、彼は右手をぴんとのばし、中空に掲げて、それを私がつかむまで下ろそうとしなかった。「約束する」と彼はぎゅっと握って言った。その握りがますます強くなっていった。「誓って君に約束する」

&

昼食のあと、私はもはや何を信じたらいいのかわからなかった。ファニーからひとつの話を聞き、サックスからは別の話を聞いた。一方の話を受け入れれば、そのとたんもう一方を却下するしかない。ほかに選択肢はない。二人は真実の二つのバージョンを私に提示した。それらはそれぞれ独立した別個の現実であり、どれだけ押そうが突こうが両者をつなぎ合わせることはできない。そのことは私にもわかった。と同時に、どちらの物語にも自分が納得させられていることに私は気づいた。その後数か月にわたって、悲しみととまどいの泥沼に私はずるずる引きずり込まれ、どちらを選んだらいいのか迷いっぱなしだった。忠誠心が二つに裂かれた、ということではないと思う（まあそれも部分的にはあったかもしれないが）。問題はむしろ、ファニーもベンも私に真実を語っていたのだという確信だった。どちらもたぶん、彼らから見た限りでの真実ということなのだろうが、それでも真実にはちがいない。二人のうちどちらも、私をだまそうなどという気はなかった。どちらも意図して嘘をついたのではない。言いかえれば、普遍的な真理はどこにもなかったということだ。彼らにとっても、ほかの誰にとっても。責めるべき人間もいなければ擁護すべき人間もいない。唯一正当な反応は共感だった。あまりにも長いあいだ二人を崇《あが》めてきた私は、こうしたことを知らされて失望を感じずにはいられなかった。だがそれは彼らに対する失望というだけではなかった。私は私自身に失望し、世界に失望していた。どんなに強い人間も弱いのだ。そう私は思った。どんなに勇敢な人間にも勇気が欠けている。どんなに賢い人間も無知なのだ。

もうそれ以上サックスを拒むことはできなかった。レストランであれほど率直に語ってくれて、私たちの交友をつづけたいとあれほどはっきり言ってくれたのに、彼に背を向ける気にはなれない。だが、私たちの間柄が何も変わらないと彼が考えたのは間違いだった。すべては変わってしまっていた。好むと好まざるとにかかわらず、私たちの交友はその無垢《むく》を失っていた。ファニーゆえに、私とサックスはそれぞれ相手の人生に踏み込んでいき、それぞれ相手の心の歴史に痕跡《こんせき》を残すことになった。かつて私たちのあいだで純粋で単純だったものは、いまや無限に濁った、込み入ったものになっていた。そうした新しい状況に、私たちは少しずつ適応していった。だがファニー本人に対してはそう簡単には行かない。私は彼女から距離を保ち、いつもサックス一人に会うように努め、彼に家へ招待されても何かと理由をつけて断った。ファニーがベンに属しているという事実は受け入れても、だからといって彼女と会うのが平気になるわけではない。彼女も私の逡巡《しゅんじゅん》を理解してくれたのだと思う。ファニーが君によろしくとさ、とサックスはいつも言ってくれたが、彼女が直接私に何かを強いるようなことは一度もなかった。十一月になってようやく、彼女が電話してきた。たっぷり半年ぶりだ。これが例の、コネチカットのベンの母親宅での感謝祭ディナーに誘ってくれたときである。それまでの六か月間、私は自分に、もともと私と彼女に望みはなかったのだ、たとえ彼女がベンと別れて私と一緒に暮らすようになっていたとしてもうまくは行かなかったのだ、そう言い聞かせつづけていた。もちろんそんなのはフィクションである。どうなっていたかなど、わかるわけがない。そんなこと知りようがないのだ。だが何とか発狂せずにその数か月間を切り抜けるには、私にはそういうフィクションが必要だったのだ。電話で突然もう一度ファニーの声を聞いたとき、現実の状況のなかで自分を試すときが来たことを私は悟った。かくして私はデイヴィッドを連れて車でコネチカットに出かけ、まる一日を彼女とともに過ごした。それはわが生涯最高の日とは言いがたかったが、私は何とか生き抜いた。古傷が開き、血も若干流れたが、その夜すやすや寝ているデイヴィッドを両腕に抱いてニューヨークに帰ってきたとき、まだいちおう五体満足だった。

こうした治癒を、一人でなしとげたわけではない。マリアがニューヨークに帰ってきてからは、私の崩壊を食い止める上で彼女が果たしてくれた役割は大きい。以前と同じ情熱をもって、私たち二人だけの突飛な営みに私は没入した。そして彼女だけではない。マリアに会えないときは、さらに別の女性たちと過ごして、傷心を忘れようと努めた。ダンサーのドーン、作家のローラ、医学生のドロシー。それぞれの時機に、それぞれの女性が私の愛情のなかに独自の位置を占めることになった。ふと我に返って、自分の行ないを吟味するたび、自分は結婚に向いていないのだ、ファニーと夫婦になるなんて夢はそもそもはじめから間違っていたのだと結論を下した。私は一夫一婦制に向いていないのだ、そう自分に言い聞かせた。そうなるには、はじめての出会いにひそむ神秘に私はあまりに惹かれている。誘惑のドラマにあまりに魅せられ、新しい肉体の刺激にあまりに飢えている。長期間当てにできる人間ではないのだ。とにかく自分に対してはそういう論理を使い、それがひとまず、頭と心を仕切り股間《こかん》と知力を仕切る煙幕として機能してくれた。何しろ私は、自分が何をやっているのかもろくにわかっていなかったのだ。私は制御を失っていた。ほかの男たちが酒を飲むのと同じ理由で（悲しみを紛らすため、五感を鈍らせるため、自分を忘れるため）私は女性とファックした。私はホモ・エレクトスであり――といっても直立猿人ではなく勃起《ぼっき》猿人だ――発狂した異教のファルスだった。まもなく、私は一度にいくつもの関係を抱え込むようになった。狂えるアクロバットのようにガールフレンドを取っかえ引っかえお手玉し、月の形が変わるのと同じ頻度でいくつものベッドから出たり入ったりをくり返した。こうした狂熱のおかげで余計なことを考えずに済んだという意味で、これも薬として効き目はあったと思う。だがそれは狂者の生活だった。あれより長くつづいていたら、いずれは命を落としていただろう。

といっても、セックスがすべてではなかった。執筆はうまく行っていて、小説も何とか完成に近づいてきていた。わが身にいろいろ災難を招いても、どうにかそれを切り抜け、ペースを落とすことなく仕事はつづけた。私の机はいまや聖域だった。机に向かって、次の言葉を見つけようと頑張っている限り、何ものも私に触れることはできなかった――ファニーも、サックスも、私自身さえも。ものを書くようになって何年もしてはじめて、自分に火がついたような気がした。小説の出来がよいか悪いか、自分でもわからなかったが、もはやそれも重要には思えなかった。私はもう、自分を疑うことをやめていた。とにかくやらずにはいられないことをやっていたのであり、それを自分にとって唯一《ゆいいつ》可能なやり方でやっていたのだ。ほかのことはみな、そこから派生したにすぎない。自分の力を信じはじめた、というのではない。むしろ、いっさいを超越した無関心に私は浸されていた。私は私の仕事と交換可能になっていた。そして私はその仕事を、あるがままに受け入れた。何ものも私から、その仕事をしたいという欲求を奪うことはできなかった。これは根源的な啓示だった。その啓示の輝きのなかで、迷いは徐々に消えていった。たとえ実人生はばらばらになっても、生きるための目的は依然残るのだ。

『月《ルーナ》』は四月なかば、レストランでサックスと話をした二か月後に書き上がった。約束どおり、私はサックスに原稿を渡し、四日後彼から電話があって、読み終わったと言われた。より正確に言えば、彼は電話口で叫び出し、とてつもない賛辞をつぎつぎ私に浴びせたのだった。私は顔が赤らむのを感じた。まさかそんな反応が返ってくるとは期待していなかったのだ。おかげで私はすっかり勇気づけられ、その後につづいた失望も気にせずにいられた。作品がニューヨークの出版社をぐるぐる回り、一社また一社と却下されても、私は構わず仕事をつづけた。サックスに励まされたことで、話はまったく変わったのだ。心配することはない、最後にはきっとうまく行くさ、と彼は何度も言ってくれた。そういうきざしはいっこうに見えなかったが、私はなおも彼の言葉を信じた。私は二作目の長篇を書きはじめた。『月《ルーナ》』の出版社がようやく見つかったとき（七か月後、十六社に却下された末）には新作の執筆も軌道に乗っていた。それが十一月末、ファニーがコネチカットの感謝祭ディナーに私を呼んでくれた二日前のことである。出版社がついたことも、招待に応じた要因だったことは間違いない。朗報を聞いたばかりだったからこそ、ファニーにもイエスと言えたのだ。成功ゆえに、少々のことでは傷つかぬ身になったような気が私はしていた。彼女に直面するには、いまが最適だと思った。

やがて私はアイリスと出会い、二年間の狂気もいっぺんに終わりを告げた。一九八一年二月二十三日、感謝祭から三か月後、ファニーと私が関係を断ってから一年後、私とサックスの交友がはじまってから六年後のことだった。その出会いを可能にした人物がマリア・ターナーであったというのは、奇妙なようにも思えるし、いかにも相応《ふさわ》しいようにも思える。ここでもまた、意図などは無関係である。物事を起こらせようといった意識的欲求などとは何の関係もなく、物事は起きた。二月二十三日が、ウースター・ストリートの小さなギャラリーでマリアの二度目の展覧会がオープンした夜でなかったなら、アイリスと私が出会うことも絶対になかっただろう。我々がふたたび同じ部屋で一緒になるにはおそらくさらに数十年を要しただろうし、そのころにはもう、時機は失われてしまっていただろう。マリアがじかに私たちを引き合わせたわけではないが、我々の出会いはいわば彼女の影響下で起きたのであり、そのことで私は彼女に恩義を感じている。生身の人間としてのマリアにというより、偶然を司《つかさど》る霊としてのマリア、予測不能なるものの女神としてのマリアに。

マリアとの関係は依然として秘密だったから、その晩も私が彼女のエスコート役を務めるわけには行かなかった。私はほかの招待客と同じようにギャラリーに顔を出し、マリアに軽くおめでとうのキスを送ったあとは、プラスチックカップを片手に人込みに紛れ、安物の白ワインをちびちび飲みながら、見覚えのある顔を探して部屋のなかを見回した。知っている人間は一人も見当たらなかった。一度、マリアが私の方を見てウィンクを送ってよこしたので、そのときつかのまの笑顔を返した以外は、いつもの約束を守って彼女との接触を避けた。そのウィンクから五分も経《た》たない時点で、誰かがうしろから寄ってきて、私の肩をとんとんと叩《たた》いた。見ればジョン・ジョンストンという、もう何年も会っていない、ほんの顔見知り程度の知りあいだった。アイリスはその隣に立っていた。ジョンストンは私と挨拶《あいさつ》を交わしてから、彼女と私を引き合わせてくれた。アイリスの容姿を見て、たぶんファッションモデルだろうと私は思った――彼女にはじめて会った人々がいまでも犯す勘違いである。彼女は当時まだ二十四歳で、目もくらむような存在感のある金髪女性で、背丈は一八〇センチ、繊細なスカンジナビア系の顔、その青い目は、天国と地獄のあいだでこれほど深くこれほど快活な瞳《ひとみ》はあるまいと思えた。この女性がコロンビア大学英文科の大学院生だなどとは想像もつかない。私よりもっとたくさん本を読んでいて、ディケンズに関する六百ページの博士論文を書きはじめようとしていることなど、私には知る由《よし》もなかった。

ジョンストンと親しい間柄なのだろう、と思ったから、私は彼女と礼儀正しく握手し、その姿に見とれぬよう精一杯努力した。前回ジョンストンに会ったときは誰か別の女性と結婚していたが、おおかたもう離婚したのだろうと思って、それについては訊《き》かなかった。実のところ、二人はほとんどおたがいを知らなかった。三人で何分か話したところで、ジョンストンが不意に向こうを向いて別の人間と話しはじめたので、私はアイリスと二人きりで取り残された格好になった。そこまで来てやっと、実はこの二人はただの知人かもしれないことが私にも見えてきた。なぜかそこで、私は財布を取り出して、デイヴィッドのスナップ写真数枚を彼女に見せ、まるで著名人でもあるかのようにわが幼い息子の自慢話をやり出した。今日アイリスがあの晩を振り返るのを聞くところによれば、その瞬間彼女は、自分はこの人に恋をしているのだと決め、この人こそやがて自分が結婚する人なんだと悟ったという。私の方は、彼女に対する自分の気持ちを了解するのにもう少し長くかかったが、それもほんの二、三時間の差だ。私たちは近所のレストランで夕食を食べながら話をつづけ、それから別の店に移って酒を飲みながらなおも話しつづけた。話し終えたころには十一時を過ぎていたと思う。私は路上で彼女のためにタクシーを呼び止めたが、ドアを開けて彼女を乗せる前に、さっと手をのばしてその体をつかみ、思いきり抱き寄せて、口の奥まで届くキスをした。あんなに衝動的に行動したことはない。それは狂気につき動かされた、情熱の解き放たれた一瞬だった。タクシーは走り去り、アイリスと私は道の真ん中に立ったままたがいの腕のなかに包まれていた。私たちはまるで、史上はじめてキスをした人間のようだった。その夜二人でキスというものを発明したかのように思えた。翌朝にはもう、アイリスは私のハッピーエンドになっていた。まったく思いがけず降ってきた奇蹟《きせき》、それが彼女だった。私たちはたがいを急襲し、それ以降、私にとってすべてが変わったのだ。

六月の結婚式で、新郎付添い役はサックスが務めてくれた。式のあとにディナーが催され、食事の真ん中あたりでサックスは乾杯の挨拶をしようと椅子《いす》から立ち上がった。それはきわめて短いスピーチだった。あまりに短かったので、私はいまもその全文を思い出すことができる。「これはウィリアム・ティカムサ・シャーマン将軍の言葉そのままです」と彼は言った。「将軍が気になさらないといいのですが、とにかく先を越されてしまったわけだし、僕としてもこれ以上うまい言い方は思いつかないのです」。それから、私の方を向いて、グラスを持ち上げ、サックスは言った。「グラントは私が狂っていたときに味方してくれた。私は彼が酔っぱらっているときに味方した。そしていま、私たちはいつもたがいに味方しあうのだ」

3

ロナルド・レーガンの時代がはじまった。サックスは相変わらず、これまでずっとやってきたことをつづけていた。が、一九八〇年代アメリカの新体制のなか、彼の立場はどんどん周縁化していった。読者がいなくなったわけではないが、じわじわと減ってはいたし、彼の作品を掲載する雑誌はどれも見るみる影が薄くなっていった。ほとんど気づかないうちに、サックスは過去の遺物となっていた。時代精神と歩調の合わなくなった人間、そう見られるようになっていた。世界は彼のまわりで変わってしまっていた。利己主義と不寛容、力こそ正義と信じて疑わぬ愚かしいアメリカ至上主義、といった昨今の風土にあって、サックスの意見は奇妙にとげとげしく説教臭いものに聞こえた。右翼がいたるところで力を得ているだけでも十分ひどい話なのに、彼にとっていっそう不安だったのは、それに対する有効な対抗組織があらかた崩壊してしまったことだった。民主党は力尽きた。左翼はほぼ消滅した。ジャーナリズムは沈黙していた。あらゆる議論が突如敵勢力に盗用され、それに対して反対の声を上げることは無作法と見なされた。サックスは依然厄介者の役割を演じ、昔から信じてきたものを擁護しつづけたが、耳を傾ける人はどんどん少なくなっていった。本人は気にしないふりをしていたが、戦いが彼をすり減らしつつあることは見ていてわかった。自分は正しいんだという事実から慰めを得ようとしながらも、だんだんと自分に対する信頼を失ってきていた。

もしも映画が作られていたら、事態は好転していたかもしれない。だがファニーの予測は正しかった。書き直し、再交渉、混乱したやりとり等々を半年あまり重ねた末に、プロデューサーは結局計画を放棄した。サックスがどこまで失望したか、その度合ははっきりとは測りがたい。表面上はあくまで冗談めかした態度を装って、ジョークを飛ばし、ハリウッドの逸話を語り、自分が稼いだべらぼうな額を笑っていた。それははったりだったかもしれないし、そうでなかったかもしれない。が、彼が心のどこかで、自作が映画になる可能性を非常に重く見ていたことは確かだと思う。一部の作家たちのように、大衆文化に敵意を抱く人間ではなかったから、自作の映画化ということに関して葛《かっ》藤《とう》に苛《さいな》まれたりもしなかった。それはべつに、自分の理想にそむくといったような話ではなく、むしろ、大人数の人々とつながる好機だった。だから、話が来たときもためらいはしなかった。それと、本人がはっきりそう言ったわけではないが、ハリウッドから誘われたことで、虚栄心をくすぐられもしたと私は思う。降ってわいた話に、つかのま権力の香りに酔いしれたと思う。むろんそれはまったく正常な反応だが、自分に甘い人間では断じてなかったから、おそらくあとになって、栄光と成功の甘い夢に惑わされたことを自分でも後悔したのではないか。だとすれば、最終的に計画が挫折《ざせつ》したときにも、真情はますます語りづらかっただろう。ハリウッドは彼の目に、自分のなかで膨らみつつあった危機を逃れる道と映った。そしてひとたび、逃れるすべはないとわかったとき、実は外に見せたよりもはるかに苦しんだのだと私は思う。

これはみな推測にすぎない。私から見た限り、サックスのふるまいが急激に、もしくは根本的に変化したわけではない。仕事のピッチも相変わらずで、依頼を引き受けすぎては〆切《しめきり》に追われる狂気じみた自転車操業がつづいていた。ハリウッドの一件にもケリがつくと、以前同様つぎつぎに書きまくり、ひょっとして以前よりもっと書いているのではとさえ思えた。論説文、エッセイ、書評が、すさまじいペースで彼からあふれ出た。方向を見失ったどころか、フル回転で邁進《まいしん》していたと見ることも可能だと思う。この時期に関し、そうした楽天的なサックス像を私が疑わしく思うのは、ひとえにその後に起きたことを知っているからだ。その後、彼のなかで大きな変化が生じたのであり、それらの変化がはじまった瞬間を特定することも容易だが――あの事故の夜に焦点を定め、すべてをあの異常な事件のせいにすればいい――私にはもはやそういう説明が的確だとは思えない。人が一夜にして変わるなんて、本当に可能なのか？　ある人間として眠りにつき、別の人間として目ざめるということが？　まあ可能なのかもしれないが、私としてはそれに賭《か》ける気にはなれない。事故が重大でなかったわけではない。が、死とのニアミスに対して人が示しうる反応はほかにいくらでもあるはずだ。サックスがあのような形で反応したからといって、彼がそれを主体的に選んだということにはならないと思う。むしろそれは、事故などまだ先の話である時点における彼の精神状態を反映しているように私には思える。言いかえれば、あのころたしかにサックスはいちおう元気でやっているように見えたし、あの夜に先立つ数か月、数年のあいだ自分の悩みをごくぼんやりとしか自覚していなかったのかもしれないが、それでもなお、彼がきわめて悪《あ》しき状態にあったと私は信じている。この断定を支えてくれる証拠は、後知恵以外には何もない。だがたいていの人間なら、あの晩サックスの身に起きたような目に遭っても、死なずに済んだだけで幸運だったと思って、それきりもう考えるのをやめるだろう。サックスはそうしなかった。そして彼がそうしなかった――より正確に言えば、そうできなかった――という事実は、事故が彼を変えたというよりも、かねてから隠れていたものが事故によって明るみに出されたのだということを示唆《しさ》している。この点について、もし私が間違っているなら、ここまで書いてきたことはすべてガセネタにすぎない。ことの本質とは何の関係もない雑感の山にすぎない。たしかに、もしかしてベンの生涯はあの夜、本当に二つに割れたのかもしれない。二つに割れて、明快な「前」と「後」に分離したのかもしれない。もしそうだとすると、「前」に起きたことはすべて記録から抹消していいことになるだろう。だがもしそれが正しいとすれば、人間の行動には意味などないことになってしまう。何についてであれ、我々は何ひとつ理解しえないことになってしまう。

&

私は事故を自分の目で見はしなかったが、それが起きた夜、その場に居合わせてはいた。パーティーには全部で四、五十人いたと思う。狭苦しいブルックリンハイツのアパートメントにそれだけの人が押しかけて、汗をかき、酒を飲み、暑い夏の空気のなかで騒ぎ立てていたのだ。事故が起きたのは十時ごろだったが、そのころにはもう客の大半が花火を見に屋上にのぼっていた。サックスが落ちる瞬間を実際に見たのは二人だけだった。一人はサックスのすぐそばで非常階段に立っていたマリア・ターナー。もう一人はアグネス・ダーウィンという女性で、この人物がうっかりつまずいてマリアの背中に倒れ込むことで、結果的にサックスのバランスを失わせることになったのである。サックスが命を落としていたとしても少しも不思議はない。四階から落ちたのだから、むしろ死ななかったのが奇跡と言えるくらいだ。地上から一・五メートルくらいのところで落下を中断してくれた洗濯ロープがなかったら、何か一生負傷が残るのは避けられなかったにちがいない。首の骨が折れるとか、頭蓋骨《ずがいこつ》が砕けるとか、不幸の形は無数にあっただろう。現実には、落ちてきた彼の体の重みでロープが切れ、むき出しのセメントに頭から墜落する代わりに、バスマットや毛布やタオルがこんがらがって生まれたクッションのなかに着地することになった。それでも衝撃はすさまじいものだったが、あのまま落ちていた場合と較《くら》べればゼロに等しい。命拾いをした上、比較的軽い怪我《けが》で済んだと言える（肋骨《ろっこつ》二、三本にひびが入り、軽い脳震盪《のうしんとう》、一方の肩を脱臼《だっきゅう》、それにたちの悪い打撲がいくつか）。もっけの幸い、と自分を慰めてもよいのだろうが、結局のところ真のダメージは、肉体とはほとんど無関係なところで生じることになった。私がいまだに何とか理解しようとあがいているのも、まさにこの点である。これこそ私がいまだ解明に努めている神秘なのだ。サックスの肉体は治った。だが彼という人間は元に戻らなかった。地面にぶつかる前の数秒間に、あたかもすべてを失ってしまったとすら思えるのだ。彼の人生がまるごと中空で吹っ飛んでしまい、その瞬間から四年後の死に至るまで、彼はそれを元に戻すことはできなかった。

　それは一九八六年七月四日、自由の女神建造百年祭の日だった。アイリスは姉妹三人と六週間の中国旅行に出かけていて（姉妹の一人は台北《タイペイ》に住んでいた）、デイヴィッドはバックス郡のサマーキャンプで二週間を過ごしている最中だった。私は一人でアパートメントに閉じこもって、誰とも会わず新作に専念していた。普通ならサックスもうバーモントに行っている時期だが、その年は『ヴィレッジ・ヴォイス』の依頼で百年祭について記事を書くことになっていて、これを書き上げるまでニューヨークにとどまっている予定だった。三年前、彼はようやく私の忠告に屈してリテラリー・エージェントと契約を交わしていて（相手は私のエージェントでもあるパトリシア・クレッグ）、その夜パーティーを開いたのもパトリシアだった。ブルックリンは花火見物には絶好の場所だったから、ベンとファニーも招待に応じることにした。私も招かれていたが、作品に没頭していて家を出る気になれなかったから、行くつもりはなかった。だが、その日の午後ファニーから電話をもらって彼女もベンも行くと聞くと、気が変わった。二人には一か月近く会っていなかったし、みんなそろそろ夏休みで姿を消してしまうから、秋までに会って話すチャンスはこれが最後だと思ったのである。

結果的には、ベンとはほとんど話さずに終わった。私がパーティーに着いたころにはもう宴たけなわで、彼にようと声をかけてから三分と経《た》たないうちに、我々はそれぞれ部屋の反対の隅に押しやられてしまった。まったく偶然、押された先にファニーがいて、まもなく二人とも話にすっかり夢中になって、ベンの行方を見失ってしまったのだ。マリア・ターナーも来ていたが、私のいるところからは人波のなかに彼女の姿は見えなかった。マリアが来ていたこと、さらには墜落する直前にサックスと一緒に非常階段に立っていたことを私が知ったのは、事故が起きたあとである。だがもうそのころにはすさまじい混乱が生じていたから（悲鳴を上げる客たち、サイレン、救急車、小走りに動き回る救護員たち）、彼女が墜落の現場に居合わせたことの衝撃を私が十分実感することもないままに終わった。事故の瞬間に先立つ一、二時間、私は思っていたよりはるかに楽しく時を過ごしていた。パーティーが楽しかったというより、ファニーと一緒になれたおかげだ。もう一度彼女と話し、これだけの年月を経てあれだけの惨事をくぐり抜けてもなお自分たち二人が友でいることがわかって、私は嬉《うれ》しかった。実際、その晩私は何ともセンチメンタルな気分になっていた。妙に感傷的な思いが、私を捉《とら》えていた。ファニーの顔をじっと見ていて、突然、あたかもはじめて気づいたかのように、我々はもう若くないのだ、人生は我々の手からすり抜けつつあるのだ、そう思いあたったことを私は覚えている。飲んでいたアルコールのせいだったかもしれない。だがその思いは、天啓に匹敵する強い力で私を打った。我々はみな老いつつあるのであり、もはや頼れるのはおたがいだけなのだ。ファニーとベン、アイリスとデイヴィッド。彼らこそ私の家族だった。彼らこそ私の愛する人々であり、彼らの魂こそ私が自分の内に抱えているものだった。

私はファニーと、ほかの連中にくっついて屋上へ上がっていった。もともとは乗り気でなかったわけだが、やっぱり花火を見にきてよかったと私は思った。光の炸裂《さくれつ》はニューヨークを、幽霊のような街に、包囲された都市に変えた。その騒乱ぶりを私は楽しんだ。たえまない爆発音、はちきれる光の花冠、煙の作り出す巨大な飛行船のなかを漂うさまざまな色。自由の女神は我々の左手の港に立ち、光の洪水を浴びてこうこうと輝いている。私は何度も、マンハッタンに居並ぶビルがいまにもみずからの根を引っこ抜いてしまうんじゃないか、地面からあっさり浮かび上がって二度と戻ってこないんじゃないか、そんな気にさせられた。ファニーと私はほかの人々より少しうしろに立って、屋上の勾配《こうばい》とバランスをとるようかかとを突き立て、肩を寄せあい、とりとめのない話をしていた。いろんな回想、中国から届いたアイリスの手紙、デイヴィッド、ベンが書く予定の記事、美術館。あまり大きな意味づけをする気はないが、ベンが落ちるその直前、我々の話題は、かつてベンと母親から聞いた、一九五一年に自由の女神にのぼったエピソードに移っていた。状況からしてこの話題が出てくるのも自然なことだっただろうが、やはりぞっとする話ではある。自由の女神のなかを落ちたら、などとファニーと二人で笑ったのもつかのま、ベンが非常階段から落ちたのだから。そして次の瞬間、マリアとアグネスが我々の下で悲鳴を上げはじめたのだ。何だかまるで、落ちるという言葉が本物の落下を促したように思えた。もちろん両者のあいだにつながりなどあるはずもない。だがそれでも、あのとき起きたことを考えると、私はいまでも吐き気に襲われる。二人の女が発した悲鳴がいまも聞こえるし、誰かがベンの名前を叫んだときファニーの顔に浮かんだ表情がいまも見える。炸裂する色とりどりの光が依然彼女の肌の上を飛び跳ねるなかで、その目にさっと恐怖の念が広がったのだ。

ベンは意識を失ったままロングアイランド大学病院に連れていかれた。一時間と経たないうちに目はさましたが、結局ほぼ二週間入院させられることになった。怪我《けが》の程度を正確に測るために、脳の検査がいくつも行なわれた。普通ならもう少し早く退院させてくれるところだろうが、サックスははじめの十日間何も喋《しゃべ》らなかったのだ――ファニーにも、私にも、毎日午後に見舞いに来てくれたマリア・ターナーにも、医者にも看護婦にも。饒舌《じょうぜつ》な、いつもなら抑えようのない男が沈黙してしまったのだ。きっと話す能力を失ってしまったのだろう、と我々は考えた。頭に衝撃を受けたせいで、重大な内部損傷が起きてしまったのだ、と。

ファニーにとって、それは地獄のような日々だった。仕事も休んで、毎日ベンの枕元《まくらもと》で過ごしたが、ベンはろくに反応を示さず、彼女が入ってくると目を閉じて寝たふりをすることも多く、笑顔を向けても無表情の凝視を返すばかりで、彼女がいてくれることに何の慰めも感じていないように見えた。もともと困難であった状況は、ファニーにとってほとんど耐えがたいものになった。あんなに心配して、取り乱し、底なしの不幸に近づいたファニーは見たことがない。マリアが毎日顔を出すこともプラスには働かなかった。マリアの見舞いの背後に、ファニーはさまざまな動機を見てとったのだ。だが実のところ、それらはみな無根拠だった。マリアはベンのことなどほとんど知らなかったし、会ったのさえ数年ぶりだったのだ。正確には七年ぶり、私とマリアがはじめて会ったブルックリンでのディナー以来である。花火のパーティーにマリアが呼ばれたのは、彼女が私やファニーと知りあいだからではなかった。マリアの作品を論じた本を作っている最中である編集者のアグネス・ダーウィンがパトリシアの友人であり、アグネスが彼女の名前を挙げたのだ。ベンが墜落するのを見たことは、マリアにとってひどく恐ろしい経験だった。病院へ見舞いに行ったのは、心配だったから、自分に無縁とは思えなかったからであり、行かないのは正しくないように思えたからである。私はそのことを知っていたが、ファニーは知らなかった。マリアと顔を合わせるたびにファニーの顔が曇るのを目にした私は（はたで見ていても、ファニーが最悪の事態を疑い、マリアとベンがあのパーティーで密会していたのだと信じ込んでいるのがわかった）、ある日の午後、疑惑を一掃しようと、病院のカフェテリアへ二人を昼食に誘った。

マリアが言うには、あのとき彼女はベンとしばらくキッチンで話をしていたということだった。彼は元気いっぱい、愛嬌《あいきょう》たっぷりで、自由の女神をめぐる奇妙な逸話をいくつも聞かせてくれた。そして花火がはじまると、屋上へ行かずにキッチンの窓から非常階段に出て見物しようと言い出した。ベンはそんなにたくさん酒を飲んでいるようには見えなかったが、非常階段に出てまもなく、いきなりぱっと前に出て、鉄の階段の手すりを両手でつかんで飛び越え、その上に座った。夜の闇《やみ》のなか、両脚はぶらぶら虚空《こくう》にぶら下がっている。マリアは怖くなって、自分もあわてて飛んでいってうしろからベンの体に両腕を巻きつけ、彼が落ちないようその胴を抱きかかえた。降りてくるよう説き伏せようとしたが、ベンは笑うだけで、大丈夫、心配するなって、と言った。ちょうどそのときアグネス・ダーウィンがキッチンに入ってきて、開いた窓の向こうにマリアとベンの姿を認めた。二人とも部屋に背中を向けていたし、表は何しろすさまじい音と騒乱だったから、アグネスが現われたことも二人はまったく気づきようがなかった。まるまる太った、威勢のいい、もう相当飲み過ぎていたアグネスは、よりによって、非常階段の二人に仲間入りしようと思い立った。ワインの入ったグラスを片手に、その巨体を窓に押し込み、階段の踊り場に着地したはいいが、左の靴のヒールが二枚の鉄板のすきまに引っかかってしまい、バランスを取り戻そうとしてがくんと前によろめいた。大してスペースのある場ではなかったから、半歩前に出た時点で彼女はマリアの背後に達し、その全体重の勢いをつけて友の背中に激突することになった。その衝撃でマリアの両腕がぱっと開いて、彼女の押さえを失ったサックスは手すりの向こう側を落下していった。あっという間だったわ、ほんとに突然の出来事だった、とマリアは言った。アグネスがマリアを押し、マリアがサックスを押し、次の瞬間サックスはまっさかさまに夜のなかを落ちていたのだ。

自分の疑念が無根拠だったと知ってファニーは安心した。だが同時に、実のところ何ひとつ説明がついてはいなかった。そもそもなぜサックスは手すりにのぼったりしたのか？　昔からずっと高い所が怖い男だったはずだ。あの状況でそんな真似《まね》に走るなんて信じられない。それに、事故以前、ファニーとの仲に何の問題もなかったとしたら、なぜいま彼女に冷たくあたるのか？　なぜ彼女が部屋に入ってくるたびに身を退《ひ》くのか？　やはり何かあったのだ。事故で生じた肉体的損傷以上の何かが起きたのだ。サックスが喋れるようになるまで、というか喋ろうという気になるまで、それが何なのかファニーには知りようがなかった。

サックスの側から見た物語を本人が私に語ってくれるまでには、ほぼ一か月の時間を要した。そのころにはもう彼も退院していて、いまだ療養中とはいえ、朝から晩までベッドで寝ている必要はなかった。そういう時期のある午後、ファニーが仕事に出かけている最中に私は彼らのアパートメントを訪ねていった。八月初旬の、うだるような暑さの日だった。リビングルームで一緒にビールを飲みながら、テレビの音を消して野球の試合を見ていたことを私は覚えている。あの会話のことをいま思い出すたびに、ちらちら光る小さな画面上を、物言わぬ野球選手たちが跳ねまわり、我々二人にぼんやりと見守られながらプレーを進めている姿が目に浮かぶ。わが友が語った痛ましい打ちあけ話への、場違いな対位旋律。

サックスによれば、はじめ彼は、マリア・ターナーが誰なのかもよくわからなかったという。パーティーで一緒になって、顔に見覚えはあったが、この前にどういう状況で会ったかは思い出せなかった。そこで彼はマリアに、僕は人の顔は絶対忘れないんだが、君の顔に名前を組み合わせることがどうしてもできないんだ、と白状した。例によって謎《なぞ》めいた話の好きなマリアは、単ににっこり笑うだけで、たぶんそのうち思い出すわよ、と受け流した。あなたの家に一度行ったことがあるわ、とヒントをつけ加えたが、それ以上は明かそうとしなかった。からかわれていることはわかったが、サックスもむしろ彼女のからかい方を楽しんでいた。その愉《たの》しげな皮肉っぽい笑みにも惹《ひ》かれたし、ちょっとした猫と鼠《ねずみ》のゲームに引き込まれることに異存はなかった。相手は明らかにそれだけの機知を持っている。それだけでも十分面白く、追究してみるだけの値打ちはある。

もしも彼女が名のっていたら僕もたぶんあんな真似はしなかったね、とサックスは言った。アイリスと出会う前に私がマリア・ターナーと関係を持っていたことは彼も知っていたし、ファニーがいまもマリアとある程度接触を保っていることも知っていた（ファニーから時おりマリアの作品の話を聞かされていた）。ところが、七年前のあのディナーのときは、何人かの名前を彼は混同してしまい、どの人物がマリア・ターナーなのか正しく把握できずに終わった。テーブルには女性アーティストが三人か四人いて、その全員がはじめて見る顔だったので、違う名前と顔を結びつけるという、よくある間違いを犯してしまったのである。彼の頭のなかで、マリア・ターナーとは背の低い、長い茶色い髪の女性であり、私が彼女の名を持ち出すたびにそのイメージを思い浮かべていたのだ。

キッチンはリビングルームより少し空《す》いていて、二人は酒を持ってなかに入っていき、開いた窓の前のスチームに腰かけた。背中に微風が吹いてくるのが心地よかった。そんなに酔ってはいなかったとマリアは言っていたが、サックス自身は私に、もうそのころには相当酔っ払っていたと言った。頭のなかはぐるぐる回っていたし、もうよせと何度も自分に言い聞かせたものの、結局その後の一時間にもバーボンを少なくとも三杯は飲んだ。やがて彼らの会話は、パーティーで男女が戯《たわむ》れるときによくやるたぐいの、狂おしい、省略だらけのやりとりになっていった――謎めいた言葉、突然飛ぶ話題、気のきいた言葉のパンチの応酬。こつはできるだけエレガントかつ遠回しなやり方で自分について何も明かさずにおくこと、相手を笑わせること、とにかくすばやく立ちまわることだ。サックスもマリアもこの手のゲームは得意だったから、バーボン三杯、ワイン二杯を飲みながらもそれをなおプレーしつづけた。

暑かったし、もともとマリアはこのパーティーに乗り気でなかったから（どうせ退屈だろうと思ったのだ）、持っているなかで一番露出度の高い服を着ていた。ノースリーブの、肌にぴったりくっつく深紅のレオタード（襟ぐりもおそろしく深い）、下は黒の超ミニ、ストッキングははかず、スパイクヒール、どの指にも指輪、両手首にはブレスレット。何ともきわどい挑発的なコスチュームだったが、マリア自身そういう気分だったし、とにかくこれなら人込みに埋もれてしまわないことは確実だった。音なしのテレビの前でサックスがその午後私に語ったところでは、彼はこの五年間きわめて品行方正に暮らしてきた。ほかの女には目もくれなかったし、ファニーもう一度彼を信頼してくれるようになっていた。結婚生活を救うのは大仕事だった。長い、困難な期間、それは双方に多大な努力を要求したが、サックスはファニーとの生活を二度と危険にさらさぬよう誓ったのだった。それがいまこのパーティーで、マリアと並んでスチームに座っている——目を奪う見事な脚をした半裸の女と、ぴったり体を寄せあっているのだ。自制心はもうなかば失われていたし、血液中にはあまりに多くの酒が循環していた。少しずつ、抑えがたい欲求がサックスを包み込んでいった。その脚に触りたくて、その滑らかな肌に手を滑らせたくてたまらなくなった。なお悪いことに、マリアは高価できわどい香水をつけていた（サックスは昔から香水に弱かった）。からかいと冷やかしに満ちた会話をつづけながら、醜態に終わるような重大な過《あやま》ちを犯さぬようサックスは必死だった。幸い、抑制が欲望に勝ったわけだが、そのさなかにも、もし欲望の方が勝ったらどういうことになるかを想像することまでは止められなかった。自分の指先がマリアの左膝《ひだりひざ》のすぐ上の地点にそっと降り立つのを彼は見た。片手が彼女の太腿《ふともも》内側の絹のごとき地帯——いまだスカートに隠されているわずかな肉の部分——をのぼっていくのを見て、それから、指がそのあたりを数秒さまようのを許してから、下着の縁を滑るように越えていき、臀部《でんぶ》と、ちくちくと疼《うず》く豊かな陰毛からなる楽園に入っていくのを感じた。

それは心のなかでくり広げられるけばけばしいパフォーマンスだった。いったん脳内で映写機が回りはじめると、そのスイッチを切ることはできなかった。彼が何を考えているか、マリアが完璧《かんぺき》に見抜いているように思えることも事態の改善には役立たなかった。もしこれで、彼女が不快な顔でもしていたら、呪縛《じゅばく》も解けていたかもしれない。だがマリアはそうした淫《みだ》らな思いの対象となることを明らかに楽しんでいた。サックスの方を向くたびに見せるその目つきからして、彼女の方からひそかにこっちを煽《あお》っているのではないか、やれるものならやってごらんなさいと挑んでいるのではないかという気がしてきた。これに対して私は、マリアを知る僕としてはそういうふるまいの動機はいくらでも思いつくね、と言った。たとえばいま進行中のプロジェクトと何か関係があったのかもしれないし、あるいは君が知らないことを自分が知っているという事実を楽しんでいたのかもしれない。それとも、もう少しつむじ曲がりな理由として、彼女の名前を覚えていなかったことで君を罰していたという可能性も考えられる（のちに彼女と二人きりで話す機会が生じたときに訊《き》いてみると、事実この最後の理由が正しいことを本人は認めた）、と。だがそのときのサックスにはそんなことは気づきようがない。彼に確信できたのは自分の感情だけであり、それはきわめてシンプルだった——彼は見知らぬ魅惑的な女に情欲を抱いていて、そんな自分を嫌悪《けんお》していたのである。

「君が自分を恥じる必要があるとは思えないね」と私は言った。「君だって人間なんだし、マリアはその気になればおそろしくセクシーになれる。結局は何も起こらなかったんだから、そんなことで自分を責めても仕方ないんじゃないかな」

「彼女が僕を誘惑していたんじゃない」とサックスはゆっくり、注意深く言葉を選びながら言った。「僕の方が彼女を誘惑していたのさ。もうそんなことはするまい、と思っていたのにだ。もうそういうのはおしまいだ、そう自分に約束したのに、また振り出しに戻っていたんだ」

「思考と行為を混同してるぜ」と私は言った。「何かをするのと、ただ考えるのとじゃ大違いだ。その区別を立てなきゃ、生きることさえ不可能になってしまう」

「そういうことを言ってるんじゃないさ。大事なのは、ついさっきまではまるで自覚していなかった欲望を自分が抱いていたということだ。ファニーに不実を働くかどうかの問題じゃない。自己認識の問題なんだ。こんなふうに自分にだまされうると知って、そのことにショックを受けたのさ。もしその時点できっぱりやめていたら、まだよかったかもしれない。ところが、自分の欲望をはっきり自覚したあとも、僕は相変わらずマリアと戯れていたんだ」

「でも体に触ったわけじゃないだろう。結局、そこが唯一《ゆいいつ》の問題じゃないかな」

「たしかに触りはしなかった。けれど、向こうの方から触らざるをえないように仕向けたんだ。僕に言わせれば、こっちの方がもっとたちが悪い。自分に対しても不正直にふるまったんだから。よい子のボーイスカウトなみに法を文字どおりには守ったが、その精神は完全に裏切っていた。非常階段から落ちたのもそのせいさ。あれは事故じゃなかったんだよ、ピーター。僕が自分から招いたんだ。卑怯者《ひきょうもの》のふるまいをした罰が当たったんだよ」

「自分から飛び下りたってことか？」

「いや、そんな単純な話じゃない。要するに、愚かな危険を冒したってことだよ。マリア・ターナーの脚に触りたいと思っていることを自分に認めるのが恥ずかしくて、許されない真似をしたのさ。僕に言わせれば、そこまで自分を欺《あざむ》くような奴《やつ》は、どんな目に遭っても文句は言えない」

サックスによると、マリアを非常階段に連れ出したのもそのためだというのだ。それはキッチンで進展していた気まずい事態からの出口でもあるとともに、手の込んだ計画の第一歩でもあった――こうすれば、マリア・ターナーの体にぴったりくっつくことができて、しかも名誉は失わずに済む。あとで思い返して、何より苛立《いらだ》たしいのもこの点だった。欲望を抱いたこと自体ではなく、その欲望を一見否定する行為を、実はそれを満たす手段として不実に使ったこと。外は混沌《こんとん》の渦だった、と彼は先をつづけた。喝采《かっさい》を送る人々、炸裂《さくれつ》する花火。狂おしい、鼓動のような喧騒《けんそう》が耳に響く。二人でしばらく階段の踊り場に立ち、ロケットの一斉射撃が空を明るく照らすのを見てから、彼は計画の第一段階を実行に移した。こうした高い場所を生涯怖がってきたことを思うと、ためらいもしなかったのは自分でも驚きだった。踊り場の縁まで歩み出て、手すりの上にひょいと右脚をかけ、両手で手すりをつかんでしばし体を安定させてから、今度は左脚も載せた。バランスを取ろうと体を軽く前後に揺すっていると、うしろでマリアがはっと息を呑《の》むのが聞こえた。僕が飛び降りようとしていると思ってるんだ、とサックスは悟って、急いで声をかけた。大丈夫、よく見えるようにしてるだけさ、と。有難いことに、マリアはその答えに納得しなかった。頼むから降りてきてちょうだい、と言って、彼が言うことを聞かないと見ると、まさに彼が望んでいた通りの行動をとったのだ。これこそが彼の無謀な戦略の達成目標だった。彼女はうしろから飛んできて、両腕をサックスの胸に巻きつけた。それだけだった——心配ゆえのささやかな行為が、心からの情熱的な抱擁を模倣する。期待していたようなエロチックな反応はかならずしも生じなかったものの（その抱擁に気持ちを全面的に向けるにはサックスはあまりに怯《おび》えていた）、とことんがっかりさせられたわけでもなかった。自分のうなじに彼女の息が吹きかかるのが感じられ、彼女の乳房が自分の背骨に食い込むのもわかったし、彼女の香水の匂《にお》いも嗅《か》ぐことができた。わずかな瞬間であり、ごく小さなつかのまの快楽ではあったが、彼女のむき出しのほっそりした両腕が自分の体にぎゅっと巻きつけられていたあいだ、サックスは幸福に近いものを体験した。えもいわれぬ戦慄《せんりつ》が、一瞬の至福が押し寄せるのを感じた。どうやら賭《か》けは成功したように思えた。あとはここから降りるだけだ。一芝居打っただけの価値はあったのだ。彼の目論見《もくろみ》としては、マリアに寄りかかるようにしてうしろに体を傾け、彼女の体を支えに使って踊り場に降り立つつもりだったが（こうすれば彼女との接触をぎりぎりまで保てる）、まさにこの作戦を実行すべく体重の中心をずらしはじめたところで、アグネス・ダーウィンが片足のヒールを引っかけて、うしろからマリアに衝突したのだった。サックスはすでに手すりを握った手を緩めていたから、マリアに突然うしろからどすんと押されると、指は完全に開いてしまい、手は鉄棒との接触を失った。重心がいっぺんに上に移行し、自分の体が建物の外に飛び出していくのを彼は感じた。次の瞬間、もうまわりには空気以外何もなかった。

&

「地面に落ちるまで、大して時間はかからなかったはずだ」とサックスは言った。「一秒か二秒、せいぜい三秒だ。だけどそのあいだにいくつかの思いが湧《わ》いてきたことははっきり覚えている。まずは恐怖だ。状況を認識した瞬間の、落ちているんだとわかった瞬間の恐怖だ。それで済んでしまいそうなものだろう——ほかのことを考える時間なんて、ありそうにないと思うじゃないか。ところが、恐怖はつづかなかった。いや、違うな、つづきはしたんだが、それと一緒に別の思いが湧いてきたんだ。単に恐怖だけとは違う、もっと何か強いものが。これはちょっと名づけようがない。絶対の確信、のようなものかな。それがとてつもなく巨大な波のように押し寄せてきて、何か究極的な真実を僕は味わったんだ。生まれてからずっと、あんなにはっきりした確信を感じたことはない。まず自分が落ちていることに気づき、それから、自分が死んだことに気づいたんだ。自分はまもなく死ぬんだと感じたってことじゃない。もうすでに死んでいると気づいたんだ。僕は空中を落下している死人だった。表面的にはまだ生きているけれど、もう死んでいたんだ、墓に埋められた人間と同じように。ほかには言いようがない。落ちている最中すでに、僕は地面に着地する瞬間を過ぎていた。衝突の瞬間、ばらばらに砕け散る瞬間を過ぎていたんだ。僕は死体と化していた。洗濯ロープにぶつかって、タオルやら毛布やらの山に落ちたころには、もう僕はそこにいなかった。すでに自分の肉体を離れていて、ほんの一瞬、自分が消えるのがはっきり見えたんだ」

私はその時点で彼に訊きたいことがいくつかあったが、口をはさむのは思いとどまった。サックスは何とか物語を引き出そうと苦労していた。ためらったり、ぎこちなく黙ったりしながら、我を忘れた様子で話していたから、いきなり私が口を出したら流れが途切れてしまうだろうと思ったのだ。正直な話、彼が何を言おうとしているのか、私にはいまひとつわからなかった。落下が恐ろしい体験だったことは間違いない。が、それに先だって生じたもろもろのささやかな出来事を語るのに、ここまで精力を注ぐことにはとまどわざるをえなかった。マリアとのやりとりなど、私にはおよそささいなことに思えた。わざわざ語る値打ちもない、ありふれた風俗喜劇ではないか。だがサックスの頭のなかでは、そこに何か直接のつながりがあったのだ。一方が他方の原因となったのであり、したがって彼から見れば、墜落は単なる悪運ゆえの事故ではなく、ひとつのグロテスクな形をとった罰だったのだ。君は間違っている、自分に厳しすぎる、私はそう言いたかった。だが言わなかった。私はただそこに座って、彼が自分の行動を分析するのを聞いていた。完璧に正確な陳述を彼はなそうとしていた。中世の神学者の忍耐をもって瑣末《さまつ》な点に固執し、非常階段でのマリアとの無害な恋愛遊戯のニュアンスを一つひとつ明確に言語化しようと苦闘していた。それははてしなく微妙な、はてしなくぎくしゃくした、労多き、複雑きわまる語りだった。しばらくすると私にも、この小人国のドラマがいまや彼にとって墜落それ自体と同じ重みを帯びるに至っていることが見えてきた。もはや両者のあいだに違いはない。茶番じみたつかのまの抱擁が、いまや道徳的には死の等価物となっていた。サックスがここまで真剣でなかったら、私としても面白がって聞くだけだっただろう。あいにく、笑うなどとは思いつきもしなかった。私は共感しようとしていた。彼の話をじっくり聞いて、その言わんとしているところを受けとめようとしていた。いまにして思えば、あのとき、思ったことをそのまま言ってやった方が彼のためになったと思う。彼の話を笑い飛ばしてやるべきだったと思う。君どうかしてるぜ、そう言ってやめさせるべきだったのだ。もし私に、友としてサックスの役に立ちそこねた瞬間があるとすれば、それは四年前のあの午後だ。彼を助けるチャンスがあったのに、みすみすその機会を逃してしまったのだ。

べつに意識して喋《しゃべ》るのをやめようと決めたわけではないと彼は言った。たまたまそうなっただけだし、沈黙が長びくにつれて、こんなに多くの人々に心配をかけている自分を情けなく思ってもいたというのだ。検査の結果、脳損傷、極度のショックといった可能性はまったくなく、肉体的に障害が生じた徴候はゼロだった。実際、言われたことはすべて理解できたし、心のなかでは、どんな話題についてもちゃんと自分の考えを表明できるという自覚はあった。大きな分かれ目は最初に訪れた。目を開けて、知らない女（看護婦だとあとでわかった）がまっすぐ彼の顔を覗《のぞ》き込んでいるのが見えたときだ。女が誰かに、リップ・ヴァン・ウィンクルがやっとお目覚めだわ、と言うのが聞こえた。あるいはそれは彼に向かって発せられた言葉だったかもしれないが、よくわからなかった。自分も何か彼女に言いたかったが、頭はすでに喧騒状態に陥っていて、思いはあらゆる方向に向かってぐるぐる飛びまわっていたし、骨の痛みも急に実感されたから、いまこの人物に返答するだけの力はないと判断し、その機会を見送った。こんなことをしたのは生まれてはじめてだった。看護婦は相変わらず彼に向かってぺちゃくちゃ喋っていて、じきにそこへ医者ともう一人看護婦が加わり、三人でベッドを囲んで、気分はいかがです、と彼に何とか喋らせようと誘っている。サックスは彼らがまるでそこにいないかのように自分の思考をつづけ、彼らに返答する義務から自分を解放してよかったと思っていた。こんな真似《まね》も今回だけだと思ったが、次に同様の状況が訪れたときも同じことが起き、その次も、またその次も結果は同じだった。誰かに話しかけられるたびに、なぜか沈黙を保ちたいという衝動に駆られるのだ。日が経《た》つにつれて、黙っていることが習慣としてどんどん定着していった。まるでそれに名誉がかかっているかのように、これが自分への信頼を保つための秘密の課題であるかのように、彼は沈黙を守りつづけた。人々がこっちへ向けて発する言葉に耳を傾け、耳に入ってくるセンテンス一つひとつの重みをじっくり測りながらも、返事はせず、顔をそむけたり、目を閉じたり、まるで向こう側を見通せるかのように相手をじっと見返したりした。こんなふるまいが、すねた子供みたいであることは自分でも承知していたが、だからといってやめる気になれるわけではなかった。医者や看護婦などはどうでもよかったし、マリアや、私や、その他の友人に対してもさして責任は感じなかった。だがファニーに関しては別だった。彼女を前にして、折れて出る一歩手前まで行ったことも何度かあった。少なくとも、彼女が見舞いに来てくれるたびに後悔の念が一瞬胸をよぎるのは確かだった。彼女に対していかに残酷な真似をしているかは自覚していたから、何でこんなクズみたいなことをやっているのか、と罪悪感のおぞましい後味が心に広がった。時おり、ベッドに横たわっておのれの良心と格闘しながら、彼女に笑顔を見せようと弱々しく試みることもあったし、一度か二度は事実唇を動かすところまで行った――喉《のど》の奥をかすかに鳴らして、これでも精一杯やってるんだよ、じき本物の言葉が出てくるようになるよ、そう彼女に伝えようとした。こんなインチキにしがみつく自分がたまらなく嫌だったが、いまや彼の沈黙のなかであまりに多くのことが起きていて、それを破るだけの意志を奮い起こすことはできなかった。

医者たちの読みに反して、サックスは事故の細部をひとつ残らず覚えていた。あのときの出来事を何かひとつ考えるだけで、あの晩の一部始終が、忌《い》まわしい生々しさとともによみがえってきた。パーティー、マリア・ターナー、非常階段、落下直後の瞬間、死の確信、洗濯ロープ、コンクリート。何ひとつぼんやりとしてはいなかった。どの要素もすべて等しくあざやかだった。事件全体が過剰なほどの明快さをもって浮かび、鮮烈な想起がなだれのように襲ってきた。何かとてつもないことが起きたのであり、その何かが彼のなかで力を失ってしまう前に、全神経をそれに集中する必要があった。だからこそ沈黙したのである。それは拒絶というより、方法だった。あの夜の恐ろしさが理解できるまで、その恐ろしさから離れずにいるための方法だった。沈黙することは思考のなかに自分を閉じ込めることであり、墜落の瞬間を何度も何度も生き直すことだった。そうすることによってあたかも、今後ずっと自分を中空に宙吊《ちゅうづ》りにしておくことができるように思えたのだ。永久に地面の五センチ上で、永久に最後の瞬間の啓示を待っていられる気がしたのだ。

自分を許す気はない、とサックスは私に言った。自分が罪を犯したというのは話の大前提であって、それについて時間を浪費しても意味はない。「いままでの僕だったら」と彼は言った。「たぶんあれこれ言い訳を探しただろうと思う。世の中、事故は時として避けられないわけだからね。毎日、毎時間、人は思いもよらぬときに死ぬ。火事で焼け死んだり、湖で溺《おぼ》れたり、車でほかの車に突っ込んだり、窓から落ちたり。新聞を見れば毎朝その手の話にお目にかかるし、よほどの阿呆《あほう》でもなければ、自分の人生だってまったく同じように突如何の意味もなく終わりうることくらいはわかる。けれど、僕の事故は悪運によって引き起こされたんじゃない。僕は単なる犠牲者じゃなかった。僕は共犯者だったんだ。自分の身に起きたことすべてに関して、能動的なパートナーだったんだ。そのことを無視するわけには行かない。自分が果たした役割の責任は取らなくちゃいけない。僕の言ってること、筋が通るかい、それとも滅茶苦茶《めちゃくちゃ》かな？　マリア・ターナーといちゃついたことが犯罪だと言ってるんじゃないぜ。卑《いや》しい、下司《げす》な行ないではあるけれど、まあその程度の話でしかない。彼女に欲情した自分を情けなくは思うけど、そういう生殖腺《せいしょくせん》の疼《うず》きだけの問題だったら、もういまごろは何もかも忘れてしまっているだろうよ。つまり、あの晩起きたことに、セックスはそれほど関係ないと思うんだ。病院で何日もずっと喋らず横になっていたあいだにいろんなことが見えてきたが、これもそのひとつだ。マリア・ターナーをほんとに本気で追いかけようとしていたんだったら、なぜあんな馬鹿馬鹿《ばかばか》しい手間をかけて、彼女が僕の体に触るよう仕向けたのか？　もっと安全な方法だっていくらでもあったはずじゃないか。同じ結果をもたらす、もっと効率的な手口が百はあったはずさ。なのに僕は、あの非常階段で命知らずを気どって、文字どおり命懸けの愚行をやらかしていたんだ。何のために？　闇《やみ》のなかでちょっとした抱擁を得るため、要するにほとんど何のためでもないさ。病院のベッドで、あの場面をふり返っていると、実は何もかも、思っていたのとは全然違うということが見えてきたんだ。僕はそれまで、すべてをあべこべに、さかさまに見ていた。マリア・ターナーが両腕を僕の体に回すよう仕向けることが目的だったんじゃないんだ。目的は、自分の命を危険にさらすことだったんだよ。彼女は口実にすぎなかった。僕を手すりに載せるための道具、僕を大惨事の一歩手前まで導く手段にすぎなかったんだ。問題は、なぜそんなことをしたのか？　なぜそんなに熱心に、自分から危険を招きたがったのか？　一日に六百回はそう自問したと思う。そう問うたびに、自分のなかでものすごく大きな裂け目がぱっくり開いて、とたんに僕はもう一度落下していて、闇に向かって頭からまっさかさまに落ちていた。話をやたらと劇的にするつもりはないが、あの病院での毎日は僕にとって生涯最悪の日々だった。墜落する立場に自分で自分を置いたこと、自分がそれをわざとやったこと、それを僕は思い知ったんだ。それが僕の発見だった。僕の沈黙のなかから立ち上がってきた、否定しようのない結論だった。自分が生きたがっていないことを僕は知った。いまだに測りがたい理由で、あの夜僕は、自分を殺すために手すりによじのぼったんだ」

「君は酔っていた」と私は言った。「自分が何をしているかもわかっていなかったじゃないか」

「酔ってはいた。でも何をしているかは完璧《かんぺき》にわかっていた。わかっているということがわかっていなかっただけだ」

「そんなの詭弁《きべん》だ。まるっきり屁理屈《へりくつ》だ」

「自分が何をしているかわかっているということが僕にはわかっていなかったし、酒のおかげで行動に出る度胸もついた。酒に助けられて、自分がやりたがっているとわかっていなかったことを実行に移せたんだ」

「さっきは君、マリアの脚に触る度胸がなかったから落ちたって言ったじゃないか。今度は話が変わって、わざと落ちたって言うのか。両方一度には成り立たないぜ。どっちか一方でしかない」

「両方さ。一方がもう一方につながったのであって、二つを分けることはできない。僕自身にもこの問題が理解できているとは言わない。ただとにかくそうだったと言ってるだけさ。本当だと自分にわかることを言ってるだけだ。あの夜、僕は自分を殺す気でいたんだ。いまでも自分の腹にそれを感じることができる。そういう気持ちを抱えて生きているのは、ものすごく怖い」

「死にたいという気持ちは、誰にでも心のどこかにある」と私は言った。「自己破壊の小さな鍋《なべ》が、表面下でつねにぐつぐつ煮えているんだ。あの晩の君は、なぜだかその火がいつになく強く焚《た》かれて、そのせいで狂気じみたことが起きたのさ。でもいっぺんそういうことが起きたからといって、もう一度起きるとは限らない」

「そうかもしれない。でもだからといって、一度は起きたという事実が消えてなくなるわけじゃない。第一それはちゃんと理由があって起きたんだ。あんなふうに不意打ちを喰うということは、僕には何か根本的に間違っているところがあるにちがいない。僕はもう自分の生を信じていないにちがいない」

「自分の生を信じていなかったら、またこんなふうに話し出したりはしないさ。君は何か決断に達したんだよ。話し出したということは、いろんな問題を解決したということだよ」

「そうでもないのさ。君がデイヴィッドを連れて部屋に入ってきて、デイヴィッドがベッドに寄ってきて、僕に向かってにっこり笑ってくれた。で、気がつくと、僕もデイヴィッドに向かってハローと言っていたんだ。それだけのことさ。とにかくデイヴィッドの感じがとてもよかったんだ。キャンプから帰り立てで、陽焼けしていて、元気そうで。完璧な九歳の男の子だ。彼がベッドに寄ってきてにっこり笑ってくれると、話しかけないなんて思いつきもしなかった」

「君の目に涙が浮かんでいたよな。あれを見て、これは何かふっ切れたってことだと思ったよ。やっと君が戻ってくるってことだと思った」

「落ちるところまで落ちたってことさ。自分の人生を変えるしかないとわかったってことさ」

「人生を変えるのは、人生を終わりにしたいと思うのとは違う」

「いままで生きた人生を終わりにしたいのさ。すべてを変えたいんだ。それができなかったら、どうしようもなくひどいことになると思う。いままでずっと、僕の生涯はただの無駄だった。阿呆なジョーク、しけた失敗のみじめな連なりだった。僕は来週四十一歳になる。いまいろんなことをきちんと把握しておかないと溺れてしまう。石みたいに、世界の底に沈んでしまう」

「仕事に戻ればいいだけの話だよ。また書きはじめればすぐ、自分が何者かを思い出すさ」

「書くなんて考えただけでぞっとする。もういまの僕には何の意味もない」

「前にも似たようなことを言ってたぜ」

「そうかもしれない。でも今度は本気さ。残りの人生を、タイプライターに白い紙を巻き込んで過ごす気はないね。机を離れて、何かをしたいんだ。影でいる日々はもう終わりだ。これからは現実の世界に入っていって、何かをしなくちゃ」

「たとえば？」

「わかるもんか！」とサックスは言った。何秒か、その言葉が宙に浮かんでいた。と、いきなり、彼の顔がにっとほころびて、笑みが浮かんだ。何週間ぶりかに見るサックスの笑顔だった。そのほんの一瞬、サックスはほとんどかつての彼に戻ったように見えた。「それを思いついたら、君に手紙を書く」と彼は言った。

&

サックスがいずれは危機を脱するものと信じて、私は彼のアパートメントを出た。いますぐではないにせよ、長期的に見れば、事態が正常に戻らないとは考えがたい。あれだけ弾力性のある人間なんだし、知力も粘り強さもあるんだから、この程度の事故でつぶれてしまうはずがない。私はそう自分に言い聞かせた。ひょっとすると私は、彼の自信が揺らいだ度合を低く読みすぎていたのかもしれない。だがたぶんそうではないと思う。彼がどれだけ苦悶《くもん》しているかは私もこの目で見たし、彼の懐疑、自己叱責《しっせき》の痛ましさも見た。悪意をこめて自分を罵《ののし》る言葉も聞いた。だが彼はまた、久方ぶりの笑顔を見せてくれもしたのだ。その一瞬の諧謔《かいぎやく》精神の発露を、私は希望の光と受けとった。完全に回復するだけの力が備わっている証《あか》しと見た。

だが、何週間かが過ぎ、やがて何か月かが過ぎても、状況は少しも変わらなかった。たしかに、対外的な落着きはおおむね戻ってきたし、時が経つにつれてその苦しみぶりが目立たなくなってはいった(もう人前で黙りこむこともなかったし、そこにいるのにいないような感じを与えることもなくなった)が、それは単に、自分のことを前ほど話さなくなったからにすぎなかった。病院での沈黙と同じではなかったが、生じる結果は似たようなものだった。いまではもう喋《しやべ》るし、しかるべきときに口を開いて言葉を発しはする。けれども、自分にとって本当に大事なことについては絶対一言も言わず、事故についてもその余波についても何ひとつ語らなかった。彼がおのれの苦悩を地下に押しやったこと、誰にも見えないところにそれを埋めてしまったことが、私には徐々に見えてきた。これでもし、ほかにはいっさい変わったところがなかったら、私もそれほど気にしなかったと思う。より静かになった、より大人しくなったサックスを受け入れることも、いずれはできるようになったと思う。だが、外から見た徴候は芳《かんば》しくなかった。それらの徴候が、実はもっと大きな苦悩の表われなのではという気持ちを私はどうしてもぬぐえなかった。彼は雑誌の原稿依頼も断ったし、仕事上の人脈を復活させる努力もまるでしなかった。タイプライターに向かうことへの興味を、いっさいなくしてしまったように見えた。退院後に私にもはっきりそう言ったわけだが、あのときは私もまさかと思ったのだ。いま彼がその言葉を実行しているのを目《ま》のあたりにして、私は怖くなってきた。知りあって以来ずっと、サックスの生活は仕事を軸に回っていた。その彼が仕事から切り離された姿を見ると、何の生活も持たない人間のように見えた。どの日もほかの日と変わりはしない日々から成る海に目的もなく漂い、陸に戻れようが戻れまいがどうでもいいと思っているように見えた。

クリスマスも過ぎた年末のある日、サックスはあごひげを剃《そ》り落とし、髪も普通の長さに切った。それは劇的な変身だった。彼はまったく別人に見えた。いくぶん縮んだように思えたし、若返ったようにも見えると同時に老いたようにも見えた。私がその変化になじむのにたっぷり一か月はかかった。慣れるまでは、彼が部屋に入ってくるたびにぎょっとさせられたものだった。どっちの彼の姿が好きだとかいうことではない。とにかく変わってしまったという事実、変化それ自体が残念に思えたのだ。本人に理由を訊《き》くと、まず最初の返答は、肩をすくめるだけの、どうともとれるしぐさだった。それから、やや間《ま》があって、私がもっときちんとした答えを期待しているのを見てとって、もういうことは面倒になったから云々《うんぬん》といった答えを小声で呟《つぶや》いた。メンテナンスに金はかけないことにしたんだ、身の清潔を保つのはごく簡便にやりたいんだよ、と彼は言った。それにまあ、僕なりに資本主義に貢献しないと——週に三、四回髭《ひげ》を剃ることで剃刀《かみそり》会社の商売を助けることになるわけだし、ということはつまりアメリカ経済をあと押ししているわけであって、万人の安寧と繁栄に協力することになるのさ。

気のきいた科白《せりふ》とは言いがたい。だがとにかく、それっきり私たちのあいだでこの話題は持ち上がらなかった。本人は明らかに、この点について積極的に話す気はなさそうだったから、私もそれ以上無理に訊く気にはならなかった。だからといって、これが彼にとってどうでもいい問題だったとは思えない。自分をどう見せようと本人の自由だが、これはひどく暴力的で、攻撃的なやり方に思えた。ほとんど自分の体を不具にしているような感じさえ受けた。顔と頭皮の左半分は落ちたときにひどい怪我《けが》をして、こめかみのあたりやあごの先などを何か所も縫った。それまではあごひげと長髪でその跡が隠れていたのが、いまや傷があらわになり、でこぼこや裂け跡が丸見えになった。私がよほど彼のことを誤解しているなら別だが、おそらく髭を剃り髪を切ったのも、まさにそれが狙《ねら》いだったと思う。彼は傷を人目にさらしたかったのだ。これらの傷跡こそがいまの自分を規定していることを世に向けて宣言したかったのであり、毎朝鏡を見るたび、わが身に何が起きたのかを思い出せるようにしたかったのだ。傷は忘れないための護符だった。何ひとつ失われないことを約束する標識だった。

二月なかばのある日、私は編集者と昼食を食べにマンハッタンへ出かけていった。レストランは西二十丁目台にあり、食事が済むと、私は一人で八番街を、三十四丁目へ向かって歩いていった。そこの駅から地下鉄でブルックリンに戻ろうと思ったのである。駅まであと五、六ブロックというあたりで、通りの向こう側にサックスの姿が見えた。そのあと自分がやったことを、我ながら誇らしく思うとはとうてい言えない。だがあのときは、ああするのが理にかなっているように思えたのだ。こういうあてもない散歩でサックスが何をしているのか興味があったし、最近の彼がどうやって日々を過ごしているのかについても何とかして知りたかった。だから私は、声をかける代わりに、彼に見つからないよう逆に身を引いた。寒い日の午後のことで、湿っぽい灰色の空からはいまにも雪が降り出しそうだった。その後のおよそ二時間、私はサックスが街をさまようのを尾行した。ニューヨークの谷間を友が歩くあとを、影のようについて行った。いまこうやってそのことを書いてみると、とりわけあのときの私の意図を思えば、ひどく邪《よこしま》な行ないをしたように読めるが、やっている最中は、そんなに悪いことをしている気はなかった。べつに彼のことをスパイしようとか、秘密を探り出そうとかいう気はなかった。私は何か、希望の持てるものを探していたのだ。自分の不安を鎮《しず》めてくれる、楽天のほのかな光を見出《みいだ》したかったのだ。私は胸のうちで言った。あいつはきっと僕を驚かせてくれるはずだ、何かするなりどこかへ行くなりして、大丈夫だってところを見せつけてくれるはずだ、と。だが二時間が過ぎても、何も起こらなかった。サックスは失われた魂のように街なかをさまよい、タイムズ・スクエアとグレニッチ・ヴィレッジの一帯を行きあたりばったりに歩きまわっていた。つねに同じ、ゆっくりとした、黙想にふけるようなペースで歩き、いま自分がどこにいるのかまるで関心がないように見えた。乞食《こじき》たちに小銭を恵んでやる。十ブロックくらいごとに立ちどまって、新しい煙草《たばこ》に火をつける。一度は本屋に入って本を数分立ち読みし、その途中で私の本を一冊書棚から取り出してじっくり眺めた。ポルノショップに入って、裸の女たちの雑誌を見た。電器店のウィンドウの前で立ちどまった。やがて新聞を買い、ブリーカーとマクドゥーガルの角の喫茶店に入って、テーブルに席をとった。ウェートレスが注文を取りにやって来たところで、私は尾行をやめて立ち去った。何もかもがおそろしくわびしい、気の滅入《めい》る、物悲しい話に思えた。家に帰ってもアイリスに話す気さえ起きなかった。

その後に知ったことと照らし合わせて考えてみると、当時の自分がいかに何も理解していなかったかがよくわかる。私は部分的な証拠にすぎぬものから結論を引き出していたのであり、物語全体のごく一部を伝えているにすぎない、外から観察できる事実のランダムな一集積に反応していただけなのだ。もっと多くの情報を手にしていたなら、事態をもっと違った形で捉《とら》えることができたかもしれない。そしてそうできていたなら、あれほどあっさり絶望的な気分に陥らずに済んだかもしれない。たとえば私は、ベンにとってマリア・ターナーが持つに至った特別な役割についてまったく何も知らなかった。十月以来ずっと、二人は定期的に会っていた。毎週木曜日、午前十時から午後五時まで一緒に過ごしていたのである。私がそのことを知ったのは、二人が会うようになったおよそ三年後だった。二人が私に（それぞれ別の会話で、一か月あまりの間隔を置いて）語ったところによれば、彼らの関係には性的要素はいっさいなかった。マリアの性癖を知る私としては、サックスの話が彼女の話と一致したことも考え合わせると、二人の証言を疑う理由はないと思う。

今日あの状況を考えてみると、サックスがマリアに接触を求めたというのは、完璧《かんぺき》に筋が通る。マリアこそ彼を見舞った惨事の化身であり、彼の墜落に先立って起きたドラマの中心人物なのだ。彼にとってほかにこれほど重要な人物がいるはずもない。あの夜の出来事に固執しつづけようという彼の意志についてはすでに述べた。それをなしとげるには、マリアとコンタクトを保つのが最善ではないか？　彼女を友人に仕立て上げることで、自分の変身の象徴がつねに眼前に見えていることになるのだ。もろもろの傷は閉じぬままでいるだろうし、彼女を見るたびに、もう少しで自分を殺すところだった苦悶や激情の連なりをそっくり生き直すことができる。その経験を何度も何度もくり返し、習練を積んで努力を重ねれば、ひょっとしたらそれを征服できるかもしれない——きっとそういうふうにしてはじまったにちがいない。マリアを誘惑するとか、ベッドに連れ込むとかが目的ではない。魅惑の前に進んで自分をさらし、それに抗《あらが》う力があるかどうか見てみるのだ。サックスは治癒の方法を求めていた。自尊心を取り戻す道を探していた。そのためには、思いきった手段に訴えるしかない。自分の値打ちを知るために、もう一度すべてを賭《か》ける必要があったのだ。

だが話はそれにとどまらない。彼にとってマリアとの交流は、単に象徴的な鍛錬であるだけでなく、真の友情への第一歩でもあった。マリアが何度も病院へ見舞いに来てくれたことにサックスは心を打たれていた。回復当初からすでに、この事件がいかに深い影響をマリアに与えているかは彼も感じとっていたと思う。これが二人のあいだの第一の絆《きずな》だった。二人とも恐ろしい体験をくぐり抜けたのであり、二人ともそれを単なる不運として片付ける気はなかった。さらに重要なことに、マリアはこの事件で自分が演じた役割をはっきり自覚していた。あのパーティーの夜、自分がサックスの気を煽《あお》ったことは承知していたし、自分がやったことを認めるだけの正直さ、言い訳を探すのは道徳的に間違っているとわかるだけの誠実さも持ち合わせていた。彼女は彼女なりの形で、サックスと同じくらいあの事件によって苦悶させられていたのだ。十月になり、サックスから電話があって、何度も見舞いに行った礼を言われると、彼女はそれを償いのチャンスとして見た。自分が引き起こした害をいくらかなりとも元通りにする好機が訪れたと思ったのだ。これは単に私の憶測ではない。昨年マリアが何もかも打ちあけてくれたのだ。以下はすべて彼女の口から直接聞いた話である。

「ベンがはじめてあたしのアパートに来たとき」と彼女は言った。「あたしの仕事についてずいぶんいろいろ質問されたわ。たぶん礼儀上そうしていただけだと思う。わからないでしょう——何となく居心地が悪くて、何を話したらいいかわからないから、とりあえず質問するのよ。でも、そのうちに、彼が本当に興味を持ってくれはじめていることが見えてきた。古いプロジェクトをいくつか出してきて見せたんだけど、返ってくるコメントはとても鋭いと思ったわ。年中聞かされる大方の感想よりずっとシャープだった。ドキュメンタリーと遊びが結合されているところとか、内面のいろいろな状態が物に投影されているところを特に気に入ってくれたみたいだった。あたしの作品が全部物語だということも彼は理解してくれたわ。それが本当の物語であっても、ある面では捏造《ねつぞう》されたものでもある。というか、捏造されたものであっても、本当でもある——そんなことを二人でしばらく話して、それからほかにもいろんなことを話したわ。彼が帰るころには、あたしの頭のなかにはまた、妙なアイデアが出来上がりかけていた。何しろ相手はあんなにみじめで自分を見失っているし、二人で一緒に作品を作れば、何か足しになるんじゃないかと思ったのよ。その時点ではまだ、具体的なことは何も見えていなかった。とにかくこれが彼についての作品になるということだけ。何日かしてまた電話があったから、思いついたことを話してみたら、すぐにわかってくれたみたいだった。あたしもちょっとびっくりしたわ。こんこんと説明したり、説き伏せたりする必要は全然なかったのよ。いいとも、面白そうなアイデアじゃないか、と言われただけで、二人でさっそく実行に移したの。それ以来、毎週木曜日はいつも一緒に過ごしたわ。四か月か五か月のあいだ、毎週木曜は二人で作業に取り組んだのよ」

どうやら結局、これは作品らしい作品には至らなかったようだ。マリアのほかのさまざまなプロジェクトとは違って、今回は全体を統率する原理とか、明確に規定された目的のようなものはいっさいなかった。過去つねにやってきたように、ひとつの固定されたアイデア(他人を尾行する、住所録に載った人々を探して回る等)を出発点に定めてはいない。「ベンとの木曜日」は基本的に形というものを持たなかった。それは即興の連なりであり、二人で過ごした日々の写真帳だった。何のルールにも従わないことにあらかじめ二人は合意していた。唯一《ゆいいつ》の規定は、サックスが十時きっかりにマリアのアパートメントに着くことだけ。あとは成り行き任せで進める。大半の時間はマリアが彼の写真を撮り(フィルム二、三本程度)、残りは二人で話をした。何回か、コスチュームを着るようマリアが彼に要請したこともあった。また何度かは、二人の会話をマリアが録音し、写真はいっさい撮らないこともあった。サックスがあごひげを剃り落とし髪を短くしたのも、実はマリアの勧めに応じてのことだったのであり、その作業も彼女のロフトで行なわれたのだった。マリアは一部始終をカメラで記録した。前、後、その中間段階を逐一。まず、鏡に向かって右手にはさみを握っているサックス。ショットが回数を重ねるごとに、髪の毛がまた少し減っていく。それから、無精ひげの浮かんだ頬に石《せっ》瞼《けん》を塗るサックス。そして、あごひげを剃り落とす彼。マリアはその時点で撮影を中断し（散髪の仕上げをするため）、最後にもう一枚サックスの写真——髪の短い、あごひげなしの彼が、カメラに向かってにっと笑っている。何だかまるで、床屋の壁に貼《は》ってある小ぎれいな頭髪モデルの写真みたいだ。これはいい、と私は思った。それ自体笑えるというだけでなく、サックスがこのプロジェクトを面白がれるという証《あか》しでもあるからだ。その写真を見て、この世に単純な答えなどというものはありえないことを私は思い知った。私はこの男を過小評価していたのだ、この数か月の物語は私が思い込んでいたよりもはるかに複雑なのだ、そう思った。それから、屋外でのサックスを撮った写真がつづく。一月と二月、マリアはどうやらカメラを手に、街をさまようサックスを尾行したらしい。見張られるっていうのはどういう感じなのか知りたい、とサックスが言うので、それならばとマリアは昔のプロジェクトを復活させたのである。ただし今回は前と逆だ——かつてマリアが演じた役割をサックスが演じ、マリアは私立探偵役に回る。そして、マンハッタンの街で通りの向こうを歩いているサックスに私が行きあたったときも、実はこのゲームが進行中だったのである。マリアもそこにいたのであって、わが友が陥った悲惨の決定的証拠と私の目に見えたものは、実のところ芝居にすぎず、ささやかな演技、スパイ対スパイの他愛《たわい》ない再演でしかなかったのだ。あの日どうしてマリアの姿に気づかなかったのか、私にはさっぱりわからない。よほどサックスに神経を集中していて、ほかのものは目に入らなかったのだろうか。だがマリアの方は私に気づいていた。去年の秋、ようやくこの話を彼女から聞いたとき、私は心底自分を恥じた。幸い、彼女は私とサックスが一緒に写った写真は一枚も撮らなかった。そうなっていたらサックスにもすべて知られていただろうが、私が彼とのあいだに十分距離を置いていたため、二人一緒の写真は撮りようがなかったのだ。

写真は全部で数千枚撮った。その大半は、去年の九月に私が見せてもらったときもまだベタ焼きのままだった。結局木曜ごとのセッションは、何ら一貫性ある作品には結実しなかったわけだが、それでもサックスにとって治療としての効果はあったし、そもそもマリアとしてもそれが当初の狙《ねら》いだったのだ。十月にはじめてマリアに会いにきたときのサックスは、己の痛みの奥深くに閉じこもっていて、もはや自分を見ることさえできずにいた。私はこれを現象学的な意味で言っている——自己認識とか、自己イメージの形成とかいった話と同じように、自分の思考の外に踏み出て自分の位置をあらためて考えてみる力を彼は失っていたのだ。自分のまわりの空間の広がりを見きわめることができなくなっていたと言ってもいい。その数か月のあいだにマリアがなしとげたのは、サックスを彼自身の皮膚の外に誘い出すことにほかならなかった。性的な緊張感も一役買ってはいたが、カメラがあったことも大きい。一つ目の巨人キュクロプスのごとく、機械はたえず彼に迫っていた。ポーズをとらされるたびに、サックスは自分自身を模倣することを強いられた。自分自身のふりをするゲームをプレーすることを余儀なくされた。しばらくするうちに、それが何らかの変化をもたらしたにちがいない。そのプロセスをはてしなく反復することによって、やがては自分をマリアの目から見られる地点に達したにちがいない。いまやすべてが自分にはね返ってきて、ふたたび自分自身と出会えるようになったのだ。カメラはときに人から魂を奪う、という。この場合はその逆だった。カメラのおかげで、サックスの魂は徐々に彼に返されたのだと私は思う。

&

彼は快方に向かってはいた。だがそれは快方に至ったということではないし、かつての彼に完全に戻るときが来るという保証は何もなかった。心の底で、事故以前の生活にはもう戻れないことをサックスは知っていた。八月に私に話をしたときも、彼はそのことを説明しようとしたのだが、私にはそれがわからなかったのだ。私は単に、彼が仕事の話をしているのだと思ってしまった。書くか、書かないか、物書きとしてのキャリアを捨てるか否《いな》か。だがあれは、すべてについての話だったのだ。単に彼自身についてだけでなく、ファニーとの生活についての話でもあったのだ。退院して一か月も経《た》たないうちに、彼は結婚生活を脱する道を探しはじめていたと思う。それは一方的な決定だった。もう一度すべてを清算して一からはじめたいという彼の欲求の産物だった。ファニーはその粛清における無実の犠牲者だった。だが、何か月かが過ぎても、彼は依然ファニーに打ちあける気になれなかった。あの時期、彼の行動に見られたもろもろの奇妙な矛盾も、多くはたぶんこれが原因だろう。彼はファニーを傷つけたくなかった。と同時に、自分がいずれファニーを傷つけることになると知っていた。それを知るがゆえ絶望はますます深まり、自分を憎む気持ちもいっそう強まっていった。そのせいで、煮え切らない、何の行動も取れない日々、回復すると同時に衰えていく日々がえんえんつづいたのだ。このことは少なくとも、サックスが根は善なる心の持ち主だったことを物語っているように私には思える。自分が生き延びることが、他人に残酷な行為をすることが前提になってしまっていると彼は信じ込んだ。何か月ものあいだ、彼はその行為を先送りし、自分の非道な決断から妻を守るべく、一人苦悩の底でのたうっていた。優しさゆえに、自分を破壊する直前まで彼は行った。いわば荷造りはもう出来ていた。が、彼女の気持ちも自分の気持ち同様に大切だったがゆえに、依然踏み出しあぐねていたのである。

真実がようやく表に出てきたときには、もはやそれは、ほとんど認識不能な姿に変わりはてていた。サックスは結局最後まで、君を捨てて出ていきたい、とファニーに向かって本心を打ちあけはしなかった。それだけの度胸はなかったし、自分を恥じる気持ちがあまりに強くて、はっきり言葉にすることができなかったのだ。そこで、もっとずっと回りくどい、間接的なやり方で、自分がもはや彼女にふさわしくない人間であること、もはや彼女の夫として生きる値打ちのない男であることをファニーに伝えはじめた。僕は君の人生を駄目にしてしまっている、と彼は言った。救いのない悲惨の底に僕が君まで引きずり込んでしまう前に、君だけでも逃げるべきだ、と。これがサックスにとって本気の発言だったことは間違いないと思う。意図的であれ偶然であれ、こうした言葉を本気で口にすることができる状況を彼は作り出したのだ。何か月もの葛藤《かっとう》と優柔不断の末に、ファニーの気持ちを傷つけずに済む方法を彼は思いついたのだ。僕は出ていく、などと宣言して彼女に辛《つら》い思いをさせる必要はない。ジレンマ的な状況を捏造することによって、ファニーの方から彼を捨てて出ていくように仕向けるのだ。彼女が自分で自分を救うように持っていくのだ。彼はあくまで、ファニーがみずからを守り、彼女自身の人生を救う手助けをするのだ。

こうした自分の行為の背後にある動機が見えていなかったとしても、とにかくやっと、みずからの望みを達成できる位置にサックスは自分を導いていったわけである。シニカルな言い方をするつもりはないが、ここで彼がファニーに対してやったことは、前年の夏に非常階段でマリア・ターナー相手に用いた、もろもろの込み入った自己欺瞞《ぎまん》や巧妙な反転と同類のもののように私には思える。過度に精緻《せいち》な良心、おのれの欲望を前にして罪悪感に傾きがちな性向。それが一人の善人に、奇妙に狡猾《こうかつ》な、実のところおのれの善人ぶりを汚《けが》しかねないたぐいの行動をとらせたのだ。破局の核はここにあると思う。すべての人間の弱さ、もろさを受け入れておきながら、いざ自分のこととなるとサックスは完璧《かんぺき》を追求し、どんなにささいな行為においてもほとんど超人的な厳しさをおのれに課した。結果として生じたのは、失望だった。人間としての自分の欠陥を思い知って愕然《がくぜん》とし、そのせいでますます厳格な要求を自分に課すことになり、その結果、いっそう息苦しい失望感が募るばかりだったのだ。あれでもう少し自分を愛するすべを学んでいたら、周囲にあれほどの不幸を作り出す力も持たずに済んだだろう。だがサックスは罪を償うことに憑《つ》かれていた。自分の罪を世界の罪として受けとめ、その贖《あがな》いの痕跡《こんせき》をわが身にまとおうとしていた。彼がやったことを責める気は私にはない。自分を捨てて出ていくようファニーに勧めたことも、自分の人生を変えたいと思ったことも責める気にはならない。私としては、ひたすら彼を気の毒に思うばかりだ。あれだけ悲惨な事態を自分の身に招いた彼を、言いようもなく気の毒に思うだけだ。

彼の戦略が功を奏するにはしばらく時間がかかった。だが、夫がいきなり、君は誰かほかの人と恋をしたまえ、僕を捨ててしまいたまえ、二度と戻ってきてはいけない、などと言い出したら、妻はどう考えればいいというのか？ ファニーの場合、はじめはナンセンスとして片付けた。これもまた、ベンの精神が不安定になってきたまた新たな証拠だと思っただけだった。言われたとおりにする気などさらさらなかったし、もうおしまいだ、もう君と結婚していたくない、と彼の方からはっきり言い出さない限り、断固とどまるつもりだった。こうした膠着《こうちゃく》状態が四、五か月つづいた。私には耐えがたいほど長い時間に思えるが、ファニーはそれでも屈しなかった。ベンはあたしを試しているのだ、と彼女は感じた。あたしを彼の人生から追い出そうとしてみて、あたしがどこまで持ちこたえるか見ようとしているのだ。いまここであたしが投げてしまったら、ベンが何より恐れていることが現実になってしまう。こうした循環的論理を支えに、彼女は自分たちの結婚生活を何とか救おうと苦闘した。ベンと話をするたびに、ファニーはその言葉を反対の意味に解釈した。出ていけ、は出ていかないでくれ。ほかの誰かを愛したまえ、は僕を愛してくれ。あきらめろ、はあきらめるな。その後に起きたことを思うと、彼女が間違っていたとは言い切れないと思う。そしてサックス自身、自分が何を欲しているのかわかっている気でいたが、いったんそれを手にしてみると、もはやそれは彼にとって何の価値もなかった。だがそのころにはもう手遅れだった。彼が失ったものは、永遠に失われてしまったのだ。

ファニーから聞いたところでは、二人のあいだで何か決定的な破局の瞬間があったわけではないという。サックスは持久戦で彼女を参らせたのだ。執拗《しつよう》に攻め立てて彼女の神経をすり減らし、少しずつ力を奪いとっていき、じきに彼女も、反撃する気力をなくしてしまったのである。はじめのうちは、ヒステリックな場面も何度かあったという。

涙と怒声が何度か噴出したが、やがてそれも止《や》んだ。彼女の反論は一つまた一つと減っていった。そしてとうとう、サックスが切り札を出してきた。三月はじめのある日、試験的に別居してみるのもいいかもしれない、と持ちかけられると、彼女はただうなずいて言われたとおりにした。その当時、私はいっさい事情を知らされていなかった。二人とも、自分たちの悩みについて私に胸を開きはしなかったし、私自身の生活もちょうどそのころはとりわけあわただしかったので、思うように二人にも会えなかったのだ。アイリスは妊娠していて、私たちは新しい住みかを探していたし、私は非常勤講師の仕事で週二回プリンストンまで通っていた上に、新しい小説にも没頭していた。それでもなお、彼らのそうしたやりとりにおいて私は、自分でも知らないうちに、ある役割を果たしたように思える。すなわち私は、サックスにひとつの口実を与え、ドアをばたんと閉めたように見えることなく彼女を捨てて出ていくきっかけを作ってしまったのだ。発端はすべて、私が街なかで彼をつけ回した二月のあの日にさかのぼる。私はあのとき、担当編集者のアン・ハワードと二時間半を一緒に過ごしたところだった。その間に交わした会話のなかで、サックスの名前が何度となく出てきた。我々が親友であることはアンも知っていた。彼女もあの独立記念日のパーティーに来ていたし、事故のことも、その後サックスが辛い日々を送っていることも知っていた。だから、ベンはどうしているかと私に訊《たず》ねたのも当然の成行きと言えるだろう。まだ心配なんだ、と私は答えた。元気がないってことじゃなくて、あれ以来何の仕事もしていないってことに。「もう七か月だぜ」と私は言った。「いくら休暇にしたって長すぎる。特にベンみたいな人間にとってはね」。それから我々は何分か仕事の話をしながら、どうやったらまた彼を軌道に乗せられるか思案した。ちょうどデザートにさしかかったところで、私にはとびきりの名案と思える考えをアンが口にした。「いままで書いたエッセイを本にまとめて出版すればいいのよ」と彼女は言った。「そんなに厄介なことじゃないわ。たまってるなかから本人がいいと思うのを選んで、文章をちょっと手直しするだけよ。そうやってこれまで書いたものと向きあったら、何が起きても不思議はないでしょう？ ひょっとしてまた書きたくなるかも」

「つまり君は、彼のエッセイ集を出す気があると言ってるのかな？」

「どうかしらね」とアンは言った。「私、そう言ってるのかしら？」。アンはしばし間を置いて、笑った。「何かそう言ったみたいよね、ね？」。そして彼女は、はやる気持ちを抑えようとするかのように、もう一度間を置いた。「でもやっぱり、悪いことなんかないでしょ？ 私だってベンのエッセイ、知らないわけじゃないんだし。考えてみたら、高校生のころからずーっと読んでるわよ。もうそろそろ、誰かが彼の腕をねじってやらせるべきよ」

三十分後に、八番街でサックスの姿を見かけたとき、私はまだアンとの会話のことを考えていた。エッセイ集を出すというアイデアは、すでに私のなかでしっくりなじんでいた。今度ばかりは私も元気づき、久しぶりに希望を感じていた。あのあとでひどく気が滅入《めい》ったのも、あるいはそのせいだったかもしれない。光が見えてきたと思った矢先、一人の男が落ちるところまで落ちた生を送っている姿を目撃してしまったのだから。私は自分が見たものを受け入れる気になれなかった。かつては輝かしい知性の持ち主だったわが友が、なかば夢遊病のような状態で何時間もさまよい、街頭で彼から小銭を乞《こ》う破滅した男女とほとんど見分けのつかない有様なのだ。私はその晩、痛切な気分で家に帰った。状況は手に負えなくなりかけているのだ、そう自分に警告した。早く手を打たないと、彼を救うチャンスはまったくのゼロになってしまう。

次の週、私はサックスを昼食に誘った。彼が椅子《いす》に腰かけたとたん、私は前置き抜きでエッセイ集の話を切り出した。過去にも何度かこのアイデアが出たことがあったにはあったが、サックスはいつも気乗りがしない様子だった。雑誌に書いた文章はその時期に属するものだと彼は考えていた。特定の時期に、特定の理由で書かれたものであって、本のようにある程度恒久的な場には相応《ふさわ》しくないというのだ。ああいう文章は自然死を遂げさせてやるべきだね、と私に言ったこともある。読者が一度読んで、忘れてしまってくれて構わない。墓を建ててやる必要はないさ、と。私としてもこの手の逃げは承知していたから、文学的な視点からこのアイデアを持ちかけたりはしなかった。ととことん商業的な提案、金になる話として持ち出したのである。君はもう七か月ファニーに食わせてもらっているんだぜ、と私はサックスに言った。そろそろ自分の分担も果たすべきじゃないかな。職探しに出るのが嫌だったら、せめて本くらい出してもいいじゃないか。たまには自分のことは忘れろよ、と私は言った。ファニーのためにやれよ。私があんなに語気を強めて彼と話したのははじめてだったと思う。私はひどく興奮していた。胸は情熱みなぎる良識に満ちていた。あまりの勢いに、私の大演説が半分も行かないうちに、サックスはにこにこ笑い出した。まあたしかに、あの午後の私のふるまいにはどこか滑稽《こっけい》なところがあったにちがいない。だがそれもみな、彼があんなに簡単に折れるとは思っていなかったからだ。実際のところ、サックスを説得する必要はほとんどなかった。私とアンとの会話のことを聞いたとたん、彼は本を出す決心をしたのであり、そのあとで私があれこれ言ったことはすべて蛇足だったのだ。彼の方は私の話を中断させようとしたのだが、私はそれを、彼がこの件について話す気がないというしるしと受けとって、強引に演説をつづけたのである。要するに、誰かに向かって、すでに腹のなかに収まってしまった食事を食べろ食べろと言ったようなものだ。彼からすれば私の姿はさぞコミカルだっただろう。だがいまとなってはどうでもいいことだ。重要なのは、本を出すことをサックスが承知したことだ。そのときの私には、それが大勝利に思えた。これぞ正しい方向へ向かう大きな一歩だ、と。もちろんファニーとの件は何も知らなかったから、まさかこれが単なる作戦、結婚生活を終わらせるための戦略だなどとは夢にも思わなかった。サックスに本を出す気がなかったというわけではない。ただその動機は、私が想像していたのとはまるで違っていたのだ。私はその本を、彼が世界に復帰する道と見ていた。彼はそれを逃げ道として見ていた。闇《やみ》に姿を消す前の、最後の善意のジェスチャーとして。

そのようにして、試験的別居という話をファニーに持ち出すきっかけをサックスは得た。彼はバーモントに行ってエッセイ集に取り組み、ファニーはニューヨークにとどまり、二人それぞれ、自分が何をやりたいかをじっくり考える時間を持つ。本のおかげで、彼としても表向きはファニーに温かく送り出してもらうことができる。二人とも、彼が出ていく真の目的を直視せずに済むのだ。その後の二週間、ファニーはベンのバーモント行きの準備を、これも妻としての仕事の一環にすぎないかのように淡々と進めていった。これからも永久に彼と夫婦でいると信じているかのようにふるまうことで、実は結婚生活を積極的に解体していった。彼の身の回りを世話する習慣は、彼女という人間のなかに深く埋め込まれていて、いまでは反射的なものになっていた。だから、自分が何をやっているのか、一歩身を引いて考えてみようなどとは思いもしなかったのだろう。それこそが、この結末の核にあるパラドックスだった。私もその前、ディーリアを相手に似たようなプロセスを経過した。カップルが一緒でもなく、一緒でないのでもない時期。結婚生活のあとがきともいうべき、二人をひとつにまとめているのはもはや二人がばらばらだという事実のみというあの奇妙な段階。ファニーとベンの行動も変わりはしなかった。ファニーはベンが彼女の生活から出ていくのを助け、ベンはその助けをまったく自然なこととして受け入れた。ファニーは地下室に下りていって、昔の文章の束を運び上げてやった。黄ばんだ、ばらばらになりかけた元原稿のコピーをとってやった。図書館に行って、行方不明の文章を探してマイクロフィルムを何スプールも回した。切り抜いた記事、はぎ取ったページ、破れた紙片などの集積を発表順に並べ直してやった。出発の前日には、大量の紙を入れるための段ボールのファイルボックスを買ってきてやりさえした。翌朝、サックスが発《た》つ時間になると、ファニーは彼を手伝ってそれらの箱を玄関先まで持っていき、一緒にトランクに積み込んだ。きれいさっぱり別れる、紛《まご》う方なき合図を出す、などというには程遠い。この時点では二人とも、とてもそんなことはできなかったと思う。

これが三月下旬の話である。私はサックスに言われたことを無邪気に鵜呑《うの》みにして、彼がバーモントへ仕事をしに行くものと思い込んでいた。一人で行ったことは前にもあったから、ファニーだけニューヨークに残ると聞いてもべつに不審には思わなかった。彼女にも職があるのだし、それにサックスがどれくらい向こうに行っているかという話もいっさい出なかったから、まあそう長い期間ではあるまいと考えた。一月か、せいぜい一月半か。エッセイを本にまとめるのはそう困難な作業ではあるまい。彼のことだ、それ以上かかるとは思えない。たとえかかったとしても、ファニーが途中で訪ねていくことはいくらでもできるはずだ。そんなわけで、彼らの取り決めに私は何の疑問も抱かなかった。私には完璧に筋が通るように思えたのだ。最後の夜に、サックスが別れの電話をかけてきたときも、君が出かけることになって嬉《うれ》しいよ、と私は言った。うまく行くといいな、またそのうち会おう、と私は言った。それで話は終わった。彼がそのときどんな計画を練っていたにせよ、二度と戻ってこないようなことをほのめかす言葉は一言も出てこなかった。

サックスがバーモントに行ってしまうと、私の頭もよそへ向いていった。自分の仕事も忙しかったし、アイリスの妊娠、デイヴィッドの学校での問題、私とアイリスそれぞれの親類の死等々で春はあわただしく過ぎていった。サックスがいなくなって、私はほっとしていたのかもしれない。よくわからない。だがとにかく、彼の方は田舎に移ったおかげで元気が戻ってきているようだった。私たちはだいたい週に一度の割合で電話で話した。それらの会話から、物事がうまく行っているものと私は信じた。実は新しい作品を書きはじめたんだと彼に言われて、これは一大事件だと私は受けとった。これまでの状態から百八十度転回だ、そう思って、それっきりもう、彼の心配をするのはやめてしまったのである。ニューヨークに戻ってくる期日を彼が延期しつづけ、四月が五月になり、五月が六月になっても、私は少しもあわてなかった。サックスはまた書いているんだ、また元気になったんだ、そう自分に言い聞かせた。私にとっては、それで世界はうまく行っているということだった。

その春、アイリスと私は何度かファニーに会った。少なくともディナーが一回、日曜のブランチが一回、映画に出かけたのも二回。正直に打ちあけるが、彼女の様子から悩みや不安の徴候は私にはいっさい読みとれなかった。たしかに彼女は、サックスのことをほとんど話さなかったが(それだけで変だぞと思うべきだったのだ)、たまに話すときには、いつも決まって嬉しそうだったし、バーモントでの彼の仕事ぶりにわくわくしているようにさえ見えた。単にまた書いてるだけじゃなくて、小説を書いてるのよ、と彼女は言った。彼女にしてみれば夢のような展開である。エッセイ集が棚上げにされたところでどうだというのか。すごい勢いで書いてるのよ、ろくに食べたり寝たりもしないくらいに、と彼女は言った。こうした報告に誇張があったにせよなかったにせよ(そして誇張したのがサックスだったにせよファニーだったにせよ)、この一言でそれ以上の質問はすべて断ち切られた。なぜ彼女がベンを訪ねていかないのか、アイリスも私も訊きはしなかった。答えは見えていると思ったからだ。ベンの仕事は絶好調で進んでいる。そのことをあれだけ長く待ちわびていたファニーだ、自分からその邪魔をするはずがない。

もちろんファニーは、本心を私たちに隠していた。だがもっと重要なのは、サックスもやはり、いわば蚊帳《かや》の外に置かれていたことだ。私がそれを知ったのはあとになってからだが、あのころファニーがどんな気持ちで暮らしていたのか、バーモントにいるあいだじゅう、どうやらサックスも私と同じくらい知らなかったのである。これはファニー本人も予想しなかった展開だったにちがいない。理屈の上では、二人のあいだにまだ望みは残っていた。だが、ひとたびベンが所持品を車に詰めて田舎に発ってしまうと、自分たちはもう終わりだとファニーは悟った。そう思い知るには一、二週間しかかからなかった。ファニーはいまもサックスのことを大切に思っていたし、彼によいことが起きるよう願ってはいた。だがもう彼に会いたい気持ちはなかったし、彼と話したい気持ちも、これ以上努力を重ねる気持ちもなかった。ドアは開けておこう、とかねて二人で話していたけれど、いまやドアそのものが消えてしまった気がした。閉じてしまったというのではない。もうドア自体がどこにもなかったのだ。気がつくとファニーは、何もない壁と向きあっていた。そして彼女は壁から顔をそむけた。彼らはもはや夫婦ではなかった。これ以後彼女が自分の人生をどうしようと、サックスには関係ないのだ。

六月に、彼女はチャールズ・スペクターという男と知りあった。この件を話す権利が私にあるとは思えないが、サックスに影響を及ぼした限りにおいて、まったく触れずに済ますわけにも行かない。ここで決定的に重要なのは、ファニーが結局チャールズと結婚したことではなく(四か月前に式を挙げた)、その夏チャールズと恋に落ちたとき彼女がベンにそれを知らせなかったことだ。ここでも、誰が悪いかを決めるのが問題ではない。彼女の沈黙にはしかるべき理由があったのであり、あの状況ではあのようにふるまうのが適切だったと私も思う。自分勝手とか、欺瞞《ぎまん》とかいった要素はいっさい感じられない。チャールズとの恋愛は彼女にとっても不意打ちだった。はじめのうちは本人も混乱していて、自分の気持ちもよくわからなかった。長つづきするかどうかも確かでないことをあわててベンに伝えるよりはと、しばらく様子を見て、自分が何を望んでいるのかはっきりわかるまで、これ以上余計なドラマは押しつけまいと決めたのだ。結果的には、彼女の落ち度ではなかったものの、様子を見る期間はあまりに長くつづいてしまった。ベンはまったくの偶然でチャールズのことを知った——ある夜ブルックリンに帰ったら、彼がファニーとベッドに入っていたのだ。タイミングとしては最悪だった。そもそも強引に別離に持ち込んだのはサックスだったことを思えば、これも問題にはならずに済んでしかるべきだった。だがそうは行かなかった。ほかの要因もいろいろ混じっていたが、この一件はほかのどの要因にも増して大きく作用した。それによって、いわば音楽が鳴りつづくことになった。その時点で鳴りやんだかもしれないものが、鳴りやまずにつづけられた。崩壊のワルツはなおも奏《かな》でられ、それからあとは、もう止めようがなかった。

だがこれはもっとあとの話であり、あまり先回りしてはなるまい。表面的には、事態はそれまでの何か月かと同じように進んでいった。サックスはバーモントで小説に取り組み、ファニーは美術館の仕事に通い、アイリスと私は赤ん坊が生まれるのを待った。ソニアが生まれると（六月二十七日）、私はその後二か月近く誰とも連絡をとらなかった。アイリスと私は赤ん坊の国にいた。眠りの禁じられた、昼夜の区別のない、ちっぽけな絶対君主の気まぐれに支配される閉ざされた王国に。ソニアの名付け親になってくれるよう私たちがファニーとベンに頼むと、彼らは喜んで引き受けてくれて、誇りと感謝の念を二人とも凝った言葉で言い表わした。言葉につづいて、贈り物が続々届いた。ファニーはじきじきに持ってきてくれたし（服、毛布、ガラガラ）、ベンのは郵便で来た（本、熊《くま》、ゴムのアヒル）。ファニーのしてくれたことに私はとりわけ心を打たれた。仕事帰りに寄ってくれて、十五分かそこらソニアを抱いて、愛情に満ちた無意味な音をつぎつぎと浴びせていくのだ。赤ん坊を両腕に抱いていると、ファニーは光り輝いて見えた。彼女にとってこうしたことがずっと不可能だったのだと思うたびに、私の胸は痛んだ。「あたしの可愛《かわい》い美人さん」と彼女はソニアを呼んだ。「あたしの天使」、「あたしの黒いパッション・フラワー」、「あたしの恋人」。サックスも彼なりのやり方で、ファニーに劣らぬ熱意を示してくれた。郵便箱につぎつぎと出現する小包を、私は本物の進歩のしるしとして、彼がふたたび元気になった決定的証拠として受けとめた。八月に入るとサックスは、みんなでバーモントに遊びにこいよと熱心に誘いはじめた。本の書き上がった分を見せたいし、僕の名付け娘にも紹介してほしいし、と。「君たちもうずいぶん長いこと、彼女を僕から隠してるんだぜ」と彼は言った。「彼女の顔も知らなくちゃ、名付け親として世話してあげようがないじゃないか」

というわけで、アイリスと私はベビーシート付きのレンタカーを借り、何日かベンのところへ泊まりにいきに車を北へ走らせた。ファニーも一緒に誘ったのだが、タイミングが悪いらしかった。その冬、彼女がキュレーターを務めるブレイクロック展が美術館で開かれる予定で（彼女にとってこれまでで最重要の展覧会だ）、そのカタログの解説を書きはじめたところであり、〆切《しめきり》にきちんと間に合うよう書き上げたいというのだ。これを書き終えたらすぐベンに会いにいくわ、と言うので、まあそれももっともだと思って、私も強く押しはしなかった。またしても重要な証拠を目のあたりにしたのに、ま《ま》たしても私は見過ごしてしまったのだ。ファニーとベンはもう五か月も顔を合わせていなかった。なのに私は、彼らのあいだに問題が生じていることにまだ思い至らなかった。少しでも目を開けていたら、私も何か気づいていたかもしれない。だが私は、あまりに自分の幸福に包まれていた。自分の小さな世界にあまりに浸っていて、何も見ていなかったのだ。

それでも、バーモント行きは成功だった。三夜と四日を一緒に過ごした末、これでサックスももう大丈夫だという確信を私は得た。かつてと同じように、彼に親密な思いを抱いて私はバーモントを去った。昔と全然変わらなかった、と言いたいところだが、それはやはり少し違う。あの墜落事故以来、あまりに多くのことが起きていたし、私にも彼にもあまりに多くの変化が生じていたから、私たちの交友も以前とまったく同じというわけには行かなかった。といって、この新しい時期が、以前に較《くら》べて劣ったということではない。多くの面において、前よりよくなったとすら言える。もう失ってしまったと思っていたもの、もう二度と戻ってこないとあきらめていたものが戻ってきてくれたという点で、前よりずっとよくなったのである。

サックスはもともと計画性のある人間ではなかったから、我々の訪問のために彼が徹底的に準備してくれたのを見て、私は驚いてしまった。アイリスと私の泊まる部屋には花が活《い》けてあったし、客用のタオルが洋服ダンスの上にきちんと畳んであり、ベッドも熟練の宿屋経営者の精緻《せいち》さをもって整えてあった。一階へ下りても、キッチンには食料が豊富に揃《そろ》っているし、ワインとビールもたっぷり蓄えてあり、ディナーのメニューも前もって練ってあることに毎晩気づかされた。こうしたささやかな気配りに、いかにも心づかいがこもっているように感じられ、私たちの滞在の基調もこれで決まったと言ってよかった。サックスにとって日常生活はニューヨークにいるときより気楽そうだった。夜遅くの会話で彼が自分自身をコントロールする力を彼は徐々に取り戻してきていた。

言ったところでは、この暮らしは刑務所に戻ったのに少し似ていた。どうでもいい心配事に足を引っぱられたりもせず、生活は本質のみに切りつめられ、どうやって時間を過ごしたらいいか、もはや思案する必要もない。毎日が前日とほぼ同じくり返しだった。今日は昨日に似ていて、明日は今日に似るだろうし、翌週起きることは今週起きたことに溶けあうだろう。それは彼にある種の安楽をもたらした。意外性が排除され、精神はシャープになって、仕事に集中できるようになった。「妙な話だが」とサックスは先をつづけた。「いままで長篇小説を書いたのは二度で、その二度とも僕は世間から切り離されていたわけだ。はじめはまだ若造のころ刑務所にいて、いまはこうしてバーモントの森で隠者みたいに暮らしてる。これっていったいどういうことなのかな」

「君が他人なしでは生きていけないってことさ」と私は言った。「生身の他人が一緒にいれば、現実世界だけで事足りる。それが一人でいると、架空の人物を作り出さずにいられない。仲間がいないと駄目なのさ」

訪問のあいだずっと、私たち三人は、無為に過ごすことに忙しかった。食べて飲み、池で泳ぎ、話をした。家の裏には全天候型のバスケットコートがしつらえてあり、我々は毎朝一時間かそこら一騎打ちに興じた（サックスが毎回圧勝した）。午後にアイリスが昼寝をしているあいだ、サックスと私とで交代にソニアを抱いて庭を回り、二人で話しながら彼女をあやして眠らせた。一日目の晩、私は夜遅くまでかけて、彼の進行中の作品のタイプ原稿を読んだ。その次の二晩、今度は二人で一緒に夜更《よふ》かしして、彼がここまで書いた分について、そして今後書かれるはずのものについて話しあった。四日のうち三日は晴れていた。その時期にしては気温も高かった。全体的に見て、ほぼ完璧《かんぺき》な滞在といってよかった。

小説はその時点でまだ三分の一しか書き上がっていなかったし、私が読んだ部分にしても、完成しているというには程遠かった。それは本人も自覚していて、最初の晩に私に原稿を渡したときも、細かい批判とか、個々の文章を改善するための提案とかを求めたのではなかった。書きつづけるべきだと私が思うかどうか、それだけを知りたがったのである。「何をやってるのか、もう自分ではわからない段階に来てしまったんだ」とサックスは言った。「いいのか悪いのかもわからない。僕のこれまでの最高の仕事なのか、単なるゴミの山なのか、それすらわからない」

ゴミではなかった。一ページ目を読んだだけでそこまでは明らかだった。だが、草稿の先を読み進めていくうちに、サックスが何かものすごいものをつかみかけていることを私は悟った。これこそ私がつねに、彼なら書けると想像していた作品だった。これを書く弾みをつけるために大惨事が必要だったとすれば、要するにそれは大惨事などではなかったのかもしれない。少なくとも当時の私は、自分にそう言い含めた。原稿のなかにいかなる問題点が目につくにせよ、そして最終的にはどれだけ削除や書き直しが要るにせよ、肝腎《かんじん》なのはサックスが書きはじめたということなのであり、それを止める気など私には毛頭なかった。「とにかく書きつづけたまえ。うしろをふり返るなよ」と私は翌朝、朝食の席で彼に言った。「このまま最後までつき進めたら、すごい本になると思うね。本当だぜ――ものすごい、忘れがたい本に」

彼が最後までやり抜きえたかどうか、私には知りようもない。あのときにはきっとできると信じていたし、最後の日にアイリスと二人で彼に別れを告げたときも、それを疑う気持ちはこれっぽちもなかった。まず、私がすでに読んだ部分は確固としてあるわけだし、二日目と三日目の晩に本人から聞いた話からすれば、彼は明らかに作品世界をきっちり捉《とら》えていて、この先何が控えているのかも把握していた。もしそうだとすれば、これほど気の滅《めい》入る、恐ろしい話もほかにない。わが哀れな友がみずから作り出したあらゆる悲劇のうち、この本を未完に終わらせたことほど耐えがたいものはない。本が人生より大事だなどと言うつもりはない。だが人はみんな死ぬのであり、誰もがみないずれは消えていく。もしサックスがあの本を書き上げていたなら、彼はいなくなっても本が生き残った可能性はある。少なくとも私はそう信じている。だが現実に残ったものは、本というより、本の約束でしかない。びっしり訂正の入った原稿と、一握りのメモとを入れた箱のなかに埋もれた、潜在的な書物以上のものではない。残っているのはそれだけだ――それと、一面に星の光る月のない空の下に座って、我々が二晩にわたって夜更けに交わした会話。彼の人生はまた一からはじまろうとしているのだ、途方もない未来のとば口に彼は立っているのだ、そう私は思った。だが実のところは、ほぼ終わりに来ていたのだ。私が彼とバーモントで会ってから一か月と経《た》たないうちに、サックスは本を書くのをやめた。九月なかばのある午後に散歩に出かけ、突如大地が彼を飲み込んでしまった。要するにそういうことだ。その日以来、彼はもう一語も書かなかった。

もはや決して存在しないであろうものをしのんで、私はこの本に、サックスが自著に使うつもりだったタイトルをつけることにする。『リヴァイアサン』。

4

その後私はサックスに二年近く会わなかった。彼の行方を知っていたのはマリア一人であり、マリアも絶対それを明かさぬようサックスに約束させられていた。たいていの人間ならその約束を破っただろうと思う。だがマリアはそれを忠実に守った。そうすることで自分の身が危険になるのも承知で、沈黙を守りとおした。私もその二年間で五、六回は彼女に出くわしたと思うが、たとえ二人でサックスの話をしても、彼の失踪《しっそう》について私以上に知っているようなそぶりはいっさい見せなかった。去年の秋、彼女がいかに多くのことを私から隠してきたかを知って、私は激怒した。彼女を殺してやりたかった。だがそれは私の問題であって、マリアの問題ではない。自分の苛立《いらだ》ちを彼女にぶつける権利は私にはない。何と言っても約束は約束だ。彼女の沈黙が結果として多くの悲惨を招いたとはいえ、彼女のやったことが間違っていたとは私も思わない。もし誰か、事実を明かすべきだった人間がいたとしたら、それはサックスである。サックスこそあして起きたことについて責任のある人物なのであり、マリアはサックスの秘密を守っていたにすぎない。だがサックスは何も言わなかった。まる二年のあいだ、身を隠しつづけ、一言も言わなかった。

私たちも彼が生きているとは思っていたが、何か月も経ち、何の連絡も来ない日がつづくと、それさえも自信が持てなくなってきた。切れぎれの断片が、幽霊のような一握りの事実が残っているだけだった。彼がバーモントを去ったこと、自分の車を使わなかったこと、悪夢のような一分のあいだブルックリンでファニーが彼を見たこと。そこまではわかっている。それより先はすべて推測にすぎなかった。ニューヨークに帰ってくることをファニーにも連絡していなかったという点から見て、何か急いで彼女に伝えたいことが生じたのだろうと私たちは考えた。だがそれが何であったにせよ、二人はそれについて話すには至らなかった。彼はある夜出し抜けに現われて（「目が血走って、狂ってるみたいだった」とファニーは言った）、ベッドルームに飛び込んできたのだ。さっき述べた、おぞましい場面がこれにつづいた。もし部屋が暗かったなら、三人にとって気まずさもいくらか薄れていたかもしれない。だが明かりはこうこうとついていて、ファニーとチャールズは裸で寝具の上にいて、ベンはすべてを見てしまった。彼にとってはまったく予想外の光景だったにちがいない。ファニーが何か言う間もなく、彼はすでにあとずさりして部屋の外に出ていた——済まない、知らなかったんだ、君の邪魔をするつもりはなかったんだ、などと口走りながら。ファニーはベッドから這《は》い下りたが、彼女がアパートメントのドアの前にたどり着いたころには、ドアはすでにばたんと閉まり、サックスは階段を駆け降りていた。何も着ずに外へ出るわけにも行かず、ファニーはリビングルームに飛んでいって、窓を開け、表にいる彼に呼びかけた。サックスは一瞬立ちどまり、彼女に向かって手を振った。「二人ともお幸せに！」と彼は叫んだ。そしてファニーに投げキスを送って、くるっと踵《きびす》を返し、闇《やみ》のなかへ駆けていった。

ファニーはその直後、私たちのアパートメントに電話してきた。ひょっとしたらサックスが次は我々のところに行くのではないかと考えたのだ。だがこの勘は当たらなかった。アイリスと私は夜遅くまで寝ずに彼を待ったが、サックスは現われなかった。それ以後、彼の居所に関する手がかりは何ひとつ出てこなかった。ファニーはバーモントの別荘に何度も電話をかけたが、誰も出なかった。我々にとってそれが最後の頼みの綱だったが、日が経つにつれて、サックスが別荘へ戻ってくる見込みはますます薄くなっていくように思えた。パニックが忍びよってきた。病的な考えが、伝染病のように我々のあいだに広がっていった。ほかにどうするという当てもないので、ファニーはその最初の週末にレンタカーを借りて自分でバーモントに行ってみた。着いたあと、私に電話で知らせてきたところによれば、状況は何とも奇妙だった。玄関は鍵《かぎ》がかかっていないし、車はいつもどおり庭にあり、ベンの作品も仕事場の机の上に広げてあった——書き上がった原稿が一山に積んであり、ペンが数本その横に散らばっていて、半分書いたページがタイプライターに入れたまま。要するに、いまにもひょっこり帰ってきそうな様子なのだ。もし、少しでもまとまった時間留守にするつもりなら、当然家を閉めていったはずだとファニーは言った。水道管の水を抜き、電気を切って、冷蔵庫を空にしたはずだ。「それに原稿も持っていっただろうしね」と私も言い足した。「ほかは全部忘れたとしても、原稿だけは絶対持っていったはずだ」

どう考えてもわからない。どれだけじっくり分析してみても、我々はいつも同じ謎《なぞ》を抱え込んだ。サックスの失踪は予想外の出来事だった。その反面、彼はあくまで自分の意志でいなくなったのである。もしニューヨークでのファニーとのつかのまの対面がなかったら、何か暴力沙汰《ざた》にでも巻き込まれたかと我々も考えたかもしれない。が、ニューヨークまではあくまで無傷の体でやって来たのだ。たしかに少し取り乱してはいたかもしれない。だがとりあえず無傷ではあった。とはいえ、もし何も起きていないのだとしたら、なぜバーモントに戻ってこないのか？　なぜ車も服も原稿も置いていったのか？　アイリスと私は、ファニーも交えて何度も何度も話しあい、さまざまな可能性を一つひとつ検討していったが、納得の行く結論にはどうしてもたどり着けなかった。そのためには空白が、変数があまりに多すぎた。我々の知らないことがあまりに多すぎた。一か月間さんざん考えあぐねた末、私はファニーに、警察へ行ってベンの捜索願いを出してはどうかと言ってみた。だが彼女はその案に抵抗した。自分はもはや彼に何かを要求できる立場ではないのであり、ゆえに干渉する権利もないというのだ。アパートメントであんなことが起きてしまったからには、彼はもう好きなことを自由にやっていいはずであって、自分が無理に連れ戻すわけには行かない、と。チャールズ（私とアイリスもそのころにはもう彼と知りあいになっていて、彼が相当の金持ちだということも承知していた）は私立探偵を雇う費用を出そうと言い出した。「とにかくベンがまだ無事だと知りたいじゃないか」とチャールズは言った。「無理に連れ戻すとかそういうことじゃなくて、彼が自分から望んで失踪したことを知るためさ」。これはもっともだとアイリスも私も思ったが、ファニーは応じなかった。「二人ともお幸せに、とあの人は言ったのよ」と彼女は言った。「ということは、さよならと言ったのと同じよ。あたしはあの人と二十年暮らしたのよ、あの人がどういうふうに考えるかはわかってるわ。あの人はあたしたちが探すことを望んでいないのよ。あたしはすでに一度あの人を裏切っているんだし、もう一度裏切るつもりはない。あの人を放っておいてあげなくちゃいけないのよ。自分で戻ってくる気になったら戻ってくるわ。それまでは待たなくちゃいけない。そうするしかないのよ。観念して、受け入れることを学ぶしかないのよ」

何か月かが過ぎた。それが一年になり、二年になっても、謎は解けないままだった。昨年の夏にサックスがバーモントに現われたころには、私はもう、答えを見つけることをとっくにあきらめていた。アイリスとチャールズは彼がもう死んでいるものと思っていたが、私のあきらめはそういう具体的な思いから生じているのではなかった。サックスが生きているか死んでいるかについては、もともと確固たる感情を持っていなかったが――突然の勘がひらめくこともなく、超能力的な知が襲ってきたり、神秘体験が訪れたりすることもなかった――彼に二度と会えないということにはほぼ確信があった。「ほぼ」と言うのは、何についてであれ、絶対の確信など私には持てなかったからだ。彼が失踪して最初の二、三か月は、私もいくつか、激烈な、相矛盾した反応を順番に経ていったが、こうした感情も次第に燃えつきていき、最終的にはもう、悲しみとか怒りとか嘆きとかいった言葉が当てはまるようには思えなくなった。サックスとの接触を失ったことで、彼の不在からもだんだん個人的な手ざわりが抜けていった。彼のことを考えようとするたびに、想像力は私を裏切った。サックスはまるで、宇宙におけるひとつの穴か何かになったように思えた。単に行方不明のわが友、というだけではない。彼はいまや、すべてのことに関する私の無知の象徴であり、知りえぬものそれ自体の表象だった。こう言うと漠然と聞こえるだろうが、それ以上うまい言い方は思いつかない。アイリスは私が仏教徒になりかけていると言った。それもひとつの見方だと思う。アイリスに言わせれば、ファニーはサックスがいつかは帰ってくるという信念を捨てないという点でキリスト教徒。アイリス自身とチャールズは無神論者。私は禅の侍者、無の力の信奉者だ。いままでずっとあなたを知ってきて、あなたが何も意見を表明しないなんてはじめてだとアイリスは言った。

生活は変わり、生活はつづいた。ファニーに説かれたとおり、我々は受け入れることを学んだ。チャールズはいまではファニーと一緒に住んでいた。アイリスと私も、彼が善人であることは認めざるをえなかった。四十代なかばか後半、建築家、結婚歴一回、息子二人、知性も豊かで、ファニーに熱烈に恋している非の打ちどころのない男。我々は少しずつ彼との友情を築いていった。新しい現実が、我々みんなのあいだに根を下ろしていった。そして去年の春、ファニーがアイリスと私に、今度の夏はバーモントに行かないつもりだと口にしたとき（とても行く気になれない、たぶんもう二度と行かないと思う、と彼女は言った）、彼女はいきなり、そうだ、あなたたち使ったらいいじゃない、と言い出した。家をただでくれるとファニーは言ったが、私たちはいちおう家賃は払うと主張した。結局、家の維持費はひとまず出るような形で、税金、光熱費等を一定の割合でアイリスと私が持つということで、我々は合意に達した。そういう経緯で、去年の夏サックスが姿を現わしたときに私がそこに居合わせることになったのだ。彼は何の予告もなしに、ある夜おんぼろの青いシボレーで庭にがたごとと乗り入れ、二晩をここで過ごし、そしてまた消えた。消えるまでの二日間、彼は喋《しゃべ》りに喋りまくった。あまり喋るので、ほとんど気味が悪いほどだった。いずれにせよ、このときに私は彼の物語を聞いたのであり、その憑《つ》かれたような話しぶりから考えて、彼は何ひとつ言い残さなかったと思う。

&

僕は書きつづけた、とサックスは言った。アイリスと私がソニアを連れて帰ったあとも、サックスは三、四週間書きつづけた。『リヴァイアサン』をめぐって私と交わした会話はどうやら役に立ったらしく、我々が帰ったその朝すぐ机に戻り、夢中になって書いた。草稿が一通り出来上がるまではバーモントを離れるまいという気でいた。何もかもうまく行っているように思えた。毎日前進があったし、修道僧の暮らしも悪くなかった。実際、こんなに楽しい暮らしは久しぶりだった。それから、九月なかばのある夕方、彼は散歩に出かけることにした。もうそのころには気候も変わっていて、空気はすがすがしく、秋の匂《にお》いが染《し》み込んでいた。サックスはウールのハンティングジャケットを着て、家の向こうの丘を北へのぼっていった。あと一時間は日が出ているだろう。ということは、三十分経ったら引き返せばいい。普通ならその時間はバスケットをやるところだが、季節が本格的に変わりはじめていたから、森がどうなっているかを見ておきたかった。赤や黄色の葉も見たいし、シラカバやカエデのあいだに陽が斜めに沈む様子も眺めてみたいし、あでやかに紅葉した葉が垂れ下がるなかを散策してみたかった。そんなわけで、ちょっとした遠足に出かけたのである。考えていたことといえば、帰ったら夕食に何を作ろうかということくらいだった。

ところが、いざ森に入ってみると、心は違う方に流れていった。木の葉や渡り鳥を眺める代わりに、彼はいま書いている本のことを考えはじめた。その日に書いた文章が一気に戻ってきて、自分でも気づかないうちに、すでに頭のなかで新しいセンテンスを組み立てながら、翌朝書こうと思うことのプランを練っていた。歩きつづけ、落葉を踏み分け、とげの多い下生えを打ち払いながら、はっきり声に出して独り言を言い、自分がどこにいるかも考えずに作品中の言葉を唱えていた。そんなふうにいくらでもつづけていられたと思う、とサックスは言った。だがふと気がつくと、もうあたりを見るのも一苦労だった。太陽はすでに沈んでいて、森はこんもりと茂っていたから、見るみる夜の闇が迫ってきていた。自分の位置を知ろうとあたりを見回したが、見覚えのあるものは何もない。どうやらはじめてきた場所らしい。自分の馬鹿《ばか》さ加減に呆《あき》れながら、彼は回れ右して、来た方向に駆け出した。だがあと数分もすれば、何もかも消えてしまう。絶対間に合わないことは明白だった。ポケットには懐中電灯もマッチもなければ、食べ物もない。外で眠るのはおよそ快適とは言えそうもなかったが、ほかに手も思いつかなかった。彼は木の幹に腰を下ろして、笑い出した。自分がすごい間抜けに思えたんだよ、とびきりの道化にね、とサックスは言った。まもなく本格的に夜が訪れて、何も見えなくなった。月が出るのを待ったが、空は一面曇っていた。彼はまた笑い出した。もうこれ以上くよくよ考えまい、と心に決めた。ここなら危険はないのだし、一晩尻《しり》を凍らせたって命に別状があるわけではない。というわけで、せめて少しは居心地をよくするよう努力をはじめた。地面に横になって、落ち葉や枝で適当に体を包み、本のことを考えようとした。さして経たないうちに、うまく眠りに落ちさえした。

夜明けに目がさめた。体は骨まで冷えてぶるぶる震え、服も朝露で濡《ぬ》れていた。笑える状況という感じはもはや失《う》せていた。気分はムシャクシャし、筋肉は痛んだ。腹が減って服も乱れていたし、とにかくさっさとここを出て家に帰りたかった。前の晩来たのと同じに思える道を進んでいったが、一時間近く歩いた末に、どうもこれは違う道じゃないかという気がしてきた。引き返して、出発点からやり直そうかと思ったが、出発点に戻れるかどうかも自信がなかった。たとえ戻れても、それとわかるかどうかは疑わしい。朝の空はどんより曇り、分厚い雲の群れがいくつも出て太陽を遮っていた。もともと森歩きなど得意ではないところへ、コンパスもないと来ては、まさに西も東もわからない。といって、べつに原生林に迷い込んだわけでもない。遅かれ早かれ森から出られるだろうから、とにかくまっすぐ歩きさえすれば、どっちへ行こうとさほど問題ではない。いったん道路に出たら、真っ先に目についた家の玄関をノックすればいい。うまい具合に人がいたら、ここがどこなのか教えてもらえるだろう。

そうしたことが起きるまでには長い時間がかかった。腕時計もしていなかったから、厳密にはどれくらいかわからなかったが、たぶん三時間から四時間のあいだだろうと思えた。もうそのころには心底うんざりしていて、最後の数キロを歩いている最中は、自分の愚かさを呪《のろ》い、腹立たしい思いがどんどん高まってきていた。が、ようよう森の終わりにたどり着くと、暗い気分も消え、自分を哀れに思うのもやめた。そこは狭い山道で、どのへんなのか見当もつかず、家など一軒も見あたらなかったが、最悪の事態は過ぎたと考えて自分を慰めることができた。さらに十分か十五分、家からどれくらい離れてしまったか、自分を相手に賭《か》けをしながら歩いた。もし十キロ以下だったら、ソニアへのプレゼントに五十ドル使う。もし十以上、二十キロ以下だったら、百ドル。二十キロ以上だったら二百ドル。三十以上なら三百、四十以上は四百、等々。そうやって自分の名付け娘に空想のなかで贈り物を浴びせていると（パンダのぬいぐるみ、人形の家、小馬等々）、ずっとうしろの方から、車の低い響きが聞こえてきた。彼は立ち止まり、車が近づいてくるのを待った。やって来たのは赤いピックアップ・トラックで、快調なスピードで飛ばしている。試してみて損はあるまいと、サックスは運転手の気を惹《ひ》こうと片手をさっと上げた。トラックはいっこうにスピードを落とさず通り過ぎていったが、次の瞬間、サックスが向き直るよりも前に急ブレーキをかけて止まった。小石がけたたましく飛び散り、そこらじゅうに埃《ほこり》が舞い上がって、それから、乗るかと呼びかける声がした。

運転手は二十代前半の若い男だった。地元の若者だろう。道路工事夫か、配管工見習いといったところか。はじめはあまり口をきく気もしなかったが、話してみるとたいそう感じのよい人物だったので、じきあれこれお喋りをはじめた。サックスの座った席の足下にソフトボール用の金属製バットが置いてあり、若者がトラックをふたたび発進させようとアクセルを踏んだときにも、それがごろごろ転がってサックスのくるぶしに当たった。これがきっかけとなって話がはじまった。悪いね、狭くて、と若者は謝ったあとドワイトと名のり（ドワイト・マクマーティンだとサックスはあとで知った）、二人はソフトボールの話をはじめた。ニューフェーンのボランティア消防団がスポンサーになってるチームに入ってるんだ、とドワイトは言った。リーグ戦は先週終わって、プレーオフ第一戦が今晩行なわれることになっている——「天気が持てばね」とドワイトは何度かつけ足した。「天気が持って、雨が降らなけりゃね」。守りは一塁、打順はクリーンアップで、ホームラン数はリーグ二位、ムース・スカウロンを彷彿《ほうふつ》とさせるぬっと大柄の体格だ。都合がついたら見にいくよ、とサックスが言うと、ドワイトは大真面目《おおまじめ》に、絶対見る価値あるよ、きっとすごい試合になる、と答えた。サックスは思わず微笑《ほほえ》んだ。こっちは髪もくしゃくしゃでひげも剃《そ》っていなくて、服にはイバラや葉の切れ端がくっついているし、鼻からは水道栓みたいにだらだら鼻水が垂れている。たぶん浮浪者に見えるだろうな、と思ったが、ドワイトはあれこれ詮索《せんさく》したりはしなかった。あんな誰もいない道路をなぜ歩いていたのかとか、どこに住んでいるのかとか、そもそも名前すら訊《き》かなかった。ちょっと頭が足りないのかとも思ったが、あるいは根っからいい性格なのかもしれない。どっちにしろ、訊かれずに済んで有難いことには違いない。突然、過去数か月間独りでこもりっ放しで暮らしたことを悔やむ思いが湧《わ》いてきた。もう少し外に出て、近所の人間ともつき合えばよかった。まわりにいる人間を知るよう努めるべきだったのだ。今夜のソフトボールの試合は忘れるなよ、とサックスはほとんど倫理的な命令として自分に言った。行けばきっと自分にもプラスになる。たまには本以外のことを考えるのも悪くない、そう思った。話し相手がいれば、今度森を歩くときだって、あも簡単に迷子になったりしないだろう。

ドワイトから現在の位置を聞かされると、どれだけ遠くまで迷い出たかを知ってサックスは愕然《がくぜん》とした。どうやら丘を越えて向こう側に降りてしまい、家から東に町二つ分来てしまったようだ。歩いた距離は十五キロだけだが、車で戻る距離は優に五十キロあった。特にこれといって理由もなく、サックスは何もかもドワイトに打ちあけることにした。それは感謝の念ゆえかもしれなかったし、単にもう自分でも笑い話と思えるようになったからかもしれない。話せば相手はソフトボール・チームの仲間に話し、みんなで彼を笑い物にしかねない。それでもいい、と思った。これはひとつの典型的な物語、古典的な失敗談であって、自分がその笑いの種になるのは構わなかった。都会の伊達男《だておとこ》、バーモントの森で開拓者ダニエル・ブーンを気取った顛末《てんまつ》やいかに。ところが、サックスが自分の赤っ恥を語り出すと、ドワイトは意外にも共感を示した。俺もいっぺん同じ目に遭ったことがあるよ、と彼は言った。いや、ひどいもんだったね。まだ十一か十二だったから、とにかく怖くて仕方なくてさ、熊《くま》に襲われるんじゃないかって、一晩じゅう木の蔭《かげ》にしゃがみ込んでたよ。そう言われて、サックスとしても確信はなかったが、ドワイトがこっちの気持ちを少しでも楽にしてくれようとして話をでっち上げているんじゃないかという気がした。いずれにせよ、ドワイトは彼を笑ったりはしなかった。そればかりか、話を聞き終えると、家まで車で送るよとさえ言ってくれた。どのみちもう遅刻だからあと何分か遅れたっておんなじだしさ、俺だって同じ目に遭ったら誰かにそうしてほしいもの、と。

この時点でトラックは舗装された道路を走っていたが、あんたの家への近道知ってるよとドワイトは言い出した。そこへ行くには、いま来た道を三、四キロ引き返すことになるが、頭でざっと計算してみて、それでもそっちの方が早いという結論に彼は達した。そこで急ブレーキを踏み、道路の真ん中でUターンして、反対方向に走りだした。近道というのは、いざ行ってみるとものすごく狭い山道で、でこぼこの帯が一車線分、暗い、鬱蒼《うっそう》とした森のなかを貫いている。この道、みんなあんまり知らないんだけど、たしかじきにもう少し広い山道に出てさ、そこから今度は郡道に出れば、あんたの家までもうあとは六キロくらいだよとドワイトは言った。たぶんそれは正しかったのだろうが、結局彼は自説の正しさを証明するチャンスを得ずに終わった。一本目の山道を走りはじめて二キロも行かないうちに、二人は思いがけない光景に出くわしたのである。それを避けて通る間もなく、彼らの道行きは終わりを迎えた。

何もかもがあっという間の出来事だった。サックスはそれを、腹部の攪乱《かくらん》、脳内の回転として、血管のなかに湧き上がる恐怖として体験した。体はくたくたに疲れていたし、はじめから終わりまで時間はほとんど経過しなかったから、現実の出来事として受け止めることすらできなかったと彼は言った。あとで思い出しても、そして二年後に私を相手にじっくり語ってみても、やはりあれが現実だったという実感が湧かないようだった。トラックで森を走っていたと思ったら、次の瞬間、トラックは停まっていた。目の前の道路には男が一人立っていて、白いトヨタのトランクに寄りかかって煙草《たばこ》を喫《す》っている。三十代末というところだろうか。背は高い方で、痩《や》せていて、フランネルのワークシャツにだぶだぶのカーキパンツという格好。あとひとつだけサックスが目を惹かれたのは、男があごひげを生やしていることだった――かつて自分が生やしていたのと似ていなくもないが、色はもっと黒い。きっと車のトラブルだろうと踏んだドワイトは、トラックから降りて、何か手伝いは要るかい、と訊きながら男の方に歩いていった。相手が何と答えたかサックスには聞こえなかったが、その口調は怒っているふうで、不必要に悪意がこもっているように思えた。フロントガラス越しになおも見守っていると、ドワイトの次の問いに男がもっと邪険に答えるのを聞いてサックスは驚いてしまった。うるせえ黙れ、か、うるせえ来るな、か、そんな意味の科白《せりふ》だ。そのときアドレナリンが体内を巡りはじめたんだ、とサックスは言った。彼は本能的に、足下に転がったバットに手をのばした。だがドワイトは、根っから人が好《い》いのか、相手の敵意にまるで気づいていない様子だった。そのまま男の方に歩きつづけ、侮辱の言葉も平気で聞き流し、俺は手伝ってあげたいだけだよとくり返している。男は動揺してあとずさりし、それから車の前面に飛んでいって、助手席側のドアを開け、何か取ろうとグラブコンパートメントに手をつっ込んだ。ふたたび背をのばしてドワイトの方を向いた男の手には、ピストルが握られていた。男は一発撃った。大柄の若者はぎゃっと悲鳴を上げて腹を押さえ、男はもう一度撃った。若者はもう一度悲鳴を上げ、痛みにうめき、すすり泣きながら、よたよたと道路を歩き出した。男が彼を目で追うすきに、サックスは右手にバットを持ってトラックから飛び出した。何も考えていなかった、とサックスは言った。そして三発目が発砲されると同時に男の背後に飛んでいき、バットのグリップをしっかり握りしめて、力一杯振った。狙《ねら》ったのは男の頭だった。こいつの頭蓋骨《ずがいこつ》を二つに割ってやりたい、こいつを殺してやりたい、脳味噌《のうみそ》を地面にぶちまけてやりたい、そう思いながら振った。バットはすさまじい衝撃とともに命中し、男の右耳のすぐ下の一点をうち砕いた。どすっと当たる音が聞こえ、軟骨や骨が割れる音が聞こえ、男は倒れた。道の真ん中であっさり倒れて死に、あたりはいっぺんに静かになった。

サックスはドワイトの元に飛んでいったが、かがみ込んで見てみると、三発目が命取りになったことがわかった。弾は後頭部をまっすぐ貫いて、頭蓋が粉々に砕けていた。サックスはチャンスを逃したのだ。タイミングがすべてだったのに、動くのが遅すぎたのだ。もう何分の一秒か早く男のところに行っていたら、三発目が命中することもなく、いまごろは死体を見下ろす代わりにドワイトの傷に包帯を巻いていて、何とかその命を救おうと奮闘していただろう。そう考えた次の瞬間、体が震え出すのをサックスは感じた。彼は道路に座り込み、首を両膝《りょうひざ》のあいだにつっ込んで、懸命に嘔吐《おうと》をこらえた。時間が過ぎていった。風が服のなかを通り過ぎていくのがわかった。アオカケスが木々のなかで甲高く鳴いていた。サックスは目を閉じた。ふたたび目を開けると、地面から土をひとつかみ拾い上げ、それを顔に叩《たた》きつけた。土を口に入れて、嚙《か》んだ。荒い土が歯をこすり、小石が舌に当たるのが感じられた。もうそれ以上耐えられなくなるまで嚙み、それからかがみ込んで土をぺっと吐き出し、狂った病気の動物みたいにうなり声を漏らした。

もしドワイトが死ななかったら話は全然違っていただろう、とサックスは言った。逃げるなどとは考えもしなかっただろうし、その最初のステップが抹消されていたなら、あとに起きたことも何ひとつ起きなかったはずだ、と。だが現実には、一人そうやって森のなかに立っていると、深い、歯止めのないパニックに彼は襲われた。二人の人間が死んだのだ。警察に行くという選択肢は論外に思えた。自分はすでに刑務所に入ったことのある身だ。有罪判決を受けた重罪犯なのだ。証言を裏付けしてくれる目撃者もいないとあっては、事実を話したところで一言も信じてもらえまい。あまりに奇怪な、およそありそうもない話ではないか。むろん明晰《めいせき》に考えるどころではなかったが、何を考えていたにせよ、とにかくそれは自分自身をめぐる考えだった。ドワイトには何もしてやれなかったが、自分を救うことはできる。パニックに包まれた頭に浮かんだ方策は唯一《ゆいいつ》、とにかくここから逃げることだった。

第三の男が居合わせたことは、警察もやがて勘づくだろう。ドワイトと見知らぬ男が、たがいに殺しあったのではないことは明らかだ。体に三発の弾丸を撃ち込まれた男に他人を殴り殺す力があるとは思えないし、たとえあったとしても、そうしたあとで道を五メートル以上も歩いていくのは無理な相談だろう。ましてや弾丸の一発は頭蓋骨に収まっているのだ。サックスはまた、どのみち何か跡を残してしまうのは避けられまい、と覚悟した。どんなに根気強く痕跡《こんせき》を消そうとしたところで、有能な捜査チームにかかれば、苦もなく手がかりが出てくるにちがいない――足跡、一本の髪、何か顕微鏡レベルの断片。だがそれだけなら大丈夫だ。とにかくトラックから自分の指紋を消し、バットさえ忘れずに持ち去れば、行方知れずの男をサックスと特定するものは何もないはずだ。そこが大事なのだ。行方不明の男が誰でもありえたようにしておかねばならない。それさえやっておけばこっちのものだ。

何分かかけて、トラックの表面を拭《ふ》いた。ダッシュボード、座席、窓、ドア内外の把《と》手《て》、思いつくところはすべて拭いた。終わったとたん、もう一度やり、念には念を入れてさらにもう一度やった。バットを地面から拾い上げると、見知らぬ男の車のドアを開け、キーがイグニションに差したままになっているのを見て、運転席に乗り込んだ。エンジンは一発でかかった。もちろんタイヤの跡はついてしまうだろうし、第三の男の存在もそれによっていっそう歴然としてしまうだろうが、歩いて立ち去るにはサックスはあまりに怯《おび》えていた。おそらく一番妥当な策はそれだっただろう――歩いて家に帰り、何もかも忘れてしまうことが。だが心臓は早鐘のように鳴っていたし、思考は千々に乱れ、そのような慎重な行動は不可能だった。彼はスピードを欲した。車のスピードと騒音を欲した。準備の整ったいま、望みはここからいなくなること、車に座って目一杯速く走ることだけだった。それだけが唯一、体内の喧騒《けんそう》に対抗できるだろう。それだけが唯一、頭のなかで轟《とどろ》きわたる恐怖を鎮《しず》めてくれるだろう。

&

二時間半にわたって、州間高速道をコネチカット川に沿って北へ走った。バリーの町の緯度に達したところで、空腹に屈した。食べても吐いてしまうのではと心配だったが、もう二十四時間以上何も食べていなかったし、ここはとにかく試してみるしかないと思った。次の出口で高速を降りて、二車線の道路を十五分か二十分走ったあと、昼食をとろうと、もう名前も覚えていない小さな町の食堂の前に車を停めた。安全を期して、注文は半熟卵とトーストにとどめた。食べ終わると、洗面所に入って身づくろいをした。洗面台に湯をためて頭を浸《つ》け、服から小枝を払い、土のしみを取り除いた。これで気分もぐっとよくなった。勘定を済ませて食堂を出るころには、次のステップは方向転換してニューヨークへ行くことだという結論に達していた。この話を自分一人の胸にしまっておくのは不可能だ。それだけは確かだった。誰かに話さねばならないとひとたび悟ると、その誰かはファニーでしかありえないこともわかった。昨年あれだけのことがあったにもかかわらず、突如また彼女に会いたくてたまらなくなった。

死んだ男の車に向かって歩いていく最中、カリフォルニアのナンバープレートがついているのが目に入った。そうと知ったところでどう考えるべきかは定かでなかったが、驚かされたことに変わりはなかった。いったいほかに、いくつの細部を見落としたのだろう？　高速道路に戻って南へ向かう前に、町の大通りから横にそれて、大きな保安林とおぼしき森の端に車を停めた。そこは人目につかない場所で、周囲何キロにもわたって人っ子一人いなさそうだった。サックスは車のドアを四つ全部開けて、両手両膝をつき、車の内部をシラミつぶしに見ていった。とことん調べたものの、結果は失望に終わった。運転席の下にコインが数枚はさまっていて、床には丸めた紙くず(ファストフードの包み紙、チケットの半券、くしゃくしゃになった煙草の空箱)がいくつか転がっていたが、名前のついているもの、自分が殺した男についてひとつでも事実を告げてくれるものは何もなかった。グラブコンパートメントも同様だった。トヨタのオーナーズマニュアルと、三十八口径の弾丸一箱と、開けていないフィルターつきキャメルが一箱あるだけ。あとはトランクだ。ようやくトランクにまで作業を進めると、こちらは話がまるで違うことが判明した。

トランクには三つの鞄《かばん》が入っていた。一番大きいスーツケースには、衣類、ひげ剃《そ》り道具、地図が詰まっていた。鞄の一番底に、小さな白封筒に入れて、パスポートがしまってあった。最初のページの写真を見ると、朝見たのと同じ顔がそこにあった――同じ顔、ただしひげはなし。名前はリード・ディマジオとあり、ミドルネームのイニシャルはN。生年月日、一九五〇年十一月十二日。出生地、ニュージャージー州ニューアーク。その年七月にサンフランシスコで発行されたパスポートで、うしろの方のページは真っ白、ビザのスタンプや出入国の判はひとつもない。ひょっとして偽造だろうか。けさ森で起きたことを考えれば、ディマジオにとってドワイトがはじめて殺した人間でないことはほぼ間違いないように思えた。プロの殺し屋なら、偽《にせ》の書類を持ち歩いている可能性もある。だがそれにしては名前が特別すぎる。これだけ奇抜な名前というのは、作りものではあるまい。やはり誰かの本名にちがいない。男の身元に関し、ほかに手がかりもないので、その誰かというのをひとまず、自分が殺した男として受け入れることにサックスは決めた。リード・ディマジオ。ほかの情報が出てくるまでは、あの男をその名前で呼ぶことにしよう。

次の品はスチール製のトランクだった。カメラマンがよく使っている、ぴかぴかの銀色の箱である。最初の鞄は鍵《かぎ》なしで開いたが、こっちはロックしてあって、サックスはその後三十分、何とかして蝶番《ちょうつがい》を引きはがそうと奮闘した。ジャッキとタイヤレバーでガンガン叩くと、トランクが動くたびになかで金属の物体ががちゃがちゃ鳴るのが聞こえた。武器だろう、と思った。ナイフ、銃、弾丸等々、ディマジオの商売道具にちがいない。が、蝶番がとうとう降参すると、なかから出てきたのは、まったく予想外の、訳のわからぬガラクタの集まりだった。電線を巻いたリール、目ざまし時計、ネジ回し、マイクロチップがそれぞれ数点、紐《ひも》、パテ、それに黒いダクトテープ何巻きか。一つひとつの品を手にとって吟味し、その目的を推し測ろうと努めたが、トランクの中味を残らず見てみたあとでも、こういった品がいったい何を意味しているのか見当もつかなかった。答えを思いついたのは、移動を再開してからずっとあとのことだった。その夜ニューヨークめざして走っている最中に、これらが爆弾を作る材料であることにサックスは突如思いあたったのである。

三つ目の鞄はボウリングバッグだった。何の変哲もないバッグだが(赤、白、青の小さな革製ポーチが付いていて、ジッパー式、白いプラスチックの把手)、サックスにはほかの二つよりこっちの方が怖かった。だから本能的にあと回しにしたのである。このバッグになら、何が入っていてもおかしくない。狂人か殺人狂の持ち物だったことを思うと、「何が入っていても」の恐ろしさもどんどんふくらんでいった。ほかの二つを点検し終えたころには、これを開ける勇気をほとんど失いかけていた。想像力がそのなかに見ているものに対面するより、いっそ捨ててしまえと自分を丸めこみかけたほどだった。だが結局は捨てなかった。それをトランクから持ち上げて森のなかへ放り投げかけたところで、目を閉じ、ためらい、それからぐいっとやけっぱちの力をこめてジッパーを開けた。

バッグには人の首は入っていなかった。切られた耳も、指も、性器も入っていなかった。入っていたのは金だった。それも少しの金ではなく、大金だった。これだけの額を一か所で見るのははじめてだった。バッグ全体に、ぎっしり金が詰まっていた。百ドル札の厚い束が輪ゴムでとめてあり、それぞれの束が三千、四千、五千ドルはありそうだ。数え終わると、だいたい総額で十六万ドルから十六万五千ドルのあいだだとほぼ確信できた。現金を発見したときにサックスがまず覚えた反応は、安堵《あんど》だった。自分の恐怖が無根拠だったことに胸をなで下ろす気持ちだった。それから、金を数えていると、ショックとめまいに襲われた。だがもう一度数え直しているうちに、自分がこの大金に慣れかけていることを彼は悟った。そこが一番奇妙なところだった、とサックスは私に言った——この途方もない出来事全体を、自分があっというまに消化吸収してしまったことが。さらにもう一度数えるころには、その金を自分のものと考えはじめていた。

煙草《たばこ》、ソフトボールのバット、パスポート、金は取っておくことにし、ほかのものはみんな捨てた。スーツケースと金属トランクの中味は、森の奥にばらまいた。その数分後、空にしたスーツケースとトランクを町外れのゴミ捨て場に捨てた。そのころにはもう四時を回っていた。先はまだ長い。マサチューセッツもほぼ抜けてスプリングフィールドでもう一度食事をとり、お代わりのコーヒーを腹に満たしながらディマジオのキャメルを喫《す》った。それからまた車を走らせ、午前一時少し過ぎにブルックリンに着いた。そこで車を捨てた。ゴワナス運河近辺にある石畳の道の、空っぽの倉庫が並び、痩《や》せた野良犬《のらいぬ》がうろつく無人地帯に置き去りにした。表面の指紋をすべて拭きとるよう気をつけたが、これも念のための用心にすぎなかった。ドアはロックしていないし、キーも差したままだ。夜が明けるまでにきっと誰かが盗んでくれるだろう。

残りの道のりは歩いていった。片手にボウリングバッグを持ち、もう一方にバットと煙草を持った。五番街とプレジデント・ストリートの角まで来ると、ゴミが一杯詰まったクズ入れにバットを詰め込んだ。新聞紙の山や、割れたメロンの皮のあいだにバットを斜めに滑り込ませると、もはやそれ以上考えるべきことは何もなかった。まだ一キロちょっとの道が残っていたが、疲れきっていたにもかかわらず、アパートメントに向かってとぼとぼ歩いていくなかで気持ちはどんどん落着いていった。帰ればファニーがいる。ファニーの顔を見れば最悪の事態は終わる——そうサックスは思った。

&

その後に生じた混乱もこれで説明がつく。アパートメントに入ったサックスは、不意をつかれた上に、何についてであれ新しい事実を受け入れられるような状態ではとうていなかった。脳はすでに充電過多だった。ファニーの元に帰ったのは、そこなら何ら意外な事態に遭わずに済むと思ったからであり、そこだけが唯一、世話してもらえると当てにできる場所だったからだ。だからこそ、ファニーがベッドの上をチャールズと裸で転げまわっているのを見て、サックスは唖然《あぜん》とし、茫然《ぼうぜん》自失となった。確信は屈辱に変わりはて、逃げ出す前に二言三言謝罪の言葉を口走るのが精一杯だった。何もかもがあっという間の出来事だった。通りから祝福の言葉を叫ぶだけの落着きはどうにか取り戻したものの、それとてハッタリにすぎなかった。面目を保つための弱々しい最後のあがきでしかなかった。実際には、空が頭に落ちてきたみたいな気分だった。心臓を引きちぎられたような思いだった。

とにかくそこからいなくなろうとだけ念じて、次にどうするかも考えずに四つ角まで走った。三丁目と七番街の角に公衆電話があるのを見て、サックスは私に電話して一晩泊めてもらおうと思いついた。だが私の番号をダイヤルすると、話し中だった。きっとファニーと話している最中だったにちがいないが（サックスが飛ぶように消えていった直後にファニーは私に電話してきたのだ）、彼はその話し中のトーンを、受話器が外してあると解釈した。まっとうな推論である。私にせよアイリスにせよ、午前二時に誰かと電話で話したりはしそうもない。したがって、サックスは私たちの番号を二度と試さなかった。二十五セント貨が落ちてくると、代わりにマリアに電話した。電話のベルが鳴ったときマリアは深い眠りのなかにいたが、ひとたびサックスの声のなかに必死の高ぶりを聞きとると、すぐ来なさいと言ってくれた。この時間には地下鉄の本数も少なく、グランドアーミー・プラザから乗ってマンハッタンのマリアのロフトに着いたころには、彼女はもう服を着てはっきり目も覚め、キッチンテーブルの前に座って三杯目のコーヒーを飲んでいた。

マリアのところに行ったのは、これまでの経緯からしても当然だった。田舎に引っ込んでからも彼女とは連絡を保っていた。去年の秋にやっとマリアがこの件を私に話したとき、サックスがバーモントから送ってよこした十通あまりの手紙や葉書を彼女は見せてくれた。電話でも何度か話した、と彼女は言った。サックスがニューヨークを離れていた六か月のあいだ、十日もすればかならず、何らかの形で彼から連絡があった。要は、サックスがマリアを信用していたということだ。ファニーが突如自分の人生からいなくなった（そして私の電話もどうやら受話器が外してある）となれば、マリアに助力を仰ぐのはごく自然な選択だった。昨年七月の事故以来、胸の内をさらけ出した相手は彼女だけだった。彼の思考の聖域に踏み込むのを許されたのは彼女一人だったのだ。結局のところ、この時点ではマリアこそ彼にとって誰より近しい人物だった。

だが結果的には、この選択はとんでもない間違いだった。マリアに彼を助ける気がなかったわけではない。サックスをこの危機から救うため、彼女はほかの何もかもを放り出す気でいた。そうではなくて、この厄介な災難を本物の悲劇に変えてしまう力を持つ唯一《ゆいいつ》の事実を、マリアがたまたま知っていたということだ。もしサックスがマリアのところに行っていなかったら、たぶん事態は比較的スムーズに解決していただろうと思う。一晩休めばサックスも落着いただろうし、落着いたら警察に連絡を取って真実を伝えただろう。有能な弁護士の助けを借りれば、いずれ自由の身となって戻ってこれたにちがいない。ところが、過去二十四時間に生じたすでに不安定な混合物に、ひとつの新たな成分が加えられることになり、その結果、致死的な化合物が生じてしまった。ビーカー一杯の酸が、渦巻く煙をたっぷり上げて、しゅうしゅうとその危険を発散させることになったのだ。

いまもなお私は、そこで起きたことを受け入れる気にどうしてもなれない。そして私は、本来ならもっと達観していいはずの、ここで問題になっている諸要素についてさんざん考えてきた人間としてそう言っているのである。大人になって以来、私はずっと、物語を書くことに時間を費やしてきた。架空の人々を意外な、時には荒唐無稽《こうとうむけい》な状況に置きつづけてきた。が、私の創造した登場人物の誰一人として、サックスがその夜マリア・ターナーのロフトで経験したほど突拍子もない目に遭った者はいない。そこで起きた出来事を伝えることがいまだ私にショックを与えるのは、現実というものがつねに、我々が想像しうることの一歩先を行っているからにほかならない。自分の考え出したもののがいかに奇抜だと思っても、それらはとうてい、現実世界がしじゅう吐き出しているものの予測しがたさには及ばない。この教訓はいまや私には逃れようのないものに思える。どんなことでも起きうる。そして、いずれは何らかの形で、事実どんなことでも起きるのだ。

一緒に過ごした最初の二、三時間は、二人にとってひどく辛《つら》い時間だった。二人ともそれを一種の嵐《あらし》、内なる殴打《おうだ》として記憶していた。それは涙と、沈黙と、喉元《のどもと》で抑えた言葉から成る大渦巻だった。サックスは少しずつ、たどたどしく物語を吐き出していった。その間マリアはほぼずっと両腕でサックスを抱きしめながら、彼が懸命に語る物語に呆然《ぼうぜん》と耳を傾けていた。マリアがサックスに対して約束をしたのもこのときだった。二人の人間が殺された件は自分の胸にしまっておくと彼に誓ったのだ。警察に行くよう、あとになったら説得するつもりだったが、いまはとにかく彼を護《まも》ること、自分の忠誠を証《あか》すことしか頭になかった。サックスはばらばらに崩れかけていた。ひとたび言葉が口をついて出はじめ、自分がしでかした行為をみずから描写するのを耳にしてみて、彼は激しい嫌悪《けんお》の念に襲われていた。マリアは何とかして、あなたのやったことは正当防衛だったのよ、その男の死にあなたは責任がないのよ、と納得させようとしたが、サックスは耳を貸さなかった。何といっても僕は人を一人殺したんだ、いくら言葉を連ねたところでその事実を消せはしない、と彼は言った。でもその男を殺さなかったらきっとあなたが殺されていたのよ、とマリアが言うと、そうかもしれない、でもその方が長い目で見ればいまの僕の立場よりましじゃないかな、とサックスは答えた。死んだ方がよかったのさ。こんな記憶を一生抱えて生きるより、あそこで撃ち殺されてしまった方がよかったんだ。

二人はえんえん話しつづけ、こうしたいくつものよじれた議論を出たり入ったりしながら、サックスの為《な》した行ないと、そこから生じた結果を一つひとつ検討し、彼が死んだ男の車のなかで過ごした時間や、ブルックリンでのファニーとの対面の場面や、森で明かした一夜をもう一度生き直した。同じ状況を三度も四度もたどって、二人とも眠れぬ夜を過ごした。と、会話の真っ最中に、何もかもが停止した。トランクに入っていたものをマリアに見せようと、サックスがボウリングバッグを開けると、金の上にパスポートが横たわっていた。サックスはパスポートを引っぱり出し、これを見てくれ、とマリアに渡した。見知らぬ男が現実の人間だったことを、名前と年齢と出生地のある男だった証拠を彼女に見せたかったのだ。これがあることで、すべてがいっぺんに現実味を帯びる、とサックスは言った。もし名前のない存在だったら、あの男を怪物として考えることもあるいは可能かもしれない。こんな奴《やつ》は死んで当然なんだ、と思うこともできたかもしれない。だがこのパスポートによって、男は神話性をはぎ取られ、ほかの誰とも変わらぬ人間であることが明かされる。そこには男の統計的事実が、現実の人生の要約があるのだ。そして写真も。信じがたいことに、写真に写った男は笑顔を浮かべていた。パスポートをマリアの手に押し込みながらみずからも言ったように、この笑顔にいずれ自分は滅ぼされるのだとサックスは確信していた。けさの事件からどれだけ遠ざかろうとも、この笑顔からは絶対に逃れられないと思う、と彼はマリアに言った。

かくしてマリアはパスポートを開けた。サックスに何と言ったらいいかもすでに考えはじめ、何か安心させる言葉はないかと胸のうちで思案しながら、なかの写真に目を落とした。そしてもう一度、名前と写真のあいだで視線を往復させせながら、見た。と、突然、(去年彼女が私に向かって使った言葉を借りれば)頭がいまにも爆発しそうな気がした。それがまさに彼女の使った言葉だった——「頭がいまにも爆発しそうな気がしたのよ」。

どうかしたのか、とサックスは訊《たず》ねた。マリアの表情がさっと変わるのを目にしていたのだ。訳がわからない。

「嘘《うそ》、嘘でしょ」とマリアは言った。

「君、大丈夫か？」

「これって冗談よね？　何かアホなギャグよね、そうでしょ？」

「何を言ってるんだい」

「リード・ディマジオ。これ、リード・ディマジオの写真よ」

「そう書いてあるとも。本名かどうかはわからないがね」

「あたし、この人知ってる」

「え？」

「この人知ってるのよ。あたしの一番の親友と結婚してたのよ。あたし結婚式にも出たわ。生まれた女の子にはあたしの名前をつけたのよ」

「リード・ディマジオ」

「リード・ディマジオなんて何人もいやしないわよ。そしてこれは彼の写真よ。いまあたしが見てるのは彼の写真よ」

「そんなことありえないね」

「あたしが作り話してると思う？」

「だってそいつは殺し屋だったんだぜ。顔色ひとつ変えずに、まだ子供の人間を撃ち殺したんだ」

「そんなの知らないわよ。とにかくあたしはこの人と知りあいだったのよ。あたしの友だちのリリアン・スターンの夫だったのよ。あたしがいなかったら、二人が出会うこともなかったはずよ」

&

もう夜明けも近かったが、二人はさらに数時間話しつづけた。結局九時か十時あたりまで眠らずに、リリアン・スターンとの交友の歴史をマリアが語った。疲れでいまにも倒れそうだったサックスもこのころにはまた元気を取り戻し、マリアの話が終わるまでベッドに入ろうとしなかった。マリアとリリアンのマサチューセッツ時代、高校卒業後ニューヨークに住んだ日々、長いあいだたがいに音信不通だった時期、リリアンのアパートメント入口での思わぬ再会劇。マリアは例のアドレス帳の冒険談も物語り、自分が撮ったリリアンの写真も引っぱり出してきて床に並べ、役割を交換した実験のことも話した。この実験がきっかけでリリアンはディマジオと出会い、旋風のようなロマンスがはじまったのだとマリアは言った。マリア自身は、ディマジオのことをそれほどよく知るには至らなかった。いい人だなとは思ったが、どういう人物か言えるほどではなかった。一握りのばらばらな事実が記憶に残っているにすぎない。ベトナムで戦ったことは覚えていたが、徴兵されたのか志願したのかはもう思い出せなかった。でも七〇年代のはじめに除隊になったのは確かだ。復員兵援護法のおかげで大学に行ったことはマリアも覚えていたし、一九七六年にリリアンと知りあったときにはすでに学部を卒業していて、バークリーの大学院でアメリカ史を専攻しようとしているところだったからだ。マリアが彼と会ったのは全部で五、六回で、そのうちの何回かは彼がリリアンと知りあった直後の、二人が恋に落ちている最中のことだった。その次の月にリリアンは彼と一緒にカリフォルニアに移り、そのあとマリアは彼に二度しか会わなかった。一九七七年の結婚式と、八一年に女の子が生まれた直後である。結婚生活は八四年に終わりを迎えた。夫婦関係が破綻《はたん》しかけていた時期、リリアンは何度かマリアに電話をかけてきたが、その後は連絡も途切れがちになり、電話の間隔も広がっていった。

マリアが言うには、ディマジオは狂暴そうな人間には見えなかった。誰かを傷つけるような人とは思えなかったし、ましてや他人を冷酷に撃ち殺すなんてとてもできそうになかった。犯罪者という感じは全然なく、インテリ、教師タイプの大学院生で、バークリーでのリリアンとの暮らしもごく地味なものだった。ディマジオが院生として学部の授業をいくつか受け持ちながら博士論文に取り組む一方、リリアンは演劇を勉強しながらパートタイムの仕事をいくつかやって、地元の劇場で上演される芝居や学生の作る映画などに出ていた。リリアンの貯金で最初の二年間は何とかなったが、その後は蓄えも尽きてきて、家計は苦しくなっていった。とても犯罪者の生活とは言えないわよね、とマリアは言った。

その暮らしはまた、リリアンが選びそうな暮らしとはまるで違っていた。ニューヨークで奔放な生き方を何年もつづけた末に、ディマジオのようなタイプの人間と落着くというのはいささか意外な話だ。だがリリアンは当時すでにニューヨークを去ることを考えていたし、ディマジオと出会った経緯もおよそ普通ではなかったから(この上なく「恍惚《こうこつ》に満ちていた」というのがマリアの言葉だ)、彼とともに駆け落ち同然にカリフォルニアへ行くと思うと、リリアンは抗《あらが》いがたい魅力を感じたにちがいない。それは選択というより、運命に思えたことだろう。まあたしかに、バークリーはハリウッドではない。だがディマジオだって決して、縁なし眼鏡をかけた、洗濯板みたいな胸の、卑屈で貧相な本の虫ではない。たくましいハンサムな若い男であり、肉体的魅力という点では文句ないのだ。それに、リリアンがいままで会った誰にもまして頭がいいことも同じくらい大きかった。誰より話も上手《うま》く、知識も豊富だったし、どんな問題に関しても何かかならず堂々とした意見を持っていた。本などというものを生涯に二、三冊しか読んだことのないリリアンから見ると、さぞすごい人間と思えたにちがいない。マリアの睨《にら》んだところ、ディマジオが自分を変身させてくれるものとリリアンは思ったのではないか。単に彼を知ることによって、自分も凡庸さから抜け出し、ひとかどの人間に向上するきっかけができると思ったのだ。映画スターになるなんて、どのみち子供っぽい夢でしかなかった。たしかにリリアンは、ルックスは十分かもしれないし、才能だってあるかもしれない。が、マリアから見て、成功を遂げるには怠け者すぎた。じっくり何かに集中するには衝動的すぎたし、意欲も足りなかった。友から意見を求められると、マリアは迷わず、映画なんか忘れてディマジオと一緒になれと勧めた。向こうも結婚する気があるんなら、チャンスに飛びつくべきだ、と。リリアンはまさにそのとおりにした。

マリアから見たところ、結婚生活はうまく行っているように思えた。少なくともリリアンは何の不満も漏らさなかったし、一九八一年にカリフォルニアまで出かけたときにはマリアも変だとは思ったが（ディマジオはむっつりしてやたら威張り散らし、ユーモアのセンスもなかった）、これも親になり立てのあわただしさのせいだろうと考えて、何も口出しはしなかった。二年半が経《た》ち、リリアンから電話があって別居が迫ったことを告げられると、マリアは驚いてしまった。ディマジオがほかの女とつき合っているとリリアンは主張したが、その次の瞬間には、自分の「過去の影に追いつかれた」といったようなことを言い出した。ニューヨークでの生活について、リリアンがディマジオに打ちあけたものとマリアはかねがね思っていたが、どうやら話さずじまいに終わってしまったらしい。いざカリフォルニアに移ってみると、彼が知らない方が二人のどちらにとってもいいのだとリリアンは判断した。ところがある晩、サンフランシスコのあるレストランでディマジオと二人でディナーを食べていたとき、彼女のかつての顧客の一人が、偶然隣のテーブルにやって来た。男は酔っ払っていて、じろじろ見たり笑いかけたり下卑《げび》たウィンクを送ったりしてもリリアンが知らんぷりをしていると、立ち上がって大声で侮辱的な言葉をわめき出し、夫の目の前で彼女の秘密を洗いざらいぶちまけた。リリアンがマリアに語ったところによれば、家に帰るとディマジオは逆上した。妻を床に押し倒し、蹴飛《けと》ばし、鍋《なべ》やフライパンを壁に叩《たた》きつけ、ありったけの大声で「売女《ばいた》」と叫んだ。もしあそこで赤ん坊が目を覚まさなかったら殺されていたかもしれないとリリアンは言った。ところが、翌日またマリアに電話をかけてくると、リリアンはこの件にはいっさい触れなかった。今回の話は、ディマジオが「おかしくなって」きたというものだった。「阿呆《あほう》の過激派ども」とつき合っていて、「下司《げす》な奴」になり下がってしまった。それでリリアンもいい加減愛想が尽きて、彼を家から追い出したというのだ。これで物語は三つ。リリアンが現実と直面するときの典型的な例だ、とマリアは言った。三つのうちひとつは真実かも知れない。三つともすべて真実ということだってありうる。だが同様に、三つとも嘘ということだって等しくありうるのだ。リリアン相手に真実を知ろうとしても無理なのよ、とマリアはサックスに言った。ひょっとしたら、リリアンが浮気をして、ディマジオが怒って出ていったという可能性だってないとは言えない。実はそういう簡単な話かもしれないのだ。だがもちろん、そうではないかもしれない。彼らは最後まで、正式な離婚には至らなかった。一九八二年に博士号を得たディマジオは、以後二年間オークランドの小さな私立大学で教えていて、八四年秋にリリアンとの関係が破局に至ると、バークリーの都心にある一部屋のアパートに移った。その後九か月、毎週土曜日には娘のマリアを連れ出しに家に来た。いつも十時きっかりに現われて、一日を娘と過ごし、夜八時には送り返してくる。やがて、この習慣が一年近くつづいたある日、ディマジオは姿を現わさなかった。何の断りも、釈明もなかった。その後二日間、リリアンは彼のアパートに電話してみたが、誰も出なかった。月曜日、大学の方に連絡を取ろうとしたが、研究室の電話に誰も出ないので、もう一度ダイヤルして歴史学科の秘書につないでもらった。そのときはじめて、ディマジオが大学を辞めたことをリリアンは知った。つい先週、学期末の成績を出すと同時にお辞めになったんです、と秘書は言った。学科主任には、終身雇用につながるポストをコーネル大学で得たので、と説明したということだったが、リリアンがコーネルの歴史学科に電話してみると、ディマジオなどという名は誰一人聞いたことがなかった。それっきり彼女は二度とディマジオに会わなかった。以後二年間、ディマジオは地上から姿を消してしまったように思えた。手紙も電話もよこさなかったし、娘とも一度も連絡を取ろうとしなかった。死を遂げた日にバーモントの森に突如出現するまで、二年間の物語はまったくの空白だった。

その間、リリアンとマリアは電話で連絡を保っていた。ディマジオが行方不明になって一か月経ったところで、マリアはリリアンに、親子でしばらくニューヨークへ来たらどうかと誘ってみた。何なら旅費はあたしが持つわよ、とまでマリアは言ったが、目下リリアンが直面している逼迫《ひっぱく》した経済状況を考えてみると、金があるならまずは生活費に回すべきだろうという結論に二人は達した。そこでマリアは、貸与金という名目で三千ドル（マリアとしてもそれが精一杯だった）を電信扱いで送り、旅行はしばらくお預けということになった。二年経っても、それはまだお預けのままだった。マリアの方も、そのうちカリフォルニアに遊びに行ってリリアンのところに二週間くらい泊まってこようなどといつも考えていたが、どうもタイミングがつかめなかったし、たいていいつも仕事に追われていた。一年が過ぎると、二人が電話しあう回数も減っていった。のちにマリアはさらに千五百ドルを送ったが、サックスが現われた時点では、二人で最後に会話を交わしてからすでに四か月が経っていた。きっといまごろリリアンはひどく困ってるにちがいないわ、とマリアはサックスに言った。友だちをこんなふうに扱うなんてひどい話だわ、と彼女は言って、またいきなりさめざめと泣き出した。いまリリアンが何をやっているのかすら、自分はもう知らないのだ。この悲惨な事件が起きてしまったいま、自分がいかに友だち甲斐《がい》がなかったかをマリアは悟った。自分がどれだけひどく友を裏切ったかを思い知った。

十五分後、サックスはマリアの部屋のソファに体をのばして横たわり、うとうとと眠りに落ちかけていた。もう疲労に屈してもいいと思えたのは、すでに計画が出来上がっていたからだった。次に何をすべきか、もはや迷いはなかった。ディマジオとリリアン・スターンの物語をマリアから聞き終えたいま、悪夢のような偶然の一致が実はひとつの解答であることを彼は理解した。それは奇跡の形をとったひとつのチャンスなのだ。肝腎《かんじん》なのは、この事件の異様さを素直に受け入れることだ。それを否定するのではなく、抱擁し、それを自分のなかに吸い込んで力に変えるのだ。すべてが闇《やみ》だったところに、いまや美しい、恐ろしいほどの明晰《めいせき》さが見えた。すなわち、カリフォルニアへ行って、ディマジオの車にあった金をリリアン・スターンに渡す。金だけではない。金は、彼が与えるべく持っているすべてのもの、彼の魂全体、そのひとつのしるしにすぎない。因果関係から生じる魔術的作用が、この行為を要求しているのだ。これさえなしとげれば、あるいは彼にもそれなりの平穏が訪れるかもしれない。生きつづける一応の口実も持てるかもしれない。こういうことだ――ディマジオはひとつの生を奪った。サックスはディマジオの生を奪った。したがって今度はサックスの番である。サックスの生が、彼から奪われねばならないのだ。それが内なる掟《おきて》なのだ。自分を抹消する度胸が出せれば別だが、そうでなければ、呪《のろ》いの円環は決して閉じられないだろう。どれだけ長く生きようとも、彼の生はもう二度と自分に属しはしないだろう。金をリリアン・スターンに渡すことによって、サックスは自分を彼女の手に委《ゆだ》ねることになる。それが彼にとっての償いになるのだ。自分の生を、誰か他人に生を与えるために使うこと。懺悔《ざんげ》すること。慈悲と許しをめぐる狂気じみた夢にすべてを賭《か》けること。

こうしたことを、サックスはマリアにはいっさい相談しなかった。わかってもらえないだろうと思ったし、彼女を混乱させたり、これ以上大きな不安を与えたりしたくなかったのだ。それでも、立ち去る時間を彼はできるだけ引き延ばした。体は休息を求めていたし、マリアの方も彼をさっさと追い出そうなどという気は少しもなかったから、結局もう三日居候《いそうろう》していった。その間、ロフトからは一歩も出なかった。マリアが新しい服を買ってきてくれたし、食料を買ってきて料理も作ってくれた。朝刊も夕刊も調達してきてくれた。サックスは新聞を読み、テレビを見る以外ほとんど何もしなかった。彼は眠った。窓の外をぼんやり眺めた。恐怖というものの巨大さについて考えた。

二日目に、バーモントで二つの死体が発見されたという小さな記事が『ニューヨーク・タイムズ』に出た。ドワイトの姓がマクマーティンであることを知ったのもこの記事を通してだった。記述はごく簡単で、進行中とおぼしき捜査についても具体的なことは何もわからなかった。その日の夕刊の『ニューヨーク・ポスト』に二つ目の記事が出て、地元警察がこの事件に頭を抱えていることが強調されていたが、三番目の男の存在とか、ブルックリンに乗り捨てられた白いトヨタとかいった話は一言もなかったし、ディマジオとマクマーティンのつながりを示す証拠が現われたかどうかについても何も書いていなかった。**北の森のミステリー**、と見出しにはあった。夜の全国ニュースではひとつのネットワークがこれを取り上げたが、マクマーティンの両親に対する短い無神経なインタビュー(母親はカメラの前ですすり泣き、父親は石のようにこわばった顔をしていた)と、リリアン・スターンの家を映したショット(「ミセス・ディマジオは報道陣と話すことを拒んでいます」)を別とすれば、目立った進展は何もなかった。警察の広報担当が画面に出てきて、パラフィン試験の結果マクマーティンの死因はディマジオが発砲した銃弾であることが確認されたが、ディマジオ自身の死についてはまだ解明されていないと述べた。第三の人物が絡《から》んでいることは間違いないが、それが誰であってどこへ行ったかもまだ不明であると広報担当は述べた。要するにこの事件は、ひとつの大きな謎《なぞ》だった。

サックスが居候しているあいだずっと、マリアは何度もバークリーのリリアンの番号をダイヤルした。一回目は誰も出なかった。それが、一時間後にもう一度試してみると、今度は話し中のトーンが聞こえた。さらに何度か試みた末に、オペレーターに電話して、何か問題が生じているのかと訊《たず》ねてみた。いいえ、受話器が外してあるのです、と答えが返ってきた。翌日の夜のニュースを見れば、それも納得できた。リリアンはマスコミから自分を護《まも》っているのだ。サックスがニューヨークにとどまっていたあいだ、結局マリアはリリアンと連絡を取れなかった。まあ取れたところで、結局は同じことだっただろう。リリアンと話したいという気持ちがいくら強かったとはいえ、もし話していたら、マリアは自分が知っていること――ディマジオを殺したのは自分の友人であって、いまこの瞬間もすぐ隣に立っている――をどうやってリリアンに伝えたものか、きっと困りはてたにちがいない。そんな話を説明する言葉を探して頭をかきむしらずとも、事態はもう十分ひどかったのだ。一方、サックスにとっては、もし彼が立ち去る前にマリアがリリアンと話せていれば、ことは有利に動いていたかもしれない。いわば彼が入っていく下地が敷かれていただろうから、カリフォルニアに着いて最初の数時間はだいぶ楽になっていただろう。だがマリアにはそんなことは知りようがない。サックスは自分の計画を彼女にはいっさい明かさなかったのだ。三日目にマリアが夕食の買物に出ている最中にキッチンテーブルに置いていった短い感謝のメモを別とすれば、さよならさえ言わずにいなくなったのである。そんなふうにふるまうのはサックスとしても気まずかったが、説明なしでマリアが彼を行かせることはありえないという確信はあったし、マリアに嘘《うそ》をつくことだけは何としても避けたかった。かくして、マリアが買い物に出かけると、サックスは荷物をまとめて、階段を降りて通りに出た。持ち物は例のボウリングバッグと、ビニール袋がひとつ（なかにはひげ剃《そ》り道具と、歯ブラシと、マリアが買ってきてくれた若干の衣類を放り込んだ）。そこから西ブロードウェイまで歩いていって、タクシーを拾い、ケネディ空港まで行ってくれと運転手に告げた。二時間後、彼はサンフランシスコ行きの飛行機に乗っていた。

&

彼女はバークリーの平地にある、ピンク色の化粧漆喰《スタッコ》を塗った小さな家に住んでいた。あたりは貧しい地域で、ゴミが散乱した芝生の庭が並び、家々の前面のペンキは剝《は》げかけ、歩道からは雑草が飛び出ていた。サックスはレンタカーのプリマスで午前十時少し過ぎに家の前に着いたが、玄関の呼び鈴を鳴らしても誰も出てこなかった。バークリーに来たのはこれがはじめてだったが、町を散策してから出直すという気にもなれず、玄関前の階段に陣取ってリリアン・スターンが現われるのを待つことにした。空気には並外れたかぐわしさがみなぎっていた。『サンフランシスコ・クロニクル』のページを繰っていると、ジャカランダ、スイカズラ、ユーカリノキなどの香りが漂ってきた。永遠に花咲く地カリフォルニアの馥郁《ふくいく》たる香り。どれだけ長いあいだここに座ることになろうと構わない。この女性と話をすることがいまやサックスの人生唯一《ゆいいつ》の課題になったのであり、それをなしとげるまで、彼にとって時間は止まったも同然だった。待つという、未決の感覚以外、何ひとつ存在しないようなものだ。十分か、十時間か。彼女がいつか現われる限り同じことだ、そう自分に言い聞かせた。

『クロニクル』朝刊にはディマジオの記事が載っていて、ニューヨークで読んだどの記事よりも長く、詳しかった。地元の情報源によると、ディマジオはある左翼系エコロジー団体に関係していた。原子力発電所、製材会社など「大地を略奪する組織」の閉鎖を求めて運動している小集団〈惑星の子供たち〉である。死亡当時ディマジオは団体から与えられた任務を遂行途中だったとも考えられる、と記事は推測していたが、〈惑星の子供たち〉バークリー支部長はこれを真っ向から否定し、我々はいかなる種類であれ暴力を用いた抗議にはイデオロギー上反対していると述べていた。記事はさらに、ディマジオが自身の判断に基づいて行動していた可能性もある、〈子供たち〉の一員ではあったが戦術上の問題に関しグループと意見が分かれて単独行動に走ったのではないか、と推測していた。裏付けは何もなかったが、ディマジオがどうやら月並みな犯罪者ではなかったらしいと知ってサックスは大きな衝撃を受けた。思っていたのとはまったく違う。これは狂気に走った理想主義者、大義を奉ずる人物、世界を変革することを夢見ていた男だったのだ。むろんそれで、無実の少年を殺したという事実が帳消しになるわけではない。むしろ話はますます忌《い》まわしくなる気がした。ディマジオと自分は、元は同じものを標榜《ひょうぼう》していたのだ。時間と場所が違っていたら、自分は彼と友人になっていたかもしれないのだ。

一時間かけて新聞を読み終えると、サックスはそれを投げ捨て、ぼんやり道路を眺めた。何十台という車が家の前を過ぎていったが、歩行者はひどく老いた人間かひどく幼い人間ばかりだった。母親に連れられた小さな子供たち、杖《つえ》をついてのろのろ少しずつ進んでいくものすごい年寄りの黒人男性、アルミの歩行器を使っている白髪のアジア系女性。一時になると、サックスは食べ物を調達しにつかのま持ち場を離れたが、二十分後にはもう戻ってきて、階段に座ってファストフードの昼食を食べた。五時半か六時には彼女が帰ってくるものと当てにしていた。彼女がどこかに勤めていて、この騒ぎに至ってもいつもどおり仕事をつづけて日常の生活パターンを守っていることを期待したのだ。だがそれは当て推量にすぎない。実は職についているかどうかもわからないのだし、たとえついていたとしても、現在も町にとどまっているという保証はまったくない。もし彼女が行方をくらましてしまったなら、計画は水泡に帰する。とはいえ、それについて答えを知るためには、こうやってここに座りつづけているしかない。頭上の雲が暗さを増していき、たそがれが夜に変わっていくなか、サックスは期待の息苦しさに包まれて数時間を過ごした。五時が六時になり、六時が七時になると、それからあとはもう、失意に打ちひしがれぬよう努めるだけで精一杯だった。七時半にまた食料を買いに行き、ふたたび家の前に戻ってきて、ふたたび待ちつづけた。レストランで食事をしているのかもしれない、それとも知りあいの家を訪ねているのかも、と自分に言い聞かせた。不在の理由はいくらだって考えられる。そしてもし戻ってくるのなら、戻ってきたときに自分がここにいることが肝腎なのだ。彼女が家に入る前に話をしなかったら、チャンスは永久に失われてしまうかもしれない。

だがそれでも、とうとう彼女が現われたときには、サックスは不意をつかれてしまった。もう午前零時を数分過ぎていて、そのころには彼女が帰ってくるという期待も捨てていて、見張りの緊張を緩めてしまっていたのである。鋳鉄の手すりに肩を寄りかからせ、目も閉じ、うとうとしかけていたところに、車のエンジンがアイドリングしている音が聞こえて、はっと覚醒《かくせい》に戻った。目を開けると、車は通りの真向かいの駐車スペースに停まっていた。次の瞬間、エンジンの音が止《や》み、ヘッドライトが切られた。それがリリアン・スターンかどうか確信が持てないまま、サックスは立ち上がって、階段上の持ち場から見守った。心臓はどきどき高鳴り、血が脳のなかで煮えていた。

彼女は眠っている子供を両腕に抱えて近づいてきた。通りを渡る際に、家の方をろくに見もしなかった。娘の耳に何かささやくのが聞こえたが、何と言っているのかはわからなかった。自分が単なる影にすぎないことをサックスは悟った。闇のなかに隠れた、見えない人影でしかない。自分が口を開いたとたん、相手は死ぬほど怯《おび》えてしまうにちがいない。サックスは何秒かためらった。それからまだ彼女の顔が見えないまま、ついに行動に出た。玄関前の道を彼女が半分くらい来たところで、沈黙を破ったのだ。

「リリアン・スターンさんですね？」とサックスは言った。自分の声を耳にしたとたん、その声が自分を裏切っていることを悟った。彼としてはある種の温かさ、人なつっこさをこめたつもりだったのに、出てきた問いはぎこちなく、張りつめた、好戦的な言い方に聞こえた。これではまるで、彼女に危害を加えようとしているみたいだ。

相手の喉《のど》から、はっと息を呑《の》む音が聞こえた。彼女は立ちどまり、腕のなかの子供を抱え直して、それから、怒りと苛立《いらだ》ちをみなぎらせた低い声で答えた。「あたしの家から離れてちょうだい、ミスター。誰とも話す気はないわよ」

「ひとつだけお伝えしたいことがあるんです」とサックスは言いながら階段を降りはじめた。相手の言葉を否定し、自分が平和な意志に基づいて来たことを示すかのように、開いた両手を前後に振った。「けさの十時から待ってたんです。あなたにどうしても話したいことがあるんです。すごく大事なことなんです」

「マスコミはお断りよ。マスコミの人と話す気はないわよ」

「僕はマスコミの人間じゃありません。あなたの味方です。もし何も喋《しゃべ》りたくなかったら、あなたは一言も喋らなくて結構。こっちの話を聞いてほしいだけです」

「信じられないわ。あんたもほかの汚らしい連中と同じよ」

「いいえ、違います。僕は味方です。マリア・ターナーの友人なんです。あなたの住所もマリアから聞いたんです」

「マリア?」と彼女は言った。声が一気に、間違いようもなく柔らかくなった。「マリアを知ってるの?」

「すごくよく知ってます。信じられなかったら、なかに入って彼女に電話してみるといい。それが済むまで僕はここで待っています」

サックスはすでに階段の一番下に達していた。マリアの名前が口にされたいま、女は動く自由を獲得したかのように、ふたたび彼の方に向かって歩きはじめていた。二人は板石の歩道の上に、たがいから五十センチ程度の近さで立っていた。彼女が現われて以来はじめて、サックスはその顔だちを観察することができた。マリアのロフトで見た写真と同じ、強烈な印象を与えずにはおかない顔だ――同じ黒い瞳《ひとみ》、同じ首、同じ短い髪、同じ厚い唇。サックスの方が三十センチ近く背が高いので、小さな女の子の頭を肩に載せたリリアンの姿を見下ろすような格好になった。そうしていると、あれだけ写真を見ていても彼女がここまで美しいとは予想していなかったことをサックスは悟った。

「あんたいったい誰?」と彼女は言った。

「ベンジャミン・サックスといいます」

「で、あたしから何が欲しいわけ、ベンジャミン・サックス? こんな夜中にあたしの家の前で何してるのよ?」

「マリアがあなたに連絡しようとしたんです。何日も電話をかけたんだけど、どうしてもつながらなかった。で、僕が代わりにここへ来ることにしたんです」

「わざわざニューヨークから?」

「ほかに手がなかったものでね」

「で、何だってまたそんなことしたかったわけ?」

「あなたに大事な話があるからです」

「何かその言い方、気に入らないわね。あたしもう、悪い知らせはたくさんよ」

「これは悪い知らせじゃありません。奇妙な知らせかもしれないし、ほとんど信じがたいかもしれないけど、絶対に悪い知らせじゃありません。あなたにとっては、すごくいい話です。とてつもなくいいと言ってもいい。あなたの人生ははっきりいい方向に向かうはずです」

「ずいぶん自信たっぷりじゃないの」

「何の話か、ちゃんとわきまえてるからです」

「で、朝まで待てない話なの?」

「待てません。いま話さなくちゃ駄目なんです。とにかく三十分だけ時間をください。そうしたらもうお邪魔しません。約束します」

し、それ以上何も言わずに、リリアン・スターンは上着のポケットから鍵束《かぎたば》を取り出し、階段をのぼっていって、家のドアを開けた。サックスは彼女のあとについて敷居をまたぎ、暗い廊下に入っていった。何ひとつ、彼が思い描いていたようには進んでいなかった。明かりが点《つ》いてからも、そしてリリアンが娘を二階のベッドに運んでいくのを見送ってからも、どうやってすべてを話す勇気を奮い起こしたらいいのか、自分でもわからなかった。五千キロの距離を飛んで告げにきたこの知らせを、いったいどう告げたらいいのか？

娘の寝室のドアを閉める音が聞こえたが、一階に戻ってくる代わりに、リリアンは別の部屋に入って電話をかけはじめた。番号をダイヤルする音がはっきり聞こえたが、それから、マリアの名前が口にされると同時にドアがばたんと閉まり、あとの会話は聞こえなかった。天井を通して、リリアンの声が言葉にならない低い響きとして伝わってきた。それはため息、間《ま》、くぐもった叫びから成る不規則なうなりだった。何と言っているのか、知りたくてたまらなかったが、そこまで耳が鋭くはなかった。一、二分頑張ってみた末にあきらめた。会話がつづけばつづくほど、サックスは落着かなくなってきた。ほかに何をしたらいいかもわからないので、とりあえず階段の下を離れて、一階の部屋をぶらぶら歩いてまわった。部屋は三つだけで、どの部屋も悲惨な散らかりようだった。キッチンの流しには汚れた皿が山と積まれ、居間は散乱したクッション、ひっくり返った椅子《いす》、あふれかけた灰皿等々から成る混沌《こんとん》だった。ダイニングルームのテーブルは脚が折れていた。一つひとつ、サックスは電灯を点けてはまた切った。気の滅入《めい》る場所だ、と思った。不幸と憂苦の棲《す》む家だ。見るだけで愕然《がくぜん》とさせられた。

電話の会話はさらに十五分か二十分つづいた。リリアンが電話を切るのが聞こえたころには、サックスは廊下に戻って階段の下で彼女を待っていた。リリアンはいかめしい、むすっとした顔で降りてきた。下唇がかすかに震えているのをサックスは見てとった。泣いていたのだろう。さっき着ていた上着はもう脱いでいて、ドレスも黒いジーンズと白いTシャツに変わっていた。足は裸足《はだし》で、爪《つめ》はあざやかな赤に塗ってある。サックスの方はずっと彼女をまっすぐ見ていたが、階段を降りてくる彼女は、いっこうに視線を返そうとしなかった。下まで降りてくると、彼女が通れるようサックスは脇《わき》にのいた。そして、キッチンに半分くらい来たところで彼女はようやく立ちどまり、サックスの方をふり向いて、左の肩ごしに話しかけてきた。

「マリアがよろしくって」と彼女は言った。「それと、あなたがここで何をしてるのか理解できないって言ってるわ」

返答を待ちもせずに、リリアンはそのままキッチンに入っていった。サックスがついてくると思っているのか、階段の下にとどまってほしいと思っているのかはわからなかったが、とりあえずついていくことにした。彼女は天井の電灯のスイッチを点け、部屋の有様を目にして低いうめき声を漏らし、それから彼に背を向けて、ひとつの食器棚を開けた。ジョニー・ウォーカーのボトルを取り出し、別の棚から空のグラスをひとつ探し出して、自分用に注いだ。敵意は明らかだ。サックスには酒を出しもしないし、座るよう勧めもしない。突如彼は、状況に対するコントロールを自分が失いかけていることに気づいた。自分の独演になるはずだったのに、こうして彼女と二人になってみると、不可解にも目はくらみ、舌は凍りつき、どう切り出したらいいかわからなかった。

彼女は酒を一口飲んで、部屋の向こう側からサックスに目を向けた。「あんたがここで何をしてるのか理解できないってマリアは言ってるのよ」と彼女はもう一度言った。声はしゃがれていて、抑揚がなかったが、その平板さ自体が嘲笑《ちょうしょう》を、軽蔑《けいべつ》に近い嘲笑を伝えていた。

「だろうね」とサックスは言った。「理解できないだろうね」

「あたしに何か話があるんだったら、さっさと話してちょうだい。そうして早いとこ帰ってちょうだい。わかる？　とっとと出ていくのよ」

「僕はべつに危害を加えるつもりはない」

「あのね、あたし警察を呼んだっていいのよ。あたしが受話器を取り上げれば、それであんたの人生はおしまいなのよ。だいたいあんたいったい、どこの惑星で生まれたわけ？　あたしの亭主を撃ち殺しといて、それからのこのこ訪ねてきて、あたしに優しくしてもらえると思ってるわけ？」

「撃っちゃいない。銃なんて生まれてから一度も持ったことはない」

「どうだっていいわよ。あたしには関係ないんだから」

「それがあるのさ。君に関係大ありなんだよ。我々二人ともに大ありなのさ」

「あんた、あたしに許して欲しいんでしょ？　だから来たのね。ひざまずいてあたしの許しを乞《こ》いにきたわけよね。悪いけどそんなのあたし興味ないわよ。人を許すなんて、あたしの仕事じゃないもの。そんな商売やっちゃいないわよ」

「娘さんの父親が死んだっていうのに、どうだっていいって言うのか？」

「あんたの知ったことじゃないって言ってるのよ」

「マリアは金のこと、言わなかったかい？」

「金？」

「言っただろう？」

「何のことかわからないわ」

「君に渡す金があるんだ。そのために来たのさ。君に金を渡しに」

「あんたの金なんか要らないわよ。あんたなんかから何も欲しくないわよ。さっさと出てってほしいだけよ」

「まだ話を聞いてもいないのに拒絶しようっていうのか」

「あんたのこと信用できないのよ。あんたは何かを狙《ねら》っていて、それが何なのかあたしにはわからない。他人にただ金をくれてやる人間なんていやしないわよ」

「君は僕のことを知らないんだよ、リリアン。僕が何をしようとしてるのか、全然わかってないじゃないか」

「マリアから十分聞いたわよ。あんたが気に食わないってわかるだけのことは聞いたわよ」

「気に入られるために来たんじゃないさ。君を助けにきたんだよ、それだけだ。君にどう思われるかは問題じゃない」

「あんた狂ってるわよ、知ってる？　あんたの話、まるっきり狂人のたわごとよ」

「唯一《ゆいいつ》狂ってる点があるとすれば、現実に起きた出来事を君が否定することさ。僕は君から何かを奪ったのであって、その何かを返しに、こうしてここに来たんだ。簡単な話さ。僕が君を選んだんじゃない。状況が君を僕に与えてくれたんだ。あとは僕が、取引きにおける自分の側の務めをやり遂げなくちゃいけない」

「あんた、リードみたいな話し方になってきたわね。口ばかり達者な、阿呆《あほう》な議論やら理論やらでパンパンにふくらんだろくでなしよ。でもそんなの通らないわよ、学者先生。取引きなんて何もないのよ。みんなあんたの頭のなかにあるだけよ。あたしはあんたに何の借りもありませんからね」

「そのとおり。君は僕に何の借りもない。借りがあるのは僕の方さ」

「馬鹿馬鹿《ばかばか》しい」

「僕の挙げる理由に興味がないんだったら、理由のことは考えなくていい。だけど金は受けとってくれ。君自身のためでなくても、せめて娘さんのために。僕は君に何も求めていない。ただ金を受けとってほしいだけだ」

「で、それからどうなるの？」

「それから何もなしさ」

「あたしはあんたに借りができるわけじゃない。そういうふうにあたしに思わせようって魂胆でしょ。いったんあたしが金を受けとったら、あんたはあたしのこと、自分の所有物みたいに思いはじめるのよ」

「所有物？」とサックスは、突如苛立《いらだ》ちをぶちまけながら言った。「所有物だって？　僕は君のことなんか好きですらないんだぜ。こんなふうに扱われるんだったら、こっちは君なんかとつき合うのは少なければ少ないほどありがたいさ」

その瞬間、何の前触れもなしに、リリアンがにっこり笑った。それはふっと湧《わ》いた中断だった。二人のあいだでじわじわ高まってきていた神経戦に対する、まったく意図しない反応だった。つづいたのは一秒か二秒だったが、サックスは勇気づけられた。何かが伝わったのだ、ささやかなつながりが築かれたのだ、そう思った。それが何なのか言葉にはできなくても、雰囲気が変わったことは感じとれた。

そこからは、すばやく行動に移った。訪れたチャンスを逃さずに、そこで待っていてくれ、と彼女に言って部屋を出て、車にしまった金を取りに外へ出ていった。自分のことをあれこれ釈明したって仕方ない。いまや証拠を差し出す時なのだ。抽象は切り捨てて、金みずからに語らせる時なのだ。それしか彼女に信じてもらう手はない。金に触ってもらい、自分の目で見てもらうのだ。

だがもはや、事態は何ひとつ単純ではなくなっていた。トランクの鍵を開けて、鞄《かばん》をもう一度見てみると、衝動どおりに行動することを彼はためらってしまった。はじめからずっと、全部の金をいっぺんに彼女に渡す自分の姿をサックスは思い描いてきた。彼女の家に入っていって、鞄を渡し、出ていく。それはあっという間の夢のような行為、まったく時間のかからない早業になるはずだった。慈悲の天使のごとくにさっと降り立ち、彼女に富の雨を降らせて、彼が来たことをリリアンがろくに呑《の》み込めもしないうちに姿を消す。ところが、こうしてリリアンと話をして、キッチンで面と向きあってみると、そんなおとぎ話がいかに馬鹿げているかをサックスは思い知った。リリアンの敵意は彼を怯《おび》えさせ、士気を奪った。次に何が起こるかを予測する手だてはひとつもない。いっぺんに金を渡したりしたら、彼女に対してまだ保っている優位もすべて失ってしまうだろう。そうなったら何が起きても不思議はない。一つの過《あやま》ちから、どんなグロテス

ク な逆転が生じてもおかしくない。たとえば彼女は、金を受けとるのを拒むかもしれない。そうしたら彼にとっては屈辱だ。あるいは、もっと悪い可能性としては、金を受けとり、それからあっさり豹変《ひょうへん》して警察に電話するかもしれない。電話のことはすでにほのめかしたのだし、あの憤怒《ふんぬ》と猜疑《さいぎ》の深さを思えば、彼を裏切ったとしても不思議はあるまい。

鞄を家のなかへ運んでいく代わりに、サックスは百ドル札を五十枚数えて、上着の二つのポケットにつっ込み、また鞄のジッパーを閉めて、ばたんとトランクを閉じた。自分が何をやっているのか、もうさっぱりわからなくなっていた。それはまったく即興の行為だった。未知へ向かっての盲目の跳躍だった。家の方に向き直ると、リリアンが戸口に立っているのが見えた。小さな、光に照らされた姿が両手を腰に当て、彼が静まり返った道路で作業するのをじっと見守っている。彼女の目が自分に注がれているのを意識しながら、サックスは芝生を横切った。先がまるで見えなくなったことで、なぜかにわかに気分は高揚していた。いまからどんなひどいことが起きるにせよ、その狂気に彼は酔いしれていた。

サックスが玄関前の階段をのぼりつめると、リリアンは脇へのいて彼を通し、それからドアを閉めた。今回は彼も、誘われるのを待ちはしなかった。リリアンよりも先にキッチンへ入っていって、テーブルの前に行き、がたがたの椅子をひとつ引っぱり出して座った。やがてリリアンもその向かいに座った。もはや笑顔は消え、目に好奇心のきらめきもなかった。その顔は仮面に変わってしまっていた。向かいあわせに座ったサックスは、何か信号を捜し、どう切り出したらいいか手がかりを探ったが、そのうちに壁と睨《にら》めっこしているような気がしてきた。彼女に届くすべはなかった。彼女が何を考えているのか、見通す手立てはなかった。二人とも何も言わなかった。どちらも相手が切り出すのを待っていた。彼女の沈黙が長びけば長びくほど、その敵意もますます烈《はげ》しくなっていくように思えた。やがてサックスは、自分の息が詰まりかけていることに気づいた。悲鳴が肺のなかにたまってきた。彼は右腕を持ち上げ、穏やかな手つきで、目の前にあるものをすべて床に払い落とした。汚れた皿、コーヒーカップ、灰皿、食器がすさまじい音を立てて着地し、割れたり、緑のリノリウムの上を滑っていったりした。彼はリリアンの目をまっすぐ見据えたが、リリアンはそれに応《こた》えず、相変わらず何事もなかったような顔でじっと座っていた。これは最高の瞬間だ、世紀の瞬間だ、そうサックスは思った。そうやって二人でなおも向きあっていると、嬉《うれ》しさのあまりほとんど身震いしそうになった。それは恐怖を源に湧き上がってくる荒々しい幸福感だった。それから、一拍もタイミングを逃すことなく、ポケットから二つの札束を取り出し、テーブルにばしんと叩《たた》きつけ、彼女の方に押し出した。

「これは君の金だ」とサックスは言った。「望めば君のものになる」

彼女はほんの一瞬金を見たが、それに触ろうというそぶりは見せなかった。「百ドル札の束」と彼女は言った。「それとも一番上のやつだけかしら？」

「全部、最後まで百ドルだ。五千ドルある」

「五千ドルといえばはした金じゃないわよ。金持ちだって五千ドルとなれば馬鹿にはできないわよ。だけど人生を変えるってほどの金じゃないわね」

「これはまだはじまりさ。手付け金と言ってもいい」

「ふうん。で、これが手付けなら、残額はどんな感じかしら？」

「一日千ドル。金が尽きるまで、ずっと毎日千ドル」

「で、いつごろ尽きるわけ？」

「ずっと先の話さ。君が借金を始末して仕事を辞めるより先。君がここを引き払ってよそに移るより先。君が新しい車を買って新しい服を買うより先。それを全部片付けても、どうしていいかわからないくらいの金が残るはずだ」

「で、ご自分は何になるつもりなわけ？　あたしを救う妖精《ようせい》？」

「単に負債を返済している男、それだけさ」

「で、もしあたしが、こんな取決めは嫌だって言ったら？　どうせならいっぺんに全部欲しいって言ったら？」

「実はそれが当初の計画だったんだが、ここへ来てから事態が変わったのさ。我々はいまやプランBに移行した」

「あんたはあたしに優しくしようとしてるんだと思ってたのに」

「してるさ。だけど君にも、僕に優しくしてもらいたい。こうやった方が、物事のバランスを保てるチャンスが大きいと思うんだ」

「つまりあたしのこと信用できない、そういうことね？」

「君の態度にいささか不安にさせられるのさ。それは自分でも納得できるだろう」

「で、この分割払い、どういう段取りでやるわけ？　あんた毎日、指定の時間にやって来て、金を渡してさっさといなくなるの？　それとも朝食をごちそうになろうとか思ってるわけ？」

「さっきも言ったろう。僕は君から何も求めていない。君は何のヒモもなしに金を受けとり、僕に対し何の借りもない」

「ま、とにかくはっきりさせておくけど、マリアから何を聞いてるか知りませんけどね、あたしのプッシーは売り物じゃないわよ。いくら金を積んだって同じよ。わかる？　あたしは誰にも無理矢理ベッドに引っぱり込まれたりしないのよ。あたしは自分がファックしたい人間とファックするのよ、妖精さんのサオはしまっといてよね。こう言えばはっきりした？」

「つまり君のプランに僕は入っていないってことだな。僕のプランに君が入っていないことはたったいま言ったとおりだ。これ以上はっきりした話もないと思うね」

「結構。じゃ、この話、少し考えさせてちょうだい。もうくたくただし、眠らなくちゃ」

「考える必要なんかないさ。もう答えはわかってるはずだ」

「わかってるかもしれないし、わかってないかもしれない。でもとにかく今夜はもうこの話をするつもりはないわ。きつい一日だったし、もうぶっ倒れそうよ。でもあたしだって優しくなれるってところを見せるために、あんたが居間のソファで寝ることを許可してあげる。マリアのよしみで、今夜一晩だけ。もう真夜中だし、いまからモーテルを探したって見つかりっこないもの」

「そんなことしてくれる義理はないぜ」

「義理なんか何もありゃしないわよ。だからってやっちゃいけないってことはないでしょ。泊まっていきたいんだったら、泊まっていきなさい。嫌だったら泊まらなくていい。とにかくさっさと決めてよね、あたしもう寝るから」

「ありがとう、恩に着るよ」

「あたしにお礼言わないでよ、マリアに言ってよ。すごく散らかってるからね、何か邪魔だったら床に放り出しといてちょうだい。そのやり方を知ってることはもう見せてくれたわよね」

「ふだんはああいう原始的な形態の意思疎通《そつう》には訴えないんだけどね」

「今夜これ以上あたしと意思疎通しない限り、一階で何があろうとあたしはどうだっていいわよ。だけど二階はオフリミットよ。いい？　あたしのベッドサイドテーブルにはピストルがあって、誰かこそこそ寄ってきたりしたら、使い方はちゃんと心得てますからね」

「それって金の卵を産む鵞鳥《がちょう》を殺すみたいなものだと思うけどね」

「それは違うわよ。あんたは鵞鳥かもしれないけど、卵は別のところにあるのよ。あんたの車のトランクにしっかりしまってあるのよ、覚えてる？　鵞鳥を殺したって、あたしは卵を欲しいだけいくらでも手に入れられるのよ」

「また脅しに逆戻りか？」

「あたしは脅しの効用なんて信じないわ。あたしはただ、あんたが優しくふるまってくれるよう頼んでるだけよ。すごく優しくね。それと、妙な考え起こさないように頼んでるだけ。そうしたらあたしたち、一緒にビジネスができるかも。安請けあいはしないけど、あんたさえヘマやらなけりゃ、そのうちひょっとしてあたし、あんたを憎むことさえやめるかもね」

&

翌朝サックスは、頬に温かい息が降りかかるのを感じて目を覚ました。目を開けると、すぐ前に子供の顔があった。小さな女の子が、じっと身じろぎもせず、閉じた口から震えまじりの息を吐き出している。ソファの前にひざまずき、頭を彼の顔のすぐそばまで寄せていて、唇が彼の唇とほとんどくっつきそうになっている。女の子の髪を通って注いでくる光の弱さから見て、まだ六時半か七時ごろだろうとサックスは思った。ということはまだ四時間も眠っていないわけだ。目を開けた直後は、起き上がろうにも頭が朦朧《もう》としていたし、筋肉を動かそうにも体が鉛のように重かった。もう一度目を閉じたかったが、女の子があまり熱心に見入っているので、彼の方もそのままぼんやり相手の顔を見ているうちに、この子はリリアン・スターンの娘だという認識が徐々に湧《わ》いてきた。「おはよう」とその子はしばらくしてから、サックスの微笑を話しかけていいしると受けとって言った。「永久に起きないかと思ったわ」

「君、長いことここにいたのかい？」

「百年くらいかしらね。お人形を探しに降りてきたら、おじさんがここに寝てたのよ。おじさんてすごく体が長いのね、知ってる？」

「うん、知ってる。僕みたいな人間を豆づる《ビーンポール》って言うんだよ」

「ミスター・ビーンポール」と女の子は考え深げに言った。「いい名前ね」

「で、君の名前はマリアだね？」

「そう言う人もいるけど、自分ではラプンツェルって名のってるの。その方がずっと可《か》愛《わい》いでしょ?」

「ずっと可愛い。で、君はおいくつかな、ミス・ラプンツェル?」

「五歳と四分の三」

「ふうむ、五歳と四分の三、か。素晴らしい歳《とし》だ」

「十二月に六つになるの。クリスマスの次の日が誕生日なのよ」

「ということは二日つづけてプレゼントがもらえるわけだね。そんな仕組みを考え出すなんて、君すごく頭がいいんだねえ」

「運がいい人はいいのよ。ママもそう言ってる」

「五歳と四分の三だったら、もう学校に行ってるのかな?」

「幼稚園よ。ウィア先生のクラスなの。一〇四番教室よ。みんな先生のこと、不気味先《ウィアード》生って言ってる」

「魔女みたいなのかい?」

「そうでもないわね。魔女にはまだ若すぎると思う。でも鼻はほんとにものすごく長いの」

「で、君、幼稚園に行く支度しなくていいのかな? 遅刻しちゃまずいよね」

「何言ってんの、今日は土曜日よ。お休みじゃない」

「そうだった。僕ね、ときどきすごく馬鹿《ばか》になって、曜日もわからなくなっちゃうんだ」

もうそのころには目も覚めていて、立って体をのばしたかった。朝ごはんはどうだい、と女の子に訊《き》いてみると、お腹《なか》ペコペコよ、と答えが返ってきたので、ただちにソファから転げ降りて、靴をはいた。目の前にささやかな仕事が現われたのが嬉しかった。二人で一階のバスルームを交代で使うことにし、まずサックスが入った。膀胱《ぼうこう》を空にして、顔にばしゃばしゃ水を浴びせると、仕事にかかろうとキッチンに入っていった。キッチンでまず目に飛び込んできたのが、例の五千ドルだった。テーブルの上、昨夜置いたままの位置に放ったらかしにしてある。リリアンが二階に持っていかなかったのを知って、サックスは首をひねった。ここには何か隠れた意味があるのだろうか、それとも単に忘れただけか？　幸いマリアはまだバスルームに入っていた。彼女がキッチンにやって来たころには、金はすでにテーブルからどかして食器棚のひとつにしまい終えていた。

朝食のスタートは順調とは言いかねた。冷蔵庫に入っている牛乳は悪くなっていたし（これでまずシリアルの可能性が消えた）、卵の買い置きも切れていたのでフレンチトーストやオムレツ（マリアの挙げた第二・第三候補）も作れない。やっとスライス切りの全粒粉パンが一斤見つかり、上の四枚を捨てた末に（青っぽいけばけばのカビが生えていた）、イチゴジャムのトーストということで話が決まった。パンをトースターで温めているあいだに、冷凍室の奥に、霜のこびりついた冷凍オレンジジュースの缶が見つかったので、それをプラスチックの水差しに入れて薄め（まずは水差しを洗うのが先だったが）、ジャムトーストと一緒にテーブルに出した。本物のコーヒーはなかったが、食品棚をくまなく漁《あさ》った結果、デカフェのインスタントコーヒーが一壜《ひとびん》出てきた。その苦いばかりの代物《しろもの》を飲みながら、サックスはふざけて顔をしかめ、喉《のど》をかきむしってみせた。マリアはその演技にきゃっきゃっと笑い、サックスもそれに乗せられてよたよたキッチンのなかを歩きまわって、ゲーゲー、ウーウーといった音を喉からつぎつぎに絞り出した。「毒だ」と彼はゆっくりと床に崩れ落ちながらささやいた。「奴《やつ》らに毒を盛られたんだ」。マリアはますます笑ったが、お芝居が終わってサックスが席に戻ると、愉《たの》しげな表情はすうっと消えた。その目に不安そうな色が浮かんでいるのをサックスは見てとった。

「ふりしてただけだよ」とサックスは言った。

「わかってる」とマリアは言った。「あたしただ、人が死ぬのが好きじゃないだけ」

サックスは自分の過《あやま》ちを思い知ったが、もう手遅れだった。「僕は死なないよ」と彼は言った。

「そんなことないわ。みんないつかは死ぬのよ」

「今日は死なないってことさ。明日も死なない。まだ当分はいるつもりだよ」

「だからソファに寝てたの？　これからあたしたちと一緒に暮らすの？」

「それはないと思うな。でも君の友だちにはなるつもりだよ。それに君のママの友だちにも」

「おじさん、ママの新しい恋人？」

「いや、ただの友だちさ。君のママさえよければ、助けてあげたいと思ってる」

「よかった。ママには誰か助けてくれる人が必要なの。今日パパを土のなかに埋めるから、すごく悲しんでるの」

「ママがそう言ったのかい？」

「ううん、でも泣いてるとこ見たもの。泣いてるときは悲しんでるんだよ」

「君も今日そこに行くのかい？　みんなでパパを埋めるのを見にいくの？」

「ううん、あたしたち行かせてもらえないの。おばあちゃんとおじいちゃんが駄目だって」

「おばあちゃんとおじいちゃんはどこに住んでるの？　やっぱりカリフォルニア？」

「違うと思う。どこか遠いところよ。飛行機じゃなくちゃ行けないところ」

「東の方かな」

「メープルウッドっていうの。どのへんだか知らない」

「ニュージャージーのメープルウッドかな？」

「わかんない。すごく遠いのよ。パパはあそこの話をするたびに、世界の果てだって言ってた」

「パパのこと考えると、悲しくなるだろうね？」

「そりゃそうよ。パパはもうあたしたちのこと愛してないんだってママは言うけど、あたし何でもいいから、パパに帰ってきてほしい」

「きっとパパも帰ってきたかったんだろうね」

「あたしもそう思うの。たまたま帰ってこれなかっただけよ。事故に遭って、うちへ帰ってくる代わりに、天国へ行かなきゃならなかったのよ」

まだすごく小さいのに、ほとんど恐ろしいくらい落着いている。話しながら、ぎらぎら光るまなざしでじっとサックスを見据え、少しもひるまず、とまどったりしている様子もまるでない。大人のふるまいをこんなに上手に真似《まね》できるなんて驚きだ。実は何も知らないのに、本当に何ひとつ知らないのに、こんなに臆《おく》せず冷静に見えるなんて。サックスは彼女の健気《けなげ》さを憐《あわ》れんだ。その明るい、ひたむきな顔に浮かぶ作り物の勇ましさを気の毒に思った。いままで自分が言ったことを全部撤回して、彼女を子供に戻してあげたかった。とにかくこの哀れな、歯の抜けた、黄色いリボンのついた髪止めが巻き毛から垂れているミニチュアの大人以外の何かにしてやりたかった。トーストの最後の一切れを二人とも食べ終えて、サックスがふとキッチンの時計に目をやると、まだ七時半を少し回ったところだった。ママはあとどれくらい寝てると思う、とマリアに訊いてみて、あと二、三時間は起きてこないかも、という答えを聞くと、突如ある案が頭に浮かんだ。ねえ、二人でママをびっくりさせてやろうよ、とサックスは言った。いまから取りかかれば、ママが起きてくるまでに一階じゅうすっかりきれいにできるかもしれないよ。それって素敵だと思わないかい？　ママが降りてきたら、何もかもがピカピカにきちんと片付いてるのさ。そうすればきっとママも元気になるよ、ね？　マリアも賛成だった。それにも増して、自分たちでキッチンをきれいにするんだと思うとわくわくしているみたいだった。やっと誰かが現われて、事態を何とかしてくれようとしていることにほっとしているみたいだった。だけど静かにやらなくちゃ駄目だよ、とサックスは唇に指を当てて言った。小人の妖精《ようせい》みたいに静かにやるんだよ。

というわけで二人は仕事に取りかかり、きびきびと、無言のハーモニーのなかでキッチンのなかを動きまわった。テーブルの上が片付けられ、割れた食器が床から掃き出され、流しには洗剤入りのお湯がためられた。騒音を最小限に抑えるために、皿をこするのもフォークやナイフでなく指を使い、手をゴミだらけにしながら食べ残しやつぶれた吸い殻を紙袋に放り込んだ。それは何とも汚い仕事だった。二人とも舌をつき出し、ゲロを吐く真似をして嫌悪《けんお》を伝えあった。それでもマリアは十二分に貢献し、ひとたびキッチンが見苦しくない姿になると、今度は勇んで居間に進んでいった。相変わらずやる気十分で、早く次の仕事にかかりたくてうずうずしている。もうそのころは九時近くで、表の窓から太陽の光が差し込み、空気中に浮かぶ埃《ほこり》のほっそりした筋を照らし出していた。目の前の惨状を見渡しながら、どういう手順で進めたらいいかを相談していると、マリアの顔に不安の影がよぎるのが見えた。彼女は何も言わずに腕を上げ、窓のひとつを指した。サックスがそっちを向いてみると、次の瞬間に彼にも見えた。芝生に男が一人立っていて、顔を上げて家の方を見ているのだ。チェックのネクタイをして、茶のコーデュロイの上着を着た比較的若い男だが、髪は早くも薄くなりかけている。玄関前の階段をのぼって呼び鈴を鳴らすべきかどうか迷っている様子だ。サックスはマリアの頭をぽんぽんと叩《たた》き、キッチンに戻ってもう一杯オレンジジュースを注いでおいでと言った。マリアははじめ、拒みそうな顔をしかけたが、サックスをがっかりさせては悪いと思ったか、こくんとうなずいて、しぶしぶキッチンに行った。サックスは散らかった居間を抜けて玄関に行き、極力静かにドアを開けて、外に出た。

「何かご用ですか?」とサックスは言った。

「トム・ミューラーと申します」と男は言った。「『サンフランシスコ・クロニクル』の者です。ミセス・ディマジオとお話がしたいのですが」

「すみません。インタビューはお受けしていないんです」

「インタビューっていうことじゃなくて、ただお話をさせていただきたいんです。わが社の新聞で、奥様の側からごらんになったお話もぜひお伺いしたいと申しておりまして。

独占記事ということで、それなりのお礼もさせていただきます」

「すみません、駄目です。ミセス・ディマジオは誰と話す気もありません」

「私を追い返すにしても、奥様ご本人がそうなさる機会をお持ちになるべきだと思いませんか？」

「いいや、思いませんね」

「で、あなた誰なんです、ミセス・ディマジオの広報担当者ですか？」

「家族の友人です」

「なるほど。で、あなたが彼女に代わって人と話をするわけですか」

「そのとおり。あんたみたいな連中から彼女を守るのが僕の仕事です。その疑問ももう解消したわけだから、そろそろお引きとり願えますかね」

「で、奥様と連絡をとるにはどうしたらいいでしょうかね？」

「手紙を書いたらどうです。普通はそうするでしょう」

「そりゃ名案だ。私が奥様に手紙を書いて、奥様が読む前にあなたが捨てちまうわけだ」

「人生に失望はつきものですよ、ミスター・ミューラー。さ、そろそろ、お帰りになったた方がいいんじゃないですかね。そちらとしても僕が警察を呼ぶことはお望みじゃないでしょう。あなたはミセス・ディマジオの居住地に立ってるんですよ」

「はいはい、わかってますよ。ご厚意に感謝します。おかげで助かりましたよ、ほんとに」

「がっかりしなさんな。これもいずれ過去となるべし、ですよ。あと一週間もすれば、こんな事件のことを覚えてる人間なんてサンフランシスコじゅう一人もいなくなりますよ。誰かがディマジオって名を口にしたって、みんなジョーの方しか思いつかなくなるさ」

これで会話は終わったが、相手が庭から出ていってもサックスはまだ玄関口に立って、車が走り去るまで動かぬ気でいた。ミューラーは道路を渡って、車に乗り込み、エンジンを始動させた。別れの挨拶《あいさつ》に、家の前を通りすぎるときに右手の中指を突き立てていったが、サックスはその卑猥《ひわい》なしぐさにも肩をすくめるだけだった。こんなのはどうでもいいことだ。むしろ自分が上手《うま》く対処した証拠ではないか。回れ右して家のなかに戻ろうとしながら、ミューラーの怒りっぷりを思って、笑みがこぼれるのを抑えられなかった。広報担当者というよりも、町の保安官にでもなった気分だ。何だかんだ言っても、決して不快な感じではなかった。

家に入ったとたん、顔を上げると、リリアンが階段の上に立っているのが見えた。白いパイル地のローブを着て、目は腫《は》れぼったく、髪もくしゃくしゃで、体から眠りを振り落とそうと努めている最中だ。

「お礼を言うべきなんでしょうね」と彼女は、短い髪に手を差し入れながら言った。

「お礼って、何の?」とサックスは知らんぷりを装《よそお》って言った。

「あの男を追い払ってくれたお礼よ。すごくいい手際《てぎわ》だったじゃない。感心したわ」

「いまの? 何をおっしゃいますやら、あんなの何でもないっスよ、おかみさん。あたしゃただ自分の仕事してるだけっスから。それだけっスよ」

間抜けな田舎者を装った鼻声に、彼女はつかのまにっこり笑った。「その仕事がお望みなんだったら、やってくれていいわよ。あたしよりずっと上手だから」

「言っただろう、僕はそう悪い人間じゃないって」と彼はいつもの声に戻って言った。「チャンスさえ与えてもらえれば、ひょっとしてけっこう役に立つかも」

この最後の一言に彼女が答える間もなく、マリアが廊下に飛び出してきた。リリアンはサックスから目をそらして、「ハイ、ベイビー。今日は早いわねえ」と言った。

「ママびっくりするわよ、あたしたちがやったこと見たら」と幼い娘は言った。「目を疑うわよ、ほんとよ」

「もうすぐ降りていきますからね。ママはまずシャワー浴びてお洋服着ないといけないの。今日はビリーとドットのおうちへ行くのよ、覚えてるでしょ。遅れちゃいけませんからね」

彼女がふたたび二階に消えていき、身支度に三、四十分かけているあいだ、サックスとマリアは居間相手の奮闘を再開した。床から枕《まくら》やクッションを救出し、コーヒーのしみ込んだ雑誌や新聞を投げ捨て、ウールの絨毯《じゅうたん》のすきまから掃除機で煙草《たばこ》の灰を吸いとった。片付いた空間が増えれば増えるほど、動ける空間も増えていき、仕事はますます速くなっていった。最後にはもう、古い映画に出てくる、やたらと速く動く二人の登場人物みたいになってきた。

これだけ片付いたとなれば、一目でリリアンの目にも飛び込んだはずだ。が、一階に下りてきた彼女の反応は、サックスが予想していたより冷ややかだった。少なくともマリアのために、もう少し嬉《うれ》しそうな顔をしてみせると思ったのだが。「素敵ね」と彼女は敷居のところでしばし立ちどまり、うなずきながら言った。「すごく素敵ね。ママこれから、もっとしょっちゅうお寝坊しなきゃね」。彼女はにっこり笑い、感謝の念をささやかに示したあと、まわりをろくに見もしないで、食べるものを探しにキッチンに入っていった。

リリアンが娘の額にキスするのを見てサックスの気持ちもわずかに和んだが、着替えてらっしゃい、とマリアが二階に追いやられてしまうと、今度はひどく手持ち無沙汰《ぶさた》になった。キッチンに入ったリリアンは彼にはろくに目も向けず、自分一人の世界のなかを動きまわっていた。そこでサックスは、戸口を定位置と決め、黙ってそこに立った。リリアンは冷凍室から、サックスが見逃していた本物のコーヒーの袋を引っぱり出し、レンジにやかんをかけた。服はカジュアルだったが（黒っぽいスラックス、白いタートルネック、平べったい靴）、口紅とアイシャドーはつけていたし、あたりにははっきり香水の匂《にお》いが漂っていた。ここでもまた、サックスは状況をどう解釈したらいいか見当がつかなかった。どうにも測りようのない行動ではないか。友好的かと思ったら、次の瞬間にはもう閉じている。油断なく張りつめていると思ったら、次の瞬間には気もそぞろ。一貫性を見出《みいだ》そうとすればするほど、訳がわからなくなってくる。

やがて彼女は、あなたもコーヒーどう、と誘ってはくれたが、それでもまだほとんど何も喋《しゃべ》らず、サックスにそこにいてほしいのか、消えてほしいのか、自分でも決めかねているような態度を取りつづけた。何を言ったらいいかもわからないので、サックスはとりあえずけさテーブルにあった五千ドルの話をはじめ、食器棚を開けて金をしまった場所を示した。が、相手はあまり熱心に聞いている様子もなかった。「あ、そう」と金を見てうなずきながら言い、それっきり窓の方を向いて、裏庭をじっと見やりながら黙ってコーヒーを飲んだ。サックスはそれでもめげずに、カップを置いて、今日の分を渡す、と宣言した。そして答えを待たずに車のところへ出ていき、トランクのボウリングバッグからしかるべき額を取り出した。三、四分後にキッチンに戻ってみると、リリアンはまだ同じ位置に立っていた。片手を腰に当てて窓の外を見やり、何か秘密の思考の連鎖をたどっている。サックスは彼女の目の前まで行って、千ドルを鼻先でぱたぱた振りまわし、これどこに置いたらいいかな、と訊《き》いた。どこでもお好きなところにどうぞ、と彼女は答えた。リリアンの活気のなさに、サックスはだんだん落着かなくなってきた。そこで、カウンターなどに置いても仕方ないと決め、冷蔵庫の前に行って、上の扉を開け、札を冷凍室に放り込んだ。これは狙《ねら》いどおりの結果をもたらした。彼女は怪訝《けげん》そうな表情でサックスの方を向いて、何でそんなことするの、と訊いた。サックスは答える代わりに食器棚のところに行って、最初の五千ドルを棚から取り出し、その束も冷凍室に入れた。それから、冷凍室の扉をぽんぽん叩きながら、彼女の方を向いて、言った。

「凍結資産。金が欲しいのかどうか言ってもらえないから、ここはひとつ、君の未来を氷に託そうと思うんだ。悪くないだろう？　君の卵を雪のなかに埋めるのさ。春が来て雪が溶けはじめたら、君はここを覗《のぞ》いてみて、自分が金持ちになったことを知る」

漠然とした笑みがリリアンの口元に浮かびかけ、彼女が屈しかけていること、やっとゲームに引き込まれてきたことを物語っていた。彼女はもう一口コーヒーを飲んで時間稼ぎをしながら、お返しの文句を考えていた。「あんまりいい投資とも思えないけどね」と彼女はようやく言った。「そこに置いとくだけじゃ、利子《インタレスト》もつかないわけでしょ？」

「そのとおりだね。君が興《インタ》味《レスト》を示さない限り利子《インタレスト》はつかない。示したらもう、天井知らずさ」

「あたし興味がないとは言ってないわよ」

「たしかに。だがあるとも言ってない」

「ノーと言わない限り、イエスと言ってる可能性はあるわけでしょ」

「あるいは何も言ってない可能性もある。だからもうこの話はすべきじゃないのさ。どうしたいのか君に見えてくるまで、二人とも口を閉ざしていよう、ね？　何も起きていないふりをするんだ」

「あたしはいいわよ」

「結構。要するに、何も言わなければ言わないほどいいってことだ」

「一言も言わないわ。で、ある日あたしが目を開けたら、あんたはいなくなってるのよ」

「まさしく。魔神は壜《びん》のなかに這《は》い戻り、君は奴《やっ》のことなど二度と考えなくていい」

戦略はいちおう功を奏したように思えたが、全般的に雰囲気が変わったことを別とすれば、この会話が何をなしとげたのか、サックスにはよくわからなかった。少し経《た》って、ピンクと白のワンピースにエナメル革の靴でおめかししたマリアが元気よくキッチンに飛び込んできたあと、会話が実に多くをなしとげたことを彼は知った。マリアは息を弾ませ、わくわくした顔で母親を見て、このおじさんも一緒にビリーとドットのおうちに行くの、と訊いた。いいえ、行かないわよ、とリリアンが答えると、サックスはこれを合図と受けとめ、さっさとここを出てモーテルを探そうと思ったが、リリアンがさらに一言、でもあんたここにいてくれて構わないわよ、あたしとマリアは夜遅くまで帰ってこないからべつに急いで出ていかなくてもいいわよ、と付け足したのである。よかったらシャワーを浴びたりひげを剃《そ》ったりしてもいいし、ドアさえきちんと閉めて鍵《かぎ》がかかってることを確かめてくれればいつ出てってもいいわ、と彼女は言った。こう言われて、どう反応したらいいのかサックスにはわからなかった。何か言うべきことを思いつく前に、リリアンはマリアの髪にブラシをかけさせに一階のバスルームへ連れていってしまった。ふたたび二人が出てきたときにはもう、二人の方が彼より先に家を出ることが当然の前提になっていた。これはめざましい変化に思えた。およそ理解しがたい急転回だ。だがとにかく、ことはそういうふうに運んだのであり、むろんサックスとしても異を唱える気はなかった。五分と経たないうちにリリアンとマリアは玄関から出ていき、それから一分と経たないうちに埃《ほこり》をかぶった青いホンダで走り去り、午前なかばの明るい陽光のなかに消えていった。

&

二階のバスルームで、サックスは一時間近くを過ごした。まずはバスタブに浸《つ》かり、それから鏡の前でひげを剃った。バスタブに横たわって、リリアンの持ち物をぼんやり見上げていると、何とも妙な気分になった。はてしなく並ぶクリームやローションの壜、口紅の容器やアイライナーのボトル、石鹸《せっけん》、マニキュア液、香水。こうした不自然な親密さに、サックスは胸がときめきもしたし、同時に嫌悪《けんお》を覚えもした。自分はリリアンの秘密の領域に入ることを許された。ここは彼女のもっともプライベートな儀式が遂行される場なのだ。が、こうしてリリアンの王国の深奥《しんおう》に来てみても、彼女には少しも近づいていない。匂いを嗅《か》いだり、ひっかき回したり、触ったりすることは好きなだけできる。彼女のシャンプーで髪も洗えれば、彼女の剃刀《かみそり》でひげも剃れるし、彼女の歯ブラシで歯を磨くことだってできる——それでも、彼にそうしたことをやらせてくれるというのは、実のところ、そういったものが彼女にとっていかに意味がないかの証《あか》しでしかない。

とはいえ、風呂《ふろ》はサックスの気持ちをほぐしてくれた。ほとんどものうい眠気すら感じた。何分かのあいだ、タオルでぼんやり髪を拭《ふ》きながら、二階をぶらぶら歩いてまわった。二階には小さな寝室が三つあった。ひとつはマリアの、ひとつはリリアンの部屋で、三つ目の、大きめのクローゼットという程度の小部屋は、かつてディマジオの書斎だか仕事部屋だかになっていたらしかった。机と本棚がしつらえてあったが、とにかくその狭いスペースに膨大な量のガラクタが詰め込んであるものだから（段ボール箱、古い衣類やオモチャの山、白黒テレビ）、サックスもひょいと首をつっ込んだだけでまたドアを閉めてしまった。次にマリアの寝室に入って、人形や絵本、壁に掛けた幼稚園の写真、ボードゲーム、動物のぬいぐるみ等々を眺めた。散らかってはいたが、それでもリリアンの部屋に較《くら》べればはるかに整然としていた。リリアンの部屋は混沌《こんとん》の都だった。大惨事の総本部だった。整えていないベッド、脱ぎ捨てた服や下着の作る藪《やぶ》、口紅の染《し》みのついたコーヒーカップが上に二つ載った小型テレビ、床に散らばった無数の本や雑誌。足下に転がった数冊のタイトルをいくつか見てみて（東洋式マッサージの絵付きガイド、輪廻転生《りんねてんせい》をめぐる研究書、ペーパーバックの推理小説二冊、ルイーズ・ブルックスの伝記）、この雑多な集まりから何か結論が引き出せるものだろうかと思案した。それから、ほとんど忘我状態に陥ってサックスはたんすの引出しを開け、リリアンの服を点検しはじめた。パンティやブラ、ストッキングやスリップを、一つひとつ手に持ってしばし眺めてから次に移っていった。クローゼットの品にも同じことをしてから、今度はベッドサイドテーブルに目を向けたとたん、昨夜彼女に言われた脅し文句を思い出した。が、ベッドの左右を調べてみて、あれは嘘《うそ》だったという結論に達した。ピストルなどどこにもなかった。

電話のプラグは抜いてあった。壁のソケットにプラグを戻したとたん、ベルが鳴り出した。その音にぎょっとしたが、受話器を取り上げる気もしないので、ベッドに座って相手があきらめるのを待った。ベルはさらに二十回近く鳴った。鳴り止《や》んだとたん、サックスは受話器をつかんで、ニューヨークのマリア・ターナーの番号をダイヤルした。

マリアがもうリリアンと話をしてしまったからには、これ以上先延ばしにするわけには行かない。これは単に、マリアとのあいだの不透明な部分を解消するだけの問題ではない。自分の良心との不透明部分を解消することでもあるのだ。何はともあれ、マリアにはきちんと釈明しておく必要がある。あんなふうに出ていったことを謝っておかねばならない。

マリアが怒ることは覚悟していた。だがそれでも、これほど激しい罵倒《ばとう》の集中砲火を浴びるとは思っていなかった。サックスの声を聞いたとたん、彼女はつぎつぎに悪口を投げつけてきた。ど阿呆《あほう》、ろくでなし、裏切り者。誰にであれ、どんな状況であれ、マリアがこんな口のきき方をするのを聞くのははじめてだった。それほど彼女の怒りはすさまじかった。彼がやっと口をはさませてもらえたのは何分も経ってからのことだった。サックスは心底恥入った。そこに座ってマリアの言葉を聞いているうちに、ニューヨークでは愚かにも見えていなかったことが彼にもやっと見えてきた。マリアは彼に恋をしているのだ。サックスを罵倒する当然の理由(突然いなくなったこと、恩知らずなふるまい)の向こう側で、彼女は捨てられた恋人として、男が自分を捨ててよその女に移っていった女性として話しているのだ。しかもなお悪いことに、そのよその女というのが、自分のかつての無二の親友だとマリアは思い込んでいる。この思い込みを何とかして解こうとサックスはあがいた。僕がカリフォルニアに来たのは自分一人の個人的理由からであってリリアンは僕にとって何の意味もないんだ、これは君の思っているような話じゃないんだ、云々《うんぬん》——だがその言い方は何ともぎこちなく、嘘つき、とマリアになじられただけだった。会話はひどく醜悪になりかねない雰囲気になってきたが、言い返したい欲求をサックスはどうにかこらえた。やがて、結局はマリアのプライドが怒りに勝った。すなわち、サックスをそれ以上罵《のの》りつづける意志をマリアは失った。代わりに彼女は、サックスをあざ笑いはじめた——あるいはおそらく、自分自身を。それから、聞いている限り何ら転換点もなしに、嘲笑《ちょうしょう》は涙に変わった。しくしくと激しくすすり泣く発作を耳にして、サックスもマリアに劣らずみじめな気分になっていった。嵐《あらし》が過ぎるにはしばらく時間がかかったが、それを経て、二人はやっと話ができるようになった。話が何か有益な結論に達したわけではなかったが、悪意はもうなくなっていた。ファニーに電話しなさいよ、とにかく生きてることだけでも知らせるのよ、とマリアは言ったが、サックスは応じなかった。ファニーに連絡をとるのは危険だと思う、と彼は言った。いったん彼女と話し出したら、きっとディマジオのことも喋ってしまうと思う。彼女をトラブルに巻き込みたくないんだ。知らなければ知らないほど安全なんだし、必要もないのになぜファニーを巻き込む？ そうするのが正しいことだからよ、とマリアは答えた。サックスは自分の議論をもう一度はじめからくり返した。その後三十分間、二人の話は堂々めぐりをつづけ、どちらも相手を説き伏せることはできなかった。もはや正しい正しくないの問題ではなかった。複数の意見、理論、解釈があるだけだった。それは対立する言葉たちから成る大きな沼だった。二人とも何も言わず自分の思いを胸にとどめたままでいたとしても、結果は大して変わらなかったにちがいない。

「無駄だわ、こんなこと」とマリアがとうとう言った。「あたしが何を言ったって、あなたの耳には届かないんだもの」

「ちゃんと聞こえてるさ」とサックスは答えた。「ただ君の言ってることに賛成できないだけだよ」

「そんなことしたって自分がなおさら辛《つら》くなるだけよ、ベン。自分一人の胸にしまっておけばおくほど、喋《しゃべ》らなきゃならなくなったときにますます辛くなるのよ」

「喋らなきゃならないときなんて来ないさ」

「そんなのわからないじゃない。警察に見つかったら、選択の余地なんてないのよ」

「見つかりっこないさ。誰かが通報しない限りそれはありえないし、君は絶対そんなことはしない。少なくとも僕はそう思ってる。その点は君を信頼していいだろう?」

「あたしのことはね。だけど知ってるのはあたしだけじゃないのよ。もうリリアンも知ってるのよ。彼女があたしほど約束を守れるかどうかはわからないわ」

「リリアンが喋りはしないさ。そんなの道理が通らない。失うものが多すぎるじゃないか」

「リリアン相手に道理を当てにしない方がいいわよ。あなたとは考え方が違うんだから。あなたのルールで生きちゃいないのよ。それがまだわかってないんだとしたら、トラブルになるのは見えてるわね」

「どのみちいまの僕はトラブルばかりさ。もう少し上乗せされたって変わりやしない」

「さっさとそこを出なさいよ、ベン。どこへ行こうと何をしようとあなたの勝手だけど、とにかく車に乗り込んでその家から離れるのよ。いますぐ、リリアンが帰ってくる前に」

「それはできない。もうこの計画ははじめてしまったんだ。最後までやり通さなくちゃいけない。ほかに道はないんだ。これが僕にとって唯一《ゆいいつ》のチャンスであって、怖《お》じ気《け》づいてフイにするわけには行かない」

「トラブルにどっぷり浸かるのは見えてるわよ」

「もう浸かってるさ。だからこそこうして、何とか浮かび上がろうとしてるのさ」

「もっと簡単な方法もあるのよ」

「僕にはないね」

電話の向こう側で長い沈黙が生じた。ふうっと息が吸い込まれ、また沈黙。ふたたび口を開いたマリアの声は震えていた。「あたし決めようとしてるのよ、あなたを憐《あわ》れむべきか、それともあっさり口を開けて大声を上げるべきか」

「どっちもしなくていいさ」

「ええ、そうでしょうね。あなたのことなんか何もかも忘れちゃえばいいんだものね。その選択肢はいつだってあるわけよね」

「君は何だってしたいことができるんだよ、マリア」

「そうよね。で、あなたが無茶苦茶な真似《まね》に走ったって、そんなのあなたの問題よね。だけどあたしがそう言ったってことは覚えておいてよね。あたしがあなたに、友だちとして話をしようとしたことは覚えていてよね」

電話を切ったあと、サックスの気持ちはひどく乱れた。マリアの最後の言葉は、一種の訣別《けつべつ》宣言だった。もうこれ以上あなたにはついて行かない、という声明だった。何が原因で意見の相違に至ったのかは問題ではない。嫉妬《しっと》が原因だったのか、誠実な心配か、その両方か。どれでも同じことだ。結果として、とにかくもうこれ以上マリアの助力は仰げないのだ。たとえ彼女の方はそう思わせるつもりはなかったとしても、そして彼からまた連絡を受けたら喜んでくれるかもしれないとしても、いまの会話はあまりに多くの暗い影を、あまりに多くの不確かさを残してしまった。彼と話すだけでマリアが辛い思いをするとわかっているのに、どうして援護など求められよう？ サックスとしてももともとはここまで極端に走るつもりではなかったが、言葉が口にされてしまったいま、最良の味方を、助けを当てにできる唯一の人物を失ってしまったことを思い知らされた。

カリフォルニアに来てまだ一日ちょっとしか経《た》っていないというのに、背後ですでに橋は燃えさかっていた。もうあと戻りはできない。

もう一度電話してダメージを繕《つくろ》うこともできたかもしれないが、サックスはそうしなかった。その代わりにバスルームに戻って、服を着て、リリアンのブラシで髪をとかし、その後の八時間半、家を掃除して過ごした。時おり軽食をとるために一時中断して冷蔵庫やキッチンの食品棚を漁《あさ》ったが（缶詰スープ、レバーソーセージ、カクテルナッツが出てきた）、それ以外は黙々と仕事に励み、九時を過ぎるまで休まず働いた。目標は家じゅう塵《ちり》ひとつなくすること、家を家庭的秩序と静謐《せいひつ》の鑑《かがみ》にすることだった。むろん、ぼろぼろに傷《いた》んだ家具などはどうしようもないし、寝室の天井のひび割れや、流しのエナメルの錆《さび》もしかり。が、少なくともすべてを清潔にすることはできる。一度に一部屋ずつ取り組んで、ごしごしこすり、埃《ほこり》を払い、磨き、並べ直し、奥から前面、一階から二階、大きな混沌から小さな混沌へと系統的に進んでいった。トイレをくまなく洗い、ナイフやフォークを再編成し、服を畳んで片付け、レゴのピース、ミニチュア紅茶セットの道具、プラスチック製の人形の切断された四肢を拾い集めた。一番最後に、ダイニングルームのテーブルの脚を修理した。キッチンの引出しの底から出てきたクギやネジの寄せ集めを使って、何とか元通りの位置に固定した。唯一手をつけなかったのはディマジオの書斎だった。もう一度あのドアを開けるのは気が進まなかったし、たとえあのなかに入る気になったとしても、あれだけの残骸《ざんがい》をどうしたらいいか途方に暮れるだけだっただろう。もう時間もなくなってきていたから、手をつけたとしてもやり終えることはできなかっただろう。

もう出ていくべきだとはわかっていた。リリアンからも、彼女が帰ってくる前に出ていくようはっきり言われたのだ。なのにサックスは、車で家を去ってモーテルを探しにいく代わりに、居間に戻って、靴を脱いで、ソファに横になった。何分か休みたいだけだ。さんざん働いて疲れていたし、しばらくぐずぐずしていても害はあるまい。だが、十時になってもサックスはまだ玄関へ向かおうとしていなかった。リリアンに逆らうのは危険だとわかってはいても、夜のなかに出ていくと思うと、ひどく怯《おび》えてしまった。家は彼にとって安全に感じられた。ほかのどこよりも安全に思えた。こんなことをする権利がないのは承知していたが、リリアンが帰ってきてそこに彼がいるのを目にする、というのもそう悪い案ではないかもしれないという気もした。たぶん彼女は愕然《がくぜん》とし、腹も立てるだろう。だが同時に、重要な主張が、ほかのどの点にも増して確立すべき主張が確立されたことにもなるだろう。何と言われようとサックスが引き下がるつもりはないことを、彼女としても悟らざるをえまい。彼はいまや、リリアンの人生における逃れえぬ事実なのだ。リリアンがどう反応してくるかで、その点が彼女に見えているかどうかも判断できるだろう。

リリアンが帰ってきたときに寝たふりをしている、というのがサックスの作戦だった。ところが彼女が帰ってきたのは、もうひどく遅い時間だった。朝言っていたよりもずっと遅かった。そのころにはすでに、サックスの目は本人の意図に反して閉じてしまっていて、彼は本格的に眠っていた。それは許しがたい過失だった――そこらじゅうの明かりをこうこうと点《つ》けたままソファの上でのびていたのだ――が、結局それも問題にならなかった。午前一時半、ドアが乱暴に閉まる音でサックスははっと飛び起きた。まず目に入ってきたのが、リリアンがマリアを両腕に抱いて玄関口に立っている姿だった。二人の目が合い、ほんのわずかな一瞬、リリアンの唇に笑みが浮かんだ。それから、サックスには何も言わずに、リリアンは娘を連れて階段を上がっていった。マリアを寝かせたらまた降りてくるだろうと思ったが、この家においてサックスが立てたほかの多くの予想と同様、この予測は外れた。リリアンが二階のバスルームに入って歯を磨くのが聞こえ、それからしばらくして、足音の動きで、彼女が自分の寝室に入ってテレビをつけるのがわかった。音量は低く、もごもごといくつかの声が混ざりあい、音楽が壁に反響するのが聞こえるだけだった。すっかり覚めた頭で、サックスはソファに座り、いまにも彼女が話しにくるものと待ち受けていた。十分経ち、二十分経ち、それから三十分待つと、テレビのスイッチが切られた。さらにもう二十分待ったが、それでも現われないので、彼と話す意図がリリアンにないことをサックスは理解した。もう今夜は寝てしまったのだ。これはそれなりの勝利だ、と思ったが、もうその瞬間も過ぎてしまったいま、この勝利をどう捉《とら》えたらいいのかよくわからなかった。サックスは居間のランプを消し、もう一度ソファの上に体を伸ばして、目を開けたまま闇《やみ》のなかに横たわり、家の沈黙に耳を澄ました。

&

そのあとはもう、モーテルに移るという話は出なかった。居間のソファがサックスのベッドになり、毎晩そこで眠るようになった。三人ともそれを当然のこととして受け入れ、彼がいまや世帯の一部になったという事実を、誰も口にさえしなかった。それは自然な展開だった。木や石や、空気中を舞う埃の粒と同じくらい、およそ論じるに値しない現象だった。それこそまさにサックスの望むところだったが、といってこの家における自分の役割を明快に規定してもらえたわけでは決してなかった。何か秘密の、言葉にされない了解に従ってすべてが定められたのだ。君は僕から何を望んでいるのか、などといった問いをリリアンにつきつけてはならないということは直感的にわかった。その答えは自分で割り出さねばならない。ごくわずかなヒントやしぐさ、この上なく謎《なぞ》めいた発言やはぐらかしに基づいて、自分の居場所を自分で探り出さなくてはならないのだ。間違ったことをやったら何が起きるか怖い、というのではない（もっとも、状況がいつ一転してしまっても不思議はないという確信はずっとあった。はじめの脅しどおり、彼女がいつ警察に電話しても驚くにはあたらない）。むしろ、自分の行ないが模範的であることをサックス自身が望んだのである。だからこそそもそもカリフォルニアまでやって来たのだ――自分の人生を作り直すため、自分自身との関係をまったく違ったものにしてくれるであろう善の理念を実践するため。リリアンはそのために彼が選んだ媒介であり、彼女を通してのみ自分の変身も可能になる。サックスはそれを、ひとつの旅として考えた。おのれの魂の闇へ向かう、長い船旅として。だがその旅がはじまったいま、正しい方向に進んでいるという自信はなかった。

リリアンが別の人間だったら、これほど辛くはなかったかもしれない。が、彼女と毎晩同じ屋根の下で眠ることの緊張に、彼のバランスは一日じゅう狂いっぱなしだった。来てわずか二日後に、自分がいかに烈《はげ》しく彼女に触れたがっているかを悟って、サックスはぞっとした。問題は彼女の美しさではない。そうではなく、リリアンが彼に知ることを許している彼女のなかの唯一の要素がほかならぬその美しさだというところが問題なのだ。もし彼女がもう少し妥協的な態度を示してくれて、サックスと直接かかわることをここまで徹底して避けたりしなかったら、サックスにもほかに考えることができて、欲望の呪縛《じゅばく》も破れてくれたかもしれない。が、サックスに対して自分をさらすことを彼女は執拗《しつよう》に回避した。したがってサックスにとって、彼女はいつまでも一個の物体でしかなかった。その肉体面の総和でしかなかった。そしてその肉体面は、ものすごいパワーを内に有している。それは人を眩惑《げんわく》し、急襲し、脈拍を速め、あらゆる気高い決意をうち砕いた。まさかこんなたぐいの苦闘をすることになるとはサックスも覚悟していなかった。頭のなかで丹念に組み立ててきた計画とはまるでかみ合わない。いまや方程式には彼の肉体も加えられたのであり、かつては単純に思えたものが、狂おしい戦略や隠微な動機の作り出す泥沼に変わりはてた。

こうしたことはすべて、リリアンからは隠していた。目下の状況でサックスに取りうる道は、彼女の無関心に、涼しい落着きで対抗することしかない。現状での関係のありように完璧《かんぺき》に満足しているふりをするほかないのだ。彼女と一緒にいるときは、努めて気楽そうな態度を装《よそお》った。飄然《ひょうぜん》として、友好的で、協調的で、笑顔を絶やさず、決して文句を言わなかった。すでに彼女が警戒心を抱いているのはわかっている。いままさに彼が抱いている感情を彼が抱いているのではないかと、はじめからずっと疑っているのだ。したがって、自分がまさしく彼女を見たいと思っているような見方で彼女を見ているところを、絶対にリリアンに見られてはならない。一目だけでも命取りになりかねない。相手は何しろ経験を積んだ女性だ。生涯ずっと男たちにじろじろ見られてきたのだ。サックスの視線にも、その目に隠れたごくわずかな意味にまで、きわめて敏感に反応するだろう。このため、リリアンがそばにいるといつも、サックスの胸にはほとんど耐えないほどの緊張が生じることになった。が、彼は懸命にこらえ、決して希望を捨てなかった。相手からは何も求めず、何も期待せず、やがては自分の粘り勝ちになりますようにと祈った。こっちにある武器は粘りだけなのだ。あらゆる機会に彼はそれを持ち出し、この上ないひたむきさ、比類ない情熱的な自己否定の精神でもって彼女の前で自分を貶《おとし》め、やがてはそうした弱さが一種の力に転化していったのである。

最初の二週間くらい、リリアンはほとんど口をきかなかった。家を長時間、頻繁に留守にしているあいだ、彼女が何をしているのかはまったくわからなかった。知りたい気持ちはものすごく強かったものの、面と向かって訊《き》くわけには行かなかった。知ることより慎重にふるまうことの方が大事だと思ったし、彼女を怒らせる危険を冒すよりは、好奇心は自分の胸にとどめて様子を見た方がいい。たいていの朝、リリアンは九時か十時に家を出る。夕方に帰ってくる日もあれば、遅くまで出ているときもあって、午前零時を優に過ぎるまで帰ってこないことも多い。時には朝出かけて夕方帰ってきて服を着替え、また出かけて遅くまで戻らなかったりもする。二度か三度は翌朝まで帰ってこなかったこともあって、そんなときは朝つかつかと家のなかに入ってきたと思うと、着替えて、またすぐ出ていくのだった。夜遅くの時間はきっと男と過ごしているのだろう、とサックスは考えた。いつも同じ男と、あるいはいろんな男と。だが昼のあいだ彼女がどこに行くのかはまったくの謎だった。どうやら何か職についているらしかったが、それも推測にすぎない。ひょっとしたら一日じゅう車を走らせているだけかもしれない。あるいは映画を見ているとか。水辺に立って波を眺めているとか。

　こうした謎の出入りにもかかわらず、次は何時ごろ出現しそうかということだけは、リリアンはかならずサックスに伝えていった。これは彼のためというよりマリアのためだったし、口にする時間もごく大雑把なものではあったが（「今日は遅くなるわ」「それじゃ明日の朝」）、サックスが彼自身の時間を組立て、家が混沌《こんとん》に陥らぬよう努める上ではそれなりに役立った。リリアンがしじゅう出かけているものだから、マリアの面倒を見る仕事はほぼ全面的にサックスが引き受けることになった。これこそ何にも増して奇妙なよじれに思えた。なぜなら、一緒にいるときはいかにもつっけんどんでよそよそしくても、娘の世話をサックスに任せることに何のためらいも見せないというのは、リリアンがすでにサックスを信頼するようになった――ひょっとすると本人が自覚している以上に――証拠ではないか。この例外的事象からサックスは勇気を得ようとした。ある次元から見れば、リリアンに利用されているとも言えることは彼も十分承知していた。要するに、お人好《ひとよ》しの間抜けに自分の義務を押しつけているだけの話とも言えるのだ。が、別の次元では、メッセージは明らかであるように思えた。リリアンはサックスに安心しているのであり、彼女を傷つける意図がサックスにないことを理解しているのだ。

　こうしてマリアはサックスの伴侶《はんりょ》となった。彼の残念賞、忘れようのない報酬になった。サックスは毎朝マリアに朝食を作ってやり、幼稚園まで送っていって、午後には迎えにいった。髪をとかしてやり、風呂《ふろ》に入れ、夜は寝かしつけた。その一つひとつが、まるで予想していなかった愉《たの》しみだった。マリアの日常生活のなかでのサックスの位置がどんどん固まっていくにつれて、二人のあいだの情愛も深まっていく一方だった。それまでマリアは、近所に住むある女性の家に預けられていたが、いくらミセス・サンティアゴが気のいい人とはいえ、向こうも大家族がいたから、自分の子供たちがマリアをいじめでもしない限り、ろくに注意を払ってくれなかった。サックスが一緒に住むようになって二日後、マリアは重々しい顔で、あたしもう二度とミセス・サンティアゴのうちには行かない、と宣言した。おじさんに世話してもらう方がずっといい、おじさんが嫌じゃなかったらおじさんと一緒にいたい、と彼女は言った。いいとも、喜んで、とサックスは答えた。そのとき二人は幼稚園からの帰り道を歩いている最中で、そう答えてまもなく、サックスは彼女の小さな手が自分の親指をぎゅっと握るのを感じた。二人は三十秒ばかり黙って歩きつづけたが、やがてマリアが立ちどまって、言った。「それに、ミセス・サンティアゴは子供が何人もいるけど、おじさんは女の子も男の子もいないでしょ？」。子供がいないことはすでに話してあったが、そのとおりだよ、というふうにサックスはうなずいてみせた。「誰かには多すぎるくらいいて、誰かには一人もいないなんて不公平でしょ？」とマリアはさらに言った。今度もサックスはうなずくだけで、口ははさまなかった。「これでいいのよ」とマリアは言った。「おじさんにはあたしがいて、ミセス・サンティアゴには自分の子供たちがいて、これでみんな喜ぶのよ」

最初の月曜日に、サックスはバークリーの郵便局に私書箱を借り、プリマスをレンタカー会社の地元営業所に返して、九年前のモデルのビュイック・スカイラークを千ドル以下の安値で買った。火曜と水曜に、町じゅうのいろんな銀行に十一の口座を作った。一か所に全額を預けるのは危険だし、いくつも口座を作っておく方が、十五万ドル以上のキャッシュを抱えてどこかの銀行に飛び込んでいくより賢明だと思ったのだ。それに、リリアンに渡す金を毎日同じところに下ろしにいったら、いずれきっと怪しまれてしまう。ローテーションを組んで各銀行を回れば、行員や支店長に知られすぎたりもしない。当初はそれぞれの銀行へ十一日に一度行けば足りると思ったが、千ドル引き出すには支店長の特別なサインが要ると知って、毎朝二つの銀行に行ってキャッシュ・ディスペンサー（引出し限度額は五百ドル）を使うことにした。これで結局、すべての銀行から毎週五百ドルずつ引き出せばいいことになる。この額ならまったく目立たないはずだ。それは効率のよいシステムだった。そのうちにサックスも、生きた人間と話すより、プラスチックのカードを溝に入れてボタンを押す方がずっと好ましく思えるようになった。

だが、最初の数日は精神的には相当きつかった。ディマジオの車にあった金はたぶん盗まれたものだろう。だとすれば、札の番号が、コンピュータを通して全国の銀行に通知されている可能性もある。そのリスクを冒すか、金を家に置いておくかの選択を迫られて、結局リスクを冒す方をサックスは選んだ。リリアンを信用できるかどうかまだ即断はできないし、それを知るために鼻先に金を置いてみるというのは知的なやり方とは言いがたい。新しい銀行へ口座を作りにいくたびに、サックスは覚悟した。支店長が金をちらっと一目見て、ちょっと失礼と言って席を外し、警官を連れて戻ってくるのではないか。だがそういったことは一度も起こらなかった。口座を作ってくれた行員たちはみんなものすごく礼儀正しかった。すばやい、ロボットのような手つきで彼らは金を数え、ニコニコ笑ってサックスと握手し、どうぞ今後も当行をご贔屓《ひいき》に願いますと挨拶《あいさつ》した。口座を開いた際に一万ドル以上預けた特典として、サックスはオーブントースターを五つ、クロックラジオを四つ、ポータブルテレビ一台、そしてアメリカの国旗を手に入れた。

二週目がはじまるころには、日々の生活パターンもおおむね定まっていた。マリアを幼稚園まで送っていって、歩いて家に戻り、朝食の片付けをして、リストに従って二つの銀行に車で出かける。引出しを終えると(時おり自分用の金を下ろしに三つ目の銀行へ行くこともあった)、テレグラフ・アベニューぞいに並ぶエスプレッソバーのどれかに入って、静かな隅に座り、カプチーノを飲みながら一時間ばかり『サンフランシスコ・クロニクル』『ニューヨーク・タイムズ』に目を通す。結局どちらの新聞でも、例の事件については驚くほどわずかしか報道されなかった。『タイムズ』の方はサックスがニューヨークを出るより前にもうディマジオの死には触れなくなっていて、バーモント州警察の分署長の短い談話が追加情報として載っただけだった。『クロニクル』の方も、この一件にはもう飽きたのか、エコロジー運動や〈惑星の子供たち〉をめぐる記事があわただしくつづいたあと（文責はすべてトム・ミューラー）、ディマジオの名はもう出てこなかった。サックスは心強く思ったが、いくら緊張が緩んでも、もうこれでこの事件は二度と浮上しまいとまでは考えなかった。カリフォルニアにいるあいだずっと、毎朝新聞を点検する作業は欠かさなかった。それは彼の個人的宗教になった。彼なりの日々の祈りになった。新聞の紙面に目を走らせながら、しばし息を止め、自分が追われていないことを確かめる。今日もまた二十四時間生きていられることを見定めるのだ。午前の残りと、午後早くの時間は、実務的な仕事に使った。アメリカじゅうの主婦と同様に、食料を買い、掃除をして、洗濯物を抱えてコインランドリーに出かけ、幼稚園のお弁当のピーナツバターはこのブランドでいいんだろうかと気をもんだりした。時間に余裕のある日には、マリアを迎えにいく前に近所のオモチャ屋に寄った。そして人形やヘアリボン、お話の本やクレヨン、ヨーヨー、風船ガム、貼《は》りつけ式のイヤリング等々を抱えて幼稚園に現われる。べつに物で釣ろうというつもりはなかった。それは素直な情愛のほとばしりだった。マリアを知れば知るほど、彼女の生活を楽しいものにする義務をサックスはますます真剣に受けとめるようになった。いままで子供と過ごしたことはあまりなかったから、子供を世話するのにどれだけ手間がかかるものかを知って驚かされた。気持ちの上でも大きな調整が要求されたが、いったんマリアのさまざまな必要のリズムになじんでしまうと、むしろそれらを歓迎するようになった。手間をかけること自体が楽しくなった。マリア本人がいないときでも、彼女のための仕事はたくさんあった。それが孤独を癒《いや》す療法であることにサックスはやがて気がついた。四六時中自分のことを考えていなければならないことの重荷を下ろすいい手段だった。

毎日毎日、さらに千ドルを冷凍室に入れた。湿気にやられぬよう、ビニールの袋に入れる。新たな額を足すたびに、金が少しでも持ち出されているか見てみたが、一枚たりとも手がつけられた様子はなかった。二週間が過ぎ、金は相変わらず一日千ドルのペースで増えていった。この冷ややかさをどう捉《とら》えたらいいのか、サックスにはまるでわからなかった。彼から与えられたものを、リリアンはなぜここまで無視するのか。奇妙というほかない。こんなやりとりにかかわる気はないということなのか、彼の条件を受け入れる気はないということなのか？　それとも、金なんか問題ではない、彼を家に住まわせることにしたのも金などいっさい関係ないと伝えているのか？　どちらの解釈も、いちおう筋は通る。ゆえに両者はたがいに打ち消しあった。かくして依然、リリアンの心のなかで何が起きているのか知るすべはなかった。いま直面している諸事実を読み解く鍵《かぎ》はなかった。

サックスがマリアとどんどん親しくなっていることも、リリアンは意に介していないように見えた。突発的に嫉妬《しっと》を示したりもしなければ、逆に奨励の笑顔を見せもしない。彼女の意図を推し測れるような反応は何もないのだ。リリアンが家に帰ってくると、サックスとマリアはソファに丸まって一緒に本を読んでいたり、床にしゃがみ込んでお絵かきをしていたり、部屋一杯に人形を並べてティーパーティーを準備していたりする。リリアンはただいまと言うだけで、娘の頬におざなりなキスをして寝室に上がっていき、服を着替えてまた出かける支度にかかる。これでは亡霊と変わりない。不規則な間隔で、漂うように家を出入りし、あとに何の痕跡《こんせき》も残していかない美しい幽霊。これは計算ずくの行動だ、とサックスには思えた。謎《なぞ》めいたふるまいには、何か理由があるにちがいない。だが彼があれこれ理由を考えても、合点がいくものはひとつも思いつかなかった。とりあえず、これは彼を試しているのだ、こうしたイナイイナイバーごっこに彼がどこまで耐えられるかからかい半分で見ているのだ、という結論を出しておくことにした。彼が参ってしまうかどうか、彼の意志が自分の意志に負けず強いかどうか、向こうは知ろうとしているのだ。

それから、見たところ何の原因もなしに、状況は一変した。三週間目なかばのある日の夕方近く、リリアンが買物袋を抱えて帰ってきて、今夜のディナーはあたしが引き受けたわよと宣言した。ひどく上機嫌で、ジョークをつぎつぎ飛ばし愉快な話を早口で喋《しゃべ》りまくった。あまりに大きな、とまどうほかない変化に、ドラッグでハイになっているのだろうか、くらいの説明しかサックスには思いつかなかった。それまで三人一緒に食卓を囲んだことなど一度もないのに、このディナーがきわめて大きな進展を意味していることに、リリアンはまるで気づいていない様子だった。彼女はサックスをキッチンから追い出し、その後二時間、黙々と料理に取り組んだ。出てきたのは野菜とラムの素晴らしいディナーだった。大したものだ、とサックスは感じ入ったが、このパフォーマンス以前の事態を考えると、額面どおりに受けとる気にはなれなかった。罠《わな》かもしれない――彼のガードを解かせる方策かもしれないのだ。彼としても、できるものならリリアンに調子を合わせて、その陽気な勢いに乗ってしまいたかったが、どうにもそうする気になれなかった。彼の態度はぎこちなく、こわばっていて、言葉もうまく出てこなかった。これまでずっと、彼女の前では軽快にふるまうよう頑張ってきたのに、いま急にそれができなくなってしまった。喋るのはもっぱらリリアンとマリアで、しばらくすると、サックスはもう単なる傍観者にすぎなくなっていた。パーティーの隅っこでこそこそ動いている、根の暗そうな影でしかなかった。そんなふうにふるまう自分がたまらなく嫌だったし、リリアンが彼に注ごうとした二杯目のワインを拒んだころには、自分にほとほと愛想が尽きて、俺は何て救いようのない阿呆《あほう》なんだと思いはじめていた。「心配ないわよ」とリリアンは臆《おく》せず彼のグラスにワインを注ぎながら言った。「あ嚙《か》みつきやしないわよ」。「わかってる」とサックスは言った。「ただちょっとたし、考えたんだけど――」そのセンテンスを言い切らないうちにリリアンがさえぎった。「いちいち考えちゃ駄目よ」と彼女は言った。「素直にワイン飲んで、楽しみなさいよ。気が晴れるわよ」

ところが翌日になると、昨日のことなどいっさいなかったかのように、リリアンはまた朝早く家を出て、翌朝まで戻ってこなかった。そしてその週のあいだずっと、ろくに姿も見せなかった。サックスはすっかり面喰らってしまった。いままで抱いていたもろもろの疑いすら、いまや疑いの対象だった。こうした呪《のろ》わしい展開の重みに、自分がじわじわつぶされていく気がした。やっぱりマリア・ターナーの言うことを聞いていればよかったかもしれない。自分はこんなところに用はないのであって、さっさと荷物をまとめて出ていくべきなのかもしれない。ある夜など、数時間のあいだ、警察に出頭しようかというアイデアをもてあそびさえした。そうすれば少なくともこの苦悶《くもん》は終わる。欲しがりもしない人間に金を無駄に与えるのはもうやめて、この金で弁護士を雇って、自分が刑務所に入らずに済む算段を考える潮時じゃないだろうか。

そして、そんなことを考えてから一時間も経《た》たないうちに、ふたたびすべてがひっくり返った。時刻は午前零時と一時のあいだで、サックスは居間のソファに横になってうとうとしかけていた。と、二階から足音が聞こえてきた。マリアがトイレに行くのだろう、と思ったが、ふたたびうとうとしかけたとたん、誰かが階段を下りてくるのが聞こえた。毛布をはねて立ち上がる間もなく、居間のランプが点《つ》けられ、間に合わせのベッドにこうこうと光が注がれた。彼は反射的に目を閉じた。一秒後、無理して目を開けると、パイル地のローブを着たリリアンが、ソファの真向かいの肱掛《ひじか》け椅子《いす》に座っていた。

「話があるの」とリリアンは言った。サックスが黙って彼女の顔を眺めていると、リリアンはローブのポケットから煙草《たばこ》を一本引っぱり出し、マッチで火を点けた。過去何週間かの派手な自信も、わざとらしいポーズもなくなっていた。何だか声までためらいがちに聞こえた。こんなにもろさを感じさせる彼女の声を聞くのははじめてだった。リリアンは二人のあいだにあるコーヒーテーブルの上にマッチを置いた。サックスは彼女の動きを目で追い、それから、紙マッチの表の字に目を落とし、ピンクの地にけばけばしい緑色で描かれた文字につかのま注意を奪われた。それはテレフォンセックスの広告だった。そして次の瞬間、何のきっかけもなしにしばしば人を襲う洞察が、サックスを襲った。何ひとつ無意味なものはない、世界のすべてはほかのすべてとつながっているのだ、そう思った。

「あたし決めたの。あなたにもうこれ以上人でなしと思われたくないって」とリリアンは言った。それがはじまりの言葉だった。その後二時間、リリアンは自分自身について、いままでの数週間に喋った総量よりも多くをサックスに語った。その話しぶりに、いままで彼女に対してひそかに抱いてきた怨念《おんねん》も徐々に崩壊していった。べつに彼女が一気に歩みよってきて、いままでの言動について謝ったというのではない。それにサックスとしても、彼女の言葉をただちに鵜呑《うの》みにする気はなかった。だが、いくら用心し、警戒心を保っていても、実は彼女もこっちと似たりよったりの状況にいることがサックスにも少しずつ見えてきた。たしかに彼女のせいでサックスはみじめな思いをしてきた。だが同じように、彼のせいでリリアンもみじめな思いをしてきたのだ。

とはいえ、それがわかるにはしばらく時間がかかった。はじめサックスは、これもどうせ全部お芝居だろうと考えた。例によってこっちの神経をすり減らすための策略なのだ、と。胸のなかを荒れ狂う馬鹿《ばか》げた思いの嵐《あらし》のなかで、サックスは、俺が逃げようとしていることに向こうも勘づいたのだ、と信じ込みさえした。まるで彼女に人の心が読めるかのように——まるで彼女がサックスの脳内に入り込めて、彼がそうした考えを思考するのを逐一モニターできるかのように。この女は和解するために二階から下りてきたのではない、そうサックスは考えた。こっちの抵抗力を弱め、金を全部ぶんどる前に逃げてしまわぬよう手を打ちにきたのだ。このあたりまで来ると、サックスはもう、錯乱の一歩手前まで来ていた。これでもし、リリアンの方から金の話を持ち出さなかったら、自分がどれほど彼女を読み違えたかもわからずじまいに終わっていただろう。が、会話は新たな局面に入っていった。リリアンが金の話をはじめると、彼女が言った言葉はサックスが予測していた科白《せりふ》とは似ても似つかなかった。サックスはいっぺんに自分が恥ずかしくなった。恥ずかしさに、ここは真剣に聞かねば、と身構えた。

「あなたからはもう三万ドル近くお金をもらったわ」とリリアンは言った。「で、これからもまだまだ毎日お金は増えつづける。お金が増えれば増えるほど、あたしは怖くなるのよ。あなたがいつまでやるつもりか知らないけど、三万ドルでもう十分よ。十分すぎるわよ。手に負えないことになってしまう前に、もうやめるべきだと思うわ」

「やめられないのさ」とサックスは自分がそう答えるのを聞いた。「まだはじめたばかりなんだよ」

「あたしもう、これ以上耐えられる自信がないのよ」

「耐えられるさ。君ほどタフな人間は見たことないぜ、リリアン。余計な心配さえしなけりゃ、君なら耐えられる」

「あたしタフじゃないのよ。タフじゃないし、善人でもない。あたしのことがわかってきたら、きっとあなた、こんな家に足を踏み入れるんじゃなかったって思うわよ」

「この金は善とは関係ない。これは公正ということにかかわる金なんだ。そして公正というものがいささかなりとも意味を持つとすれば、それは誰にとっても同じ意味であるはずだ。善人であろうとなかろうと」

と、リリアンが泣き出した。まっすぐ彼を見据えたまま、涙が頬を流れるままにしていた。そこに涙があるのを認める気がないかのように、手を触れもしなかった。プライドの高い泣き方だ、とサックスは思った。苦しみをさらけ出す涙でありながら、同時にその涙に屈することを拒んでいる。リリアンがこれほど懸命に自分を失わずにいることに、サックスは敬意を抱いた。涙を無視しつづける限り、涙を拭《ぬぐ》い去らない限り、その涙が彼女を辱《はずかし》めることにはならないのだ。

そのあとはリリアンがほとんど一人で喋った。煙草をつぎつぎに喫《す》いながら、後悔と自己叱責《しっせき》から成る長い独白がつづいた。大半は何を言っているのかサックスにはよくわからなかったが、口をはさむ気にはならなかった。一言まずいことを言ったり、タイミングの悪い質問を発したりしたら、話がいっぺんにとだえてしまうかもしれない。フランクという男をめぐるまとまらぬ話がしばらく語られ、それから、今度はテリーという男の話、それから少しすると、ディマジオとの結婚生活の末期に関する話になった。そこから警察がどうこうという話に転じたが（どうやらディマジオの死体が発見されたあと彼女も警察に取調べを受けたらしい）、その件が終わらないうちに話は将来の計画に移って、カリフォルニアを出てどこかよそでもう一度やり直そうと思うとリリアンは言った。実はもうほぼ決心がついていたんだけど、そうしたらあなたがあの晩家の前に現われて、何もかもばらばらになったのよ、と彼女は言った。あたしはもうまともに考えられない、自分が前に進んでるのかうしろへ下がってるのかもわからない、と言った。この話題がまだしばらくつづくものとサックスは予想したが、そこから話は仕事のことに脱線し、ディマジオなしで一人でやって来たことを彼女はほとんど自慢げに語った。正規マッサージ師の免許があるし、デパートのカタログのモデルもやったりして、何とか持ちこたえてきたのだ、と。ところが、まったく唐突に、こんな話はどうでもいいと言わんばかりに彼女は手を振り、また泣き出した。

「いずれ何もかもうまく行くさ」とサックスは言った。「いまにわかる。悪いことはもうみんな過ぎたんだ。まだそのことに自分で気づいてないだけだよ」

それは適切な科白であり、それによって会話は肯定的な響きとともに終わった。何ひとつ解決したわけではない。だがリリアンは彼の言葉に慰められたように見えた。彼の励ましに心を動かされたようだった。寝室に上がっていく前に、感謝の意を表してリリアンが一瞬彼を抱きしめると、適切な強さ以上に強く抱き返したくなる誘惑をサックスはどうにかこらえた。とはいえ、これが彼にとって甘美な瞬間であることは間違いなかった。やっと本当に、否定しようのない形で気持ちが通じあったのだ。ローブのなかの彼女の裸体をサックスは感じながら、彼女の頬にそっとキスし、これでふり出しに戻ったと思った。これまでに起きたことはすべて消し去られたのだ。

翌朝、リリアンはいつものように、サックスがマリアを幼稚園に送っていくあいだにいなくなっていた。が、今日はサックスが帰ってくると、キッチンにメモが置いてあった。短いメッセージだったが、それは彼の最高に狂おしい、もっともありえない望みを支えてくれるようなメッセージだった。「昨日の夜はありがとう。×××」。名前をサインする代わりにキスマークが書いてあるのが嬉《うれ》しかった。べつに大した意味もなく――反射的に、通常の挨拶《あいさつ》に少し変化をもたせるつもりで――書いたとしても、三つの×は別の意味をほのめかしてもいる。昨日の夜の紙マッチの表紙にもあったとおり、×三つはセックスを意味する暗号だ。彼女がはっきりそれを意図して書いたのかもしれない、そういう連想を彼の頭に生じさせるためにわざと名前の代わりにこのしるしをつけたのかもしれない、そう思うと胸がときめいた。

このメモに力を得て、サックスは自分でもすべきでないとわかっていることを実行に移した。そうしているさなかにも、こんなことをするのは間違ってる、俺は頭がどうかしかけているんだ、と自覚はしていたが、もう自分を止める力はなかった。午前の雑用を終えたあと、勤め先だとリリアンが言っていたマッサージスタジオの住所を調べた。それは北バークリーのシャタック・アベニューにあった。サックスは予約の電話も入れずに、車に乗り込んで出かけていった。リリアンを驚かしてやりたかったのだ――出し抜けに現われて、やあこんちは、と、まるで昔からの友だちみたいに何げなく言うのだ。もし彼女が空いていたら、マッサージを頼む。そうすれば、また彼女に触ってもらう正当な口実ができる。彼女の両手が自分の肌の上を滑っていく感触を満喫しながらも、これは彼女が生計を立てるのを助けているのだと考えて、良心を鎮《しず》めることができる。プロにマッサージしてもらったことって一度もないんだよ、どんな感じなのか知りたくてさ、と言えばいい。店は難なく見つかった。ところが、なかに入ってフロントの女性にリリアン・スターンを呼んでほしいと頼むと、相手はつっけんどんな、冷たい返事を返してきた。「リリアン・スターンは春に勝手に辞めましたよ」と女性は言った。「それ以来ここじゃ見かけてないね」

まさかの返事だった。裏切られたような気持ちで店を出た。彼女がついた嘘《うそ》に、身を焦《こ》がされた思いだった。その夜リリアンは帰ってこなかった。サックスとしても、一人でいられてほとんど有難いくらいだった。彼女と顔を合わせねばならない気まずさを味わうよりずっといい。結局のところ、彼に言えることは何もない。午後にどこへ行ってきたかを話せば、自分の恥ずべき秘密が露呈してしまい、彼女に関してまだ残っているわずかなチャンスをフイにしてしまうだろう。長期的に見れば、こういう目に今日さっさと遭ったのが幸いだったかもしれない。もっと自分の感情に気をつけないと、とサックスはみずからに言い聞かせた。衝動に駆られて行動してはいけない。熱狂に流されてはいけない。自分はまさにこうした教訓を学ぶ必要があったのだ。今後も忘れないようにしなくては、と思った。

だが、結果的には忘れてしまった。それもしばらくしてからではなく、すぐ次の日に。今回も、暗くなってからの出来事だった。サックスは今回もマリアをすでに寝かしつけ、今回も居間のソファに横になっていた。ただし今夜はまだ起きていて、輪廻《りんね》をめぐるリリアンの本(何冊もあるうちの一冊)を読んでいた。こんなたわごとに彼女が惹《ひ》かれるのかと思うと、つくづくがっかりさせられた。懲罰めいた辛辣《しんらつ》な目で、サックスは読みつづけた。一ページ一ページを、彼女の愚かしさの証拠として、彼女の精神の息を呑《の》むほどの浅薄さの裏付けとしてじっくり吟味した。彼女は無知な人間なんだ、脳味噌《のうみそ》にはろくでもない流行や生半可な思想以外何も入ってないんだ、と胸のうちで言った。こんな人間に、どうして彼のことが理解できよう? 彼のやっていることの十分の一でも感じとれると、どうして期待できよう? ところが、本を置いて明かりを消そうとしたそのとき、リリアンが玄関のドアを開けて入ってきた。顔は酒に赤く染まり、体にはいままで見たなかでもとびきり短い、ぴったりタイトな黒いドレスを着ている。そんな彼女の姿を見て、サックスは微笑《ほほえ》まずにいられなかった。それほど彼女は魅力的だった。それほど美しかった。こうして同じ部屋にリリアンが立っているいま、彼女から目をそらすことはできなかった。

「ただいま」とリリアンは言った。「あたしがいなくて寂しかった?」

「ノンストップでね」とサックスは言った。「君を最後に見てから、いまのいままでずっと」。この科白がジョークに、剽軽《ひょうきん》な冷やかしに聞こえるよう芝居っ気たっぷりに彼は言ったが、実のところそれは本気だった。

「よかった。あたしも寂しかったから」

彼女はコーヒーテーブルの前で立ちどまり、短い笑い声を漏らして、それから体を一回転させた――ファッションモデルのように両腕を拡《ひろ》げ、爪先《つまさき》を軸にして器用にくるっと回ってみせた。「どう、このドレス？」と彼女は訊《き》いた。「バーゲンで六百ドルよ。すごい掘り出し物だと思わない？」

「最高の買物だね。それにサイズもぴったりだ。それより少しでも小さかったら、想像力が失業しちまう。着ていてもほとんど何も着てないことになっちまう」

「それが狙《ねら》いよ。シンプルで、誘惑的で」

「シンプルって方はどうかな。もうひとつの方は絶対だけど、シンプルってのは違うんじゃないかな」

「でも下品じゃないでしょ」

「うん、全然。それには作りがよすぎる」

「よかった。人に下品だって言われたから、脱ぐ前にあなたの意見を聞きたくて」

「じゃあもうファッションショーは終わり？」

「おしまいよ。もう遅い時間だし、あたしみたいなおばちゃんに一晩じゅう立ってろったって無理よ」

「残念だなあ。いよいよ面白くなってきたと思ってたのに」

「ねえ、あなたってときどきちょっと鈍くない？」

「たぶんね。込み入ったことはけっこう得意なんだけどね。シンプルなことには面喰らっちゃうのさ」

「シンプルなことって、たとえばドレスを脱ぐ、とかいったことかしら。あなたがこれ以上ぐずぐずしてると、あたし自分で脱がなきゃならないじゃない。それじゃいまひとつ楽しくないでしょ？」

「うん、いまひとつだね。特にそのドレスの場合、あんまり難しい作業じゃなさそうだし。ボタンとかスナップもないし、ジッパーが引っかかったりもしない。ただぐいって引っぱり上げて脱ぐだけだもんね」

「それか、上からはじめて下りていってもいい。好きな方を選んでいいのよ、ミスター・サックス」

次の瞬間、リリアンはソファで彼の隣に座っていた。少し経《た》って、ドレスが床に落ちた。リリアンは烈《はげ》しさと戯《たわむ》れを織りまぜて彼を攻めてきた。短い、息もつかせぬ波の連なりのように彼の肉体を襲ってきた。サックスの方もいっさいそれを食い止めようとはしなかった。リリアンが酔っているのはわかっていた。だがたとえすべてが偶然であり、単に酒と退屈に駆られて彼女が自分の腕のなかに転がり込んできたのだとしても、彼としてはそれで十分だった。こんなチャンスはもう二度とないかもしれないんだ、そう自分に言い聞かせた。まさにこのたったひとつのことを一か月ひたすら待ちつづけたのだ。それを自分から拒むなんて、できるわけがない。

彼らはソファで愛しあい、それから二階のリリアンのベッドで愛しあった。アルコールが抜けたあとでも、彼女の情熱は少しも衰えず、奔放に、一心にわが身を彼に捧《ささ》げてくれた。もしかりに彼の胸に何かまだ疑念が残っていたとしても、これですべて消え去ったことだろう。彼女は大波のようにサックスを押し流し、彼を空っぽにし、彼を解体した。そして驚くべきことに、翌朝早くに二人が目覚めて、たがいが同じベッドにいるのを見てとると、彼らはふたたびことにかかった。青白い光が小さな部屋の四隅に広がっていくなかで、愛してる、とリリアンは言った。サックスはそのとき、彼女の目をまっすぐ見つめていた。その目のなかに、彼女の言葉を疑わせるものは何も見えなかった。

何があったのか、知りようはなかったし、訊いてみる勇気もとうていなかった。サックスはひたすら流れに合わせ、説明不能の幸福の波に乗って進み、いまいるところ以外のどこにもいたくないと念じていた。一夜にして、彼とリリアンはカップルになった。いまではリリアンも昼間一緒に家にいるようになり、家事を半分引き受け、マリアの母親としての責任もふたたび請け負うようになった。サックスの方を見るたびに、二人でベッドで迎えたあの最初の朝に言った言葉を彼女はもう一度くり返しているように思えた。一週間が過ぎ、もうこれで彼女の態度も逆戻りしないだろうと思えてくると、やっとサックスも、現に起きていることを素直に受け入れられるようになってきた。何日もつづけてリリアンをショッピングに連れていき、ドレスや靴、絹の下着、ルビーのイヤリングや真珠のネックレスをつぎつぎに買ってやった。一緒に高級レストランに行って上等のワインを注文し、二人で語りあい、計画を立て、牛が帰ってくるまで〔※ものすごく長いあいだ、永久に、の意〕ファックした。あまりにもうますぎる話だった。こんなよい話が真実であるはずがない。だがそのころにはサックスはもう、何がよくて、何が真実か、などといったことは考えられなくなっていた。そもそももう、何についても考えられなくなっていた。

　これがどのくらいつづきえたかは、誰にもわからない。もし彼ら二人だけの世界であったなら、こうした性的爆発から、このおよそありそうにない奇怪なロマンスから、何かが生まれ出ていたかもしれない。どこか悪魔的な感じもそこには漂っていたけれど、うまく行けば、二人で無事どこかに落着いて、一緒に本物の人生を営んでいたかもしれない。だが、外のさまざまな現実はじわじわと忍び寄ってきた。新しい生活がはじまって二週間も経たないうちに、早くもそれに対して異議が唱えられた。彼らは恋に落ちたかもしれない。が、それによって、家のなかのバランスを崩してしまってもいたのであり、マリアはその変化を少しも喜んでいなかった。たしかに母親は彼女の元に帰ってきた。でも同時に、何か別のものが失われてしまっていた。マリアの目から見て、この喪失は世界がまるごと崩れ去ったように思えたにちがいない。ほぼ一か月のあいだ、マリアはサックスと二人で、一種の楽園に暮らしてきた。彼女はサックスの情愛の唯一《ゆいいつ》の対象であり、サックスはいままで誰もやってくれなかったやり方で彼女を可愛《かわい》がり、甘やかしてくれた。それがいま、何の予告もなしに、サックスは彼女を見捨てた。母親のベッドに移ってきた彼は、家にいて彼女と遊んでくれる代わりに、彼女をベビーシッターに預けて毎晩どこかへ遊びにいってしまうようになった。マリアはこうした仕打ちを恨んだ。自分とサックスの仲を裂いた母親を恨んだ。自分を裏切ったサックスを恨んだ。さらに三日か四日我慢したあと、いつもは素直で気のいいマリアが、最悪の子供に変身した。不機嫌と、癇癪《かんしゃく》と、怒りの涙を噴出させる小さな機関車になり果てた。

事態が変わって二度目の日曜日、サックスの提案で、一家でピクニックに出かけることにした。行き先はバークリーヒルズのローズガーデン。このときばかりはマリアも上機嫌に見えた。リリアンが二階のクローゼットから古いキルトを降ろしてくると、三人でビュイックに乗り込み、町の反対側まで出かけていった。はじめの一時間は、何もかもうまく行っているように思えた。サックスとリリアンはキルトの上に寝そべり、マリアはブランコに乗って遊び、太陽が朝の霧の名残りを追い払った。少しあとでマリアがジャングルジムに頭をぶつけたときも、あわてることはないように思えた。どの子供でもそうするように、マリアが泣きながら二人の元に駆けてくると、リリアンは彼女を抱きしめてなだめ、おでこの赤いあざに、いつにも増して丁寧に優しくキスしてやった。これこそ最良の薬だな、とサックスは思った。由緒《ゆいしょ》ある、昔ながらの治療法だ。だがこの場合それは、ほとんど何の効き目もなかった。マリアはわあわあ泣きつづけ、母親の慰めの言葉にも耳を貸さず、怪我《けが》自体はほんのかすり傷なのに、痛い痛いとすさまじい勢いで言い立て、あんまり激しく泣くのでしまいにはほとんど息が詰まりそうになった。リリアンはめげずにもう一度抱きしめたが、今度はマリアはさも嫌そうに母親から身を引き、そんなにきつく抱いたら痛いと言って母を責めた。その瞬間、リリアンの目に傷ついた表情が浮かぶのをサックスは見てとった。そして、マリアがリリアンを両手で押しのけると、今度はその目に怒りの閃光《せんこう》が浮かんだ。あっという間に、彼らは大きな危機のとば口まで来てしまったように思えた。キルトを敷いた場所から十五メートルばかりのところにアイスクリーム売りがスタンドを出していたので、サックスはこれでマリアの気をそらせればと、アイスクリームでも食べるかい、と誘ってみた。精一杯優しい笑顔を浮かべて、食べたらきっと痛くなくなるよ、と言い残して、すぐ下の歩道に立てた色とりどりのパラソルめざして駆けていった。行ってみると、アイスクリームのフレイバーは全部で十六種類あった。どれにしていいかわからないので、ピスタチオとトゥッティ＝フルッティを選んだ。何はともあれこれなら名前の面白さでマリアに受けるのではと思ったのだ。だが、当ては外れた。サックスが戻ってきたころには涙も収まりかけていたが、緑色の丸が二つ重なったアイスクリームコーンをマリアは疑わしげに見つめ、それをサックスから受けとると、試しに一口齧《かじ》ってみた。こうしてふたたび地獄絵がはじまった。マリアは顔をくしゃくしゃに歪《ゆが》めて、まるで毒でも食べたみたいにぺっとアイスクリームを吐き出し、「まずい」と言い放った。ここからまた涙の発作がはじまり、それから、怒りもどんどん募っていき、マリアはコーンを右手でつかんでサックスに投げつけた。それは腹に命中し、シャツ一面にアイスクリームが飛び散った。サックスがその惨状を見下ろしていると、リリアンがマリアの立っているところに飛んできて、彼女の顔を思いきりひっぱたいた。

「この悪ガキ！」とリリアンは娘をどなりつけた。「恥知らずの、恩知らずの悪党！殺してやる、わかるかい！　この人たちの前で殺してやる！」。それから、マリアが手を上げて顔を守る間もなく、もう一度ひっぱたいた。

「やめろ」とサックスは言った。その声は冷たく、怒りに満ちていた。一瞬彼は、リリアンをつき飛ばしてやりたい衝動に駆られた。「その子に手を出すな、いいな？」

「口出ししないでよ」とリリアンも劣らず怒り狂って言った。「この子はあたしの子よ、何をしようとあたしの勝手よ」

「ぶつのはよせ。僕が許さない」

「ぶたれるような真似《まね》するからぶつのよ。誰にも口は出させないわ。あんただって同じよ、つけ上がらないでよ」

どなり合いはやがて収まったが、まずはその前にもっと激しい段階を経ねばならなかった。その後十分間にわたって、サックスとリリアンはたがいに罵《のの》しりあった。もしこれが何十人かの傍観者の前でやり合ったのでなかったら、どれだけひどいところまで行ったかは神のみぞ知るである。結局は、二人ともやがて落着きを取り戻し、自分の癇癪を抑え込んだ。たがいに相手に謝って、キスして仲直りし、午後のあいだもうこの出来事については何も言わなかった。三人で映画を見にいって、チャイニーズレストランへ夕食に行き、家に帰ってマリアを寝かしつけたころには、事件はほとんど忘れられていた。というか、二人はそう思っていた。実のところ、これは破滅の第一の徴候だった。リリアンがマリアの顔に平手打ちを喰わせた瞬間から、その五週間後にサックスがバークリーを去る瞬間まで、もう二人のあいだでは何ひとつ以前と同じではなかった。

5

一九八八年一月十六日、オハイオ州ターンブルの裁判所前で爆弾が破裂し、自由の女神の小さな模型が爆破された。おおかたティーンエイジャーの悪戯《いたずら》だろう、政治的動機などとは無縁のチャチな破壊行為だ、とたいていの人は考えた。だが破壊されたものが国のシンボルであったこともあり、事件は翌日、通信社によって手短に報道された。その六日後、ペンシルベニア州ダンバーグでまた別の自由の女神像が爆破された。両者の状況は酷似していた。真夜中のささやかな爆発、怪我人《けがにん》はゼロ、像以外に破損した物はなし。が、これが同一人物の仕業なのか、それとも第二の爆破は第一の爆破の真似《まね》（いわゆる模倣犯）なのかは不明だった。その時点では人々もさして気にかけていないように思えたが、ある著名な保守系上院議員が「これら嘆かわしい行為」を糾弾する声明を発表し、馬鹿《ばか》げた真似は即刻やめよと犯人に呼びかけた。「冗談では済まない」と上院議員は述べた。「君は公共物を破壊しただけでなく、国の象徴を汚《けが》したのだ。国民は女神像を愛しており、こうした悪ふざけに寛容ではないだろう」

アメリカ全土、公共の場に建っている自由の女神の模型は全部で百三十ほどある。それらは市立公園のなか、町庁舎の前、建築物の屋上などに置かれている。国旗のように、人々をまとめもすれば分かちもするものと違って、女神は何の論争も引き起こさないシンボルである。国旗を誇りに思っているアメリカ人は大勢いるが、恥じているアメリカ人もやはり大勢いる。それを神聖とみなす人が一人いるたび、別の一人はそれに唾《つば》を吐いたり燃やしたり泥のなかで引きずりまわしたりしたいと思っている。自由の女神はそういう対立とは無縁である。過去百年にわたって政治とイデオロギーを超越し、わが国の入口に立って、我々のなかの善なるものすべての象徴となってきた。現実よりも希望、事実よりも信念を女神は表わす。女神が表象しているもの（民主主義、自由、法の下の平等）を非難する人間を見つけるのは困難だろう。女神はアメリカが世界に対して差し出せる最良のものである。女神が表わす理想を現実のアメリカが裏切っていることに人々がどれだけ胸を痛めようと、それらの理想自体が疑われはしない。それらは何百万もの人間に慰めを与えている。いつの日か我々はもっとよい世界に生きられるかもしれないという希望を、我々みなの胸に吹き込んでくれているのだ。

ペンシルベニアでの事件の十一日後、マサチューセッツ中央部にある村の共同緑地でまたひとつ女神像が破壊された。今回はメッセージがあった。翌朝『スプリングフィールド・リパブリカン』紙の編集局に電話がかかってきて、あらかじめ用意された声明が読み上げられたのである。「目ざめよ、アメリカ」と電話の主は言った。「口で唱えていることを実践しはじめる時だ。これ以上女神像が爆破されるのを望まないなら、お前が偽善者でない証拠を見せろ。国民のために、爆弾を作る以外にも何かしてみせろ。さもなければ、今後も私の爆弾が破裂しつづけるであろう。署名——自由の怪人《ファントム・オブ・リバティ》」

その後一年半にわたって、国じゅうあちこちでさらに九つの女神像が破壊されることになる。それは誰もが記憶している話であり、怪人の活動についてここでくどくど述べるには及ぶまい。いくつかの町では、女神像を囲んで二十四時間の警備態勢が敷かれ、全米在郷軍人会、エルクス・クラブ、高校のフットボールチーム、その他もろもろの地元組織から作られたボランティアグループが警戒に当たった。とはいえ、すべてのコミュニティがそこまで厳重なわけではなく、怪人は依然として発覚を免れていた。犯行を行なうたびに、次の爆発まではつねにある程度の間隔が置かれた。今度こそ最後なのだろうかと人々が考えていると、またある日突然、千キロ離れた地に怪人は出現し、またもうひとつの爆弾が作動するのだ。むろん憤慨した人はたくさんいたが、怪人の掲げる目標に共感を抱いた人々もいた。少数派ではあるが、何しろアメリカは大きな国だ。数としては決して少なくない。彼らにとって、怪人は次第に、庶民の地下英雄ともいうべき存在になっていった。これにはメッセージの内容も大きかったと思う。爆破のたびにその翌朝新聞社やラジオ局に怪人が電話で述べる声明である。それらは必然的に短いものだったが、場数を踏むにつれてだんだん質も向上してくるように思えた。より凝縮された、より詩的なメッセージになってきて、国家に対する失望の表現もますます独創的になっていったのである。「人はそれぞれ孤立している」とひとつのメッセージはじまっていた。「ゆえに我々は、たがい以外に頼るべき場を持たない」。あるいは、「民主主義は既成事実ではない。それは日々戦いとられねばならない。さもないと我々はそれを失う危険を冒す。我々が使える唯一《ゆいいつ》の武器は法である」。あるいは、「子を顧みなければ自分が滅びる。我々が現在に存在しうるのはあくまで、未来を信じるその度合に応じてである」。テロリストのよく発する宣言のように大仰なレトリックや好戦的な要求もなく、不可能なことを強要したりもしない。怪人はあくまで、アメリカがみずからを見つめ直してその行ないを改めるよう求めるだけだった。その意味で、彼の訓告にはどこかほとんど聖書的な響きがあったし、やがてその言葉も革命家のそれというより、悩める穏やかな預言者の言といった趣を帯びてきた。実のところ、怪人は多くの人々がすでに感じていることを言葉にしているにすぎなかった。一部には、怪人の行ないにはっきり支持を表明する人々も出てきた。怪人の爆弾は誰も傷つけてはいない、と彼らは論じた。これら安手の爆破によって、人生をめぐるおのれの立場に関し人々が再考を迫られるのであれば、実のところそう悪い話でもないではないか？

正直に打ちあけると、私自身はこうした展開をさほど丁寧に追ってはいなかった。当時世界ではもっと重要なことが起きていたし、自由の怪人にたまたま注意を引かれたとしても、そのたびに、彼を単なる奇人として片付けていた。これもまた、アメリカにおける狂気の系譜のなかの、現われてはじきに消える変わり者の一人にすぎないと思っていたのだ。が、かりに私がもっと深い関心を寄せていたとしても、怪人とサックスが同一人物だとはとうてい見抜けなかったと思う。それは私の想像しうることからあまりにかけ離れていたし、およそ可能と思えるいかなるものとも相容《あいい》れなかった。両者を私が結びつけることなど、どだい無理な相談だった。その反面（これが奇妙に聞こえることは私も自覚している）、怪人が私に誰かのことを考えさせたとすれば、その誰かとはサックスにほかならなかった。最初の爆破が報道されはじめたのは、ベンが行方不明になって四か月が過ぎたころだった。自由の女神が言及されるのを聞いたとたん、私はすぐに彼のことを思い浮かべた。まあ当然といえば当然だろう――彼の書いた小説や、一年半前に彼が非常階段から落ちたときの状況を思えば。これによって、連想は定着した。怪人の記事を読むたびに、私はベンのことを考えた。彼との交友の記憶が一気によみがえってきて、にわかに胸が痛み出す。彼がいなくなったことをどれだけ自分が寂しく思っているかを想《おも》い、身を震わせるのだ。

だがそれでおしまいだった。怪人はわが友の不在をしるす記号であり、私個人の痛みの触媒だった。怪人本人に私が目を向けるようになったのは、一年以上先のことである。一九八九年春、テレビのスイッチを入れると、天安門広場で、中国の民主化運動に携わる学生たちが自由の女神の粗雑な模造からベールを外している姿が目に飛び込んできた。その瞬間私は、このシンボルが持つ力を自分が過小評価してきたことを思い知った。これは万人が、世界中の誰もが有している理念を表わすシンボルなのだ。そしてそれが持つ意味を生き返らせる上で、怪人は決定的な役割を果たしたのだ。彼をただの奇人と片付けたのは間違っていた。彼はどこか地中深くで地殻変動を引き起こしたのであり、その波がいま地表にのぼってきていて、地面のあらゆる部分に一挙に波及している。何かが起きたのだ。何か新しいものが空中に漂っている。その春、街を歩いていて、歩道が自分の足下で振動しているのがほとんど感じられる気がした日もあった。

私は年のはじめに新しい長篇に取り組みはじめていた。夏にアイリスとともにニューヨークを離れてバーモントへ行ったころには、自分の物語にどっぷり浸《つ》かっていて、ほかのことはほとんど何も考えられなかった。こうして昨年の六月二十五日に、私はサックスのかつての仕事場に落着いた。見ようによっては不気味とも言えるこの状況も、執筆のリズムをかき乱しはしなかった。本を書いていると、どこかある時点で、本が実人生を乗っとりはじめる。自分が想像した世界の方が、現実世界より重要になるのだ。だから私も、かつてサックスが座っていた椅子《いす》に自分も座っているのだとか、かつて彼が文章を書いた机で自分も書いているのだとか、いま自分が吸っている空気をかつて彼も吸っていたのだとかいったことはほとんど考えもしなかった。考えたとしても、覚えるのはもっぱら悦《よろこ》びだった。友をふたたび近しく感じるのが私には嬉《うれ》しかった。かつて自分が使っていた空間をいま私が占めていると知ったら、サックスもきっと喜んでくれるだろうという気がした。サックスは友好的な幽霊だった。脅しやら悪霊《あくりよう》やらを残していったりはしない。私がそこにいることを彼も望んでくれている、そんな気がした。アイリスの意見（サックスはもう死んでいて、二度と帰ってこない）に徐々に傾きかけていたとはいえ、私と彼はいまもたがいにわかり合っている気がした。私たちのあいだでは何ひとつ変わっていない、そんな気さえした。

八月上旬に、アイリスは幼友だちの結婚式に出るためにミネソタへ出かけた。ソニアも一緒について行ったし、デイヴィッドは月末までサマーキャンプに行っていた。私は一人でここにこもって小説に取り組んだ。二日ばかり経《た》つと、アイリスと離ればなれになるたびにいつも陥るパターンに今回も私は陥りかけていた。働きすぎ、食べなさすぎ。落着かない、不眠症気味の夜。アイリスが一緒にベッドにいるといつもよく眠れるのに、彼女がいなくなったとたん、目を閉じるのも怖くなってしまう。新しい夜はつねに前の夜より辛《つら》く、あっという間に、明かりを点《つ》けたまま午前一時、二時、三時まで起きている破目になる。これ自体はむろんどうでもよいことだが、去年の夏もアイリスがいないあいだまさにこうした問題を私は抱え込んでいたわけで、サックスがバーモントに突然、予想もしなかった登場を果たしたときにも起きていたのである。時刻はもう二時近かった。私は二階のベッドに横になって、ろくでもない推理小説（何年も前に誰か訪問客が置いていった殺人ミステリー）を読んでいた。と、砂利道を車がのたのたのぼってくる音が聞こえてきた。私は本から目を上げ、車が家の前を通り過ぎていくのを待ったが、そのとき、紛《まご》う方なくエンジンの回転が遅くなり、ヘッドライトの光が私のいる部屋の窓を撫《な》で、車は方向転換して、サンザシの茂みをごそごそこすりながら庭に停止した。私はズボンをはいて一階に飛んで降りていき、エンジンが切られるほんの数秒前にキッチンにたどり着いた。考えている時間はなかった。カウンターに置いた調理道具のところに直行し、目についた一番長いナイフをつかんで、闇《やみ》のなかに立ち、車の主が入ってくるのを待った。てっきり強盗か狂人だろうと思っていたから、その後の十秒か二十秒のあいだ、これまで経験したことのないほどの激しい恐怖を私は味わった。

私が相手に襲いかかるよりも前に、明かりが点いた。それは反射的なしぐさだった。キッチンに足を踏み入れ、電灯のスイッチを点ける。私の待伏せが裏をかかれた次の瞬間、それをやったのはサックスだと私は悟った。が、これら二つの認識のあいだにはごくわずかな間隔があった。その間隔のあいだ、もう自分の命はないものと私は思った。彼は三歩か四歩部屋のなかを進んできて、それからぴたっと立ちどまった。隅に立っている私を彼が見たのはそのときだった――私は相変わらずナイフを宙にかざしたまま、いまにも飛びかかろうと構えている。

「驚いたな」と彼は言った。「君か」

私は何か言おうとしたが、口からは何の言葉も出てこなかった。

「明かりが見えたんだ」とサックスは、依然信じられないといった顔で私を見ながら言った。「たぶんファニーだろうと思ったんだ」

「いや」と私は言った。「ファニーじゃない」

「ああ、そうじゃなさそうだ」

「でもそっちも君じゃないよな。君のわけ、ないよな？　君は死んだんだ。もうみんな知ってる。君はどこかの道端の溝に転がっていて、枯葉の山に埋もれて腐りかけてるんだ」

&

ショックから立ち直るには少し時間が必要だったが、案外長くはかからなかった。サックスは元気そうだった。以前にも増して目が澄み、体調も良さそうで、ちらほら見えはじめた白髪を別とすれば、基本的にはかつての彼と変わりなかった。それで私も勇気づけられたのだろう。これは幽霊が帰ってきたのではない。前と同じサックスだ、相変わらず活気にあふれ、よく喋《しゃべ》る。彼が家に入ってきて十五分も経つと、私はすでにまたサックスに慣れていた。彼が生きていることを、すでに認める気になっていた。

君にばったり出くわすとは思っていなかったんだ、とサックスは言った。二人で腰を落着けて話をはじめる前に、仰天した顔を見せたことを彼は何度も謝った。私としては、この状況で謝罪が必要だとは思わなかった。「ナイフだよ」と私は言った。「僕だってここへ入ってきて、誰かがいまにも僕を刺そうとしていたら、やっぱり仰天した顔をすると思うね」

「君に会えて喜んでないってことじゃないぜ。会えるなんて当てにしてなかったっていうだけさ」

「喜ぶ必要はないさ。あれだけいろいろあったんだから、呑気《のんき》に喜べる方がどうかしてる」

「君が裏切られた気になるのも無理はない」

「裏切られたなんて思っちゃいない。少なくともいままではそんなふうに考えたこともなかった。はじめはけっこう腹が立ったことは認める。でもそれも二、三か月で消えた」

「それから？」

「それから今度は、君のことがひどく心配になった。たぶんいままでずっと心配してたんだと思う」

「ファニーは？　ファニーも心配してたかい？」

「ファニーは僕より強い。君が生きているとずっと信じてる」

サックスは微笑《ほほえ》んだ。私が言ったことを見るからに喜んでいる様子だ。それまでは、彼がしばらくここにいるつもりなのか、いますぐにも出ていくつもりなのか、よくわからなかったが、と、いきなりサックスはキッチンテーブルから椅子《いす》をひとつ引き出し、腰かけた。たったいま何か大事な決定に達したような様子だった。「このごろは何を喫《す》ってるんだ？」と、笑みを浮かべたまま顔を上げて私を見ながらサックスは言った。

「シンメルペニンクス。ずっと同じだよ」

「結構。君の葉巻を二本ばかりいただこう。それと、何かボトルが一本あってもいいな」

「疲れてるんだろう」

「もちろん疲れてる。いまも六百キロ走ってきたし、もう午前二時だし。でも君は話したいだろう？」

「明日まで待てるぜ」

「明日になったら僕が怖《お》じ気《け》づいちまう可能性もある」

「いまなら話す気があるのか？」

「うん、ある。ここに入ってきて君がナイフを握ってるのを見るまでは、一言も喋る気はなかった。はじめからそういう計画だったんだ。何も言わずに、すべて自分の胸にとどめておく。でもう気が変わったんだと思う。これを抱えて生きていけないってことじゃない。でもふっと、誰かに知ってもらう方がいいと思ったのさ。僕の身に何かあったときのために」

「どうして君の身に何かあるなんて思うんだ？」

「僕は危険な立場にいるからさ。運だってそのうち尽きるかもしれない」

「だけどなぜ僕に話す？」

「君が一番の親友だからさ。それに君が秘密を守れる人間だってこともわかってる」。

彼はしばし間を置いて、私の目をまっすぐ見据えた。「君、秘密を守れるだろう？」

「と思う。実を言うと、いままで秘密なんて聞かされたことがあるかどうかよくわからない。守らなきゃならない破目になったことなんて、ないんじゃないかな」

話はそうやってはじまった――謎《なぞ》めいた言葉、迫りつつある惨事のほのめかしとともに。私は貯蔵室からバーボンのボトルを出してきて、洗ったグラスを水切り板から二つ取り、サックスを連れて庭を越えて仕事場に行った。葉巻はここに置いているのだ。その後五時間、サックスは葉巻を喫い、酒を飲み、疲労と戦いながら私に向かって物語を吐き出した。散らかった仕事机をはさんで向かい合わせに、二人とも肱《ひじ》掛け椅子に座り、五時間のあいだどちらも一度として席を立たなかった。私たちのまわりで蠟燭《ろうそく》が燃え、サックスの声が響きわたる部屋をちろちろと照らし、ジリジリ音を立てた。彼は話し、のである。

私は聞いた。こうして少しずつ、いままでここに書き綴《つづ》ってきたすべてを私は知ったの話しはじめもしないうちから、何かとてつもないことがサックスの身に起きたことを私は承知していた。そうでなければ、こんなに長いあいだ行方をくらましたりはしない。わざわざここまで手間をかけて、自分が死んだものと我々に思わせたりはしない。そこまではっきりしている。サックスが戻ってきたいま、どんなに突拍子もない荒唐無稽《こうとうむけい》な打ちあけ話でも私は受け入れる気でいた。自分が夢想したこともないほどの物語を聞く準備が私にはできていた。といってもちろん、まさにこの物語を予期していたわけではないが、このようなものだろうとは覚悟していたのだ。ようやくサックスが語り出しても（椅子に深々と座って、「君、自由の怪人て聞いたことあるよな？」と切り出した）、私は眉《まゆ》ひとつ動かさなかった。「あれをやってたわけか」と私は、話が先へ進む前にさえぎって言った。「国じゅうの女神像を爆破して回ってるおかしな奴《やつ》は君だったのか。結構なご身分じゃないか。だけど、誰がいったい、君を世界の良心に選んだのかな？こないだ会ったときは、君、小説を書いてたんだぜ」

まさにその問いに答えるのに、一晩じゅうかかったのである。それでもまだ空白はいくつもあったし、私がいまだ埋められずにいる穴もたくさんある。大まかにいえば、その思いつきは、何段階かを経て徐々に彼の胸に浮かんでいったようだ。それはバークリーで日曜の午後に目の前で起きた平手打ちからはじまって、リリアンとの恋愛の崩壊とともに終わった。そのあいだに、ディマジオに徐々に屈していく過程があった。自分の手で殺した男の人生に、じわじわととり憑《つ》かれていったのだ。

「やっとあの男の部屋に入る気になれたんだ」とサックスは言った。「たぶんそれがきっかけだったんだと思う。何かまっとうな行動に向かう第一歩が、あそこで踏み出されたんだ。それまで僕はあのドアをまともに開けもしなかった。きっと、怖かったんだと思う。見はじめたら何が出てくるか、恐れていたんだ。だけどその日、リリアンはまた出かけていたし、マリアも幼稚園に行っていた。僕は一人で家に残って、じわじわ気が変になりかけていた。いざ入ってみると、まあ当然だろうが、ディマジオの持ち物はほとんど部屋から取り払われていた。プライベートなものは何も残っていなかった。手紙や書類、日記、電話番号のリストもなく、リリアンとの生活に関する手がかりもまったくなかった。でも本は何冊か出てきた。マルクスの著作が三、四冊、バクーニンの伝記、アメリカの人種問題に関するトロツキーの小冊子、そういったたぐいだ。それから、机の一番下の引出しから、黒いバインダーに入った、ディマジオの博士論文のコピーが出てきた。あれが鍵《かぎ》だった。あれが出てこなかったら、そのあとのことは何も起こらなかったと思う。

論文はアレグザンダー・バークマン論だった。バークマンの生涯と功績を、四百五十何ページかにわたって再評価したものだ。バークマンの名前は聞いたことあるだろう。ヘンリー・クレイ・フリック——五番街にあるフリック美術館のフリックさ——を狙撃《そげき》したアナーキストだよ。一八九二年の、ホームステッドでの鉄鋼ストライキの最中のことだ。フリックはピンカートン社の警備員を大勢雇って、労働者に向かって発砲させた。バークマンは当時二十歳かそこら、つい二、三年前にロシアから移民してきた若きユダヤ系の急進主義者だ。そのバークマンがペンシルベニアまで出かけていって、銃を持ってフリックを追いまわし、この資本主義の抑圧のシンボルを抹殺しようとした。フリックは撃たれたが結局死なず、バークマンは州刑務所に入れられてそこで十四年を過ごした。釈放されると、『ある無政府主義者の獄中回想録』を書いて、その後も政治活動に、主にエマ・ゴールドマンを相棒としてかかわりつづけた。『母なる大地』の編集長を務め、自由論に基づく学校の創立に協力し、各地で演説を行ない、ローレンスでの織維業ストライキなどを支援した。アメリカが第一次大戦に参加すると、今度は徴兵制度を批判したかどでふたたび投獄された。そして二年後、釈放されてまもなく、エマ・ゴールドマンとともにロシアに国外追放された。国を去る前の送別ディナーの席上、奇《く》しくもその晩フリックが死んだという知らせが届いた。バークマンは一言『神に国外追放されたのだ』と評しただけだった。見事なコメントだろう？　ロシアに来てみると、幻滅するのにさして時間はかからなかった。革命はボルシェビキたちによって裏切られてしまっていた。圧制が別の圧制に取って代わられただけだった。一九二一年、クロンシュタットでの反乱が武力で鎮圧されると、バークマンはロシアから二度目の移住を果たすことにした。結局南フランスに落着いて、晩年の十年間をそこで過ごした。『共産主義アナーキズム入門』を著し、翻訳、編集、ゴーストライターなどで食いつなごうとしたが、それでも足りなくて、友人たちの援助を仰いで何とか生き延びていた。一九三六年になると病気がひどくなり、これ以上物乞《ものご》いをするよりはと、銃を手にとり、頭を撃って自殺した。

それは上質の論文だった。書き方はいくぶんぎこちないし、時おり説教臭くなったりもしたが、リサーチは十分だったし、情熱をもって綿密に書かれた、きわめてまっとうな著作だった。この仕事に関して僕はディマジオに敬意を抱かずにいられなかった。彼が第一級の精神の持ち主だったことはよくわかった。その後のディマジオの活動について僕の知るところを思えば、この論文が単なる学者仕事にとどまらないことは明白だった。それは彼の内的な発展における一ステップであり、政治的変革をめぐる自分の思想を把握するための手立てだったんだ。はっきり口にしてはいなくても、ディマジオがバークマンを支持していて、ある種の政治的暴力には道徳的正当性があると信じていたことは見てとれた。闘争のなかでは、テロリズムにもしかるべき位置があるというわけだ。正しく用いれば、当面の問題を劇的に浮かび上がらせ、国家や組織の権力の本質を大衆に知らしめる上で有効な道具になりうるとディマジオは考えていたんだ。

そのあとはもう、僕は自分を抑えられなかった。一日じゅう、ディマジオのことを考えるようになった。自分をディマジオと比較して、どうやってあの日バーモントのあの道路で我々が出会うことになったかを考えつづけた。一種の宇宙の引力のようなもの、何か抗《あらが》いがたい力の牽引《けんいん》のようなものを僕は感じた。リリアンは彼のことをあまり語りたがらなかったが、ベトナムに行ったことで彼の世界観がひっくり返ったことは僕にもわかった。軍隊を去るころには、ディマジオはアメリカを、政治を、そして自分の人生を新たな目で見るようになっていた。僕自身あの戦争のせいで刑務所に入ったんだと思うと、なおさら惹《ひ》かれた。彼の方はあの戦争に参加したせいで、僕とほぼ同じ立場に行きついたわけだからね。我々は二人ともものを書くようになり、根本的な変革が必要であることを二人とも認識していた。ところが、僕の方は道を見失いかけて、生半可なエッセイや文学の真似《まね》ごとなんかにかかずらわっていたのに、ディマジオは先へ歩みつづけた。そのまま前に進んで、最後には、自分の思想を実地に試すだけの勇敢さを発揮したんだ。僕は何も、材木の伐採場を爆破するのが名案だと言ってるんじゃないぜ。でも僕は、行動するだけの勇気を彼が持っていたことが羨《うらや》ましかった。僕はそれまで、何か行動を起こすために指一本動かしたこともなかった。過去十五年、自分では何もせずに、ぶつぶつ愚痴ったり文句を言ったりしてきただけだ。偉そうに意見を言ったり喧嘩《けんか》腰のは偽善者であり、姿勢を示したりしても、身を賭《と》したことは一度もない。僕は偽善者であり、ディマジオはそうじゃなかった。彼と比較して考えると、だんだん自分が恥ずかしくなってきた。

まず思ったのは、ディマジオについて何か書く、ということだった。彼がバークマンについて書いたのと同じような、だがもっといい、より深い、彼の魂を真摯《しんし》に探った文章を書く。僕はそれを挽歌《ばんか》として構想した。書物という形をとった記念碑だ。これができたら、ひょっとして僕自身も少しは救われるんじゃないか、彼の死から何かまっとうなものが生まれるんじゃないか、そう思った。もちろんそうするには、いろんな人の話を聞かなくちゃならない。情報集めに国じゅうを回って、見つかる限り出来るだけ多くの人にインタビューしなくちゃいけない。彼の両親や親戚、軍隊仲間、学校の同級生、職場での同僚、昔のガールフレンド、〈惑星の子供たち〉のメンバー、何百人もの話を聞かなくちゃならない。壮大な作業になるだろう。書き上がるには何年もかかるだろう。だがなぜか、その点こそが肝要なんだという気もした。僕が自分をディマジオに捧《ささ》げている限り、僕は彼を生かしていることになる。いわば僕の生を彼に与えるのであって、その引き換えとして、彼が僕の生を僕に返してくれるんだ。この点を君にわかってほしいとは言わない。僕にだってよくわからない。でもとにかく、僕は手探りの状態でいた。何かすがりつけるものを求めて、闇雲《やみくも》に腕をふり回していた。そしてしばらくのあいだ、この計画こそ堅固な、何よりもすぐれた解決策に思えたのさ。

計画は少しも進まずに終わった。何度か机に向かってメモを取ってはみたが、気持ちが集中できなかったし、考えもまとまらなかった。どうしてなのかはわからない。ひょっとすると、リリアンとの仲がまだ何とかなるという望みが強すぎたのかもしれない。自分がもう一度書けるとは信じられなかったのかもしれない。何が妨げになっていたのか、とにかくペンを取って書きはじめようとするたびに、どっと冷たい汗が出てきて、頭がぐるぐる回って、いまにも落ちていきそうな気になるんだ。ちょうどあのとき非常階段から落ちたみたいに。あれと同じパニックだった。同じ無力感、忘却へ向かう同じ突進だった。

やがて、奇妙なことが起きた。ある朝、車を取りにテレグラフ・アベニューを歩いていたら、ニューヨークにいたころの知りあいの姿が目に入った。キャル・スチュアートという、八〇年代はじめに僕が二度ばかりエッセイを書いた雑誌の編集者だ。カリフォルニアに来て以来、知りあいを見かけたのははじめてだった。向こうが僕に気づくかもしれないと思うと、足が凍りついてしまった。居場所を一人にでも知られたらおしまいだ。すべては破綻《はたん》してしまう。とにかく通りから見られないようにと、一番手近な建物に飛び込んだ。そこは古本屋で、天井の高い、六つか七つ部屋がある大きな店だった。僕は店の一番奥まで行って、背の高い本棚の列の陰に隠れて、心臓をどきどきさせながら何とか気持ちを鎮《しず》めようとしていた。目の前には本が山とあった。何百万もの言葉が積み重ねられていた。見捨てられた文学から成る宇宙が、まるごとひとつそこにあった。もう人々が欲しがらない本、売り払われた本、もはや有用性を失ってしまった本。はじめは気がつかなかったが、見ればそこはアメリカ小説のセクションで、並んだ題名に目を向けてみると、まっさきに目に飛び込んできたのが『新コロッサス』だった。この墓場への僕自身のささやかな貢献だ。すごい偶然だよ。あまりの衝撃に、僕はそれを何かの予兆と思わずにはいられなかった。

なぜそれを買ったのか、訊《き》かないでくれよな。読む気なんてなかった。でも、それが棚にあるのを見たとたん、ぜひとも手に入れたくなったんだ。その現実の物体が、物自体が、とにかく欲しかった。それは最初に出たハードカバー版で、カバーや紫色の見返しも全部ついて、たったの五ドルだった。そして裏の折り返しには僕の写真があった。若き阿呆《あほう》の芸術家の肖像。ファニーが撮ってくれた写真だということは覚えていた。そのころ僕は二十六か七で、ひげを生やして、髪も長い。信じがたいほどひたむきな、感情のこもった表情を目に浮かべて、まっすぐレンズを見返している。どの写真のことか、君もわかるだろう。その日、古本屋で本を開けてそれが見えたとたん、もう少しでゲラゲラ笑い出すところだったよ。

そろそろ大丈夫と判断して店を出て、車でリリアンの家に戻った。これ以上バークリーにはいられないと思った。キャル・スチュアートを見かけたことで、僕はすっかり怯《おび》えていた。自分の立場をいかにもろく、危なっかしいものにしてしまったかを僕は思い知った。本を持って帰ってくると、それを居間のコーヒーテーブルの上に置いて、ソファに腰かけた。頭にはもう何の考えもなかった。とにかくここを出なくちゃいけない。でも同時に、出るわけには行かなかった。リリアンを捨てて出ていくことなんてできない。実のところ、僕はもうほとんど彼女を失いかけていた。でもあきらめる気にはなれなかった。二度と彼女に会わないなんて、考えただけで耐えられなかった。で、ソファに座ったまま、自分の小説の表紙をぼうっと眺めて、煉瓦《れんが》の壁にぶち当たったみたいな気分でいた。ディマジオについての本はまだ何もできていない。金はもう三分の一以上使ってしまった。自分にとっての希望を、僕はすべて台なしにしてしまったんだ。底なしにみじめな気分で、本の表紙に目をずっと向けていた。それから、少しずつ、何かが起こりはじめたんだ。それが起きるのに、一時間近くかかったにちがいない。でもいったんその考えにとり憑かれると、考えるのをやめられなくなっていた。自由の女神さ、覚えてるかい？あの奇妙な、歪《ゆが》んだ自由の女神の絵だよ。そこからはじまったんだ。自分がどこに行こうとしているのか、それがひとたび見えてくると、あとは自然につながった。狂気じみた計画全体がぴったりひとつにまとまった。

その日の午後、銀行の口座をいくつか解約して、翌日の朝に残りも片付けた。これをやるには金が要る。となると、いままで自分が引き受けてきた責任をひっくり返してしまうことになる。何しろ残りの金をリリアンに渡す代わりに、自分で持っていくわけだからね。約束を破ると思うとうしろめたかったが、実のところ、ものすごくうしろめたいというほどでもなかった。彼女にはもうすでに六万五千ドル渡していた。全額ではないといっても、大金ではある。少なくとも彼女が予想していた額よりはるかに多いだろう。まだ残っている九万一千ドルがあれば僕も相当やって行けるだろうし、だいいちべつに自分のために散財しようっていうんじゃない。この目的だって、当初の計画と同じくらい意味があるはずだ。実際、もっと意味があると言ってもいいくらいだ。その金を使って、ディマジオの思想を実行に移すにとどまらず、僕自身の信念を表明することにもなるんだからね。自分が信じることをはっきり示して、うまくすれば、いままでの僕にはできなかったような変化を世に生じさせることができるんだ。にわかに、自分の人生にも意味があるように思えてきた。この数か月の人生というだけじゃなくて、僕の一生涯が、はじめからさかのぼってすべて意味をなすように思えたんだ。何もかもが奇跡的に一点に収斂《しゅうれん》した気がした。いろんな動機や野心がすべて、驚くべき形でつながった。僕は統一原理を見出《みいだ》したのであって、このひとつの理念が、僕という人間の、ばらばらに壊れた断片をまとめ上げてくれるにちがいない。生まれてはじめて、僕は十全な存在になれると思った。

あのとき感じた幸福感の強さは、とても伝えようがない。僕はふたたび自由になった気がした。この決断のおかげで、何もかもから解き放たれた気がした。リリアンとマリアを捨てたかったわけじゃない。でもいまは、自分が身を捧げるべきもっと重要なことが出てきたんだ。そのことを理解したとたん、この一か月の苦しみや恨みがましい思いが、あっさり心から消えていった。僕はもう魔法に縛られてはいなかった。霊感と活力を吹き込まれ、身を浄《きよ》められた思いだった。僕はほとんど、宗教を発見した人間のようなものだった。天の声を聞いた男のようなものだった。いままでの人生でやり残したことが、いっぺんにどうでもよく思えてきた。胸を張って荒野に出ていき、善き知らせを広めるんだという気でいた。一からもう一度はじめる気で僕はいた。

いまからふり返ってみると、自分の望みをリリアンに据えたのがいかに的外れだったかがわかる。バークリーまで行ったこと自体、無茶苦茶な、絶望から発した行為だった。あれでもし僕が彼女に恋をしなかったら、もしかするとうまく行ったかもしれない。だがいったん恋してしまってからは、もう挫折《ざせつ》は運命づけられていたんだ。僕のせいで彼女は、不可能な背反のなかに閉じ込められてしまっていた。どう対処したらいいのか、彼女にはわかりようもなかった。彼女は金が欲しかったし、かつ欲しくなかった。金は彼女を貪欲《どんよく》にし、彼女は自分の貪欲を恥じた。僕に愛されることを彼女は望み、みずからも僕を愛し返したことで自分を憎んだ。つらい目に遭わされたけど、もう彼女を責める気は僕にはない。リリアンは野性的な人間だ。美しいというだけじゃなくて、内側から光を放っている人間だ。怖いもの知らずで、抑えようがなくて、何だってする度胸を持っている。でも彼女は僕といるあいだ、自分自身になるチャンスを一度も持てなかったんだ。

結局のところ、意外なのは僕が出ていったことではなく、あれだけ長くとどまったことだと思う。状況はひどく奇怪で、危険で、不安に満ちていた。それがだんだんとリリアンを刺激したんだと思う。それが彼女を呑《の》み込んでしまったんだと思う――僕がではなく、僕がそこにいることの刺激が、僕が体現していた闇が。状況にはロマンチックな可能性がみなぎっていた。しばらくすると、彼女はもはやそれに抗《あらが》えなくなって、意図していたよりはるかに過激に自分を解き放ってしまったんだ。ディマジオと出会ったときの、奇怪な、ありそうもない経緯と似ていなくもない。あのときはそれが結婚につながった。僕との場合には、ハネムーンにつながった。僕たちにとって悪いことなど何ひとつ起きようのない、目もくらむ二週間だった。そのあとで何があったかは問題じゃない。あんな状況は、どのみち維持しようがなかったんだ。遅かれ早かれ、彼女はまた遊びまわるようになっていただろう。いずれは元の暮らしに逆戻りしていただろう。でもあれがつづいていたあいだは、彼女が僕に恋していたことに疑問の余地はないと思う。そのことが疑わしく思えてくるたびに、ひとつの証拠を思い出しさえすれば、僕の疑念は消える。つまり、そうしようと思えば、彼女は僕のことを警察に通報することができたはずなんだ。でも彼女はそうしなかった。もう金はないんだ、と僕が宣言したあとにも、僕が出ていってしまったあとにも。これだけでもとにかく、彼女にとって僕という人間が少しは意味を持っていた証《あか》しになるはずだ。バークリーで僕に起きたことは嘘《うそ》じゃなかったことの証しになるはずだ。

でもとにかく、後悔はしていない。少なくとも、いまはもう。もう過ぎたことさ。終わってしまった、太古の歴史だ。辛《つら》かったのは、マリアを置いて出ていくことだった。そんなふうになるとは思っていなかったけど、そのあとずいぶん長いあいだ、僕は彼女のことを恋しく思っていた。リリアンを恋しく思うよりもずっと強くね。車で西部を走るたびに、カリフォルニアまで車を飛ばしてマリアに会いにいこうかと考えたよ。でも一度もそうしなかった。もういっぺんリリアンに会ったら何が起きるか怖かったから、カリフォルニアには近寄らなかった。バークリーから出ていった朝以来、あの州には一度も足を踏み入れていない。一年と六か月か、七か月前のことだ。マリアはもう、僕が誰かも忘れてしまっただろうな。リリアンとの仲が壊れてしまう前は、いずれ彼女を養子にして、僕の本当の娘にするんだなどと考えたものさ。マリアにとっては悪くない話だったと思う——マリアにとっても、僕にとっても。でもいまさらそんな夢を見ても仕方ない。どうやら僕は、父親になるように生まれついていないらしい。ファニーともうまく行かなかったし、リリアンともうまく行かなかった。小さな精子。小さな卵子と、小さな精子。与えられるチャンスの数は限られている。それが終わると、人生が人を捕え、それからあとは、おしまいまで一人でやって行くしかない。僕はもう、いまの僕という人間になってしまった。あと戻りはできない。これしかないんだよ、ピーター。僕が持ちこたえられる限り、これしかないんだよ」

&

話はだんだんとりとめがなくなってきていた。そのころにはすでに太陽も出ていて、木の上では無数の鳥が鳴いていた。ヒバリ、フィンチ、ムシクイ、いまや朝のコーラスたけなわだった。何時間も話しつづけたせいで、サックスはもう、自分でも何を言っているのかよくわからなくなっていた。光が窓から流れ込んでくると、彼の目がいまにも閉じてしまいそうなのが見えた。あとでつづきを話してもいいんだぜ、と私は言った。横になって少し眠らないと、このままじゃ君、気絶しちまう。そうなったら母屋《おもや》まで君を運んでいく自信は僕にはないね、と。

私は彼を二階の空き部屋のひとつに寝かせて、カーテンを閉じ、爪先《つまさき》立ちで自分の部屋に戻っていった。眠れる自信はなかった。消化すべきことがあまりに多すぎたし、あまりに多くのイメージが頭のなかで渦巻いていた。が、頭が枕《まくら》に触れたとたん、私は意識を失っていった。棍棒《こんぼう》で体を殴られたような、石で頭蓋骨《ずがいこつ》を叩《たた》き割られたような感じだった。人はあまり恐ろしい話に接したとき、それを受け入れるにはそこから逃げるしか手立てはないのかもしれない。それに背を向けて、闇《やみ》にこそこそ逃れるしか道はないのかもしれない。

私は午後三時に目が覚めた。サックスはさらに二時間か二時間半眠りつづけ、その間私は彼の眠りを邪魔しないよう家から離れて庭をうろうろしていた。眠りは私には全然足しになっていなかった。頭はいまだ麻痺《まひ》し、何も考えられなかった。その夜のディナーのメニューをじっくり練るよう努めて、何とか手だけはいちおう忙しく動かしていられた。一つひとつの決断に、あたかも世界の命運がかかっているかのように私は真剣に取り組み、それぞれの選択肢のプラスとマイナスをじっくり吟味した。チキンを焼くのはオーブンを使うべきかグリルで行くべきか、添えるのはライスかポテトか、ワインは十分残っているか。そうしたことがいま、いちいち鮮やかによみがえってくるのも妙な話だと思う。ついさっき、人を殺したとサックスから聞かされ、この二年間逃亡者としてアメリカじゅうをさまよっていたと知らされたのに、そのとき私に考えられたのは、ディナーに何を作るかという問題だけだったのだ。どうやら私は、人生が依然そうした日常的な細部から成り立っているふりをする必要があったらしい。だがそんなふりをしたのは、そうではないことを知ってしまったからにすぎない。

その夜も我々は遅くまで起きていた。夕食のあいだずっと話し、そのまま真夜中を過ぎるまで話しつづけた。今回は外に出て、過去何年にもわたって数え切れぬほどの夜に座った安楽椅子《いす》に座って話した。闇のなか、体から離脱した二つの声。たがいの姿も見えず、何も見えない。時おり一方がマッチを擦ったときに、二人の顔がつかのまぱっと浮かび上がるだけ。ほのかに光る葉巻の先端や、茂みのなかで脈打つホタル、そして頭上に広がる巨大な空を私は思い出す――過去の無数の夜について思い出すのと同じものたちだ。それらのおかげで、私もどうにか落着いていられたのだと思う。が、そうした背景以上に、サックスの変化も効いた。ぐっすり眠って、彼は元気を取り戻していた。今回は話しはじめた瞬間からずっと、会話の流れを完璧《かんぺき》にコントロールしていた。声にも迷いはなかったし、こいつはほんとに信用できるんだろうか、などと疑わせたりするところはひとつもなかった。自由の怪人について詳しく聞いたのはその夜だった。その話をしているあいだずっと、犯罪を告白しているような響きはまったく感じられなかった。自分がやったことをサックスは誇りに思っていたし、揺らぎようもなく自分自身と和解していた。その話しぶりにみなぎる確信は、自分のもっとも重要な作品を創造したことを知る芸術家のそれだった。

それは長い、信じがたい物語だった。さまざまな旅や変装、つかのまの凪《なぎ》、狂乱、危機一髪の脱出等々から成る一大サーガだった。サックスから話を聞くまでは、一度の爆破にこれほど手間がかかるものだとは思ってもみなかった。何週間にもわたる計画と準備。爆弾を組み立てる材料を集めるための、手の込んだ回り道の方法。精妙なアリバイ作りや偽装、踏破せねばならない距離。町を決めたら、疑惑を招かずにしばらく滞在する手段を考えねばならない。最初のステップは、名前と身分を捏造《ねつぞう》し、ひとつの人生の物語を発明することだ。二度と同じ人間にはなれないから、創作力がつねに試されることになった。毎回違った、できるだけありふれた没個性の名を考え（エド・スミス、アル・グッドウィン、ジャック・ホワイト、ビル・フォスター）、爆破のたびに外見も少しずつ変えるよう努めた（ある回はあごひげがなく、次の回はあり、ある場では黒髪で次の場では金髪、眼鏡をかけている／かけていない、背広／作業服等々、いくつかの要素について町ごとに組合せを変える）。だが、一番大変なのは、その町に来た理由を考え出すことだった。知りあいの一人もいない共同体で何日かを過ごしてもおかしくない、もっともらしい口実を思いつかねばならないのだ。大学教師を装《よそお》って、アメリカの小都市での生活と価値観について本を書くため実地調査を行なっている社会学者を称したこともあった。またあるときは感傷旅行と偽って、養子に出された人間が実の親を探しにきたふりをした。あるときはその町の不動産に投資を検討している実業家を演じた。自動車事故で妻子を失った男が新しい町に落着こうとしている姿を模倣したこともある。それから、怪人の名が知れわたったころ、ほとんど倒錯的な気分に駆られて、ネブラスカの小さな町に新聞記者として出現し、自由の女神像のある町に住む人々の態度や意見に関する特集記事に取り組んでいるのだと触れてまわった。一連の爆破をみなさんどう思われますか？　と彼は町の人々に訊《たず》ねた。あなたにとって女神像の意味は？　神経にはかなりきつい経験だったけどそれだけの値打ちは十分あったね、とサックスは言った。はじめのうちから、最良の策は隠れないことだと決めていた。妙な印象を与えないためにはそれが一番だ。こそこそと人目につかぬよう腐心したりはせず、人々に気さくに話しかけ、彼らを魅了し、こいつはいい奴《やつ》だと思わせるよう努めた。こういう人なつっこさはサックスがもともと持ち合わせているものだったから、これが一種の息抜きにもなってくれた。なぜこの男が町にいるのか納得してしまえば、人々はもう、彼が通りをぶらぶら歩いているのを見ても不審に思いはしない。そうやって歩いているなかで女神像の前を数回通ったところで、誰も気にかけない。暗くなってからの散策も同じことだ――寝静まった小さな町を午前二時に車で回って、車の流れを頭に入れ、爆弾を置いた際に近所に誰か居合わせる確率を計算しても、怪しまれる心配はない。何しろ彼は、この町に引越してこようかと考えているのだ。日が暮れたあとに町がどんな感じになるかを見ようとしても、誰にも責められる筋合いはあるまい。やや薄弱な口実かとも思ったが、かといってこうした夜の探索を省くわけには行かない。自分が無事逃げるためだけでなく、絶対に誰も怪我《けが》しないようにするために欠かせない用心なのだ。台座の下で眠っている浮浪者、芝生の上でネッキングしているティーンエイジャー、夜中に犬を散歩させている男——石や金属の破片が一個飛んできただけで人が死ぬ可能性があるのだし、もしそうなったら、この行動の大義が根底から崩れてしまう。サックスが何より恐れたのもこの点だったから、突発事故が起きぬようにするため細心の注意を払った。本来ならもっとずっと大きく作りたい爆弾も小ぶりにとどめたし、爆弾を女神像のてっぺんにテープで貼《は》りつけてから爆発するまでの時間にしても、発覚の危険が大きくなるのを承知で二十分以内にとどめた。もちろんその二十分のあいだに誰かが通りかからないという保証はないが、時刻と、町の性格から見て、確率はわずかだ。

ほかのさまざまな話に加えて、その夜サックスは、技術的な事柄についてもきわめて多くを語った。それは爆弾製作技術に関する特訓コースだった。その大半は私の右の耳から左の耳に抜けていったことを白状せねばならない。機械について私はもともとひどく弱いので、話について行くのは大変だった。ときおり、「目ざまし時計」「火薬」「導火線」といった単語は理解できたが、あとは知らない外国語のようにチンプンカンプンだった。それでも、彼の話しぶりからして、とにかく相当な発明の才が要求されることは見当がついた。前もって決まった製法に沿って作るのではなかったし、しかも足跡を残してはいけないという必要もあったから、手間はずっと増えるけれども、ごくありふれた素材しか使わないように努めた。どこの金物屋にもあるような当たり前の品から爆弾を作り上げるのだ。さぞ骨の折れる作業だったにちがいない。時計ひとつ買うためにわざわざ車で遠出し、それからまた百キロ近く走って針金を一巻き買い、今度はテープを一箱買いにまた別の町へ行く。買物はつねに二十ドル以内にとどめ、どんな店でもレストランでもおんぼろモーテルでも、支払いにはかならず現金を使った。入って、出る。こんにちは、さようなら。出たらもう、体が宙に溶けてしまったみたいに何も残さない。それは大仕事だった。だが一年半を経たいまも、足跡はひとつとして残していなかった。シカゴの南部に、アレグザンダー・バークマンの名で安アパートを借りていたが、これも住まいというよりは隠れ家、旅と旅のあいだに一息つく場であり、そこにいるのは一年のうち三分の一にも満たなかった。そんな彼の暮らしぶりを考えてみるだけで、私は心穏やかでなかった。たえまない移動、いつも他人のふりをしていることのプレッシャー、孤独。だがサックスは私の不安をまるで相手にしなかった。とにかくそのときそのときにやっていることに没頭しているから、そういうことを考えている暇もないね、と彼は言った。みずから引き起こしてしまった問題があるとすれば、それは、おのれの成功にどう対処するかという点だった。怪人の名声が着実に高まってくるにつれて、爆破できる女神像を探し出すのはどんどん難しくなっていった。大半の像にはいまや見張りがついていたし、はじめのうちは爆破一件を仕上げるのに一週間から三週間で済んだのが、最近では平均ほぼ二か月半かかるようになっていた。その夏のはじめには、ある爆破計画を最後の最後で断念する破目になったし、冬まで延期せざるをえないケースもいくつか出てきた（寒くなれば、夜通しの見張りも緩んでくるにちがいない）。だがそれでも、ひとつ障害が出てくるごとに、それを補って余りある進展が生じた。彼の影響力が広がったことを証明する徴候が一つまたひとつと現われた。この数か月のあいだ、自由の怪人は新聞の社説や教会の説教でくり返し取り上げられてきた。リスナー電話参加のラジオショーでも話題にされ、政治漫画で諷刺《ふうし》され、社会に対する脅威として糾弾される一方で大衆のヒーローとして賞揚されてきた。大人のオモチャの店へ行けば自由の怪人Tシャツや自由の怪人バッジを売っているし、自由の怪人ジョークも出回りはじめている。つい先月にはシカゴで二人のストリッパーが、自由の女神がじわじわと服を脱がされた挙句に怪人に征服されるショーを演じた。僕は社会にインパクトを与えているんだ、まさかここまでやれるとは自分でも思っていなかったほどの大きなインパクトを与えているんだ、とサックスは言った。これをつづけていられるならどんな不便にも耐えるつもりだし、どんな困難も肚《はら》を決めて切り抜けるつもりだ、と彼は言った。これが狂信的な人間の言いそうな科白《せりふ》であることに私はあとから気がついた。もはや自分の生活というものを必要としていないと認めているに等しい言葉だ。だがそのときのサックスが、あまりに楽しそうに、あまりに熱っぽく、何の疑いも示さずに語るものだから、私もついそのときは、こうした言葉が暗に意味するところを見逃してしまったのだ。

話すべきことはまだあった。私の頭にはさまざまな質問がたまっていた。だがもう夜は明けていたし、私も疲れはてていて、それ以上話す元気はなかった。金のことも訊《き》いてみたかったし（どれくらい残っているのか、なくなったらどうするつもりか）、リリアン・スターンとの破局についてももっと知りたかった。マリア・ターナーについても、『リヴァイアサン』の原稿についても訊きたかった（これまでサックスは原稿を見ようともしていなかった）。つながらない点はいくつもあった。私にはすべてを知る権利があると思ったし、私の質問にすべて答える義務が彼にはあると思った。だがそれ以上押しはしなかった。朝食の席で訊けばいい。いまは寝る時間だ。

昼近くに目がさめると、サックスの車はなくなっていた。店へ買物にでも行ったのだろう、もうじき帰ってくるさ、と思ったが、一時間以上も戻ってこないので、私は希望を失いはじめた。さよならも言わずにサックスが行ってしまうなんて考えたくなかったが、どんなことだってありうることは私も承知していた。これまでにもほかの人間を捨てて出ていった男だ。私だけは別だと信じる根拠は何もない。はじめはファニー、次はマリア・ターナー、その次はリリアン・スターン。おそらく私は、無言の出奔《しゅっぽん》の長い行列の最後尾に位置するにすぎないのだ。彼のリストから消された、さらなる一人でしかない。

十二時半になると、自分の小説と取り組みに仕事場に行った。ほかに何をしていいかもわからなかったし、外でぼさっとサックスの車の音が聞こえるのを待っていても、自分がどんどん間抜けに思えてくるだけだ。仕事でもして気を紛らわした方がいいと思ったのだ。彼の手紙を見つけたのはそのときだった。私の原稿の上にそれは置いてあった。机の前に座ったとたん、目に飛び込んできた。

「こんなふうに逃げ出して申し訳ない」と手紙ははじまっていた。「でも話すべきことはもうほとんど全部話したと思う。これ以上とどまっても、事態が厄介になるだけだ。君は僕がやっていることをやめさせようと説得に努めるだろうし(君は僕の友だちだから、それが友としての僕に対する義務だと考えるだろう)、僕は君と言い争いたくない。いまの僕は、人と議論をする気にはなれないんだ。君が僕のことをどう思ったかはともかく、話を聞いてくれたことには感謝する。この物語は語られる必要があったのだし、聞き手として君よりふさわしい人間はいない。もしその時が来たら、君ならこれを他人に語るすべがわかるだろう。いったいこれがどういう話なのか、君なら伝えられるはずだ。これまで君が書いた本がそれを証明している。何と言っても、君はただ一人、僕が頼れる人間だ。君は僕よりずっと遠くまで進んだんだ、ピーター。僕は君の無垢《むく》を素晴らしいと思う。生涯ずっと、ひとつの仕事を君がやり通してきたことを素晴らしいと思う。僕の問題は、この仕事の意義を自分がどうしても信じられないことだった。僕はいつも何かほかのものを求めていたが、それが何なのかはどうしてもわからなかった。でもいまはわかる。あれだけひどいことが起きた末に、やっと信じられるものが見つかったんだ。いまの僕にとって大事なのはそのことだけだ――ひとつの仕事をやり通すこと。それについて僕を責めないでほしい。そして何より、僕に同情しないでほしい。僕はいい気分なんだ。こんなにいい気分だったことはいままでにないくらいだ。できるところまでとことん、連中の神経を逆撫《さかな》でしてやるつもりだ。今度新聞で自由の怪人の話を読んだら、楽しく笑ってもらえればと思う。前進、そして上昇あるのみ。じゃあまたな。ベン」

私はこの手紙を、二十回か三十回くらい読んだと思う。ほかにすることは何もなかったし、サックスがいなくなってしまったショックを吸収するのにそれくらい時間がかかったのだ。最初の数回は、傷つけられた思いだった。こっちが背中を見せているすきに逃げてしまうなんて、と腹が立った。ところがそれから、ひどくゆっくりとではあれ、なおも読み返しているうちに、サックスの言うとおりだとしぶしぶ認めざるをえなくなってきた。もう一度話をしていたら、いままでの二度よりも辛《つら》いことになっていただろう。たしかに私は、もうやめろとサックスを説得するためにできるだけのことをしようと決めていたのだ。たぶん彼もそれを感じとって、私とのあいだに敵対関係を作ってしまうよりはと、立ち去ったのだろう。責めるわけには行かない。私たちの友情が生きつづけることを彼は望んだ。たがいに顔を合わせるのはこれが最後かもしれないと承知していたから、後味の悪い終わり方にはしたくなかったのだ。それが手紙の目的だった。物事を終わらせずに終わらせること。こうやって彼は、さよならを言えないことを伝えたのだ。

&

彼はそのあと十か月生きたが、私には二度と連絡してこなかった。その間、自由の怪人は二度現われたけれども――一度はバージニアで、一度はユタで――私は笑わなかった。物語を知ってしまったいま、感じたのは悲しさだけだった。底知れない憂《うれ》いだけだった。その十か月間に、世界は途方もない変化をとげた。ベルリンの壁が壊され、ハヴェルがチェコスロバキアの大統領になり、冷戦は突如終結した。だがサックスは相変わらず動きつづけていた。アメリカの夜の闇《やみ》にぽつんと浮かぶ一点として、盗んだ車に乗り、破滅に向かって疾走しつづけていた。サックスがどこにいるにせよ、いまや私はつねに彼とともにいた。何も喋《しゃべ》らない、と私はサックスに約束した。彼の秘密を長いこと守れば守るほど、私が私自身に属する度合は減っていく。あんな頑《かたく》なさがどこから出てきたのか自分でもわからないが、私は誰にも、ヒントひとつ漏らさなかった。アイリスにも、ファニーとチャールズにも、誰にも。私は彼のために沈黙の重荷を引き受けたのであり、しまいにはその重みに、危うくつぶされそうになったほどだった。

九月はじめにアイリスと二人でニューヨークに戻って、その二、三日あとにマリア・ターナーに会った。サックスのことを誰かと話せるのは有難かったが、いくらマリアが相手とはいえ、私はできるだけ何も明かさぬよう努めた。彼に会ったことすら言わなかった。サックスから連絡があってね、電話で一時間くらい話したんだ、と言ったのだ。その日、私は何とも薄気味悪いダンスをマリアと踊ることになった。そういう忠誠は間違っているよ、君はサックスとの約束を守ることによって逆に彼を裏切ったんだ、とマリアを責めながら、自分でもまったく同じことをしていたのだ。私たちは二人ともサックスから秘密を明かされた仲だったが、知っている量は私の方が多かった。そしてその詳細を彼女と共有する気は私にはなかった。彼女の方は、自分が知っていることを私も知っているとわかっただけで十分だった。それがわかると、ごまかしても無駄だと悟って、一気に口が軽くなった。こうしていろいろなことが明るみに出た。サックスと彼女の関係などは、サックス本人から聞いた以上に詳しく聞かせてもらった。その日はまた、いわゆる「ベンとの木曜日」の写真をはじめて見せてもらった日でもある。さらに重要なことに、マリアが前年、リリアン・スターンに会いにバークリーまで行ったことを私は知った。サックスがリリアンの前から姿を消しておよそ半年後のことである。リリアンがマリアに語ったところによれば、サックスは彼女に二度会いにきたという。サックスの話と矛盾するが、食い違いを指摘すると、マリアは単に肩をすくめただけだった。

「嘘《うそ》つきはリリアンだけじゃないのよ」と彼女は言った。「それはあなたもわかってるでしょう。おたがいにあんな仕打ちをしあった仲だもの、賭《か》けても大丈夫なことなんて何もないわよ」

「ベンが嘘をつかないとは言ってないさ」と私は答えた。「ただ、なぜそこで嘘なんてつくのか理解できないだけだよ」

「何か、リリアンを脅したらしいわよ。そのことが恥ずかしくてあなたには言えなかったんじゃないかしら」

「脅した？」

「お前の娘を誘拐してやるってすごまれたって、リリアンが言ってたわ」

「何だってそんなことする必要があるんだ？」

「どうやらマリアの育て方が気に入らなかったみたいね。お前と一緒じゃろくなことはない、あの子はもっと健全な環境で育つべきだって言ったたって。ずいぶん偉そうなことを言うもんだから、ひどい言い争いになったみたい」

「そんなのベンらしくないな」

「かもしれないけど、とにかくリリアンはすごく怯《おび》えちゃって、行動に出たのよ。ベンが二度目に来たあと、マリアを飛行機に乗せて、東部にいる母親のところに行かせたの。それ以来マリアはずっとそこに住んでるわ」

「リリアンはリリアンで、マリアを追い払いたい理由があったのかも」

「何だってありうるわ。あたしはただ、リリアンから聞いた話を伝えてるだけよ」

「サックスからもらった金は？　使ったのかい？」

「いいえ。少なくとも自分のためには使ってないわ。マリアの信託基金にしたって」

「ベンは金の出所をリリアンに話したのかな。その点については僕もよくわからないんだけど、話したか話さなかったかで、ことは違ってくるんじゃないのかな」

「よくわからないわ。でももっと面白いのは、そもそもディマジオがあの金をどうやって手に入れたかよ。だってものすごい額を持ち歩いていたわけでしょ」

「ベンは盗んだ金だと思ったみたいだ。少なくとも最初はね。そのうちに、どこかの政治組織から受けとったのかもしれないとも考えるようになった。〈惑星の子供たち〉でなくても、何かほかの団体から。たとえばテロリストとかね。ＰＬＯ、ＩＲＡ、ほかにもたくさんある。ディマジオがその手の連中とつながっていた可能性をベンは考えていた」

「リリアンも彼女なりの説を持ってたわよ」

「そうだろうね」

「うん、そう、考えてみるとちょっと面白いのよね。リリアンの説では、ディマジオは政府の秘密捜査員だった。ＣＩＡとかＦＢＩとか、その手の物騒な奴《やつ》らの手下だったって言うのよ。ベトナムにいたころにはじまった話だとリリアンは思ってたわ。ベトナムで仲間に入れられて、大学も大学院も、組織に費用を出してもらったって言うの。仕事に便利な経歴を作るためにね」

「政府の手先だったって言うのかい？　工作員？」

「リリアンがそう思ってるってだけよ」

「何かすごいこじつけに聞こえるな」

「もちろんよ。でもだから嘘だとは決まらないでしょ」

「リリアンに証拠はあるのかな、それとも勘で言ってるだけかい？」

「知らないわ、訊かなかったから。そんなにたくさんは話してないのよ、このことは」

「いま訊いてみたら？」

「あたしたちもう、口をきく仲って感じでもないの」

「そうなのかい？」

「けっこうぎくしゃくしてたのよ、あたしがバークリーに行ったとき。去年以来、彼女とは連絡をとってないわ」

「喧嘩したんだね」

「うん、そんなところね」

「ベンのことでだろうね。君、まだ彼のことを想《おも》ってるんだね？　辛かったろうな、あの人はあたしに恋したのよって友だちから言われるのは」

マリアは不意に顔をそらした。やっぱり、と私は思った。だがそれを認めるにはマリアはプライドが高すぎた。次の瞬間にはもう、私の方に向き直れるだけの落着きを取り戻していた。そしてパッと、したたかそうな、皮肉っぽい笑顔を浮かべた。「あたしが愛したのはあんただけよ、チキータ」と彼女は言った。「なのにあんた、あたしを捨てて結婚しちゃったじゃない。女の子のハートが破れたら、やらずにいられないことをやるっきゃないのよ」

私はマリアに頼み込んで、リリアンの住所と電話番号を教えてもらった。私の新著が十月に出ることになっていたので、全国いくつかの都市を回る朗読会ツアーが組んであった。行き先の最後がサンフランシスコである。そこまで行ってリリアンに会わないなんて筋が通らない。サックスの居場所をリリアンが知っているかどうかはまったくわからないが（知っていたとしても教えてくれるかどうかは別問題だ）、とにかくたがいに話すことはたっぷりあるだろうと思ったのだ。何はともあれ、私はこの目でリリアンを見てみたかった。リリアンがどういう人間なのか、自分なりの意見を組み立ててみたかった。私が彼女について知ることはすべて、サックスかマリアから聞かされた話でしかない。二人の話に依存するには、私にとってあまりに重要な人物なのだ。マリアから番号を教わった翌日、私は電話をかけてみた。留守だったが、留守番電話にメッセージを入れておいたら、意外にも翌日の午後に向こうから電話をくれた。それは短い、しかし友好的な会話だった。あなたのことは知ってるわよ、とリリアンは言った。ベンがいろいろ話してくれたし、あなたの小説を一冊くれたわ——ごめんなさい、まだ読んでないんだけど。私の方は、電話であれこれ質問する気にはならなかった。コンタクトが取れたというだけで十分だった。そこですぐさま本題に移り、十月末にベイエリアへ行くんで会ってもらえませんかと頼んでみた。向こうは一瞬ためらったが、会えることをどれほど私が期待しているか伝えると、結局折れてくれた。ホテルにチェックインしたら電話ちょうだい、どこかで一杯やりましょう、と彼女は言った。話はあっさり決まった。もし人の気を引く声だ、と私は思った。いくぶんしわがれていて、太い。気に入った。もし女優として成功していたら、きっとこの声が人々の記憶に残ったことだろう。

彼女に会えるんだという思いが、その後一か月半の私を支えてくれた。十月に入ってサンフランシスコで地震があったときも、まず思ったのは、訪問は中止になるだろうかということだった。自分の薄情さがいまは恥ずかしいが、そのときは気づきもしなかった。崩壊した幹線道路、燃えさかる建物、めちゃくちゃにつぶれた死体、それらの惨状はすべて、リリアン・スターンと会って話す妨げになるかもしれないという意味しか私にはなかった。幸い、朗読会が開かれる予定の劇場は被害に遭っておらず、西海岸行きは実現した。ホテルでチェックインを済ませると、私は部屋に直行し、バークリーに電話した。聞き慣れない声の女性が電話に出た。リリアン・スターンさんをお願いしますと言うと、リリアンはいません、地震の三日後にシカゴに行きましたと言われた。いつ帰ってきますか？　と訊《き》いたが、相手は知らなかった。地震に怯《おび》えて出ていってしまったってことですか？　と私は訊《たず》ねた。いえいえ、と相手は答えた。地震がある前からここを離れる計画だったんですよ。家をまた貸《サブレット》しする広告を九月はじめに出してましたから。郵便物の転送先は？　と私は訊いた。聞いてないですね、家賃も大もとの家主に直接払ってますし、と女性は答えた。そうですか、と私は失望と闘いながら言った。万一連絡があったらお知らせくださると有難いです、と言って、切る前に私のニューヨークの番号を告げた。コレクトコールで結構です、昼夜何時でも構いませんから。

リリアンにとことんだまされたことを、私は思い知った。私がやって来るころには自分がもうここにいないことを、彼女は知っていたのだ。要するに、私との約束を守る気なんてはじめからなかったわけだ。自分のお人好《ひとよ》しぶりを私は呪《のろ》い、いままで無駄にした時間と期待を呪った。念のためシカゴの番号案内にかけてみたが、リリアン・スターンという名は電話帳に載っていなかった。ニューヨークのマリア・ターナーに電話をかけてリリアンの母親のアドレスを訊いてみたが、ミセス・スターンとはもう連絡をとっていなくていまどこに住んでいるかもわからない、と言われた。道はいっぺんにとだえてしまった。サックス同様、リリアンも私にとってまったく失われてしまったのであり、どうやって探したらいいのか、およそ何のとっかかりも思いつかなかった。もし彼女の失踪《しっそう》に何か慰めがあったとすれば、それはシカゴという言葉だった。彼女が私と会いたがらないのには何か理由があったはずだ。それがサックスを護《まも》るためであってほしいと私は心の底から思った。もしそうだとしたら、彼ら二人の関係も実はそれほど悪いものではないことになる。状況は好転したのかもしれない。もしかしたら、サックスはあのあと車をカリフォルニアまで飛ばし、一緒に逃げよう、と彼女を口説《くど》いたのではないか？　シカゴにアパートを確保していることはサックスから聞いている。そしてリリアンは新しい借家人に、シカゴに移ると告げたのだ。単なる偶然か？　それとも一方が――あるいは両方が――嘘をついたのか？　私にはわからない。が、とにかくサックスのために、二人がいま一緒であればいいがと私は願った。二人のアウトローとして狂気じみた暮らしをつづけながら、サックスは国じゅうをジグザグに動きまわり、ひそかに次の作戦を練っている……。自由の怪人とその愛人。少なくともそれなら、サックスが独りぼっちではないことになる。独りでいる彼よりも、リリアンといる彼の方が私には好ましかった。とにかくどんな暮らしであれ、彼から聞かされた暮らしよりはましだと思った。もしリリアンが本当にサックスの言うとおり怖いもの知らずの人間だとしたら、ひょっとして彼と一緒でも不思議はない。それくらいやってのける度胸はありそうだ。

そのあとはもう、新しい情報は何も得られなかった。八か月が過ぎ、私はアイリスと六月末にふたたびバーモントにやって来た。私はサックスを見つける望みをほとんど捨てていた。私が思い描いた数百の結末のうち、もっともありそうに思えたのは、彼が二度と浮上してこないという結末だった。爆破がいつまでつづくのか、いつ終わりが訪れるのか、私にはまったく予想できなかった。かりに終わりが訪れたとしても、私がそのことを知るかどうかは疑わしく思えた——ということはつまり、物語はいつまでも終わらずに、その毒を永久に私のなかに分泌《ぶんぴつ》しつづけるということだ。私は何とかその事実を受け入れねばならない。確かなことはわからない、という事態の持つ力と共存することを学ばねばならない。完結をいくら焦《こ》がれても、それがいつまでも訪れぬかもしれないことを納得しなくてはならないのだ。人間、そういつまでも息を止めてはいられない。いずれはきっと、ふたたび息をしなければならない時が来る。たとえその空気が汚染されていて、いずれその空気に命を奪われるとわかっていても。

『ニューヨーク・タイムズ』の記事は、油断していた私の不意を打った。この時点ではもう、自分には何もわかっていないのだという思いに慣れっこになって、そうした事態が変わるとは思わなくなってしまっていたのだ。ウィスコンシンの道端で誰かが死んだ。それがサックスだったかもしれないとわかっても、私はそれを信じる気になれなかった。FBIの連中がやって来て、ようやく信じる気になった。それでもなお、最後の瞬間まで疑念にしがみついたのだが、死んだ男のポケットから見つかった電話番号のことを言われてさすがに観念した。そのあと、ひとつのイメージが私の頭のなかに焼きついて、それ以来ずっと消えていない——爆弾が破裂して、哀れな友の体がばらばらに吹っ飛び、風に吹かれて散りぢりに舞う情景。

それが二か月前だ。私は翌朝、机に向かってこの本を書きはじめた。それ以来、とぎれることのないパニック状態のなかで私は書きつづけてきた。時間がなくなる前に書き終えようと、最後までたどり着けるかどうかわからぬまま懸命に書いてきた。私の予想どおり、FBIの連中は熱心に私のことを調べているようだ。フロリダの母親、コネチカットの姉、ニューヨークの友人たちにも話を聞きにいったらしく、夏じゅうみんながここに電話してきて、FBIが来たよ、何か厄介なことにでもなってるのかい、と訊いてきた。いまのところまだ厄介なことにはなっていないが、近い将来そうなることは十分覚悟している。私がどれだけ多くを隠してきたかをわが友ワージーとハリスが知ったら、だいぶご機嫌斜めになることだろう。それについてはもうどうしようもない。FBIに情報を隠すことが犯罪になるのは承知しているが、あのときあれ以外の応じ方があったとは思えない。口を閉ざしていることがサックスに対する私の義務だし、この本を書くことも彼に対する義務だ。おのれの物語を私に託してくれるだけの勇気が彼にはあった。その彼を裏切ってしまったら、私は自分が許せなくなってしまう。

一か月目は、短い、下準備の草稿を書き、ごく基本的な事項にとどめるよう努めた。

それが出来上がった時点でも事件はまだ未解決だったので、私は冒頭に戻って空白を埋める作業にかかり、それぞれの章を倍以上の長さにしていった。私の計画としては、とにかく何回でも必要なだけ稿を重ね、そのたびに内容を書き足していって、これ以上言うことはないと思えるようになるまでつづけるつもりだった。論理的には、この作業は何か月も、ひょっとしたら何年もつづきえた――私の運さえ尽きなければ。実際には、結局これまでの二か月で終わりということになるだろう。第二稿が四分の三まで進んだところで（第四章の真ん中）私は書くことを中断させられた。それが昨日のことである。これがいかに突然の出来事だったか、私はいまだに十分実感できていない。本はもう終わりだ。なぜなら事件が終わったのだから。こうして最後のページを書き込むのは、単に彼らがどうやって答えを見つけたかを記すためにすぎない。最後のささやかな驚きを、物語を完結させる最終的なひとひねりを、書きとめるためにすぎない。

パズルを解いたのはハリスだった。二人の探偵のうち年上の、よく喋《しゃべ》る方の、私の書いた本について質問した男である。実のところ、彼はその後本屋に行き、七月に相棒と一緒にやって来たとき約束したとおり、私の本を本当に何冊か買った。読む気があったのか、それともただ勘に従って行動しただけなのかはわからない。が、とにかく彼の買った本には私の名前がサインしてあった。あちこちの町で私の本に奇妙なサインが現われるようになったという話をハリスは覚えていたにちがいない。十日ばかり前に私に電話をかけてきて、これこれの本屋に行ったことはあるかと訊ねた。オルバニーのすぐ郊外の小さな町にある本屋だ。いいえ、そんな町には足を踏み入れたこともありませんね、と私は答えた。どうもありがとう、とハリスは言って電話を切った。私が真実を答えたのは、嘘《うそ》をついても意味はないと思ったからだ。サックスには何の関係もない質問だし、私のサインを模倣している奴《やつ》を向こうが探してくれるというなら、それが何の害になるだろう？　相手は親切心からやってくれているのだ、そう思ったのだが、実はそのときまさに私はハリスに鍵《かぎ》を渡してしまったのである。翌朝彼は本をFBIの鑑識に持っていき、指紋を徹底的に調べた。その結果、はっきりした指紋がいくつか出てきて、そのうちのひとつがサックスのものだった。彼の名はすでに連中に知られていたにちがいない。そしてハリスは抜け目ない男だから、つながりを見逃したりはしない。そこから芋づる式に話はつながっていき、昨日ここに現われたときには、ハリスはすでにすべてのピースを完成していた。ウィスコンシンで自爆した男はサックスである。リード・ディマジオを殺したのはサックスである。自由の怪人はサックスである。

ハリスは一人でやって来た。無口で仏頂面《ぶっちょうづら》のワージーの邪魔も昨日は入らなかった。アイリスと子供たちは池へ泳ぎに行っていて、今回も家にいたのは私一人だった。家の前に立って、ハリスが車から這《は》い出るのを私は眺めていた。ハリスは上機嫌だった。前回より陽気で、まるで私と旧知の仲のように気さくに挨拶《あいさつ》してきた。人生の種々の謎《なぞ》を解く探求における仲間同士、といった感じだ。ちょっとした発見がありましてね、あなたもご興味がおありかと思いまして、とハリスは言った。あなたのご本にサインをしていた奴の身元がわかりましたよ。それがね、あなたのお友だちなんです。ベンジャミン・サックスっていう男です。何だってまた、友だちがそんなことするんですかねえ?

私は呆然《ぼうぜん》と地面を見下ろし、答えを待つハリスを前にして、必死に涙をこらえていた。「僕に会えなくて寂しかったからです」と私はやっとのことで言った。「長旅に出て、葉書を買っておくのを忘れたんです。そうやって僕と連絡を保とうとしたんです」

「ふうむ」とハリスは言った。「なかなか悪ふざけの好きな人ですなあ。その方のこと、もう少しお聞かせ願えますかね」

「ええ、お話できることはどっさりあります。死んでしまったんだから、もう構わない、そうですよね?」

それから私は仕事場を指さし、それ以上何も言わずに、暑い午後の陽ざしのなか、ハリスを従えて庭を横切っていった。私たちは一緒に階段をのぼった。なかに入ると、私はハリスにこの本の原稿を渡した。

訳者あとがき

一人の人間の話に終始していたわけではもちろんないのだが、『リヴァイアサン』以前のポール・オースターの小説は、ひとまず「これは基本的に誰々の物語である」と規定できる作品だったように思う。

『最後の物たちの国で』は物がどんどん消えていき何一つ生まれるもののない国で兄を探し、やがて愛する男にめぐり会う女性アンナ・ブルームの物語だった。『ムーン・パレス』は世の中と波長の合わぬ若者マーコ・フォッグが六〇年代激動期のさなかに自分を探しているうちに、祖父を発見して失い、父を発見して失い、愛を得て失いながら自分を見出《みいだ》していく物語だった。『偶然の音楽』はギャンブルで負った負債を返すためにひたすら石を積む作業に従事するなかで、他人とつながることの倫理的側面を見出していく男ジム・ナッシュの物語だった。むろんどの作品でも、そのなかに種々のエピソードが盛り込まれ、さまざまな人間が登場することはいうまでもないが、印象としては、『偶然の音楽』のナッシュが走らせる赤いサーブのように、ひとつのストーリーがぐんぐん前へ進んでいく感覚が、これらの小説に共通する特徴だったと言ってよいだろう。

一九九二年に発表された『リヴァイアサン』が、それまでのオースター作品と一番違っているのは、「これは基本的に誰々の物語である」と規定しづらい点だと思う。

たしかに形の上では、語り手である作家ピーター・エアロンが、かつての親友ベンジャミン・サックスがなぜウィスコンシン州の路上で爆死するに至ったかを語る、という体裁をとってはいる。だが物語は、決してサックスを唯一《ゆいいつ》の中心として展開するのではない。フィッツジェラルドの『グレート・ギャツビー』の語り手ニックがギャツビーについて語りながら自分についても語るのと同じように、ピーターも自分の創作や結婚をめぐる物語を語っているし、サックスの妻で、ピーターがひそかに（本人も自覚しないくらいひそかに）恋しているファニーの存在も重要である。さらには、探偵を雇って自分を尾行させ、それを元に作品を制作したり、と、いかにもオースター的に風変わりな芸術家マリア・ターナーや、その幼なじみで、「千三つ」というほど嘘《うそ》のかたまりではないが、一つの出来事に対し最低三つの違ったバージョンを提示しないと気が済まぬらしい、一筋縄ではいかぬしたたかな美女リリアン・スターンといった人物も、ある局面ではそれぞれ主役の座を獲得するのであり、彼女たちを抜きにしてこの小説は語れない。中心はひとつではなく、いくつもあるのだ。

しかもこれらさまざまな人物の物語は、単にそれぞれ別個のものとして代わりばんこに語られるのではない。語り手ピーターが、「ディーリア・ボンドとの結婚が崩壊しなかったら、私がマリア・ターナーに出会うこともなかったろうし、マリア・ターナーに出会っていなかったらリリアン・スターンについて知ることもなかったろうし、リリアン・スターンについて知ることがなかったら、いまこうしてこの本を書いてはいないだろう。我々一人ひとりが、何らかの形でサックスの死とつながっているのであり、我々一人ひとりの物語も同時に語らないことには、サックスの物語を語ることにもならない」と言っているとおり、何人もの人間の物語が、ある部分では重なりあい、ある部分では重なりそこないながら、不定形で不透明な全体を成しているのである。またたとえば、サックスについてピーターが語る上では、推測や想像もしばしば入り込んでいて、したがってそこには、ピーター自身かならずしも自覚していない形で、サックスに対するピーターの個人的感情（友情・賛嘆を基調とするなかに、ある種の嫉妬《しっと》・批判なども見え隠れしている）も入り込んでいる。要するにそれは、語られる者の物語であると同時に、語る者の物語でもあるのだ。さらに、サックス＋サックスの妻ファニー＋ピーターの奇妙な三角関係も作品中の重要な要素になっているのをはじめ、この小説の主要な男女はほとんどみな、たがいに性的 and/or 恋愛関係を結ぶに至る。そうした込み入ったストーリーが、「爆弾」「落下」「自由」「国家」などを接合剤に、前に進むというより、いくつもの中心を結んで網状に広がっていく。

そのなかで、オースターはさまざまな要素を対比してみせる。言葉を一語一語懸命に探り出すタイプの書き手ピーターと、言葉と物とのあいだに何の齟齬《そご》も感じず易々《やすやす》と言葉をひねり出すことのできるサックス。ピーターは最後まで書くことをつづけ、サックスは書くことを放棄して行動に訴えるようになる。だがピーターと対比させれば行動者であるサックスも、リリアンの元夫で過激なエコロジー運動に走る（らしい）リード・ディマジオと対比させれば、むしろ傍観者に見えてくる。それらどの対比においても、どちらの項もそれなりの輝きとうさん臭さに彩《いろど》られていて、単純に「どっちが偉いか」を決めることはできない。こうした党派性のなさが『リヴァイアサン』の特徴であり（子供を可愛《かわい》がる人／可愛がらない人という対立においては例によって圧倒的に党派性が露呈するのはご愛敬《あいきょう》だが）、したがって、全面的に肯定される人物も全面的に否定される人物もここには一人もいない。この小説のプロローグには十九世紀アメリカの思想家エマソンの「すべての現実の国家は腐敗している」という言葉が引かれているが（エッセイ「政治」から）、それを拡大すれば、この小説では「すべての現実の人間や人間関係は腐敗している」とも言えるかもしれない。

むろんそれは、エマソンの言葉が悲観的でないのと同じで、決して悲観的なテーゼではない。すべての現実の国家は腐敗していても、それら現実の国家がめざすべき理想の国家は理念として存在しつづける。現実と理想との隔たりに人間の悲惨があり、現実から理想に向かおうとする意志に人間の栄光がある。それと同じ栄光と悲惨を、個々人のレベルで描いたのが、この『リヴァイアサン』という小説だと言えるかもしれない。そして、理想に向かおうとする意志は高邁《こうまい》でも、実際にとる行動は滑稽《こっけい》であったり、時には邪悪にすら思えるあたりが、この作品に豊かな複雑さを与えている。

補足説明を三つ。マリア・ターナーについて「いかにもオースター的に風変わりな」と書いたが、彼女は実在の、まさにオースター作品から抜け出してきたようなフランス人芸術家ソフィ・カルがモデルになっている。この小説で述べられているマリアのさまざまなパフォーマンスも、一部は「事実」（ソフィ・カル本人が実際に行なったこと）であり、一部は「虚構」（オースターの創作）である。探偵に自分を尾行させるエピソードについては、基本的にカル自身が現実に行なったものだが、オースターがそこにどう「虚構」をもぐり込ませているか、興味のある方は、ソフィ・カル『本当の話』（野崎歓訳、平凡社）と本書とを較《くら》べていただければと思う。さらにややこしいことに、オースターがマリア＝ソフィをめぐって創作した「虚構」を元にソフィ本人が作品を作る、という事態まで発生しており、その成果「ダブル・ゲーム――服従」は九九年十一月から十二月にかけて銀座一丁目のギャラリー小柳で展示された。また、東京品川の原美術館でも、ソフィ・カル個展『限局性激痛』が九九年十一月から二〇〇〇年二月二十七日まで開催された。

タイトルの『リヴァイアサン』は元来、旧約聖書に出てくる巨大な幻獣のことだが、いうまでもなく、トマス・ホッブズによる近代国家論の先駆をなす書物（一六五一）の題名でもあり、その場合は絶対的権力を持つ国家を指す。オースターのほかの小説のタイトル同様、ひとつの意味に限定はできないが、この小説でリード・ディマジオやサックスがやがて「国家」の問題に行きあたることに触れているのはもちろん、一人の人間について語るには彼と関係したあらゆる人間について語らねばならないというピーターの発想を拡《ひろ》げていけば、最後には（宇宙全体とはいわずとも）「国家」にまで網は広がるはずだ、という思いがあるいはここに込められているかもしれない。

「自由の怪人」がアメリカ各地の自由の女神像を爆破して回り、声明を発表するという設定に、例のユナボマーがモデルではないか、と思われた読者がいらっしゃるかもしれない。が、一九七八年以来大学と航空会社をターゲットに爆破をくり返してきたあの現実の怪人についての報道が出回るのは、一九九五年、彼が新聞社を脅して長文の声明を掲載させたあとのことである。『リヴァイアサン』の刊行はそれより三年前の一九九二年。

『リヴァイアサン』発表後、オースターが小説のみならず、映画の脚本・監督などにも手を染めて、大きな成果を挙げているのは周知のとおりである。以下に、主要作品を記す。

The Invention of Solitude（1982）邦訳『孤独の発明』（新潮社、新潮文庫）
City of Glass（1985）『シティ・オヴ・グラス』（角川書店、角川文庫）
Ghosts（1986）『幽霊たち』（新潮社、新潮文庫）
The Locked Room（1986）『鍵《かぎ》のかかった部屋』（白水社、白水Uブックス）
In the Country of Last Things（1987）『最後の物たちの国で』（白水社、白水Uブックス）
Disappearances : Selected Poems（1988）『消失　ポール・オースター詩集』（思潮社）
Moon Palace（1989）『ムーン・パレス』（新潮社、新潮文庫）
The Music of Chance（1990）『偶然の音楽』（新潮社、新潮文庫）
Leviathan（1992）本書
The Art of Hunger : Essays, Prefaces, Interviews（1992）『空腹の技法』（新潮社）
Mr. Vertigo（1994）『ミスター・ヴァーティゴ』（新潮社）
Smoke & Blue in the Face : Two Films（1995）『スモーク&ブルー・イン・ザ・フェイス』（新潮文庫）
Hand to Mouth : A Chronicle of Early Failure（1997）
Lulu on the Bridge（1998）『ルル・オン・ザ・ブリッジ』（新潮文庫）

Timbuktu (1999)
I Thought My Father Was a God : and Other True Tales from NPR's National Story Project (2001, editor)
The Book of Illusions (2002)

この作品は平成十一年十二月新潮社より刊行された。

新潮文庫最新刊

西加奈子著
夜が明ける
親友同士の俺とアキ。夢を持った俺たちは希望に満ち溢れていたはずだった。苛烈な今を生きる男二人の友情と再生を描く渾身の長編。

江國香織著
ひとりでカラカサさしてゆく
大晦日の夜に集った八十代三人。思い出話に耽り、それから、猟銃で命を絶った――。人生に訪れる喪失と、前進を描く胸に迫る物語。

結城真一郎著
#真相をお話しします
日本推理作家協会賞受賞
でも、何かがおかしい。マッチングアプリ・ユーチューバー・リモート飲み会……。現代日本の裏に潜む「罠」を描くミステリ短編集。

森絵都著
あしたのことば
小学校国語教科書に掲載された「帰り道」や、書き下ろし「%」など、言葉をテーマにした9編。すべての人の心に響く珠玉の短編集。

作刈湯葉著
幽霊を信じない理系大学生、霊媒師のバイトをする
理系大学生・豊は謎の霊媒師と出会い、奇妙な〝慰霊〟のアルバイトの日々が始まった。気鋭のSF作家による少し不思議な青春物語。

緒乃ワサビ著
天才少女は重力場で踊る
未来からのメールのせいで、世界の存在が不安定に。解決する唯一の方法は不機嫌な少女と恋をすること?! 世界を揺るがす青春小説。

リヴァイアサン

新潮文庫　オ－9－7

Published 2006 in Japan
by Shinchosha Company

平成十四年十二月一日発行
令和六年六月二十日八刷

訳者　柴《しば》田《た》元《もと》幸《ゆき》
発行者　佐藤隆信
発行所　株式会社 新潮社
郵便番号 一六二―八七一一
東京都新宿区矢来町七一
電話 編集部(〇三)三二六六―五四四〇
読者係(〇三)三二六六―五一一一
https://www.shinchosha.co.jp

価格はカバーに表示してあります。

乱丁・落丁本は、ご面倒ですが小社読者係宛ご送付ください。送料小社負担にてお取替えいたします。

印刷・株式会社精興社　製本・株式会社大進堂

ISBN978-4-10-245107-6 C0197